*i*

imaginist

想象另一种可能

理
想
国
imaginist

# 大唐李白

少年游。

张大春

广西师范大学出版社
· 桂林 ·

**图书在版编目(CIP)数据**

大唐李白：少年游 / 张大春著.
—桂林：广西师范大学出版社，2014.1（2021.4 重印）
ISBN 978-7-5495-4973-3

Ⅰ.①大… Ⅱ.①张… Ⅲ.①长篇小说 – 中国 – 当代
Ⅳ.①I247.5

中国版本图书馆CIP数据核字(2013)第315133号

本书由张大春授权，中文繁体版2013年8月由台湾新经典文化出版

广西师范大学出版社出版发行

广西桂林市五里店路9号　邮政编码：541004
网址：www.bbtpress.com

出 版 人：黄轩庄
全国新华书店经销
发行热线：010-64284815
山东韵杰文化科技有限公司

开本：880mm×1230mm　1/32
印张：12　字数：240千字
2014年1月第1版　2021年4月第11次印刷
定价：48.00元

如发现印装质量问题，影响阅读，请与出版社发行部门联系调换。

# 一首诗，能传几条街？

　　被誉为"诗圣"的杜甫曾经有一句诗，说得相当自傲："诗是吾家事。"

　　这个"家"字，不只是强调杜甫知名的"家人"——他的祖父杜审言——也强调了身为一个"士族"的习业传统；也就是士族阶级的门第。门第的重建与动摇，大约就是大唐帝国初期极为重要的一个政治工程。

　　从公元七〇一年展开的半个世纪，是大唐帝国立国以来变动最为剧烈的一段时间。我们可以假想：有那么一条街，两旁俱是居宅坊店，从街头走到街尾，岁月跟着步步流动，行进之间，可以看见人们用尽各种手段，打造着自家的门第，以期高于他人。一直走到公元七六二年，李白也恰好走完他的一生。

　　街头，是个祖上被窜逐至西域、到他这一代又偷渡回中土的胡商。这胡商赚了很多钱，却赚不到帝国最重视的门第和阶级。于是他就仿效开朝以来的皇室，一点一点地为自己铸造、打磨、擦亮那个以姓氏为基础的身份。

满街的人都知道：皇家的李姓来自知名郡望——陇西成纪；这个姓氏可以上溯到汉朝的大将李广。不过，街旁一位法号法琳的游僧会告诉你：不是这样的。皇室的李家原本是陇西狄道人，几代以来，他们身上所流的，多是鲜卑胡种的血液，然而他们毕竟在无数征战中夺取了天下权柄，当然也可以重新书写自己的身世，使这身份能融入先前六朝的门第规模。

胡商这么办了；他也姓李了。他的长子和三子继承家业，分别在长江航道的上游和中游（也就是三峡和九江），建立起转卖东西粮米、织品、什货的交易，赚了更多的钱，也在各地累积了相当庞大的债权，以及信用。

然而，生意人是没有地位的，他们的孩子没有参与科举考试的资格，没有机会改换身份、建立地位，自然也没有机会进入朝廷。可是，这一条街上的人都明白：要取得出身，有很多手段。其中之一，就是牟取整个帝国以城市为中心的社会最重视的名声。

那是前些年相当著名的一个故事：街角来了个蜀地富豪之子，忽然花了可以买下十万斗米的一千缗钱，买了一张胡人制造的琴，到市集上吃喝众人观看。这人非但不奏曲，还把琴摔了个粉碎，之后说："弹胡琴，不就是杂技吗？诸君何不读读我的诗呢？"

这个人叫陈子昂，碎琴的故事伴随了他一辈子，流传则更久。即使如此，士人阶级以下的黎民广众大约也只能空洞地仰慕着诗人，因为考试会彰显他们的才华，声妓会演唱他们的作品，而国家的政务也往往因为诗作所流露的美感与情感，而交付到这些人的手中。诗篇创作的美好，也许只能在诗人之间流传、感染，可是诗篇成就的地位，却成为绝大多数不能诗的人所艳羡的虚荣。

在街旁幽深阴暗的巷弄里，或是通往林野的阡陌之间，你也会看到，大部分不属于士族阶级的人，在一个物资充裕、水运发达、驿递畅通、人口繁盛的环境里，过着艰难的日子。绝大部分的粮米、布匹、器用、牲口都要供输到京师，再由朝廷加以分配，供应各地军（折冲府）、政（州县）部门，以便启动整个帝国的管理和运作。当大多数的人为了应付上缴的谷米、丝棉，付出劳力，应付种种名目的"公事"，而不能馆粥自足的时候，几乎沿街的店铺都从事借贷——人人都可能有债务，家家也都有机会在周转通货的过程之中博取一点蝇头小利，勉强接济生活。他们知道：诗，本来就距离他们相当遥远；有如一触即破的浮泡，有如不能收拾的幻梦。

邻近街头的人还听说：李姓胡商的次子是太白星下凡。他没有跟着父兄作生意，只读书、作诗、喝酒，以及游历。这孩子逐渐长大，仍然在街上晃荡，离家之后，不但形迹渐行渐远，也绝口不提自己的身世。人们谅解这一点，因为他们都能深切体会，如果不能将那个不成门面的商家远远抛掷身后，他将永远不能打造自己的前途。

一旦来到了长街较为深远的地方，多数的人已经不在乎这浪迹而来的人究竟是个什么出身了。他总在稍事逗留之处，结交各式各样的朋友。有僧，他看着是佛；有道，他看着是仙。动辄写诗，将字句当作礼物，持赠每一个尽管和他只是萍水相逢的人。这在当时，还是十分罕见且令人吃惊和感动的事——尤其是他的作品，也不寻常；似乎一点都不像朝廷里一向鼓吹、揄扬以及奖励的那种切合声律格调、齐整工稳之作。

在他笔下，诗更接近街边的谣曲。虽然也含蕴着许多经史掌故、神话异闻，显示了作者并不缺乏古典教养。然而，他的诗还融合了庶民世界中质朴、简白、流畅的语言；以夸张、以豪迈、以横决奇突荒怪恢诡的想象，勾人惊诧，引人噱叹，让人想起矫健百端的龙，苍茫千变的云，汹涌万状的潮浪，以及高洁孤悬的明月。他让奔流而出的诗句冲决着由科考所构筑起来的格律藩篱，就像他的前辈——那个因碎琴而成名的陈子昂——一样让整个时代的士子为之一震，并忽然想起了：诗，原本可以如此自由。

在这条街上，自由也不是一个孤立的价值。街坊们若是听见某诗人吟唱"一任喧阗绕四邻，闲忙皆是自由身"的句子之时，只会明白：他现在没有官职了。至于诗的自由，更不为人所知所贵，看来那只是一种不为经营现实功利而拘守声律的意图，这意图竟然又开向更古老的风调，也就是回返数百年前，当歌咏只维持着最简朴的音乐感性，而仍然动摇性情，引发感悟。

至于生活，胡商之子在一篇上书之文中追忆：他曾经为了接济那些落魄公子，在一年之内，散钱三十万。这数字可以买三万斗米，但也许并不夸张。因为他虽然不事生产，还能保持"自由之身"，恐怕得归功于胡商到处持有的债权。他以随手而得之、又随手而散之的资本与诗篇，成为到处知名的诗家，纵使经由婚姻、干谒、投献而终于成为宫廷中的文学侍从之臣，也还只能挥霍着令人激赏而不入实用的字句。

这个挥霍的年轻人可能比大多数他的同代人有着更丰富的旅游经验，然而，明明是即目的见闻，亲身的阅历，在他而言，都只是历史的投影。也就是说，他所看到的街景，都只是原本沉埋在史籍之中，那些春秋、战国、两汉、魏晋时代的投影。在他的眼里，全然没有现实。

身为星宿，发为仙音，客心无住，余响不发。街道上的人们知之越多，越觉得他陌生；就连他的妻子、儿女、知交，以及久闻其名而终于接纳了他不到两年的皇帝也不例外。他借由诗篇，再一次地将人们淡忘的古风引进大唐，然而他却在风中迷失了自己的身影，他对于成就一番"达则兼济天下"的追求，也因之全然落空。千载以下，人们居然多只记得他的名字而已。

这条街上也许还有诗人，如果他们都只剩下了名字，也就没有人会知道：一个个号称盛世的时代，实则往往只是以虚荣摧残着诗。

# 于无可救药之地，疗人寂寞，是菩萨行

——为《大唐李白》简体版所写的一篇序文

李白的确只是一个引子。他一生行事太多可疑非理之迹，所以正好牵引出许多历史的问题。首先，我一直记得三十年前当兵时读《太平广记·卷二百一十·画》，有一段记载，仅有的印象是："薛稷……文章学术名冠当时……会旅游新安郡，遇李白，因留连……"这一景令我印象深刻，原因无他：我书学褚河南，薛稷亦书学褚河南；我对李白诗的来历又一向好奇，没想到这两个人居然在新安郡碰过头。

可是日后读《李太白全集》，至卷三十六附录，却有编者王琦这样的一段按语："按薛稷本传，稷坐窦怀贞事赐死，开元元年七月中事也，是时太白年甫十五，未出蜀中，安得与稷相遇于新安郡？盖传闻之误也。"

事实上王琦也搞错了，李白在薛稷死的时候只有十二岁，还够不上十五。然而为什么会说这两人遇见了呢？复查《太平广记·卷二百一十·画》，原文如此：

薛稷，天后朝位至少保，文章学术名冠当时。学书师褚河南，时称"买褚得薛不落节"。画宗阎令（按：即阎立本）。秘书省有画鹤，时号一绝。会旅游新安郡，遇李白，因留连。书永安寺额，兼画西方像一壁。笔力潇洒，风姿逸发，曹、张之雅也。二妙之迹，李翰林题赞见在。又闻蜀郡多有画诸佛、菩萨、青牛之像，并居神品。

　　这一则记载的原出处是《唐画断》，然而有出处不表示有道理。李白不应该见过薛稷。那么，是误记他人见了李白，还是薛稷见了他人？何以有此误？或者是有心之误？或者是无心之误？辗转传之者是不知其误而传，还是有意传其误？

　　事实上只《宣和画谱》上记载了一句"李太白有薛稷之画赞"，但是这篇"画赞"徒留题目，文章并没有流传。我们只能判断：李白或许根本没有机会见着薛稷，也没有机会见到薛稷遗留在世上的画——李白可能的确游历过歙州和洛州两处新安郡，但是从无一诗赞过薛稷。

　　倒是比李白小上十一岁的杜甫，有过两首诗，都是观赏薛稷的画，有感而发所作，一首是《通泉县署屋壁后薛少保画鹤》：

　　薛公十一鹤，皆写青田真。画色久欲尽，苍然犹出尘。低昂各有意，磊落如长人。佳此志气远，岂惟粉墨新。万里不以力，群游森会神。威迟白凤态，非是仓庚邻。高堂未倾覆，常得慰嘉宾。曝露墙壁外，终嗟风雨频。赤霄有真骨，耻饮洿池津。冥冥任所往，脱略谁能驯。

另一首是《观薛稷少保书画壁》：

少保有古风，得之陕郊篇。惜哉功名忤，但见书画传。我游梓州东，遗迹涪江边。画藏青莲界，书入金榜悬。仰看垂露姿，不崩亦不骞。郁郁三大字，蛟龙岌相缠。又挥西方变，发地扶屋椽。惨澹壁飞动，到今色未填。此行叠壮观，郭薛俱才贤。不知百载后，谁复来通泉。

杜甫当然更不可能见到薛稷。从杜诗的写作时代看来，这两首诗是与另一首《过郭代公故宅》几乎同时写的，其诗如此：

豪俊初未遇，其迹或脱略。代公尉通泉，放意何自若。及夫登衮冕，直气森喷薄。磊落见异人，岂伊常情度。定策神龙后，宫中翕清廓。俄顷辨尊亲，指挥存顾托。群公有惭色，王室无削弱。迥出名臣上，丹青照台阁。我行得遗迹，池馆皆疏凿。壮公临事断，顾步涕横落。高咏宝剑篇，神交付冥漠。

从这一首回头看前两首，就有了些许眉目。

郭代公，即郭元振——也就是《大唐李白》文中提及李隆基诛杀太平公主一役中坚决支持帝党的中流砥柱。从张说为郭元振所撰写的行状，颇可以了解此公之心迹与情怀。

郭元振年少倜傥，廓落有大志。他十六岁入太学，与薛稷是同窗。十八岁擢进士第，年判入高等，自请外官，受梓州通泉县尉——这个初任的官历所在，就是日后杜甫行经而称为"郭公故宅"的地方。郭元振行事独特——身为地方官，他不拘小节，自己铸钱，发行通货；也会强掠富豪财产，散之于贫民。其清廉刚健，非同一般腐儒，声势甚盛，而名满天下。故称："海内同声合气，有至千万者。"

武则天知道了他，还特地派驿车接至行在，"语至夜，甚奇之"，让他抄录自己从前作的诗文，他便磊磊落落写了一首《古剑歌》，武氏极为嘉赏，让人抄写了好几十份，遍赐诸大臣。

这一份知遇，使他在先天二年"知政事"，正式拜相，秉理机要。太平公主之变，郭元振是不主张废立储君的。但是他的行动也与其他支持李隆基者不同，他并未参与军事方面的杀戮行动，他的作为是在"诸相皆窜外"的时候，"独登奉天门楼，躬侍睿宗"。当睿宗听说李隆基的部队已经杀进宫门，他自觉先前犹豫不决，首鼠两端，很可能要在这一场政变之中被儿子无情地拉下马来，遂有跳楼自裁之念。此际，是郭元振"亲扶圣躬，敦劝乃止"。在这一段兵荒马乱、人心浮动的时期，郭元振从容应对，"宿中书（省）十四日"，独任烦剧，事后，封代国公。

回顾这一场名为"太平公主之乱"而实为"诛除宫廷异己"

的军事行动里，郭元振和他的老同学——也是往来极为密切的至交——薛稷，竟然分别成为两个敌对集团的分子，势不能两立而义不能两全，可是杜甫却在这三首诗里，有意将郭、薛并举。

《过郭代公故宅》云："定策神龙后，宫中翕清廓。"立其史事之本，却在《观薛稷少保书画壁》中显然"离题而作意"，以这样的四句作结："此行叠壮观，郭薛俱才贤。不知百载后，谁复来通泉。"——明明说的是薛稷的壁间书画，却横空一笔带入郭元振的身影，这是有心让郭代公为薛稷开脱，以鸣其不该牵连受诛之冤。而在《通泉县署屋壁后薛少保画鹤》之末，有句谓："赤霄有真骨，耻饮洿池津。冥冥任所往，脱略谁能驯。"岂不见《过郭代公故宅》之开篇更有相同的修辞："豪俊初未遇，其迹或脱略。代公尉通泉，放意何自若。"

李白并没有写过薛稷的画赞，因为他可能并不知道、也因之而不能够关心薛稷的冤情。但是杜甫却极度关心薛稷的遭遇，道理很简单：杜甫其生也晚，有更充分的时空跨度超脱出一时政权更迭所鼓荡起来的热切爱憎、激烈是非。他更有余裕去看到一宗政治颠覆事件背后的阴影和底蕴的暗潮。也就是说，杜甫根本不认为薛稷参与了太平公主的叛谋。

更重要的是：他也亲眼看到李白在人生最后的阶段，"弃明投暗"——试图襄佐永王李璘树立偏安一隅之霸业——几乎要成为像薛稷一样的人物，在政教大势所薰染的气氛中沦落为魑魅魍魉。当天下人都在指斥李白的时候，杜甫的诗句是这样的：

不见李生久，佯狂真可哀。世人皆欲杀，吾意独怜才。敏捷诗千首，飘零酒一杯。匡山读书处，头白好归来。

这首诗题名《不见》，取义双关，一来当然是杜甫见不着李白；更深刻的蕴含则是举世逐时论而怒骂、而轻鄙、而嗤笑、而遂其嫉愤的人们——是他们不能见到真正的李白。杜甫之伟大，就在这样的胸次与识见。

至于李白怎么能见到薛稷呢？我的答复很简单，就一句话：他在小说里就见到了。

不过，在校对上面这一段文字的时候，我发现有两句话似有语病，仍宜稍作说明。原文是这么写的："李白可能的确游历过歙州和洛州两处新安郡，但是从无一文一诗赞过薛稷。"这话不能不细加斟酌。

首先，我不能假设今本王琦所编注之《李太白全集》便总括了李白生平诗文，是以所判看来武断。

此外，李白确实有一篇赞文，题目叫《金乡薛少府厅画鹤赞》；有薛有鹤，但这少府不是薛稷，鹤画似亦不出薛稷之手。

《汉书·百官公卿表上》："少府，秦官，掌山海地泽之税，以给共养，有六丞。属官有尚书、符节、太医、太官、汤官、导官、乐府、若卢、考工室……"可知为专业实务之官。

到了魏晋及南朝，少府部分原有的权力转归殿中监。少府专事工艺制造及钱币鼓铸。而唐、宋少府实沿之——是为掌管百工技巧诸事。

此外，唐代别称县令为明府，称县尉为少府。而这篇赞文的第二句就说"虽听讼而不扰"，可知此处"少府"的确是指"县尉"小吏无疑。也就是说："薛少府"为唐代河南道金乡县县尉——金乡县隶属兖州鲁郡，恰是李白中年以后长期寄居之所。而薛稷则从未至金乡任县尉，故赞题中之"薛"、"鹤"殆仍与"言鹤必称稷"的薛少保无关。

《金乡薛少府厅画鹤赞》是这么写的：

> 高堂闲轩兮，虽听讼而不扰。图蓬山之奇禽，想瀛海（或本此字为"洲"）之缥缈（或本为瞟眇）。紫顶烟艳，丹眸星皎。昂昂欲飞（或作贮贻），霍若惊矫。形留座隅，势出天表。谓长唳（或本做鸣）于风霄，终寂立于露晓。凝翫益古，俯察愈妍，舞疑倾市，听似闻弦。倘感至精以神变，可弄影而浮烟。

虽说少府归少府，少保归少保，此赞实与薛稷无关；我们甚至可以推测：当年《宣和画谱》声称"李太白有薛稷之画赞"一语，恐怕还是把这篇写给薛少府的短文误会成写给薛少保的了。

李白生平往来下僚，其数不知几倍于贵官。也正是这些地方上的县尉、县令、参军、别驾、司马，在一位游踪遍江湖的诗人行展所过之处，得其片纸而为之欢踊呼传，乃成天下之名。

李白也并不因为这些中下层文官之名爵不显而横眉冷对，看来凡有一得之见、一器之珍、一才之长、一席之贶者，便秉笔抒情，倾心相待，而留下了堪为作品中绝大多数的赠、送、赞、寄、留别、酬答；几占篇什中之八九。

　　今人未必读李白而俱能道其姓字，称其才华，艳其格调，崇其声誉；不过，也可以多想想：李白是将干谒之作，普成布施，聊以抚慰那些盘桓于士大夫阶级边缘的人。

　　于无可救药之地，疗人寂寞，是菩萨行。

# 目 录

如果世上还有任何业余的文学读者，请容我在此郑重地邀请他和本书的校订者张长台、校对者陈锦生、编辑者叶美瑶三位一同分享这部作品。

　　我更要谢谢他们的耐心和鼓励，使得此书能日进而有功。

五陵年少金市东，银鞍白马度春风。
落花踏尽游何处，笑入胡姬酒肆中。

——李白《少年行》

# 一　老对初芽意未凋

新正刚过，立春日前夕，绵州刺史在自家门首贴了新作的诗句。这诗是刺史亲笔，命从人把纸贴在壁间，一口气写下来的：

> 终始连绵尽一朝，樱垂雨坠颂觞椒。
>
> 犹能几度添佳咏，看洗寒冰入大潮。

写完了不肯离开，吟读再三，反复看几遍，点头复摇头，还假作生气地斥责一个掩嘴偷笑的使女："不识字奴笑什么？"那使女出身士族吏门，原本是读了书的；但是即使识字，也读不懂刺史的诗，尤其是"觞椒"。这里头用了典故，出自前代晋朝刘臻的妻子曾氏于正月初一那天献《椒花颂》，后世流传开来，就把"献椒"当作过年应景的礼仪，或是一家人开春吃团圆饭称作"椒花筵"。

不过，在这里，连作诗之时总是追求奇警的刺史都觉得"颂觞椒"太矫揉造作了。他之所以一直摇头也是由于这个缘故。站在壁前思忖良久，他索性又在"觞椒"之后补了两联，把四句添作八句，一绝变成一律。这样做，只有写诗的人心里明白：是为了用感觉上格局庄严宏大的体制，掩饰用典的造作。接着，他叫人来换了纸，张贴在门首，重新写了，还当着那些恰巧前来贺节的客人们吟过一通：

终始连绵尽一朝，樱垂雨坠颂筋椒。

郊迎新岁春来急，老对初芽意未凋。

笔墨催人消节气，心情问世作尘嚣。

犹能几度添佳咏，看洗寒冰入大潮。


　　就像是办完了一桩大事，刺史先吩咐备车，随即回头对久候于一旁的别驾、录事参军、司法参军、司户参军以及仆从和来客们说："今岁刺史与尔辈赏禽迎春可好？"

　　赏禽不是常例，但是总比困在刺史邸中分韵赋诗来得好，一时之间众人都欢声击掌大笑。然而，春阳初至，岁节犹寒，有何禽可赏？又到何处去赏呢？

　　"戴天山。"刺史微笑着睨视众人，道："会神仙！"

　　据说，神仙道中有召唤禽鸟一门，颇为历代帝王倾心眷慕。此道中人，一旦施展起法术，能以空空妙手，收取山林之间的各种鸟类。鸟儿们会群聚于仙人四周，有的高栖于乔木之杪，有的俯伏于丛草之间，有的在水湄沙洲处引颈翘盼，也有的会在山岚岭云之际嘶鸣盘桓，试着接近那仙人。仙人持咒，但见其唇齿翕张，不能闻辨声语，恐怕唯有禽鸟能够聆会他的语意。

　　这些鸟儿似乎也会依着某种仙人所指示的顺序，飞身进前与仙人会晤——或就其掌心掠取谷食，或就其肩头磨擦喙吻，也有体型巨硕，翼展丈许之鸟，多数无法说出族源、道其名类，竟然还能够与神仙周旋不止片刻，像是老朋友一般，殷殷点头眨眼，扑翅探爪，好像说了许多话。这让戴天山在短短数年之间成了一座远近驰名的仙山；早些年还有几批道士想要在此建筑宫宇观塔，大肆扩延峨眉山一脉的道法香火。

戴天山在绵州昌明县北三十里的地方,山前还有山,两山南北相依而立,也有称这两山为匡山的,南山号大匡,北山号小匡。此处之名,不胫而走,据说连北边百里之外的龙州、剑州都有人津津乐道。最近每逢春秋佳日,还有数以百十计为一队的游人前来,争嚷着看神仙。刺史的访客里有那颇知里巷风情的,赶紧凑趣说:"闻道大小匡山桃花开得好,野物繁茂,有呦呦鹿鸣之胜,十分难得;刺史有这般雅趣,我辈敢不相从?"

刺史还没答话,另一个头戴紫冠、看来不过十多岁的少年道士点点头,朝大门上刺史的诗句指了指,微笑着说:"这时节,不过是'樱垂雨坠'尔耳,桃花还未发枝呢。"

"丹丘子真是箇中人!"刺史一抬手,拉住紫冠道士的衣袂,迳往衙署西侧趑去。众人跟走了约莫一箭之遥,转向南侧巷口一眼眊了,都不由得惊呼出声——原来刺史早就给众人备妥了牛车。大约也是由于新正立春之故,为表嘉庆欢愉,一行十数乘负轭的牲口都披戴着五彩纹衣,远望一片缤纷撩乱,煞是好看。

这时刺史才说了:"桃花未发,某等便去为春山补补颜色。"

刺史和众宾客们此行的确有目不暇给的奇遇,在这一个花朝节里,他见识了意想不到的方外之人,也结交了只在魏、晋时代才可能生养孕育出来的隐逸之士。是后,他甚至经常废弛公事,自己赶着牛车,车上载着像丹丘子一流的三五素心之友,来到这神仙所在之处。而在刺史原本狭促的官场上,一向没有这般能够放怀高议、诡辩剧谈,而且异趣横生之人的。

如果单从刺史的眼中作一飞快的遍览,他在大匡山同这些人作伙,与神仙通宵达旦、饮酒赋诗、高谈阔论的光景也没有几次。对于人生之中有过的这么几年欢愉光景,穷刺史之忆念,却总是挂怀不忘。他曾经感慨地吟了两句："谁留去字去,石上望神仙。"——
然而这只是孤伶伶的一对残句,没有上下文。刺史于多年后病笃
弥留之际,曾经唤人取笔墨到榻前来,说:"某还有两句诗未曾写
完——"也果真就没能写完了。

刺史姓李,名颙,字子敬。颙者,大也。李颙的头脸一出生
就显得比常人大,状如长盘,乃以此字命名。他生小经常因此受人
嘲笑,却不以为忤。在那一次去戴天山寻访神仙的路上,忽然有几
只五色斑斓的异禽,不知从何处飞来,转瞬间齐集在他的纱帽顶上,
宾客们都说这是祥瑞之兆,新年必得征应,该是刺史要升官、回西
京了。只有少年道人丹丘子朗声笑道:"好大头颅,消得凤凰来仁!"

众人不敢跟着笑,纷纷垂面掩口,倒是丹丘子的笑声在四面
的山墙之间荡回起落,惊动了微微的春风,一阵若有似无的山烟
扰动之下,霎时间引来了更多的禽鸟。刺史也顾不得官仪,忙不
迭地从车中短榻上站起身,扑东扇西地挥打着袖子,嚷道:"快看!
快看!"

他们究竟看到了什么呢?


二　无人知所去


大小匡山佳境胜景固不待言,在四野八郡的井阑边、廊庑下,
飞快传递着的闲话里,"桃花"、"鹿鸣"更非虚语。结队而行的游
客回来了,总有人争说:确是看见鹿了。旁人便抢忙给道喜:逢鹿
就是逢禄,家人或者本人,即将功名大显。这是天赐,便有更多人

迫不及待地要去。有桃花时赏桃花，没有桃花的日子长，还可以看竹烟天水——这是另外两景，终年不负人约。

传闻之中，从丑末寅初起，天色还暗着，神仙就在一片万竿竹林里起身了。神仙出来行走，是没有形体的；无形有影，殊为奇丽，更看得人痴迷。至于有什么影呢？人人所见不一，相同的是晨光乍透，竹旌飘摇，跟着浮动的青霭，就殷殷刻画出神仙的衣裳。

相传昌明县北十里地头上，有一编户老妇，为深蓝色的霭气所惑，迷走于竹林之间，经整夜寻不着归处。却在一个不经意间，摸着了仙人的裸足，返家后，指掌便溃烂了。这事引发了不小的惊恐，此后也就再也没听说过有谁敢打着什么峨眉山的旗号来此推拓道术了。

可是旅者如织依旧，他们对天水——也就是大匡山上的一条银练也似的飞泉——更加着迷。因为飞泉在天，日日都能招来或直或曲、时高时低的虹；虹之生，又恰在竹间青霭消散之后，所以人们视此二景为一事，那就是神仙的游踪。

日久便有诗句传出，说是写在一片石上；此石方圆数十丈，其上遍生绿苔，分寸无间，可是忽然有一日，出现了刮刻诗句，字如斗大，迤逦歪斜：

犬吠水声中，桃花带露浓。树深时见鹿，溪午不闻钟。野竹分青霭，飞泉挂碧峰。无人知所去，愁倚两三松。

这首诗刻在巨石的苔衣上，经历几度春秋，多年以后，原作者将之践踏、刓剔，以至于剥除殆尽，最后不知是有意无意，只留下了末联的一个"去"字。此乃后话，其中或有伤感的遭际，于此也就暂时留取心神，容后细表。

不过，乍看此诗刬苔而出，人们总会讶异：是什么人，敢在神仙居止之处这样放肆留言呢？

巨石青苔之上的五言八韵之作晾在日月星辰之下已有些时日，想必神仙也看见了，但是说也奇怪，仿佛神仙还真不愿意见这诗人，较诸先前还微露形迹，如今反倒刻意不现踪影。


# 三　壮心惜暮年


持神仙之说的，不会认识赵蕤；认识赵蕤的，不谈神仙。

赵蕤，先氏为文翁嫡传弟子，世代习经术不绝。至汉宣帝时，蜀中传《易》赵宾，已称大儒。嗣后两百年家学，复开出术数一科。至于南朝宋、齐之交，赵氏族人繁盛起来，遂聚居于剑南道潼江之上的盐亭县，名赵村，每代移出一支族氏，或传经或授术，不复归里。

赵蕤这一代移出七丁户，多行医卜。唯有此子，遍览群经之余，兼习医药、卜筮、巫俗、树艺、耕耘、匠作，"但莫知所宜"，乃字云卿，这是多年以前赵蕤的父亲在长安结识的一位年轻诗友沈佺期的字，把来给了自己的儿子，也不免有深切期许的意思。赵蕤的另一个字是成人离家之后自己取的，叫大宾，一方面以先祖大儒自勉；一方面也是点明身在异乡为客的处境。此外，根据某些记载，他还有一个号，叫东岩子。

一个在剑南道流传相当广泛的说法，以为赵蕤年轻时曾经隐居于长江明月峡，改名微，字微子——这当然是以商末纣王时见逐的微子启自况——又因为追慕汉末诸葛武侯的人才与节操，而另号为"亮生"；到这名与号为止，都还明朗有理。

可是这一则传说的细节漫衍渐远、也渐荒诞，说是有"微生亮"者，隐居读书，时以捕鱼为业，曾在长江的明月峡中捕得了一尾三尺白鱼，回手扔在舱中，覆之以芦席。回到家门前入舱揭席一看，鱼随即化为少女，洁白端丽，年可十六七。自道："高唐之女，偶化鱼游，为君所得。"

这"微生亮"便问："既为人，能为妻否？"女曰："冥契使然，何为不得？"如此夫妻三年，鱼妻忽然道："数已足矣，请归高唐。"微生也不拦阻，只问了声："何时复来？"妻答："情不可忘者，思我便来。"据说，其后每一岁间，夫妻还能够见三数次面。

不过，世事本然，似非如此奇诡。明月峡原名破天峡，为巴蜀北方门户，是嘉陵江凿岭而成。原来赵蕤浪迹在外，曾于破天峡逆旅中为一自称从京中来的妇人疗疾，仅以一脉、一方，便豁然而愈之，因此一举而医名大振。此后，往来求问者不远数百里风闻以至；赵蕤也就在破天峡羁留了三年，的确于闲暇时，也在峡中打过鱼。

而那妇人于三年之后，居然又来到了破天峡，仆从豪健，车马鲜明，衣饰华艳，望之即是贵盛之家。她当众宣称："欲谢相公延命之恩，恨不能也。老媪将死，今止弥留；相公天纵之才，非徒一医可系，似应旁览博闻些许。"

说完，指点了赵蕤一个去处，就是江油县之南、昌明县之北，人称大匡山的戴天山——那是贵妇的原乡，本有一份家业，宅屋五椽，藏书万卷；却都是赵蕤从来不曾寓目的奇书。

至于那颠倒依托的微生亮故事，里头有个"洁白端丽，年可十六七"的姑娘，则或许指的是赵蕤日后的妻子，名叫月娘。世间纷传奇谭的人，有讹称此事在晋、宋之间的，又有讹呼其地为朝天峡的。

朝天峡之名不错，然而能成其名为朝天峡，事在数十年后——那是因为玄宗皇帝天宝年间避难入蜀，官民迎驾于斯，而呼"朝天峡"。此外，"明月峡"也是附会之说，谓出自盛唐诗句，更属无稽。且若真出自唐人，那么"晋、宋"之间传闻，又岂有待于后世之诗为之命名呢？这些错乱矛盾，便不暇细究了。


巨石上的诗，赵蕤视而不见。他的妻子月娘知道其中必有缘故，也懒得追究。不知过了许久，忽一日晒书，赵蕤自己忍不住了，道："石上那几韵，写得如何？"

"知道是谁写的？"对面不应声，那就是知道的意思。月娘明白他的脾气，偏不问，反而回头说那诗："'中'字用虚而得实，'带'字化实而入虚；行文佻达可喜，只声调齐整，与时下风流略近——看似是一初生小驹，迤逦乱走罢了。"

赵蕤像是打从肚子里应了一声，这就表示他深沉的赞许了。过了片刻，才道："是故人之子。"

"何以见得？"

"'树深时见鹿，溪午不闻钟'二句，"赵蕤接道，"见鹿一句自是指此地，闻钟则是此子所在之处。"

"他在庙里？"

"大明寺。"赵蕤摇头笑道，"怕只跟着僧人学了规矩，坏就坏在规矩上。"

"既是故人之子，何以不见？"

"'溪午不闻钟'是何意？不就是说我怠慢了他么？狂生、太狂生！"

"狂生或要老来，才悟得这狂之为病。"月娘刻意把个"老"字说得重了些。

赵蕤听出来了，这是在说他。


# 四　少年游侠好经过


赵蕤的故人也是他在破天峡结识的病家，名叫李客。此人深目龙准，满面虬髯，看似粗犷人，也能随缘攀谈，应声言笑，且谈吐十分不俗，似颇读书识字；只是有些话说来云山雾沼，难辨虚实。就如初来问诊时，赵蕤替他把过一回脉，问道："比来饮酒乎？"

李客即笑道："午时后尚未。"

赵蕤已觉得此人容止坦易，不像寻常的估客负贩，复问："可安寝？"

李客答："睡得不稳，死去两更次。"

赵蕤再问："死即死矣，死后焉得知？"

李客复答："见牛头马面来。"

赵蕤也笑了："见过牛头马面，竟然还能来见某？"

"神仙说笑了，"李客道，"是某摩挲那牛头道：'行色匆匆，不及扛着鼎来，烹这大好牛头。'他便送客还阳了。"

李客就是这么自报家门的。

是后三年间，每逢春秋两节过后，他都会找个病恙为口实，出入破天峡与赵蕤相会——两人多年之后还当真吃过一鼎燖牛头。据往来出巴入蜀的人们风传：李客的营生似乎越发出落得有规橅了，他拥有一支水旱两路的商队，分别以九江与三峡为起迄之地，每逢三月、九月东行，三峡一旅数舲，船似箭发，顺流而下；二月、八月西行，九江一旅仍是大小船只结队成行，逐风迎浪，橹荡纤行，也颇具容色。

赵蕤移家戴天山，就是随李客雇买的车马。此后偶相通问，他才渐渐知道：李客原是西域商贾，于中宗皇帝神龙元年，随商旅返回中原。然而赵蕤一直不明白：原来李客还有好几个子女，其中一长一幼二男，都在十四岁上辞亲远行。长子赴江州，幼子守三峡，两端收拾买卖，已经堪称熟手。然而李客半生奔波，饱经万里跋涉之险，从来不肯稍事招摇，只把自己装束成一个独行小贩——尤其是经手的货物价值不菲时，他越是蓬头垢面，只身独行，倒有几分乞儿容色。

是在巨石上刻了那首怪诗之前不多久，李客赶着驴马茶布，看似是从外地回来，刻意经过。他就站在山路边，摇着驴铃，有一句没一句地喊："神仙！神仙！"

赵蕤请他上山，他推说货贩沉重，懒得爬坡。只扯着嗓子道："神仙收弟子不？"

"某自道术不精，岂敢误人？"

"犬子在大明寺随斋，也无多出息。"

"汝儿亦不少？"赵蕤的确很惊讶，却也透露着些许调侃："向不知寺中还有贤郎。"

李客摇摇头，道："贪欢片刻，劳碌一生。"

赵蕤听来得趣，不觉移步而下，一面招手道："来来来，汝谈吐如此，大有况味，贤郎哪得不佳？"

李客这才回转身，从骡口一侧的笼仗之中小心捧出一大油布包裹，看来足有五十斤上下，道："前番过此，神仙说在抄书，某今回里，自袁州带将此物事来。神仙眄一眼，合用否？"

那是前朝以来宜春当地的盛产之物，天下风行，号"逐春纸"，就是竹皮制纸。据云：制造此物工法极新，冠绝群伦，大异于一般硬黄，乃是经过多番蒸煮、舂捣，较诸平素常见的麻皮、楮皮、桑皮、藤皮所制之纸，都要辉光妍妙；比起近世以来大行其道的檀皮、瑞香皮、稻秆、麦秆所制之纸，更为柔软坚实。赵蕤见之大喜，伸出手掌，往纸面轻轻抚去，道："此纸某闻名已久，向未用得。想来应极贵重罢？"

"神仙造语，毋宁忒俗了些？"李客将整一捆油布包捧稳妥了，才缓缓置于赵蕤臂弯里，随即道："既然是好纸，就凭神仙说长道短，尽用不妨。"

这又是一句玩笑——显然李客还记得：赵蕤多年来一直说要写的书，就叫《长短经》，取百家言中称纵横家为"长短术"之义。

一看这纸价值不菲，赵蕤知道：或恐逃不过这李客的央求了，只好试着虚虚一问："贤郎日后是要用世的？"

"以某商旅江湖多年所见，唉！"许是因为说到了儿子的前途，李客忽然肃起脸来，道："而今选人、任官已是两条路，纵使博一出身，未必能获铨选。此子天资是有些，奈何不能安分读书。前些年居然还随身带剑，出入市井，学豪侠道——"

"天下大定多年，海内晏安，我这一部家法，独善尚且不能，更非人间之学了。"

李客根本没听他说，迳自接着自己的话，喃喃道："——还杀了人。"

不但杀人，还与相结成伙的少年立下盟约：知一不义，杀一不义；见一不仁，杀一不仁；直须杀尽天下不仁不义者。

　　"能以仁义为名，倒还是儒中之侠。"赵蕤并不想过问他那儿子杀了什么人，又为什么杀人，遂只笑了笑，道："以武犯禁不佳？只好让他以文乱法？"

　　"神仙的学术无所不及，何不指点一二？"李客说着，忽然双膝落地，咧开嘴、跟着苦笑："神仙倘不肯救，此儿日后不外便是横死于市的下场。"

　　路人乡人时来顶礼膜拜，赵蕤见惯而不怪，任李客那么跪着，道："汝家有少年，别家亦有少年；某今日收贤郎，明日自不能不收他人；连月经年，这大匡山岂非成一结客少年场？汝，还是让他在大明寺修行罢！"

　　李客仍不松口，膝行而前，急道："他却也不是一味逞豪强，有书可读，毕竟寓目不忘——他，还会作些诗文。"

　　赵蕤听得大笑，都笑得阖不拢嘴了，道："近世官场识字者众，人人都作诗文；君不见：天下各州道刺史荐人举才，也都道'汝小子能诗否？''汝小子能诗否？'——千人一律，万口同声，算什么能耐？"

　　"客乃一介贱民，却也还知晓：作诗是不谬的。诗道宏大，'迩之事父，远之事君'，就是圣人之言！"在这一刻，李客头一次感觉自己坚持所见有理，和神仙算是平一肩头了。他自站起身，没忘了掸掸衣襟上的尘土，随手又开了笼仗底层一屉，露出里面的几函书卷，道："神仙且看：凡此种种，也俱是圣人之言，如何能看不起？"

　　"汝不闻'圣人不死，大盗不止'乎？固尔也是一说！"赵蕤仍自捧着那牛腰也似的一卷"逐春纸"，笑道："汝权且当某是大盗，劫汝好纸一宗，来日另报罢。"

李客所在意的，不是这一大捆从数千里外驮来名贵纸张，而是他不能明白的道理。他像是在跟谁赌气似的快手收拾缰索，转身冲北而去。他没有心思理会群山中回荡着的呦呦鹿鸣，并步穿过一大片桃林，接着，听见一声一声夹杂在潺湲溪水之间的犬吠。此后数武之外，复向西北竹林外一弯，土地平旷之处，就看得见大明寺了。

他就是要去大明寺，片刻也等不得——笼仗里的几卷经书的确是要让儿子读习讽诵的。他还得要去跟儿子交代一句万分要紧的话：先前再三叮嘱，要他前往大匡山投拜神仙的事，就此作罢了。李客边赶路、边叹息，可惜了，可惜了——他衷心相信：神仙的道术再高明，终不能鄙薄圣人。他虽然不敢说神仙不对，却隐隐然觉得赵蕤身上有一种与他极不相侔的气性；他有些畏惧，甚至有些不敢仔细回想的厌恶。

但是李客万万没有想到：他这一交代，反而勾起了那儿子的兴味——

"神仙如何不好？"

"他不敬圣人。"

"如何不敬？"

"他说'圣人不死，大盗不止'。"

"是理！"像是梦中惊寤而起，这少年抬起头向南边的大匡山望去——他当然望不着，中间还隔着苍林一带，崦岚十里。

"竟道：作诗亦不算什么能耐。"

"更妙！"

少年从袖筒中摸出随身携置的匕首，拉开铜鞘一寸，忽又收锋，复拔之，再收之；反复发出一扬一抑、金铁鸣击之声——这是他打从孩提时就养成的习惯；或者应该这么说：自从他学习写诗伊始，就是借此而辨认声律的——拔出匕首，有回音缭绕飘摇，其声高而平，略显悠扬；收合匕首，余音则沉浑促迫，其声低而滞，略显厚重。有些时候，他还会用较长的剑练习，拔剑、收剑的尺幅大了，音高、音低与缓急弛张的层次也就更多些。不过他肘臂力弱，偶一不慎，不能将剑与鞘的遇合深浅持稳，便险象环生；有一次，还因为收不住势头而险些将剑尖刺进了大腿。然而，他不太在意这个，他乐于听见比丝竹弦管更纯粹而简约、质朴的声音。

此刻，他从匕首与鞘忽离忽合的声音里，想象着自己已经去了大匡山，走在蜿蜒的山路上——犬吠水声中，桃花带露浓。

他在写诗了。


# 五　结客少年场


这首诗，的确令赵蕤沉吟多时。

他感觉到这位来访之人并不十分迫切地想要与他结识，但是却充满了迷惘与好奇。赵蕤在裁就了的逐春纸底下夹垫了牙版，面前几上则放置着早先丹黄涂抹、几乎不能卒读的凌乱手稿。他对读着，读一句，抄一句。一字一声，都是他的半生心血——一部不知道该命名为《长短经》、《长短书》还是《长短要术》的著作，一部将要超迈杨、墨、荀、孟，直追庄生的思想之学。但是他分神了，他不得不想到李客那儿子，连自己都没有发觉的瞬间，赵蕤忽然说：

"彼少年随时还复来。"

月娘为室内的六檠椀灯注满了豆油，看看瓦缸之中的余油也不多了，正想着该去榨豆油的事——那可是极费气力的工计，听赵蕤一说，即道："来时遭他榨几斗油好使。"

"此子父兄失检，幼学浮浪，尚且结客杀人，看来如今只是避难于佛寺，一时安适耳——某实在不便安置。"

"结客"一词，流行数百年，原本就是同侪之人，结伙滋事的意思。汉季陈思王曹植率先将此词入诗，作《结客篇》一首，有"结客少年场，报怨洛北邙。利剑鸣手中，一击而尸僵"的名句传世。月娘听他这么说，反而笑了："彼来，汝便教彼学些个'结客少年诗'。"

月娘说的不是玩笑话，遥想七百年前，大汉当天下，京畿少年群起取财收掠，请赏报仇，闹得欢盛时，京师羽林军士皆为之束手。没多久，这一群少年杀出了极残暴的血性，甚至以游戏视之。他们日日相聚，选官而杀。一伙人买百数红黑弹丸，红丸五十、黑丸五十，盛于囊中，任意选择一人，探手入囊取丸，探得赤丸，便胁之斫杀武吏；探得黑丸，便胁之扑杀文吏。直到一酷吏尹赏出任长安令，旦夕间发兵围捕，一网成擒。长安市中随即为之编制了应景的歌谣："何处求子死，桓东少年场。生时谅不谨，枯骨复何葬。"到了曹植那时，"结客少年场"就连缀成为一词，专指少年结任侠之客，为游乐之场，终无所成；甚至终将沦落为白骨暴露、路人不顾的下场。

赵蕤在此刻停下笔，顺手将笔毫在几旁的水瓮里涮洗起来——这表示他今晚已经不会再抄写了。他秉起一灯，走到壁边架旁，手指轻轻拂过那一张张从书页间伸出的牙签——那是他多年来每一番阅读的痕迹，他在找其中的一记步履。

"容奴一猜。"月娘道，"相公要找的是《幽忧子集》？"

赵蕤神色不变，将灯举高了些。月娘忽地又"呀"了声，急道："不！"

"相公要找的是虞监那一部、那一部——"月娘想得着急，揪住衣襟、掠一掠发角，仍旧想不起。

赵蕤回眸笑道："却怎不猜是沈佺期的《卿云歌行》？"

月娘立刻提高了嗓子，道："不，沈相州的那一首太凄苦！"

"哪一首？"

"相公不是在找《结客少年场行》吗？"

"月娘运筹于绣帷之中，竟然可以卜我于千里之外了！"十分无奈地，赵蕤笑起来："我冥搜苦学三十年，究短长、探纵横，总还不如汝天资颖悟，洞机深透呢！"

月娘并不是猜对的，是一念通明，缘理而会。

赵蕤所问"却怎不猜是《卿云歌行》"话中的《卿云歌行》，是近两年间流传了一阵的歌诗集，随着驿路和驿站飞快地开拓与增设，普天之下总计不过一二千人觉有兴味的手抄书册，偶尔也会流布到汉州这样偏远的地方来，为数不过二三，好歹却让赵蕤撞上一本。

看得出来，这一本《卿云歌行》抄工极坏，错字连牍，但是难不倒赵蕤，他随手涂注校正，有时还不免对本来没有抄错的原文也动了点窜修改的念头。那正是沈佺期的一部集子——沈佺期，字云卿，赵蕤父辈的世交；也是他被父亲命名为云卿的来历。为什么这两年沈佺期的诗会忽然闹得许多人争抄呢？大约也是由于他在两年前成为新鬼之故。人一死，会忽然间像是干过许多好事，甚至写的诗也忽然间评价高了些。

然而沈佺期这一首《结客少年场行》写得极为悲凉，远远脱离了这一诗题在旧日乐府中那种恣肆奔放的格调，比起他的小前辈卢照邻，以及老前辈虞世南，似乎都欠缺生气。

恰由于从刘宋元嘉时期的鲍照、梁与北周时代的庾信，到本朝的虞、卢诸翁，都曾以率性少年为题材，写过歌诗；月娘的"猜"就有了谱。她觉得：赵蕤是在揣摹那留诗石上的狂放少年，究竟是何等样人？但又不愿意面对这种少年郎逞义气、斗狠勇，浮浪于尘市之恩怨是非，便想要从前人的结客少年诗中取味。

一开始，月娘想到的是留下一部《幽忧子集》的卢照邻。他的那一首《结客少年场行》是这么写的：

> 长安重游侠，洛阳富财雄。玉剑浮云骑，金鞭明月弓。斗鸡过渭北，走马向关东。孙宾遥见待，郭解暗相通。不受千金爵，谁论万里功。将军下天上，虏骑入云中。烽火夜似月，兵气晓成虹。横行徇知己，负羽远从戎。龙旌昏朔雾，鸟阵卷胡风。追奔瀚海咽，战罢阴山空。归来谢天子，何如马上翁？

但是，月娘立刻忖到：诗中的少年散金仗义，玉剑雄才，意气昂藏。可是出关入塞之间，岁月消磨如驰，一生一世便付诸流水了。运势好的，千万中不得一二，偶建奇功，或能保全了性命。尽管归来之后，致君王以太平，却只是皤然一翁而已！这绝对不会是赵蕤所期待于任何人的景况。

所以她才一转念，接着想起虞世南也有题为《结客少年场行》之作——虞世南官至秘书监，致仕之年以八十一翁而卒，人称"虞监"的便是。只这老虞监的一部题为《伯施咏》的集子，她忘却了题目。月娘所记得的，倒是那一首《结客少年场行》：

> 韩魏多奇节，倜傥遗声利。共矜然诺心，各负纵横志。结交一言重，相期千里至。绿沉明月弦，金络浮云辔。吹箫入吴市，击筑游燕肆。寻源博望侯，结客远相求。少年怀一顾，长驱背陇头。焰焰戈霜动，耿耿剑虹浮。天山冬夏雪，交河南北流。云起龙沙暗，木落雁门秋。轻生殉知己，非是为身谋。

月娘猜得不错——赵蕤所想的，正是这一首诗。日后他作育李白之始，也是此诗。在他看来，古今多少《结客少年场行》，此作真是冠军！


# 六　锈涩碎心人


这原本是一个诗的盛世。

太宗尚在秦王时，就曾经开立了文学馆——此处文学，仍依汉时用语，是文章博学的意思；馆中收纳天下才士，多贤达，有以房玄龄、杜如晦、姚思廉、陆德明、孔颖达、虞世南、苏勖等。高祖武德九年，复将门下省之修文馆改为弘文馆，以虞世南、姚思廉、欧阳询、蔡允恭、萧德言等充之，专责校理及庋藏天下典籍。

这些以经史百家学问为根基的建设，与诗歌乐舞之流原本异途，然而一个以鲜卑族"异种冒姓"而奄有天下的共主，似乎宁可特意表示其受汉族文化的薰沐濡染，并不稍逊于中土之人；由此，李唐王朝特别重视与奖掖文教。

文艺、音乐所带来的不只是美学、感性上的刺激与满足，多少也涵摄了南朝风物人情对这个北方新王朝的召唤，太宗、高宗、武后、中宗，以迄于当今的开元天子，似乎都对能够作诗的人才有着更积极的兴趣。从更实际的、更细腻的面向上说，唐人建立的朝廷对于南朝趋近于整齐、对称、平衡乃至于抑扬顿挫的种种音乐性的讲究，似乎也没有丝毫抗拒的能力。

高宗及武后就时常自制新词，编为乐府，以供传唱。到了中宗时代，更经常效法汉武帝、梁武帝故事，在宫中举行宴会，命群臣赋诗，或联吟、或分韵，与宴与酒，以声以歌，那也确乎是帝王想象中繁华世道的吉光片羽。

据说，中宗时候，每到月底，皇帝都会驾临昆明池，作赋诗之会。有时皇帝会亲自命题，有时不命题，让妃子在韵字笚中拈签定韵，一则以考察群臣的才思，二则以激扬百僚的斗性。届时殿前建筑高楼，饰以彩帛，待众人缴交诗篇之后，皇帝会命遣新封的女官"昭容"——也就是权倾一时的上官婉儿——选取其中一首，翻作成御制新曲。

就在这一段作曲套谱的时间里，皇帝自创一例，他会走下御座，步行到彩楼前方，用洪亮的声音宣告："天下才归诸天下！"紧接着，为了表示他也能够运用经典治国，且符合当下情境，皇帝还会即席吟诵诗篇应景，诵的是《诗·小雅·鹿鸣》里的四句："我有嘉宾，鼓瑟吹笙。吹笙鼓簧，承筐是将。"

为什么是这四句呢？原先在《诗经》里，后两句说的是：当帝王有如款待嘉宾一般地宴集群臣之际，君臣之分松散了，成为平行的主宾。帝王或君侯宴请群臣如宾客，在佳肴美酒之余，还赏赐了许多装盛在筐箧之中的币、帛，以展现帝王礼贤下士之意。臣子饮食已毕，复携礼而返，于是莫不感激，宾主尽欢。于吹笙鼓簧间，还有宫人捧着盛了币帛的竹编容器，向众人劝酒。中宗皇帝想到这"承筐是将"还可以有他身为大唐天子的别解，因为紧接着，就是整套赋诗、献诗、采诗之会的高潮——

那些不能中式的诗篇，也就是群臣手作应制的原稿，已经妥善装盛于竹编的朱红色漆笼之中，由众女官纤手向彩楼下抛洒，诗签缤纷飘摇，有如天散花絮，百官则摩肩擦踵，相互呼唤，认名自取其诗作而归。

赵蕤则称群臣所作之诗为"乞儿词"，呼此一蕙集为"丐恩会"，叫那彩楼为"折颈楼"，是由于人们仰望天恩，久候却不能获得圣眷，连脖子都僵折了。

白眼冷看名利场，赵蕤有他独特而深沉的愤懑。这也和他会追问月娘的那句话有关："却怎不猜是《卿云歌行》？"《卿云歌行》，沈佺期的一部流传了没有多久的诗集。其中也有一首《结客少年场行》，却与南朝及大唐前叶其他诗人的取材、述志、用情皆迥不相同。

沈佺期于初任官未几，便因为收受贿赂下狱。他不服，以为罪责来自诬陷。在狱中，他撰题《结客少年场行》鸣冤；这和以往的同题之作大不相同。

以声调论，洵可称为唐代以降近体格律的奠基者之一。这也是沈佺期的本行——他十八岁成为进士，少年科第，得意春风，一入仕，即成为皇帝身边的语言侍从之臣，任中书省侍制，为皇帝掌理文书档案；也会在皇帝主持庆典或祭祀、旅游活动的时候撰写诗文。不过，他的另一个执掌似乎更重要，是为"协律郎"。

这份差使是相当独特的，与后世沦为皇家祭祀典仪的八品小吏不可同日而语。沈佺期和他的同僚必须为这个幅员辽阔、方言纷杂的大帝国审订出诗歌的美学标准，"如何使声律协调"只是一个宗旨，实际从事者，则相当繁杂。

协律郎非但必须搜罗各地语言音读，还要从实际的诗歌创作之中寻找词曲咬合的技巧，并以之订定"诗言志，歌永言"的声韵法则，提供朝廷评定考试取材的标准和基础。

这项职务攸关帝国所简拔的人才能否具备精敏的语文感性，而这个讲究，就是对其人是否耳聪目明，作一审慎的考察，堪称是举士抡才之锁钥。这个官职一任四年，沈佺期仍复以少年昂扬之姿，出任了吏部考功员外郎，这已经是科举取士的主考官了。

大约就是在考功员外郎任上，那一宗对他日后的性情与人格影响极大的贿赂案案发，沈佺期银铛入狱，写下这一首月娘称之为"太凄苦"的诗。相对于诗史上许多表现身世、遭遇悲哀惨痛的诗歌而言，这一首《结客少年场行》当然不算什么；凄苦之说，是与其他同样以《结客少年场行》为题之作相较可知：

　　幽井绝天地，痼云没路尘。阑干随手剑，锈涩碎心人。自愧高怀老，谁教远望频。少年曾誓志，极塞肯捐身。代马穷秋逐，斗杓指岁湮。堪羞节旄染，竟忍壮图沦。一器薰莸共，众咪忧惧真。应怜家父诵，不惩尹师臣。结客功名易，修书射猎新。南冠宜侧傲，中热可逶巡。吾本扬波者，胡为更湿巾？

此诗用典不多，也不算生僻，但是仍然可以聊为解注——

"代马"，是指北地所产良马。代，古代郡地，后泛指北方边塞地区。《文选·曹植朔风诗》："仰彼朔风，用怀魏都；愿骋代马，倏忽北徂。"是此词入诗较早的一个例子。

"薰"，香草；"莸"，臭草。"薰莸一器"，譬喻君子小人共处。

"众咻"，语出《孟子·滕文公下》："孟子谓戴不胜曰：'子欲子之王之善与？我明告子：有楚大夫于此，欲其子之齐语也，则使齐人傅诸，使楚人傅诸？'曰：'使齐人傅之。'曰：'一齐人傅之，众楚人咻之，虽日挞而求其齐也，不可得矣。'"引申来说，即是小人环伺喧嚣，日夜谗谤君子。

承接着上一句的讽刺，"家父、尹师"也表达类似的忧心和恐惧。语出《诗经·小雅·节南山》，说的是一个名唤"家父"的小臣，讽刺权贵"尹师"，有"昊天不平，我王不宁。不惩其心，覆怨其正"的控词。

"南冠"一词出于《左传·成公九年》："晋侯观于军府，见钟仪，问之曰：'南冠而絷者，谁也？'有司对曰：'郑人所献楚囚也。'"后世常以南冠作为囚徒代称。

"侧傲"这个连绵词在意象上与前一句的"南冠"相衔接，但是另有来历。典出独孤信，原名独孤如愿。此人少年时就喜爱修饰，讲究仪表，且善于骑射，是个文武双全的英雄人物。北魏主尔朱荣拔之为别将，迁武卫将军，军中称"独孤郎"。高欢掌权后，他随北魏孝武帝西投宇文泰，封浮阳郡公。高欢随即另立孝静帝，迁都邺城，史称东魏；宇文泰则鸩杀孝武帝，于大统元年——也就是李白出生前一百六十六年，另立文帝，定都长安，史称西魏。

从此，北魏一分为二，史称东魏、西魏。独孤信坐镇陇西，任秦州刺史近十年，"示以礼教，劝以耕桑，数年之中，公私富实，流人愿附者数万家"，有"斜阳侧帽"的故实，驰名当世，见《周书·独孤信传》："（独孤）信在秦州，尝因猎日暮，驰马入城，其帽微侧。诘旦，而吏民有戴帽者，咸慕信而侧帽焉。"引申为风标独具，不与人同的姿貌。

中热，即热中，语反而义同。典出《孟子·万章上》："人少则慕父母，知好色则慕少艾，有妻子则慕妻子，仕则慕君，不得于君则热中。"

这个词，堪称是大唐一代士行的特征，人人热中，遂有那样深沉厚重的怅惘不甘，堆叠出无数伟大的诗篇。

# 七 青冥浩荡不见底

"热中"，一个绝大部分唐代诗人难以回避的主题。

少年李白已经在十岁左右熟诵了包括《孟子》在内的儒家经典章句，他自然能够体会，人在幼小的时候依赖和爱慕父母；也能亲切体会异性美貌的魅力。至于爱护妻子究竟如何，还可以从自己的父母聚少离多的相与亲即之情约略捕捉，然而，"仕则慕君，不得于君则热中"是一种什么样的怀抱呢？这竟然是赵蕤与李白接触之初，一个带着冲突意味的话题，李白日后一辈子都带着这个冲突。

赵蕤在和月娘猜谜的那天晚上，也一直回味着百多年前腾达一世的虞世南，以及三五十年前才华艳发的卢照邻与沈佺期。国初百年之间，两代以上的骚人所写的每一首诗歌，都像是在树立一种声律铿锵的典范，让后之来者追步逐前，亦步亦趋。

赵蕤每每读之，察觉这些作品声字咬合之间细腻的神采风姿，也同时感受到诗之为物，竟然会被完美的感动所牵制、所束缚；以至于不能脱离、不能遁逃。赵蕤十分迷惑——这些前辈诗家揄扬、倡导的诗作规模已经逐渐形成朝廷考试的准绳，"中式则取，不中式则黜"。考选所得之作，吟诵起来的确声词雅美，顿挫悠扬；然而，就是这样了吗？

想到这里，他感觉自己有些幽闷，也有些烦躁；举世如静夜，沉寂渐于酣眠。而诗之为道，似在其中：在其数何止万千、蝼蚁也似的众生里，就算极少数醒着的人还能矫首仰视，所能看见的，不外是一轮明月，以及那些闪亮的明星；星月之光虽然熠耀，其光芒不也遮蔽了夜幕吗？赵蕤所想追问的是：难道只有那些主持典试的前辈诗家所讲究的声律格调才得以被人仰见吗？他没有答案，但是仍不免对广袤的黑暗极为好奇。

月光皎洁无匹——既然家中所贮灯油不够了，何不借月读诗呢？抄书的事，就留待翌日昼间罢。

他往袖子里搋起好容易寻着的虞世南《伯施咏》，提着一壶新酿的浊酒，愉快地步出"子云宅"，向那一片刻着诗句的巨石走去——彼处方圆百丈，杂树不生，空旷明敞，到了晴夜时分，朗月当空，自东徂西，几乎一整夜毫无荫掩。他盘算着，拂晓微曦之前，就能够把这集子再熟读一过了。

但是，他怎么也没有想到：这一天会有遭遇。


# 八　回崖沓障凌苍苍


就在满月临头的时刻，壶中的酒尚未饮得，他竟然听见一阵一阵金铁鸣击之声。起初，他还以为是猛然间入诗过深，幻得句中声词之义。随即他发现，那敲击之声有着相当严整而明确的节奏。乍听之下，只是简单的清浊两音；然若仔细聆听，不但有抑有扬、有急有缓，还有反复与回旋之情。约略像是那些善以啼音诱寻配偶的禽鸟。然而，禽鸟的喉舌，怎么会发出像刀剑戈戟一般尖利的碰撞呢？

在赵蕤猝不及防的刹那，这一片平旷之地尽头的林子里迸出一句话来："道士好情怀——"这话说过半晌，又在半弧以外，林子的另一侧传出了下一句："也好眼力。"

这人显然不愿意露面。然而赵蕤的耳力也非泛泛，他立刻听出来，对方是本地人，但是语音不纯，在说"道"、"好"、"怀"诸字时，会不由自主地先把嘴咧开，显然此人身边长年有南方大蒙国的乌蛮族土人咻咻而言，影响了他的口语。

转念忖及蛮族情势，的确令赵蕤背脊发一阵凉：乌蛮、白蛮之争虽然还在千里之外，近十多年来已经不断地有各部蛮人零星出奔，来到剑南道。他们都是洞明时局的素人，深知争伐不断，必有大乱，因而率先逃离了扎根千年的故土，流落到巴西郡来。

但是朝廷对西洱河六诏酋长之国的剿抚之议迟迟未决，坐令南方的大蒙国崛起。在赵蕤出生之后没多久，蒙氏一酋便与白蛮所号称的白国互相侵扰不休，一旦有冲突，便仇雠牵连，循环杀戮。

在赵蕤看，十年之内，朝廷或恐就要兴动大兵，前往弭平。战事虽然在远方蛮域，糜烂之势尚不至于溃及此间，可是战前战后，一定还会有大批流亡的家户和人丁不断地拥入邻近道府，那么，这绵州恐怕也就不得安宁了。

这林中之人，即令并非蛮域来奔的流氓，也该与那样的人颇有瓜葛罢？

"听说道士不敬圣人。"林中之人又冒出没头没脑的一句话，而发话之处则更趋近了些。

赵蕤有将近大半年不与外人送迎往来，能引出"不敬圣人"的指责，可不就是前些日他随口说的"圣人不死，大盗不止"所惹起的吗？这话，他只同一个人说起——"汝可是昌明估客李郎的后生？"

这话没得着回音，倒是林子的另一侧又冒出来一声："呔呀！呜呼呼呀！"

这是一声既带着惊疑又有些玩笑意味的感叹，听来更熟悉了，果然是乌蛮人用语。但凡是接触过乌蛮土著的，无不熟悉，此间方圆千里之区时时可闻。这"呔呀呜呼呼呀"是彼邦之人经常不意间脱口而出的发语之词，有"居然"、"果尔如是"或者也可以有反义"万不可如此"的意思。

如此看来，在林中藏身的，至少有两个人。

这时，先前的一个刻意放高声，像是专对那第二人叫道："指南，汝亦来此作甚？"

这个被唤作"指南"的应声答道："也来相相神仙。"

赵蕤微微一凛，暗忖：看似这第一人不知有第二人，然则林中不速之客或恐不止两个？而子云宅里的月娘却是孤伶伶一个人。无论如何，知己知彼，方可应付——他总得先把这两个逼出来，也才能得知对方有无余党。赵蕤当下将《伯施咏》顺手一摺，提起酒壶来，仰脸灌了一口，道："某就此一壶，恰可以奉飨贵客，晚来不及共饮，休怨某悭吝。"

这几句话还没说完，但见林中东西两侧倏忽纵出两条身影，掠形横空，襟袂翩然，其势甚疾，有如鹰隼。

# 九　我独不得出

　　转瞬之间，两个足登乌皮靴的昂藏少年，分别站在赵蕤的面前。身量约有八尺、膀大腰圆的这一个，身着褐麻短衣，却裁剪成城市里近年来时兴的窄袖款式，脖颈上围了女子常绕肩聊作盛妆时用的披帛——显然也是追随那些市中少年的打扮，这后生伸手接过赵蕤手上的酒壶，作势让了让另一个，仰脸痛饮了一大口。

　　另一个身形不满七尺，穿一身较宽大的布袍——稍后赵蕤看出来，袍子并非宽大，而是根本不合身；在月光下要仔细打量，才辨得清那原来是一袭僧袍。这少年直楞楞睁着一双虎眼，看大个子友伴饮酒，看得出神有趣，竟笑了，道："指南，酒固佳，何必嗑死？"

　　才说着，名唤指南的大个子也给逗得笑了，笑得呛咳起来，随即将壶递过去。

　　而这僧袍少年像是没有酒兴，双眸一转、掌一摊，盯着赵蕤，道："神仙且饮。"

　　赵蕤还是狐疑，人道结客少年，出没闾里，呼啸成群，难道今夜来的果然只有两人？正要探问，那指南却抢道："汝趁夜出寺到处游耍，莫要让那些秃驴知晓了？"

　　僧袍少年的一双圆眼仍旧眨也不眨地凝视着赵蕤，状若玩笑又似挑衅地接着说："今番倘若承蒙神仙纳顾，某便不回去了。"

　　"汝果然是李客家的儿郎？"

　　"某是李白。"李白顺手指了指大个子："他是吴指南。"

　　"汝访某来，必有缘故。"

　　"大道如青天，我独不得出，来求神仙指点。"

"出欲何往？"赵蕤一面问着，一面觑了眼旁边的吴指南，发觉他也状似茫然，并不懂得李白话里的意思。

"学一艺、成一业、取一官——"李白笑了，"谋一国，乃至平一天下，皆佳！"

赵蕤与人论事辩理，总惯于逐字析辨，刻意钻研；这是他饱览释氏因明之书所养成的一套说话甚至思索的兴味。越是让他觉得惊奇、异常而有趣的谈论，他越是将之视同"不得不破"的一个敌垒；非要将那言词一一拆解、显现箇中底细不可。这常令那高谈阔论的人支吾穷词，甚至躁怒咆哮。

在赵蕤而言，这不是追求困窘言谈的对手而已，他的确是在生命中的每一字句之上反复推求演绎，务得"内明"；也就是无限推问一论、一旨、一义的本然真相如何。半生以来，似乎也只有月娘还能勉强应付。

这时，他见少年李白得意，忽然起了玩心，操弄起对方的语句：

"若是学了一艺，而不能成就一业，抑或成就一业，却不能掠取一官，抑或掠取一官，但不足以谋事一国，而谋事一国却搅扰得天下大乱，可乎？"

吴指南又灌了几口酒，每饮一口，都小心翼翼地吐去酒渣，他看来比李白还年轻些，却能从容地对付这种新酷的浊酒，可见已经是个相当熟练的饮者了。李白到这一刻才索过壶来，徐徐而饮，并不在意浮沫，片时便将余酒饮尽。他抬起袍袖擦了擦嘴角的酒痕，忽然答道："亦佳！"

李白这简要明快的回答令赵蕤猝不及防，登时答不上腔。赵蕤之所以那样问，不只是言语机锋而已，尤其"若是学了一艺，而不能成就一业；抑或成就一业，却不能掠取一官"更切切关乎当时士人出一头地的机会。

大唐承袭隋代制度，官分九品三十阶，九品以内，是为"流内官"，以外则是"流外官"，亦即后人贬词所称之"不入流"者。"不入流"或"未入流"之官，经由考选、荐举、铨选等程序，也不是没有"入流"的机会，但是几乎所有类此出身而逐渐能够身居清要的官员，都宁可亟力隐瞒其"未入流"的资历。

倘若年轻时纯粹为了谋生，勉强跻身公廨，成为一介不入流的小吏，也称"胥吏"。无论厕身所在的是宫廷、军旅或者地方上的道州府县衙门，胥吏都只是大唐官僚集团里最基层的服事者。他们身份极低，仅略高于"胥徒"，绝少升官躐等的机会。

就以供承上官呼来喝去的处境而言，小吏近乎奴仆，几无尊严。打从隋朝立国以来，更严格规定百官服色，五品以上，可以着紫袍；六品以下，兼用绯绿之色；胥吏却只能穿青色衣襦，其地位和只能穿白衣的庶民、只能穿黑衣的商贾以及只能穿黄衣的士卒，几乎没有分别。不入士行则已，一入士行，若是有过充当小吏的资历，可能终身为累，备受歧视。

然而李白的答复却远远超出了这出处进退的境界。

"年少光阴宁觉老？无论如何蹉跎，确乎无有不佳者。"赵蕤一转念，仍旧咬住对方的语话，笑道："既然如此，便教汝一生只是屠沽负贩，列郡行游，无虑无忧。那么，天下事与汝既不当面，汝即安适佳好；何必求人指点？"

李白一面听他缓缓道来，一面不住地微微颔首，随即应声答道："我父便是负贩，却也知敬事神仙。神仙如之何？"

"某不是神仙。"

"不是神仙，却呼作神仙、敬若神仙，复如之何？"

"避不得，只能任他呼、任他敬。"

"某来，也是任神仙指点。"

赵蕤一凛，他凝视着眼前这少年，炯炯眸子，犹如饿虎。在言词上，他感觉受了顶撞，但是那一双眸子所透露的，并无敌抗之意，只有天真。他微一动心，问道："汝父曾告某：汝有兄弟在外？"

"兄在江州，弟在三峡，已经三数年了。"

"尔兄尔弟俱得在外自立，汝却说什么'大道如青天，我独不得出'？"

李白听此一问，神情略微有些黯然，瞬了瞬在巨石上眼茫神迷、既困且惑，不住打着盹的吴指南，道："他们耐得住计三较五，称两论斤，某却不成。"

赵蕤这一下忽然想起来：李客的长幼二子，已经在长江水运商旅的一头一尾各据要冲，成为父亲商队的接应。掐指数来，可不已经有三四年了？

近世以来，无论士大夫之家、耕稼之家、匠师之家，甚至商贾之家，如有子弟想要承继先业的，父兄之辈，多催使及早自立。与前代相较，甚至与宋、齐或齐、梁之间比起来，这种风气就显得慌张而促迫得多。

天下家户浮多，丁壮繁盛，许多年纪不过十三四岁的后生已经离乡背井，行江走湖。即以士人而言，自从中宗以降，朝廷用政，鼓励干谒，竟还有黄口小儿，童音嘤鸣，便至公廨见大人，议政事，献辞赋；深恐一旦落后于人，便要沦落得一生蹭蹬不遇了。

"不经商，恐亦不肯力田、不甘匠作——说来也还就是不耐烦。"赵蕤道，"汝岂不知：士人行中可不只吟咏风月，也要作许多鄙事，足令人不胜其烦？"

吴指南在这一刻，终于像是垮了一座黑大浮屠似的，砰然倒卧在巨石之上，伏贴着一片温柔如茵锦的青苔，鼾声大作。

李白实则也一片蒙昧糊涂，他无从想象，赵蕤此刻究竟在打什么主意，而赵蕤自己也不清楚，他能教李白些什么？不就是人人觉得不胜其烦的那些"鄙事"吗？除非为了"取一美官"，有谁会愿意折腾大好的心智体魄，劳碌委屈，而后甚至忘了天生于人的性情呢？他羡慕这些少年，比起他还有几十年多余的青春可以挥霍，但是——赵蕤转念一想：真要让他跻身士行吗？

李白心意已决，向赵蕤一揖，道："某回大明寺收裹了行李即来寻汝，神仙！"

赵蕤则淡淡地答道："一约既订，重山无阻。"

# 一〇  出门迷所适

是夜，李白潜回大明寺收拾笼仗书卷，脱下那一身带着酒痕的僧袍，换上他原本在昌明市上呼群仗剑、歌吟行走的仿胡劲装——脖颈上缠着时兴的披帛，腰间佩了长剑，短匕则捆缚在已经相当狭仄的袖口里。他的这一身家当不少，还有百数十部书籍另行扎束，吊挂在笼箧之外。这是非常沉重的一部行李，一路肩负着走回大匡山，天已经快要亮了，可他并不在意。他兴奋着。

那道士果然是个异人。

以少年李白的阅历视之：天人也不过如此。他反复回忆着赵蕤与他的一答一问，觉得自己的言语，终于像鸟鸣溪声一样，在峰霞岭云、壁石藓苔之间找到了回响。他笑着，笑出声来，在带着回响的笑声中，李白走过桃花林的时候，连鞘带柄解下了匕首，双手把握，抽拔叩合，就这么一路吟出了一首小诗。这是一首古调，沿途只吟得支离散碎的十句：

> 笑矣乎，笑矣乎！君不见沧浪老人歌一曲，还道沧浪濯吾足。平生不解谋此身，虚作《离骚》遣人读。君爱身后名，我爱眼前酒。饮酒眼前乐，虚名何处有？

吟得这些还不能结构成篇的诗句，他正好走到吴指南合身而卧的巨石之前。李白停下脚步，从笼仗中取了一捆布被，摊抖开，为老友铺盖妥当，遮蔽凉露寒风。看着吴指南的憨痴无觉的睡态，他又笑着吟了两句：

> 男儿穷通当有时，屈腰向君君不知。

此刻的李白并不知道，得再过整整二十年，他才会完成这一首题名为《笑歌行》的作品。那时的吴指南早已物故多年，尸骨殣埋在洞庭湖畔，也徒余荒烟蔓草。李白曾经想删去这赘出的两句，因为"男儿穷通当有时，屈腰向君君不知"实在与整首诗日后发展出来的题旨不能相合。

不过，行年将近四十的李白总是不能忘记，在这个月明星稀的夜晚，他与吴指南的人生便走上了再也不能为俦侣的岔路。尽管日后还有结伴同游的日子，可是他们真正的分离，不是数年之后在洞庭湖畔的诀别，却是今夜。

# 一一 别欲论交一片心

然而，当李白意兴飞扬地来到"子云宅"三字的匾额之前，却有前尘迷离、满眼风埃之感。

非但匾额底下的门扉紧掩，间壁另一栋较为敞阔的轩屋——额书"相如台"者——也阒无人迹。室内弥漫着豆油与各种香草混合的气味，檐下时不时传来风弄角铁的零落敲击之声。

不见赵蕤踪迹，可是"一约既订，重山无阻"之语，犹在耳际；难道林中之会，竟然是梦中？李白随手置下书袋、笼仗、长剑和匕首，先在"相如台"的廊间盘桓起来。

这屋有三架之阔，前一半是开敞的轩廊，后一半一门四柱，算是内宅。这种形制的屋宇一般极少见，尤其是轩廊外侧，出檐深远，有一丈多宽，如鹏展翼，显得既雄浑，又深稳。奇的是此屋檐底，居然有寻常百姓之家根本看不到的斗栱。

层层叠叠的斗栱虽然已经因为多年灰垢的敷积，形成张牙舞爪、屈绞虬盘、不辨浅深之态；可是结体精严，权枒巩固，俨然一派官墅格调。再向外移几步，翘首看那屋脊，在晨曦拂扫之下，九脊攒尖，显露出十分细致而磅礴的气势；屋瓦原本的乌羽之色则泛映起一片金光，恍如随着日升之势，一寸一寸向西推移。

此屋看来固然闳伟，却只壮丽了一半。从左数来，三架尽处——也就是第四根柱子立础之地的右侧，一部楼台便像是硬生生教天上落下一雷，给削去了另一半。细细观看，的确可以看出：这原本应该是一座五橼阔的宅邸，或许另一半倾颓朽坏了，才又补造了"子云宅"，但是规橅便狭仄、拘促得多。若是再退三五丈远，一宅两屋的轮廓益发清晰，仿佛半座巨大的宫舍，正在推挤着一间破落户。

然而亦不尽如此。李白背屋向山信步走出十丈开外，再一回头，又看出不一样的景致。原来"子云宅"的右侧便是小匡山曲，山间密林重叠，起伏绵阡，树色苍翠，林相蓬勃。烟岚飘摇之下，山势真有蠢尔欲动的气象。看这全景之时，眼一眨、眸一花，怎么都像是有一带连巅越岭的龙身，拱拥向前，而"子云宅"恰恰就是那龙头了。这时，又会觉得是那破落户顶撞着宫舍，且已撞毁了半壁山墙呢。

难道这就是神仙居么？难道这就是神仙行径么？李白说不上来是欣羡还是懊恼。他转身朝外，放声喊了句："神仙何在？"

面前是一片苍莽的群山，无论是枝上挂猿、溪边伏鹿，都听见了这声呼喊。他知道：赵蕤就在这画图一样的山景之中。彼若隐身不见，我便权且在此常住为仙了。转念及此，他把先前顺手搁在笼仗上的匕首取了，敲击着原先就在晨风之中时时交鸣的角铁，就着眼前景物，吟哦起来：

> 仙宅凡烟里，我随仙迹游。野禽啼杜宇，山蝶舞庄周。啼舞俱飘渺，迹烟多荡浮。蜃老吟何在？挥云入断楼。

蜃，传说中由海底巨蛤幻化而成的龙，吐气成楼而造作迷景，使海上望归之人误以为廛城市井竟在跟前。这当然不无借词微嘲"子云宅"主人虚言大志的意思，不过，与"杜宇"作对的"庄周"二字却也还是奉承了赵蕤的格调。李白高声口占，一连吟了两度，相当得意，默记着字句，正想着应该抄录下来，不觉一回头——一回头，未料却看见了神仙。

月娘拉开"相如台"深处的中门,探出头来,向李白打量了片刻,忽有所觉,輾然一笑,道:"汝是李家那儿郎?"

李白端详着这个仪态似母似姊,年貌却不类长者的美丽女子,转瞬间如失足蹈空,从蜀山绝顶坠下万仞幽谷,乾坤逆旋,烟雾弥漫,片刻前吟占的诗句全不复记忆了。他一字不能道,十指不经心,连匕首都从鞘中滑落在地上。

# 一二　琼草隐深谷

赵蕤好端端一个诗酒之夜,教两个狎邪少年、不速之客给闹坏了,然而他并不懊恼。

李白让他也有一种"闻蛩然而乍喜"的感觉,在山石径上踽踽行走的时候,听见了窸窸窣窣的回音。一抹念头绕心闹着,挥之不去。仿佛他在一夜之间得着了一个儿子;或者说,一个在精神上和他没什么两样的人;衷怀热切,满心自雄,天地世人皆不知,而亦不在乎除我之外还有天地世人。

他原本没有子嗣,也不曾想象过要繁衍子嗣。他是赵氏一族离乡别殖的七支之一,生如野畜,死如薤露;惯看病苦,牵挂了无。数十年来所累积的学能、所充盈的知见,都将在数十年后还诸无言天地,他也从来不以为可惜。若是像那些士行中人所操烦罣念的一样:碌碌尘世一场,生不带来,老死何遗?堪说的是他还会留下一部著作。

但是,也像是一种突如其来的召唤。李白那孩子,一条活泼泼的性命，和他正在一边修改、一边誊写的书多么相像？这个陌生之人，仿佛又让他有了留下点什么的异想。他推测，这孩子的一兄、一弟都依照时人之惯常，大约是在十四岁上离了家，出蜀航江，在李客的水路商队必经之处成立了门户，而他却浑浑噩噩地留了下来，游荡在故里市集之间。这浮浪子或许真读过一些书，但是离考功名、作学问的前途，相去简直不可以道里计。然而，这不正是造化时运所留给他的一块材料吗？

先前他无意间叨念着这少年是"狂生"、是"太狂生"，而月娘却应之以："狂生或要老来，才悟得这狂之为病。"——这话说的不正是赵蕤难以明喻的宛转心绪吗？他在李白身上看见了什么？不能说就是一般无二的年轻的自己，却可以是自己想要留在这天地世人之间的一个新鲜的足迹罢？

在这一念上，赵蕤反复低回。出身世代宗儒之家，他自知于经典浸润深刻，翫习精熟。但是天生狐疑、每事穷究的个性使他不能安分。那个早他一千一百多年出生的鲁儒孔丘留下的教训，早就为历朝历代、寻章摘句的琐屑小儒翻解得支离破碎，与他切身的生命体验常有扞格不入之处。

比方说，他经常把来与月娘玩笑的一句话："君子疾没世而名不称焉。"——

疾，深切的忧虑。是的，他也忧虑。然而他却以为应该忧、应该虑的，不是历代俗儒所说的"称扬名声"与否，或者名与实相副与否，而是人这般蜉蝣朝菌也似的短暂一生匆匆逝去之后，世道喧嚣如常，则身为一君子人，恰如猿鹤虫沙，能够为后世所留下的，还真只是大大小小、好好坏坏的声名，且又是不为人所知其实、得其理、同其情的空名。

于是，人只知传其名、慕其名、辨其名、论其名，则这样的名声未必不恰恰害道！或许，仲尼之忧，应该看成是他对士君子之辈的期许，正在不求立名——孔氏述而不作的根柢不正是如此吗？

不过，千年以来之儒学而仕宦，却正相反，都是在"立名"一语上盘空求索、扶摇直上。至于近世谈功名、道功名者比比皆是，先考功名、再作学问的已经堪称凤毛麟角；考得功名、抛去学问的，大约也只好以未能免俗自嘲而已。

趔回子云宅前的那一刻，赵蕤可以从相如台门隙间透出来的微光想见：月娘尚未安歇。而他并不想进门。他知道，少年李白应该就在拂晓时分回到此间，而他还得为这孩子的到来做许多事。他随手扔下空酒壶，卷起《伯施咏》掭回袖袋之中，轻蹑足尖绕到子云宅后，从壁架上取拾了药锄、板斧和蓑衣笠帽，让一枚孤独的身影留在身后，随着一分一寸斜移的月光，顺着西向的小路，走向小匡山的密林。

就在即将淹没于树海之时，赵蕤立身于密林边上。他停下脚步，弯身找了株荫扁草，顺了顺一束尺许长的柔软叶片，打上三环活结，口中念念有词。荫扁草的结打成了，口诀未了，又摸着一株丝茅子和沙星草，将两者再绾成个四环活结，这一结打成，口诀也诵完了。

他环视群山一过，接着瞑目静听，端的是万籁俱寂。

他知道：方圆十里之内的大小蚖蛇之属，就在口诀诵毕的当下，都已经默然僵固、不能蠕动了。却是在这一刻，赵蕤仍旧心念翻腾，思潮涌动——不由自主地，他想到的还是李白；或许，要教导那孩子的还不只是群经章句、百家要旨、诸子奥义而已。他还应该传授那少年如何辨识百草，如何炮制药饵，还有他家传数百年的望闻问切之术，呜呼呼呀！或许从第一步上说起，还该先教他这一道控蛇之诀呢！

赵蕤健步入山，步履轻盈又敏捷，也活脱脱像是个少年了。

# 一三　一医医国任鹓鶒

采药，于赵蕤之私心而言，的确不只是游山玩水、多识鸟兽草木之名的游戏。过往多年，他还取径于道门，穷研炼丹之术。通过炼丹，他得以追迫前代，尤其是魏、晋故实中的人物。

在赵蕤看来，昔日长安贵妇仙迹来去，必属天意征应。如果这宅邸、图书终归他所有，也是道法乎自然之运的一个小小的、不足为"己有"的过程。他是在逆旅之中遇见那贵妇的，"逆"者，迎也；"旅"者，行客也。那么，"逆旅"正是赵蕤对于浮生居停所在的一个精切的譬喻——毋论他取得了什么，毋论他拥有了什么，也毋论他还想追求着什么；都像是暂寄于逆旅的行客，小歇片时，大梦一宿，随即挥手别去。所以他可以感知：大匡山即令就是他终老、埋骨之地，但此处的一切，冥冥中似乎另有重大的目的，只是他并不能窥见透彻。

且看那子云宅挟带山势、冲撞半圮的相如台，这一款构屋造境的规橅，就完整地反映出赵蕤精研道家舆地之学的见解。这便要从破天峡的那场奇遇说起——那个从京中翩然去来，度死越生的贵妇，日后不知所终，谁能说她真的就死了呢？赵蕤隐隐然相信：《灵枢经》有"上界玉京"之语，长安应该即是"玉京"的另称。

而玉京，在无为之天——亦称无上大罗天——中，是三十二帝之都，七宝山上，周围九万里。城上七宝宫，宫内七宝台；能生八行宝树、绿叶朱实、五色芝英。这些，他都能在大小匡山找到相应对的符征。

也因为要一尺一寸地对应道家经典上关于玉京上宫里太元圣母行在的描述，赵蕤几乎是一步一记、一踏一勘地注录了戴天山的一草一木、一猿一蛇。他从多年前开始采药，既以之炼丹，复以之诊疾。

由于取利不多，平素采药人专攻一业的也很罕见。除了专心致志于药理，埋头著述，这须是多少年出不了一个的方家之外，大多都是熟悉某地山水、能辨识珍异草木，而又不需要昼夜操持生计之人。这些采药人单是详熟于某处，观天候、识地理、察物性，便需耗去数载乃至于数十载光阴，才足以言精到；其养成可谓极是艰难。

作为采药人，赵蕤又大不同。

他自负是一个经术之士，对天下事有着不能忘情的怀抱，于农家、法家、阴阳家，尤其是兵家之术，更有迫切施一身手的渴望。可是从出处之道的理想上说，他又不甘于积极进取，以为无论以何种手段取官、任事，案牍劳形而伤神，都在戕斫根命，终究不过是冒着无所不在的谗毁、倾轧，成就一己利禄的虚耗而已。所以他才会从陶渊明的显志之语"冰炭满怀抱"中，转出了"去来随意宁朱紫，冰炭满怀空冻烧"这样悲凉的诗句。

也由于格调如此，三十以后，形质愈益坚苍，与时人时事总是格格不入。虽然仍昼夜苦读，于学无所不窥；但是谋生之道，便独与他人不同了。

他到县中街里悬壶看诊，以易稻粱，这乃是不得已。所以也不立字号、不谋居宅，只是寄身于市集商贩之侧。这些商贩几乎都是他的病家，见他来了，自然洒扫相迎，为他铺设了坚硬厚实的木质坫台，夏席冬毡以应寒暑。他的诗句"三尺氍毹八尺招，一医医国任鹪鹩"说的就是这个意思。

鹩，连称为鹪鹩。是一种原本体形极小，发育之后身躯倍大的禽鸟——这当然是对于生命成就的自诩；然而鹪鹩之为物，在《庄子·逍遥游》所撰写的寓言中，另有"鹪鹩巢于深林，不过一枝"之句，也符合了赵蕤隐居的实情。

赵蕤看诊不立科金之例，任人布施，算计着一文两文、十文八文所积得的青蚨小钱，一旦足以买米，而所易之米，除了果腹之外，或又可以醅制小酿之时，便撤席还毡，擎招而去。直到前一两年，他看诊的时间忽然长了，收入亟增。有那借他"一枝栖地"的商家东道还以为他大事积聚钱财，是为了购兴房宅、自立门户。一问之下，他却道："某总以医国之业自许、自重，然向未倾力谋之。如今，或该要奋余年以图之矣！"

这话说了直是没说，集上的人听不懂。大约直到李白投拜于赵蕤门下前后，人们才逐渐发觉：这医者兼旬不来、连月不来，甚至经寒历暑都不见形影，偶见神仙娘子飘然入市，还只为了买粮米而已。究竟发生了什么事？没有人知其所以然。

底细无他，实则只为了赵蕤正在专心著述，写他那一部不知道该命名为《长短经》、《长短书》还是《长短要术》的书了。他知道，市集上并不缺医者；然而他却笃信：千古以下或恐还有要问诊于这部书的会心之人。

赵蕤视药，除了炼丹、除了治病，还具备另一重幽微深峭的意思。

故事出于蜀医。川中之域用药，千年相因，无论东巴西蜀，都有一个"霸药"的传统，其根源始自赵蕤。

所谓霸药，即是在一剂处方的许多不同药材之中，特别倚重其中一味，用量不与药典所载者同，时有多过其他药材百十倍者，这就是霸药；取其霸道之意。前情曾谓：赵蕤于破天峡之中救治了一名贵妇，处方即是霸药之道。

彼妇人问诊之初，已经剧咳数月，胸腹椎痛，形容枯槁，乃至于呕血数升。赵蕤切过脉，深吸一口气，即告以："大不可。"那妇人倒也澹然，只说："媪自期亦不以为可，然千里间关，自长安下子午道来蜀，但求一睹故宅。汝若能延媪命以偿宿愿，当献宅邸、图书以报。"

赵蕤端详这妇人虽然是平民衣装，但是身边同样穿着庶服、状似亲友的人物也着实显得太多，簇拥过甚。这些人应对进退，肃色执礼，看来也恭谨得太不寻常。赵蕤登时怀疑，遂深深一揖，故意引用了数十年前则天皇帝在位时留下来的名言作答："不可之疾，太常弗禄。"

先是，宫中多染疠疫，传闻竟然还有嫔娥不治，言官风闻，以为罪责应在太医令之长——也就是"太常"官——上奏切责，认为应罚俸禄。武则天轻描淡写地道："不可之疾，太常弗禄，饿死服辜，朕遂不必称病哉？"意思委婉而深讽："太医因为领不到俸米而饿死，日后我也生不起病了么？"

赵蕤听说过这一则旧闻，便引述了则天皇帝的原文，意思小有不同：他可不打算收取什么宅邸图书作诊金。转眼见那妇人果然深深地看了他一眼，说了句："汝颇习掌故，不枉我明目视人。"

不过，赵蕤还只是开了一个寻常的方子：犀角地黄汤。稍稍不同的是，他在这服药里加重了仙鹤草的分量，几乎是寻常用剂的五倍，这还不算，方中另示以白茅根入药，用量也溢乎寻常近一倍多。此方开出，破天峡的药铺一时哄传：逆旅中的医者若非仙道，就必然是鬼使！

霸药之术如此。所以用材极夥，药筐也就编制得十分巨大，肩负近乎百斤，赵蕤却箭步似飞——恨不能把这一山的药材一举网罗净尽。或许正因为这一趟存着令他亢奋的新奇念头，总觉得授术须立基宽广；这也不能错失、那也不能遗漏，东也抓些、西也抓些，是以此番采集回来的药材，相当凌乱。或可称之为念力使然，他还真碰上了一种平时不易见到的药材。

此物土语称之为"肥兜巴"，又名"灰兜巴"。原来是邻山之中的一种红皮蜘蛛，于生机将尽之时，总要寻到一株茶树，偏还只在那样的树下吐丝，一吐终夜不止，直至腹净囊空，蜘蛛也就死了。此丝在树下幽荫处不经雨淋日晒，盘卷有如羊肠，泡水服之，可以治疗消渴疾。

正因不求而得，采成此药，赵蕤觉得这是冥冥中一个祥瑞的征应，像是天地都在祝福他于不意之间，有了传人，有如在霜秋时节还不经意地发现，磊落山石之间，居然萌发了鲜青嫩绿的草芽。嘉会奇缘如此，赵蕤也在这一趟采药之行的回程中吟成了诗句，充盈着感慨、幽闷，以及万般无奈之下油然而生的一点希望、一点欣慰。

在已经高挂的日头相伴之下，赵蕤步回先前入山时绾打草结之处，一面念诵着纵蛇之诀，一面将荫扁草上的三环结，还有丝茅子与沙星草相互缠绕的四环结都松开，以指掌舒之、抚之，仔细察看，是不是平顺了，遥想山中诸蛇大约也都在霎时间醒来，对于凭空消失的几个时辰了无知觉——或可以说：也是大梦忽觉罢？

而赵蕤则默记着新成的诗篇，一句复一句、一遍再一遍。

这首诗，在数月之后令前来走春的绵州刺史李颙大加赏赞，三读四读，不忍释卷，誉为奇作。之后，这刺史总不胜惋惜地说："圣朝无福，不能得此材任一美官，堪叹哪、堪叹！"

诗，是这么写的：

> 三尺甋瓿八尺招，一医医国任鹪鹩。去来随意宁朱紫，冰炭满怀空冻烧。怜有余丝缲欲尽，恨无霸药论犹萧。回眸青碧将秋远，共我林深听寂寥。

# 一四　乃在淮南小山里

李白能与赵蕤共听寂寥吗？或者，他为赵蕤带来的可能只是一场始料未及的热闹？

他们再晤面，是这秋日的正午。用罢了月娘熬煮的葵粥，赵蕤将一早采得的药材倾筐洒在相如台的轩廊之下，分品别类，各作山积。这是他在采伐时就已经想到的功课：他要看看这少年对于天生万物的观想何如？

"此名穹䓖。"赵蕤检视了好半晌，拿起刚开了花、连根带同茎叶的一株江蓠，凑近鼻尖略一嗅，递到李白手中："识否？"

李白也学样，从根至末嗅了嗅那一整株江蓠，摇摇头，道："但知'夫乱人者，穹䓖之与藁本也，蛇床之与麋芜也，此皆相似者'。"

"汝读过《淮南子》？"赵蕤极力掩饰着诧异。

"寓目而已，不甚解意。"

"那么穹䓖与藁本、蛇床与蘪芜，又与'乱人'何干？"

"乱人是以对正人，同为圆颅方趾，却似是而非，不是这么解吗？"

这一说，让赵蕤找着了缝隙，立刻侵题而入，反问道："汝焉知孰为正人？又焉知孰为乱人？何以察其是，复何以辨其非呢？"

李白一皱眉，道："江蓠是名，穹䓖也是名，呼名不同，实为一物。而藁本，似乎应与江蓠、穹䓖相类之草，呼名也不同，原本却不是一物。"

"既然，藁本又是何物？"

李白沉默了。博物众生，浩渺繁盛一似星穿波海，通人又岂能识其尘芒泡沫于万一？这样考较下去，似乎只能一路深陷于茫然。

赵蕤则从容不迫地从另一堆草丘中拣取一茎，底下是微微带着些黄土的紫色根须，茎上结着锐棱油亮的小小果实，其叶多歧似羽，也泛着一股有如水芹般的甜香，道："这才是藁本——穹䓖与藁本皆在眼前了；然则，孰为正？孰为乱？"

"可以入药的，即是正；反以伤身的，即是乱。"李白并没有仔细寻思——毕竟《淮南》一书撰者群公，都是先汉的鸿儒大贤，议论中用芳臭异味的花草，来比拟君子、小人，也是惯见之举。这么答，不离要旨，想来无误。

然而赵蕤却一捋他那一部乌黑浓密的须髯，从旁又拣出两枝草叶，脸一板，挺起食中二指、分别辨认着说："此为蛇床，此为蘪芜；看汝能试为分别否？"

说着，他撩起宽大的袍袖，两臂云拂，左遮右掩。摆布停当之际，前后四株翠叶还就一一陈列在面前，可是次第已与之前不同，看起来却几乎没有分别之相。李白灵机一动，想起那藁本的果实是带着尖棱的，便取了，昂声得意道："藁本！"

蛇床，的确与穹䓖、藁本都极为近似，只不过蜀中所产，较为高大，味亦稍稍苦烈；赵蕤采回的这一株也早已花落实成，每权三出的羽叶上所结成的果子形则如圆卵。除此之外，邻靠在蛇床一边的，便是株幼小的青苗，李白却不记得它该叫"蘪芜"了。

这时，赵蕤忽然一手抓取了那株青苗，另手则拈过那枝又称穹䓖的江蓠来，道："汝再将《淮南》原文诵一过——"

"'夫乱人者，穹䓖之与藁本也，蛇床之与蘪芜也，此皆相似者。'"

赵蕤随即晃了晃最初的那枝江蓠，道："设若某同汝说：江蓠在地，结其永固之根于壤中的，便谓之穹䓖；而尚未结根于壤中的，便谓之蘪芜，如何？"

"江蓠、穹䓖、蘪芜原来俱是一物！"李白恍然大悟，觉得有趣了。他看着自己手中的藁本，再抓起地上的蛇床，果然看出两者果实一锐、一圆的分别，道："毋怪说是'乱人'，确然相像得紧。"

"不——"赵蕤的脸色更加沉重了，"汝胡涂！仍不明白！"

"穹䓖、蘪芜，本来恰是同一物；幼名如是，长名如彼，虽然繁琐，却无歧义。"赵蕤冲身站起，面对渐有风起云涌之态的层山叠峦，高声咆哮起来——那神情，简直是在斥责着空无之中早就归于缥缈的前汉士人：

"可是《淮南》一书立说，迳以穹䓖、蛇床为香草，而以藁本、蘪芜为恶草，那就如汝所言：所比喻的是形似而实非之二物；有如君子、小人，虽然俱为圆颅方趾，心性却绝大不同。"赵蕤回转身，摇晃着手中的穹䓖和蘪芜，折腾得两草不住地点头弯腰。他则继续说下去："不过，幼小之苗为蘪芜，居然喻之为小人；苗长之茎为穹穷，但不知如何而成了君子。此诚何论？"

李白只能退一步，辩道："原是取喻，措意邻比而已，何须深究呢？"

赵蕤明知他会有此一驳，扔下两草，戟指朝向李白手中的蛇床，道："《淮南》书中喻此物为君子，它却不甚香，且有微毒。汝手中所持的藁本，清香绵长，性辛而温，可以散寒胜湿，却教《淮南》斥为小人。"说到这里，赵蕤停了停，似是刻意要让李白一喘息，才应声接道："汝可知否？这便是不究物理，涸名讹实，引喻失义，无非荒唐之言！——日后，不必再读《淮南》了！"

李白为之震惊。可是赵蕤还不肯作罢，又倾身上前，攫过他片刻之前明明说有微毒的蛇床，放进嘴里咀嚼一阵，和涎吞了，微微一笑，道："君子之毒，却也未尝不可以为药！"

# 一五　安能摧眉折腰事权贵

很难说赵蕤在这一场论难之中对于《淮南子》的判断是公允的。不过，他并未当真就此不允许李白研读那一部糅杂了道家虚静之旨、法家术势之论，也披挂着儒家仁义之说的纵横谈议。

而李白，也并未服膺赵蕤之言。事后他们两人之间的无数论辩，也都不时以淮南之术为干戈，操彼纵此。这样的各行其是，有如西晋的潘岳在那篇传世的祭文《夏侯常侍诔》里所形容者，诔文说潘岳与夏侯湛之间，有一种"心照神交，唯某与子"的坦易。赵蕤与李白能一见投契，庶几近乎此。

赵蕤本来就是一个视天下时事恒处于齐桓、晋文之后，楚庄、秦政之前的纵横之士。在他心目之中，无论朝代如何更迭，政权如何递嬗，都必须以一套奇强斗变的操纵之术来攻掠谋取。换言之：世间没有小康之治，没有升平之本，也没有太平之望。无论任何一氏、一家，攫取了无上的权柄，都必须发掘、召唤宇内各方"岩穴之士"，而将天下事拱手托付之，以其应对与时俱进的、永无休止的巨大骚动。

　　如果就孟子的立论来说，身为一个"慕君"的臣民，得不着帝王的信任或倚仗，就是身陷"热中"——或则赵蕤即是如此。他手中正在抄写的著作也充分暴露了这样的情怀。

　　他有这么一篇文章，标题曰：《论士》。赵蕤便托言于这一题之论，是他亲自接闻于"黄石公"而记录下来的——事实上，他是拼凑了春秋战国以来，无数关于治道用人的记载，假称齐桓公所经历的一场论战。其大旨如此：

　　"我听黄石公告诉我：从前太平的时候，诸侯有两支部队，方伯有三军，天子有六军。世局一旦混乱，军队就会异动；王恩一夕消歇，诸侯就会结盟相征。各方势力相当，难决高下之际，争强者便会招揽天下英雄。是以得人才者兴，失人才者亡——然而，其中有什么原委呢？

　　"齐桓公曾经去见一个名叫稷的小吏，一日三访而不得，仆从奏告劝免。齐桓公道：'有才者轻视爵位、俸禄，自然也轻视君侯；君侯如果轻视霸业，自然也会轻视才士。不过，道理是要反过来看的：即使稷轻视爵禄，我难道敢轻视霸业吗？'——到头来桓公一共拜访了五次，才见到稷。"

　　黄石公明明首见于司马迁《史记·留侯世家》，它处不见。太史公捏造了这么一个神仙般的人物，以动视听，也是为了焕发张良的神气。赵蕤却在书中多次托名称引"黄石公曰"，是逞狡狯而已。至于五访小吏，显然也是脱胎于刘向《新序》齐桓礼贤的故事，与后世小说家言刘玄德"三顾茅庐"，而成就"草庐对"、"隆中对"典实，实为同一机杼。

同在这一篇《论士》里面，赵蕤还动了另一番手脚，更足以见其人之骨性。

原本在《战国策·齐策》中，有齐宣王与颜斶相交接的一节，可谓家喻户晓。

宣王倨傲，于召见颜斶的时候喊："颜斶，上前来。"

不料颜斶也反唇相呼道："大王上前。"

齐宣王不悦，而群臣立刻切责颜斶："大王是一国之君，而你只是一介草民，这样相呼成何体统？"

颜斶说："若我上前，那是趋炎附势；若是大王上前，则是礼贤下士。与其让我蒙受趋炎附势的恶名，倒不如让大王赢得礼贤下士的美誉。"

齐宣王忍不住了，怒斥："究竟是君王尊贵，还是士人尊贵？"

颜斶道："自然是士人尊贵，而王者并不尊贵。"

齐王问："这，有理可说吗？"

颜斶答道："昔日秦国伐齐，秦王先下一令：'有敢在柳下惠坟墓周围五十步内打柴的，一概处死，决不宽赦！'复下一令：'能取得齐王首级的，封侯万户，赏以千金。'由此看来，活国君的头颅，比不上死贤士的坟墓。"宣王哑然，但是内心着实是愤恼的。

赵蕤不只是援引、抄录以及小幅地修改了《战国策》里颜斶和齐宣王及其群臣的一场舌战，还裁剪了原文。

据《战国策》所记，颜斶在辩诘得胜之后，扬长而去。行前所掷下的结论，是从一则譬喻展开："美玉产于深山，一经琢磨，就毁坏了本形；美玉并非不再宝贵；可是此后，其本质却受到了斫丧。士大夫生于乡野，经过举荐、铨选，接受朝廷的俸禄，也并非不贵显；可是此后，其形其神便不再完全了——'斶愿得归，晚食以当肉，安步以当车，无罪以当贵，清静贞正以自虞（娱）。'"

基于这一份通透的识见，颜斶全身而退，《战国策》的编撰者刘向称许他："反璞归真，则终身不辱。"可是赵蕤，以及赵蕤悉心培育、教诲的李白，却打从一开始就没有追随颜斶的脚步而行。

赵蕤刻意省略了反璞归真的这一节。这正是他与颜斶不同的地方。他之所以推崇颜斶之幽峭自赏、平视公侯，傲睨群卿，并非出于"清静贞正"的信仰，而是为了赢得大吏之好奇与留意的身段。

这是一个身段，也是一种手段。赵蕤的《论士》借颜斶之语，所欲推陈的，实则是这一段话："尧有九佐，舜有七友，禹有五丞，汤有三辅，自古及今而能虚成名于天下者，无有。是以君王无羞亟问，不愧下学。"——能够经由惊诧君王、冒犯上官而为秉持大权者带来一切经国济民之学的人，终将改变那"慕君而不得于君"的热中处境，左右天下。


# 一六　乐哉弦管客


后学生徒，蓦然间从长者大开只眼，不论是恢阔了视野、深刻了思虑，抑或是曲折周至地增进了见解，看来都不免于惊奇中盈溢喜悦，李白当然也是如此。

然溷迹市井多年，凭借着心思敏捷、言语俊快的天赋，还有那动辄以武相欺于人的惯习，李白已经养成了极其难驯的性格，纵使辞穷，总不甘屈理。是以他和赵蕤时时各执一词、据理而争，常常形成相将不能下的局面。最轻微却也堪说是影响最长远的一回，就是在李白入宿子云宅的第二天。

当时李白侍奉几砚纸墨，看赵蕤一面默记前作、一面誊抄。所抄的，是他前一天近午时在山径上口占而成的《采药》。当赵蕤抄罢的瞬间，李白忽然道："末句如此，似有所待？"

赵蕤抬头微微一哂，默而不答。

李白接着道："既云'去来随意'，何必有所待？"

这不只是字句之疑，也是旨义之惑。虽然是初识，李白并不能确知赵蕤对于"用世"或者是"避世"这两端，究竟有什么执念；纯以诗句观之，"去来随意"之人，不耐寂寥，居然要在秋后的青碧山色中寻觅知音，看来也太不自在了。李白偶见不纯，不吐不快；却丝毫没有想到：他自己才是赵蕤所想要邀来共听寂寥的道侣。

赵蕤一时有些惶窘，不能也不愿明话明说，只得随念想了个辗转缠绕的说法："汝谓某有所待，可知昔年郭璞注《穆天子传》，直是以'留'字解'待'字。待，未必是有所求、有所候；也是留止、容受之意——而今留汝，汝便共某一听寂寥罢了。"

颜面维持了，场面应付了，但赵蕤的不快，仍如骨鲠在喉。虽然他不至于因此而嗔怪李白，却深深为之尴尬——好像敞晾着身上的癣疥，招摇过市，自己却浑然不知。转念忖来，赵蕤觉得还真不能不感谢这孩子的透见与直言，遂低声喟道："实则……我也未必真能去来随意罢？"

"神仙！我写诗恰是随意！"李白呵呵笑了起来，竟至于要手舞足蹈了，"有时意到，有时无意；有时因意而生句，有时凭句而得意；有时无端造意，字句便来，有时字句相逐，不受节度，也任由之、顺从之，落得个乱以他意——"

"如此造诗，前所未闻。"赵蕤也笑了，道："这又如何说？"

李白匆匆转身，趄进他暂且寄身的那间小室，搬出来一只巾箱，随手翻检，好容易找出一纸，那是不久之前，他在大明寺中闲暇无事时所誊录的一首近作。


　　玉蟾离海上，白露湿花时。云畔风生爪，沙头水浸眉。乐哉弦管客，愁杀战征儿。因绝西园赏，临风一咏诗。


"无题？"赵蕤双手端正地捧着那张诗稿问道。

"某写诗——"李白说，"皆不落题。"

赵蕤皱起眉："也该有缘故？"

"据题写去行不远。"

"何不写罢再拟？"

"写罢便远离初意，倘若回笔借题捆绑，未免太造作。"

"诗篇磨人神思，"赵蕤微微点着头，道，"可汝也写就许多了？"

"百数十纸。"

"真是不少了，"赵蕤看一眼那巾箱，笑道，"陶靖节平生著述不过如此。"

"是以陶公生平未成大事，不过是耕田、饮酒、想古人。"

"汝有大志，居然从一弯眉月也能说到'战征儿'？"赵蕤问着，回眸落于纸上。就眼前这首诗的灵动跳脱的手段看来，少年的确是个"耐不住"的人——

此诗原本写的是一片秋天的眉月，前两句遥想出海新月，点染穷秋时节，既平顺、又分明；三四句应该是即目所见，将隐藏在云朵背面、微微露出牙尖，以及运行半周天之后、轻轻堕触滩岸的一弯新月，描写得十分玲珑佻达。

这是用曲折的句法来勾勒明朗的实景，若非经老手指点，则此子的确有几分吟咏的天赋。可是，偏偏在第五句上，诗的命意忽地跳脱写景之旨，慨然而兴远意，没来由地从"弦管客"飞向了"战征儿"。戴天山世外之地，遥远的战火未及到此，可是这诗却显示了超逸于眼前的情怀，李白自嘲其"随意"，果然。

赵蕤朗吟着，到了尾联之处，眉头一紧。显然，第四句与第八句各用了一个"风"字，本来是可以避免的，无非小疵。但是末联二句还有大病。这两句，是借着昔年曹子建《公讌诗》之句"清夜游西园，飞盖相追随"里"西园"二字，回头招呼了"月"的主旨。盖，本指王公显贵们的车顶，状圆而庞，制精而丽，绣饰灿然，夺人心目。在此，便只是因为形似而用以喻月了。

"前些年天朝与吐蕃战事频仍，风闻杀戮甚众。"李白道，"可是某夜夜听市上弦管纷纷瑟瑟，笙歌如常，委实不堪，便如此写了。久后重读，文气确是突兀——"

"不不不，"赵蕤连忙摇头，"出格破题，本来就是诗思窾窍；汝觉来突兀，某却以为超拔。刘彦和《雕龙》早有警语：'神有遁心'，汝未曾读过耶？作诗，万万不可只知依题凿去，失了'遁心'！汝既自谓所作，颇能'随意'，想来不致受困于此。然——"说到这里，赵蕤稍停了停，才又沉吟道："汝此诗之病，病在'回头'。"

"回头？"

"'战征儿'远在天边，汝并无体会，亦无见识，空寄感慨，无以为继，只得搬出陈思王数百年前的旧句，应景收束。某所言，是耶？非耶？"

李白有些不大服气了，亢声道："西园之讌，明月清景，召我以诗情，有何不妥？用此与凡弦俗管相对，又有何不可？"

赵蕤忽然纵声大笑起来："后生！休要啰噪，曹子建清夜游西园时，与之步步相追随的，是一轮满月，圆月当空，始以'飞盖'形容；而汝诗写的是初月，本非连类相及之物啊！"

李白愣住了，不觉发出一声悠长的"噫——"；在这一刻，也可以说是从他生小以来，第一次恍然大悟：他的生命之中，的确得有个像样的师傅。


# 一七　亦是当时绝世人


从全然对反的一面视之，对于这因为一时意气而相互结纳的师徒，月娘的观照显得更为冷厉。她不以为李白能够从赵蕤处学得足以经济天下之学；也不以为赵蕤能够增益李白的诗艺或文采。

守候了几日，寻个事端，月娘让李白到里许之外的别圃去采豆，说是榨油之需。还得顺手清理园中夹荒杂秽的野草。仅仅是逐荚摘采，就颇费一番工夫；少说百数十斤的豆实，除了采撷之外，还得去荚、涤仁，以及晾晒，估量着日入之前，未必能竟其功。

月娘见李白扛起耙锄走远了，才同赵蕤正色道："相公博闻而多能，却未必能沾溉隙。"

"汝说的是李白？"

"此子非可方之以器，相公不应不知。"

赵蕤颜色一沉，点着头，道："诺。"

这一声"诺"，非比寻常之同意，更表示了深深的赞许。赵蕤从未授徒，也不曾蓦想过如何提携一学子，使之就道向学，还得为他罳恋操心，期以修材成器。他的确感到惶恐或迷惘，但是总以为时日方殷，而这李白又颖悟佻达，非同凡品，或许寖假略久，安定了性情，授之以书、益之以学。就这么走一步、算一步，再经过岁月的磨洗，苦之以"长斋久洁，躬亲炉火"，勉之以"掩翳聪明，历藏数息"，或恐将来也能够像自己一般，立一家之言。

这，就排开了各式各样的浅妄之念——诚如月娘所谓："非可方之以器。"——至不济，也不会将此子打造成一个徒知在谋生取利的修罗场上翻云覆雨、勾心斗角的俗物。

不过，月娘显然看得比他还要透彻。

"相公一向识人知机，而今得了一介天生丽才，却不辨烟火后先了？"

"啊！"赵蕤一听这话，稍一寻思，不由得抚髯而笑，又道了一声："诺。"

"烟火后先"一语，是有一个与月娘身世相关的故事。

月娘出身绵竹县的一个贫寒之家，父亲尝为邻近龙安县县尉小吏，由于稽核公廨银料的时候出了差错，旦夕间解职系狱，没有几个月，就因为羞恼愤懑而瘐死于囹圄之中。月娘的母亲和一个妹妹，茕茕无依，东走西顾，为衣食所迫，看来只有卖身为婢，或者是自鬻于官妓、营妓，以图苟活。

大唐官妓、营妓只是称名而已，立有乐籍，世代属之者，亦堪称祖业。官、营之妓的另一来历，则是罪犯籍没入官的妻女；是为官奴之列。以营妓而言，不只是赖声色歌乐服侍军旅中的将帅士卒，也不一定要居处于行伍之中，乃是声妓群集之所，有那么一个"乐营"的机关。

凡地方文官所在，家宴公讌，席上皆有"乐营侍奉"。有些身份地位比较崇隆的官员，离开了京畿，成为权倾一方的州牧，也可以堂而皇之蓄养女乐为一己满足需索，时人号称"外贮"。说来好听的名色是"官使女子"；说来难听的呼号便是"风声贱人"。无论何者，视主掌所归，而为"郡妓"、"府妓"、"州妓"不一。

月娘二姊妹，一个十三岁，一个十二岁。原以为零落之身，欲寄无他，只能变卖极少的私蓄，筹了千多文钱，将母亲暂时安顿在绵竹县郊外的环天观，准备再投乐营，入籍学艺。

这环天观在绵竹山，后世泛指为六十四福地之一。最早是于大唐高宗麟德二年奉旨饬建的。当年的皇帝为了酬庸李淳风献《麟德历》而赐予了这份恩典。月娘托母，上距李淳风初为此观方丈，已经三十五年，而李淳风又早在三十年前就已经羽化登仙，所遗宫观，由传人王衡阳所继。王衡阳风鉴之术过人，一眼看见月娘，便道："汝一身恩怨，还待十八年后，始能了结。今有二途，汝欲为官使，抑或为仙使？听凭由之。"

毋须王衡阳多作解释，官使就是"风声之妇"，仙使则是"女冠"。唐人家室女子修真成风，不外慕道、延命、求福。也偶有因夫死而舍家避世的，一旦遁入道门，还可以有如男子一般识字读书，研经习卷。月娘本来无所犹豫，可是王衡阳接着说："为官使，则绝代风情，芳菲锦簇，怎么看都是繁华；为仙使，则满园枯槁，钟锣清凉，怎么看都是寂寥。不过——烟火后先，俱归灰灭而已。"

烟火后先，是王衡阳的师尊李淳风身上的故事。

先是，李淳风与袁天罡随太宗出游，见河边有赤马、黑马各一。皇帝欲试两者道术之高下，遂命一问：哪一匹马会先入河？袁天罡随即先占得一离卦——离为火，火色赤，不消说，便是赤马先入水了。

然而李淳风持见不同。他登时上奏：钻木而得火，应先见其烟。烟色黑，应该是黑马先入河。过不多时，黑马果然先下了水。然而李淳风明白：皇帝这一问，是要求信于道法之本然，倘或争辩个人术数之高低，反而动摇了至尊者对于易卜之道的信赖；于是仍推袁天罡率先卜得机宜，而他不敢居功。


月娘在环天观颇积素养，于寻绎因果、断事阅人之际，这一则旧闻总令月娘将世情物理翻想得更深入些。她这一句"烟火后先"的譬喻，着实提醒了赵蕤：李白看似灼热燃烧的才华，或许只如熊熊之火，而究竟是出于什么样的心思，才会对诗有着如此昂扬的兴味呢？他甚至觉得：自己身上都未必能冒出那样的烟来呢！

"何不问问他——"月娘凝起她那一双秋水双眸，清切明朗地说道："何独钟情于作诗？"

这一问，诚然是要紧的。难处是能否得到确凿而诚实的答复。

月娘的疑虑很明白：她从王衡阳习道术，七年而大成。其间，本家母妹相继因病物故。然而清修之路，似仍平易而踏实，她已经能够对众论旨，演故讲经。

有一次，正逢着旁寺供请来的畿县上寺法师说法，一僧、一道，比邻二台同说。原本那寺僧仪容鱼雅，舌灿莲花，将王衡阳台下的听者攫去了十之七八，棚下之客，"寥落似稀星"。孰料月娘在此时升座，素妆拭面而谈，也不知是什么人赫然发现，这边环天观换了个丽人；顿时人潮訇然，去而复来，震动如雷霆。一时驴马杂沓壅塞，辒辌牵连于途。盈千聆者之中，有赵蕤在。

次一日，王衡阳将月娘唤了来，道："还记'烟火后先'否？"月娘颔首称诺。王衡阳接着澹然一笑，道："寡人果不负知机之名，七年外已判得赤黑之相，而今还汝清真矣！"

月娘还不能明白，正想请示，王衡阳已经从袖里掏出了她的那份道门度牒——堪见其上并无关防。易言之：她修真七年，只是自持规律，却从来没有公廨凭证为一女冠。

"汝之道侣因缘密迩，宁可错过？"王衡阳随即一挥袍袖，招呼门外的一条身影入内。来访的，还是那个赵蕤。

彼时，李白还是昌明县中一个寻常的顽童。十载有余，倏忽而逝，如今月娘要追问的是：赵蕤若将所学所事倾囊相授，而李白却根本不能作一个孤守青灯、著书立说的"野士"；甚至，他真心想要的，若还是一份仕宦行中的谱牒，则赵蕤将情何以堪呢？

或者，这个一向白眼看人的野士，难道还有不甘寂寞之心吗？这是令月娘更感到惶恐而迷惑的。赵蕤与她不仅仅是寻常夫妻，更是厮守多年的道侣。在忽然间发现了一个进取美官如探囊取物的人才之后，赵蕤似乎意有所动——而月娘此时尚分辨不出：那是来自何方的一阵风，能否吹绽春花抑或吹落秋叶？微漪相触，层层递出，更不知道会鼓涌出什么样的波光。她有些不安，总觉得这少年将要改变大匡山上的一些什么。

# 一八　长吟到五更

赵蕤并未依月娘所言,直问李白写诗起心动念之所由。他以为:这样问,是得不着真诚或深刻的答复的。他换了一个方式,让李白将自己过去所作的那一百多纸诗作,一一命题,分别书于所录的原句之前。

这样做的用意,是要李白再一次思索当初作诗时的意态,追忆那些微妙而于一刹那间生成的触发、感动还有领悟。赵蕤当然明白,李白并不情愿如此——即兴而作,兴落而止,回味只在肺腑中,不必形之于纸上。更何况还要越月近年,追怀摹状,想出不知多少时日之前,那早已失了滋味的情境,实在艰难。他花了好几夜的工夫,才勉力完成,其中有不少篇,看得出来根本是敷衍。

像是"笑矣乎,笑矣乎"那十来句残篇,李白就随意填上一《笑》字,算是交差。"玉蟾离海上,白露湿花时"那一首,给题上《初月》二字。而"仙宅凡烟里,我随仙迹游"那一首,他给题上了《始过仙居》,也还算切旨。可是刻在巨石青苔上的"犬吠水声中,桃花带露浓",他却秉笔直书《访戴天山道士不遇》——带着些顽皮、斗气性、刻意疏远的况味。

如此整顿下来,李白对于某些作品忽然有了意想不到的体会;而且较多是不满意的。像是此时题为《雨后望月》的一首,他怎么看,怎么觉着不痛快,原作仍是时人靡不风行的五言八句:

四郊阴霭散,开户半蟾生。万里舒霜合,一条江练横。出时山眼白,高后海心明。为惜如团扇,长吟到五更。

李白并没有掩饰这份不快，他对赵蕤说："诗看当下好，一旦着了题，再细究题、句之间，牵系若深密，便觉得拘泥；若疏浅，则简直无趣！"

"某前些年读一书，据云为天竺释门坟典，经乌苌国沙门弥译其文，还找了本朝一流贬之官抄写，僧俗两界皆爱赏此书。某读了一过，其中只有一语甚佳——"缭云绕雾、不着头尾地说到这里，赵蕤才应回了李白之问，"'我无欲心，应汝行事，于横陈时，味如嚼蜡'，这'嚼蜡'二字，庶几近之吧？"

"是，嚼蜡！"李白捧起那一纸《雨后望月》，道，"写时却不觉。"

"非题之过也！要怪，便怪诗不佳。汝此作开篇四句写月，动静相生，足见精神，然——"赵蕤掐起小指，用那既长又弯的指甲顺着五、六两句划过，一面吟诵出声，"'出时山眼白，高后海心明'，合调而缺格，有景而无意，这就是受时风所害的句子！"

一时风尚，不能峻拒轻离，这的确是令赵蕤既鄙夷又忧忡的时病。本朝但凡识字之人，几乎皆不能免；李白虽然未入士行，看来也不能避此病。

古来圣贤所期勉于为诗之道，谓之："诗言志、歌永言，声依永，律和声"，谆谆教诲人们：诗，必须是诚于中而动于外，发乎情而行乎文的一种东西。可是时病来得汹涌猛烈，几令无人能免。

说来还就是科考当道，如曲径有虎，拦山而立。朝廷所立制度，以明经与进士二科，为举士之本。明经一科，于神龙元年——也就是李白五岁那年——订制，明令考试有三场。第一场帖经，第二场试义，即"口试经问大义十条"。第三场试时务策，答策三道。积年而行，连儒家经典亦分等列：《礼记》、《春秋左传》为"大经"，

《毛诗》、《周礼》、《仪礼》是"中经",《周易》、《尚书》、《春秋公羊》、《春秋穀梁》为"小经"。通二经的，必须通大、小经各一，或中经两部;通三经者，须通大、中、小经各一;通五经的，大经、小经皆须通。

更为艰难的是进士科。武后当局时，为了压抑立国以来便擅长明经的士族，特重进士。进士科也是常科，考取更难，最为尊贵，地位亦成为各科之首。而选士者、求官者，相互以权柄交易知见，还则罢了;考科所及，竟然有诗! 在赵蕤看来，则无异是渐令天下士子俯首帖耳、沦堕性情的恶行。

这要从试帖说起。试帖，为唐代帖经试士之法，简称帖试，其法为后世八股之先河。据元代马端临《文献通考·选举考》所述:"帖经者，以所习之经，掩其两端，中间惟开一行，裁纸为帖，凡帖三字，随时增损，可否不一，或得四，或得五，或得六为通。"

帖经试士的制度，始于大唐高宗永隆二年，恰是赵蕤出生之年。赵蕤一直以此为天数，他常与李白戏谑地说:"天生予于是，应为帖试敌。"而与赵蕤同代的士子，却多为了应付越来越难的考试，而耗尽心力，转抄捷径，每每将难以记诵的经文，编成歌诀，方便记忆，这就是俗称的"帖括"，读来合韵、有如诗句的文字，本质上却是诗的敌人。

科考时采用的诗体，也叫"试帖诗"，拈题限韵，拘束已甚，且由于一代又一代像沈佺期那样从协律郎晋升为考功员外郎的诗家，日夕聚议，切磋商量，就是为了建树种种简选士人的标准。

他们之于诗，精审声韵，规范义理，讲究属对工稳，隶事精巧，视之为"择士选才"之必然。取法于考途，则大抵以古人诗句命题，冠以"赋得"二字，原只五言，日后增益七言，递演渐变，甚至明订首句仄起不用韵，两句一用韵，则或六韵十二句、或八韵十六句，号曰"排律"，连主旨都渐入牢笼，不外曲折或明朗地歌颂天朝圣德，帝王功业。而参与考试的学子，则一如多年以后的礼部侍郎、太常卿杨绾所深深喟叹者："幼能就学，皆诵当代之诗；长而博文，不越诸家之集。"

至于赵蕤所谓的"不能避此病"，正是指这种时兴的作诗手段——"出时山眼白，高后海心明"两句，只能说是"精审声韵，属对工稳"，却没有精神、缺乏风采，甚至了无意思；它只是前两句的遗绪而已。

赵蕤不能自已地激动起来。他对李白说："汝诗前有'万里舒霜合，一条江练横'，自然恢阔，将月色道尽，是何等天生壮丽？无何，却在后二句上，拘牵琐碎，此即时风所染！"

李白觉得冤枉——他哪里钻研过什么时风？不就是写一轮明月吗？明月如盘，出于层峦之颠，好似山有一眼；以至高悬穹宇，海心一片光明，也并不失义啊？他想辩解，却也无理据可以说自己"不受时风所染"，便只低眉俯首道："仍不解。"

"学舌鹦鹉，不知其为学舌，何以言诗？"赵蕤道。

这是令李白辗转不能成眠的一夜，他并不觉得受到斥责有什么可伤感的，更多的却是困惑。他从小所能读到的"当代之诗"，大多力求声调严整，音律协畅，吟之咏之，便觉舒爽无匹。但是赵蕤导之使之，却像是要他往复搜剔，忆想揣摹，与自己一向想要歌颂的、那浮光也似的轻快生命——对峙。

# 一九　天马来出月支窟

命题之课，十足令李白沮丧；却果然带来意外的发现。

原本在他那一只巾箱里，还有好些零散不能成章的文字。有些，是触目所见，忽觉有味，默记而成的语句。有些，是构思已了，待得纸笔到手，再一回神，又忘却十之六七，也只能把残忆可得者寥寥记录。其中有四句，是这样写的：

> 小时不识月，呼作白玉盘，又疑瑶台镜，飞在青云端。

为了省事，李白只题上"月"字，遂置之不复理会。然赵蕤看得仔细，一纸把来将去，读了又读，同月娘笑道："此子向不识汝，泰半之作，却多月字。"

"此篇不成意趣，"月娘道，"或恐是玩笑之作。"

赵蕤却不肯如此作想，他掐起指头算了算，问："昔年与李客啖牛头的那一夜，汝还记否？"

那是月娘适归赵蕤的第八年，大匡山上万卷书，却还只有赵蕤称之为"相如台"的半壁残邸；子云宅方搭构起梁柱，李客与赵蕤夫妻倚垆滤酒，以大鼎烹燋了李客不远千里带来的牛头。

那一夜，李客大醉，罕见地透露了些许身世。也由于病酒之故，前言后语随风逐水地过去，月娘并未记心，赵蕤则对一个小节留意不忘。

李客当时持酒起身，面向西山，号呼片刻，竟至于声嘶力竭。所呼喊的是赵蕤和月娘都听不懂的异方殊语。赵蕤每疑必问，那李客一听他问，像是幡然醒了。先是垂头不语，接着老泪纵横，继之以涕泗，良久才能答话。

"神仙或知古来大夏之国否？"

古大夏之国，在葱岭之西，乌浒河之南，有一国名吐火罗——或曰吐豁罗、吐呼罗者，亦是一音之转；此国北有一山，山名"颇黎"。而"颇黎"，蜀中方戏言称水，即曰"玻璃"、"玻瓈"，那正是唐初以来，西域诸国进贡什物之一。其形百状，其色红碧，其状皎洁透明，作为器用，则可以盛蔬食果浆。对着日光时晶莹剔透，背着日光时亦灿烂光灼；允为稀世之珍。唯其质轻而薄，极易破损，更为人所宝爱。

赵蕤知道此物，却从来没有见过，比划了半晌，李客却摇头道："神仙不知，亦不为过——某所言者，不是玻璃。"

李客说的，是一座山，颇黎山。这山南麓向阳，万古以来相传有神穴，穴中出天下极品之马，马名"汗血"——顾名思义，乃是奔驰汗出之际，其色殷红如血。或许是汗血之说甚奇，而使得那马有了过于其实的令名，早在汉代便引起了帝王觊觎之心。

西域之使传报：于大宛国发现汗出如血的宝马，武帝为此马遣使西访，携黄金二十万两，另金铸马一匹，去至贰师城求买换种马。却遭大宛王严词峻拒。汉使眼见无法复命，既怒且羞，一时出言不逊，更将那匹黄金铸成的马当场劈碎了（还有一个说法是以烈火烧融，所以记载上用了'樵'字，就是燋烧的意思），以示天威。

大宛王认为汉使这样是失礼的，下令命该国东边境郁成城（乌孜别克乌兹根城）王拦截之，将使团屠杀净尽。这就引起了汉武帝当年两征大宛。从此天马更为知名而多猎奇好异之端了。

六朝以下，颇黎山多吐火罗人；吐火罗国为"行国"，千百代以来皆游牧为生，世世驱驰、养育彼马，也从来不觉得那马有什么贵重的。到了近世，尤其是贞观九年以来，由于朝廷明示与西域诸国相亲善，东西行路关隘弛禁极宽，吐火罗人每岁借着诸般名目，向朝廷贡献宝物，举凡沉香、没药、胡椒、红碧玻璃制器、驴、骡之属，自不待言，其中还间杂一些汗血之马。

李客持酒西望、顺风号呼之后，为赵蕤详说了这一部原由，接着凑近前，道："客先氏被罪，世代惭衄，也就不必在神仙面前张扬了。神龙年间，某举家回中土，一门十余口，辎重载负——"说到这里，更压低了声："全仗此马！"说时，就在一阵一阵向西山呼吼而去的西风之中，逆着风势，传来几声高亢、尖锐而且十分清晰的马嘶，自远徂近。

赵蕤大约明白，李客先前的号呼，实是以胡语唤马，以风中来去、人呼马应的时程计算，马原本应在十数里之外，何其答之切而来之速耶？赵蕤惊诧之余，又听李客继续说道："宝马实无异相，却也毋须与市井无知之人争夸，某便繁殖养育，不数年，更是一门广大生计。"

"既是生计，当为吾兄乐悦之事，怎么落泪了？"

是的。泪痕还在眼角颊边，李客也不拂拭，朗朗答道："某生身之地，唤作诃达罗支。彼时中原如何，圣朝如何，某亦混天糊涂，万事不知。但闻先父告以：大唐显庆皇帝，对外用兵，灭西突厥，编户之民，可至咸海蛮河；是后，先父昼夜谵语，云：'我本汉家身世，宗祖原始，子孙不可或忘。天子既设安西都护府于碎叶城，已十数春秋矣，可以归之。'"

李客的父亲还念兹在兹，魂兮归于故土；然而天不假年，未能如愿。赵蕤很难想象的是：李客却迥然不同。在他看来，游牧儿幕天席地，纵意所之，诚如他从吐火罗人之处学来的一句谚语："云草生处无城防。"意思是说：天育万物，四时消长，生灭自然，彼此却无门户，更无疆域。

碎叶城，亦名素叶；距李客生长的"故乡"诃达罗支八百五十里，若非老父生前遗嘱，李客再投胎百十次也不会到碎叶城去。然而他毕竟应命而行，只为了成全那句"宗祖原始，子孙不可或忘"的教训，而来到了安西都护府，与唐人交易百货，还在这城生了三个儿子、一个女儿。神龙元年，以多年与边西关防僚员的夤缘交往，凭着一张伪冒的家牒，潜遁而回到中原。

虽然以地缘远近而言，以志业谋处而言，他都应该迳往繁华贸易之地的西京长安。却也由于是偷渡入关，不能不往人烟稀少之地，暂觅一枝而栖。

从碎叶城举家迁徙之行前，他也已经打听清楚：前朝有平武一郡，在陇右。大唐武德年间为避国号而改郡名为龙门，至贞观时，又改为龙州郡、江油郡。

无论名称如何，其地则一。此地于汉代称"广汉"。邓艾伐蜀时，军行七百里而渺无人烟，凿山通路，攀木缘崖，士卒鱼贯成行，仅以身入。这数百年前的"广汉"是当时新发广拓之区；数百年一瞬而逝，直到此时，也只有两县之辖，户口千余，编户人口六千有几。此地于高宗永徽年间为朝廷想起，又颇存"实边严守"之议，遂割属剑南道。

不过，这样规模的城邑，在李客看来，正是绝处逢生的立足根基。此间人不算多，但是出入贸易足矣。一个偷渡之家，天高皇帝远，恰足以借谋蝇头小利、日积月累，假以时日，若能发迹变泰，亦未可知；或许永远不会有人察觉：他竟然是发遣西域的罪犯后人。

"虽云负贩走商，行脚天涯，不免也要想：吾家，究竟何在？今夜酒足话多，索性再同神仙吐一番实，此后亦不再说了——"说到这里，李客脸上的泪痕果然干尽了，他略一沉吟，近前附耳道："客之名，本非我名；李之姓，固亦不是我姓。"

说到这里，一匹身色棕红、鬃色碧绿、蹄色乌黑、额色雪白的肥马轻盈地腾跳上山，背无鞍鞯，口无衔辔，仁立着守候李客。此夜以往以来，李客的确没有说过自己的身世，就连这匹马，只在李白向赵蕤告别之际，隐隐约约地现身一瞥——那又是七年以后的事了。

是以彼夜相与情怀、相共话语，赵蕤似乎记得，又觉得太不真切。问起月娘，她也只笑说："牛头余骨尚在，汝等道故之语，谁还记得？"

然而赵蕤之所以提起，不是没有缘故。他以为李白诗中时时称月、道月、看月、想月，另有可解之本。不过，他先提到了一字，作为旁证："经他题作《初月》的那一首，还记否？"

"'玉蟾离海上，白露湿花时'？"

"诺。"赵蕤肃容道："此作中有'乐哉弦管客'，'客'字竟不避父讳，这却让某想起燋牛头彼夜，李客醉后之语。"

"他说了什么？"

"'客之名，本非我名；李之姓，固亦不是我姓。'"

"其飒爽如此，倒是难得一见。"

"是以——李白诗中的'月'，似乎另有他意。"赵蕤接着道："月，乃是一国！"

# 二〇　放马天山雪中草

　　这个国，是西域诸胡逐水草而居的游牧之国，当时谓之"行国"。在李白生命的初期，一直缠绕着与"行国"的遭遇有关的几则故事，以及一支歌谣。

　　带来这些故事和歌谣的，是碎叶城中一丁零奴。此人有族传一技，能够斫巨木、制高轮、造大车。初为李客造车，行商于茂草之地、积雪之途，通行无碍，商队以此而四时往来，轻捷无匹。李客看是一宝，除了重金相赂，更奉之如家人，这丁零奴以此免于水草漂泊，也就专力于估贩，跟着李客往来贸易，不复为牧儿了。

　　李白日后回忆此人，总说"不知男女"，但是却能俱道其衣着服饰，因为那丁零奴从未穿过第二套衣装；一年四季，不分寒暑，总是翻沿绣花浑脱帽，身上一件淡青色盘领袍，翠绿色圆头金线布鞋，腰间系一条鞡带。他追随李客多年，直到李家潜遁入蜀之后，因为水土不服，未几即病死在绵州。此人有生之日，时常放怀高唱着这么一首歌：

　　　　敕勒川，阴山下，天似穹庐，笼盖四野。天苍苍，野茫茫，风吹草低见牛羊。

　　说到这，不能不先论丁零。

　　丁零，亦名敕勒，原来是北地牧民之一部，先世居北海（也就是千载以下称为贝加尔湖之地），西邻乌孙，南倚匈奴。秦末中原群雄逐鹿，北边之地也不平静。当时一向与匈奴或战或和、时争时盟的部族极多。其中另有一族，号称月氏，约在日后河西走廊一带游牧。月氏不能独斗强邻，遂渐与他部相约，绕过戈壁，合东胡部落，夹击漠南、阴山一带的匈奴。匈奴不得已，而质酋长之子于月氏，绵延数代，暂保和局。

某岁寒冬大雪，受尽残酷待遇的一个匈奴质子忽然从月氏逃回本族领地，居然杀了生身之父，自立为领主，是为冒顿单于。此子雄才无二，鸠集所属，攻伐月氏，三年而尽有其游牧之地，迫使月氏远遁于千里之外的西极。

冒顿单于曾经在一封写给汉文帝的书信中如此夸耀："以天之福，吏卒良，马力强，以夷灭月氏，尽斩杀降下定之。楼兰、乌孙、乌揭及其旁二十六国，皆已为匈奴，诸引弓之民，并为一家，北州以定。"

汉武帝派遣张骞通使西域，目的就是结合月氏、乌孙等"行国"——也就是游牧部族——夹击匈奴。不意在中途，张骞和他的使节团却被匈奴俘虏了，囚处起来，甚至还被迫结亲生子。过了十年岁月，张骞终于反向自西面逃出，遁入月氏。而月氏当时已经安身立命，不欲再向匈奴挑衅，惹起战端。张骞专对之命未果，可是，月氏之部却并没有因西迁而安居。

是后，匈奴一再以武力驱迫，使月氏退入准噶尔盆地，犹不以为足，乃至于一直进逼，至伊犁河流域。其间，继冒顿而雄立的老上单于还曾经于一场血战之中，杀了大月氏的王，将其头颅割下，还把这个颅骨制成了酒杯。

一直到百年之后，才又由于一场突如其来的大雪之助，使月氏得以联合乌桓、乌孙和丁零诸族，以突击合围之势，断绝匈奴部队的粮草，疲其士卒，耗其刀弓，消灭了数以万计的强大骑兵，从此才算摆脱了匈奴的宰制与奴役。

即使匈奴一族彻底衰落了，西迁太久的诸部也已各自分崩离析；倒是不同部族之间，却也自然而然地相互融合。月氏之一支向南移走，进入日后名为"甘肃"、"青海"之间的祁连山西北麓，与匈奴杂居，是为匈奴别部"卢水胡"。

卢水胡人中有一家，以"沮渠"为号，曾经协助汉人官僚段业建立北凉政权，之后沮渠家出一豪杰，名沮渠蒙逊，此子不久之后便杀了段业，自立为主。这一则与李白生平辗转无端的史事插曲，却出现在李白日后干谒安州长史的文章之中，留下"白本家金陵，世为右姓，遭沮渠蒙逊难，奔流咸秦，因官寓家"这一段毫无来历的话，而成千古之谜——不过，其间尚有蛛丝马迹，仍与西域诸胡长期的征逐有关。

由于长远的战争、残杀与漂泊的背景，为月氏、丁零等族人带来不可磨灭的阴影，也为当时受制于匈奴的西域诸胡带来一个萦回缭绕的生命主题，那就是不断地向西迁移。

西方，向称"月窟"——月生之地，在那干戈扰攘的数百年间，受胁迫、奴役与杀戮者每于夜间遁逃，逐月迹而行，也仰望着明月指路，通往暂且安身而不知其名、亦不详其实的所在。月亮阴晴圆缺不一，却升落有恒，似乎要引领他们无休无止地寻觅、游荡、漂泊下去。

李白年幼，未习史事，只能凭李客口授四代以来勉可传述的身世，偏偏这身世又与丁零奴的故事相互印证，相互杂糅，以至于有些情节竟虚实不可复辨。

其一，是李氏家族被迫西迁的事。

在隋炀帝大业十一年，也是李白出生前八十六年，发生了一桩宫廷屠戮事件，源由相当曲折。隋初立国，封为申明公的李穆老死，由长孙李筠承袭爵禄。李筠对叔父李浑极为悭吝，李浑便与其侄李善衡密谋杀害了李筠，另设一计，声称：李筠是被另一近支族人李瞿昙所害，让李瞿昙枉作替死之鬼。

同时，李浑则勾结了妻舅——当时官居左卫率的宇文述，请其代为关说，希望能代李筠而袭其封国。这当然是有条件的，李浑对宇文述的允诺是："若得绍封，当岁奉国赋之半。"这件事，宇文述透过当时还是太子的隋炀帝，转奏于文帝，果然让李浑得以顺利袭封。

可是李浑并没有信守前约——他只付了两年的"国赋之半"，就当作前账已了，不再应付；这让宇文述极为不满。待隋炀帝即位之后，李浑累官至右骁卫大将军，改封郕公，门族益发强盛。偏在此时，传闻有一个名唤安伽陀的方士，受了宇文述的指使，冒出来一则预言："李氏当为天子。"炀帝趁这个机会便收押了李浑等家，由宇文述主持伪证，诬以谋反之罪。此年三月丁酉日，李浑、李善衡及宗族三十二人全遭杀害，女妇及其所嫁之家皆徙边徼。

这一宗利害奸诡相互纠结的政治屠杀，使得当时与李浑近支的李姓一族大肆溃逃，而留下了"一房被窜于碎叶，流离散落，隐易姓名"这样简略的记载。

李客对于他三代以上因子虚乌有的大逆之罪而被逐，受迫隐姓埋名，窜于极边之地，其实深怀憾恨。一旦返回中原，行脚贸易，不能不立姓字，所以才"指天枝以复姓"。

天枝，语出《神仙传》，原本出处是说：老子李耳的母亲扶着李树而生下了不知其父为何人的老子，这孩子一落地就能说话，指着这株李树，给自己定了姓氏。李白运用这个典故，追述李客之"复姓"——恢复原本的氏族——当然也充盈着那种自立而成一天地的神采。然而，四代窜逐之"流离散落"，又何尝不与月氏、丁零等部族再三西迁、无所止归的处境同其情？

至于丁零奴，则将月亮交付给李白，使成其为诗人一生的象征。

# 二一　光辉歧路间

成长后的李白当然明白：朝向"天枝"的那一指，也就是指向了大唐李姓的皇室。这是一个出身陇西狄道的氏族，从太宗皇帝李世民开始，便无所不用其极地利用其权柄，兴立制度、重塑史料，以倾轧、压制山东——太行山以东的广大北地区域——诸郡望世家。为了养望，皇族不惜改写其族姓履历，使能系于汉代陇西成纪出身的名将李广之后世。

也由于提升并维系统治集团地位之所需，皇室率先修改了他们的族谱。其方式是在太宗贞观二十年下诏编修《晋书》，以立传世之大本。

在《凉武昭王传》中，有这样的字句："武昭王讳暠，字玄盛，小字长生，陇西成纪人。姓李氏，汉前将军广之十六世孙也。广，曾祖仲翔，汉初为将军，讨叛羌于素昌，素昌即狄道也。众寡不敌，死之。仲翔子伯考奔丧，因葬于狄道之东川，遂家焉。世为西州右姓。"

这里的"右姓"，就是指高门望族、有累世声誉的大姓。凉武昭王李暠真正得以被清楚辨认的身世始其高祖父李雍、曾祖父李柔，他们都曾经在晋朝做过官，"历任郡守"；然而并无只字片语之证，可以上推数百年、将李暠之先世系于李广之身。唐兴以来，把根本迢递不相干的陇西狄道混说成陇西成纪，就是从这里开始的。

是后，于唐高宗时修成的《北史》，看来也呼应并回护了这个说法："仲翔讨叛羌于素昌，一名狄道。仲翔临阵殒命，葬狄道川，因家焉。《史记·李将军传》所云其先自槐里徙居成纪，实始此也。"

这是相当细腻的手法，再一次地将"狄道"混同于"成纪"。直到李白四十三岁那年，玄宗皇帝忽然为李暠追赠了"兴圣皇帝"的谥号，以确认从李暠到李唐一朝之间的血缘关系，也就看似坐实了李唐一族原本不是鲜卑人、而是汉人——且还是汉家征讨匈奴大将之苗裔。

天枝一指，便是如此上行下效的行径。李白遂也在一生中多次的口述或文章中把自己的身世编入凉武昭王李暠的谱系。但是，如何为"天枝"踵叶增华？还可以回到丁零奴的明月。

奇闻口传心授，代远年湮，总是发生在一些混沌的年代，一些模糊的地点。不过，后人却仍旧不难从确凿可依的历史事件之中耙梳其背景。

历来以"魏"之名开国的有三个。三家分晋之魏，揭启战国之帷幕；三分鼎立之魏，衔接汉、晋之关节；至北地鲜卑族人崛起，为五胡之中最晚进入长城逐鹿的政权。为了与前二者区别，史称北魏。

若是上溯其渊源，始祖神元帝拓跋力微乃是与三国之魏文帝同一年即位。太祖道武帝拓跋珪乃于晋孝武帝太元中开国，此"北魏"立朝之初。其后，便是世祖太武帝拓跋焘践祚之年，已在南朝宋武帝末叶。

这拓跋焘是一位霸者。他统一黄河流域，挥兵西取鄯善，广通西北各部族，相与盟约示好；行有余力，还能够陈兵江淮，大掠民户五万余家，形成了五十多国向北魏朝贡的盛况——也正是出于这位太武帝的意志，将漠北三十多万帐落的丁零人南迁至蒙古高原，使此族进一步鲜卑化。

此后三传至魏孝文帝拓跋宏，五岁即位，受到具有汉族血统的祖母冯太后之影响，二十三岁亲政后仍追随祖母摄政时期的脚步，一力实行汉化，这是众所周知的事。但是汉化并非只是中原王制文教的熏染所带来的影响，也将北魏的国族信仰与力量一分为二。

以亲近于汉的意图乃至并吞南朝的野心而言，则首都平城粮草匮乏，形势边险，酷寒霾沙，车马遥迢，迁都洛阳是势在必行之举。有歌谣形容得好：

悲平城，悲平城，驱马入云中。阴山常晦雪，荒松无罢风。平城悲，平城悲，桑枯草不肥。沙碛十万里，雁行何敢欺？

迁都犹略孚众望，但是将朝廷制度、官民服饰、日常语言、门第姓氏、度量斗尺以及家族葬墓等等由上到下、巨细靡遗之务，完全汉化，则令半数以上的鲜卑官民起了绝大的反感。孝文帝而后，再传至孝明帝拓跋诩时，便发生了北边阴山南麓沃野、怀朔、武川、抚冥、柔玄、怀荒等六镇之变。

由六镇之名，尽是"朔"、"冥"、"玄"、"荒"可知，这些都是为了对抗北方游牧诸部而设置的"戍镇"，将士们虽多出身自亲贵高门，却在面对边警的氛围中时刻忧虑：边塞健儿，雄强奇矫，岂能逸于南迁？这就与主张汉化的洛阳仕宦迥不相侔。"戍镇"之主盘踞幽、冀，雄视秦、陇，虎临关中，素蓄分离之志。

就在南朝梁武帝普通四年、北魏孝明帝正光四年，六镇军将一呼百诺地发动了反事。一乱三年，虽然终于平定，然分裂之心与崩离之势已如玉山之颓，真不可挽。但这却造就了豪阀尔朱荣在晋阳一地借平乱之军崛起的机会，并掀起了宫廷中一连串的谋弑与诛杀。

乱事平定之后两年，北魏孝明帝被太后之党所弑，尔朱荣借戡乱之名陷洛阳，将太后与幼帝溺死在河里，并斩杀朝臣二千余；史上宫廷之戮，无有过于此者。不过，尔朱荣亲手扶植的傀儡皇帝拓跋攸并不能信任、更不肯倚仗这位大丞相，就在即位两年之后，趁尔朱荣赴洛阳朝觐的机会，伏刃于膝，自为刺客，亲手制裁了身后的操纵者。

但是尔朱一族的军事力量仍然凝聚于晋阳一带，不得不待尔朱荣当年的亲信高欢才得以剿灭。高欢，仍就是北魏一朝巨大裂变的推手——他自居郡望为渤海高氏，其实根本是一个来历不明的胡化汉人，所部却正是先前酿成大乱的六镇之兵，直以杀夺凶暴为英雄事业。

前文演释"侧傲"一词，叙独孤信事，便曾述及高欢掌权之后，立孝静帝拓跋善见，迁都邺城，史称东魏。在此之前，由于高欢曾袭杀关中名将贺拔岳，贺拔岳的部众只能另觅主帅宇文泰。于是，在这个东西分帜的关头，独孤信只好追随孝武帝拓跋攸西投长安，入于宇文泰麾下。

宇文泰后来鸩杀孝武帝，另立文帝拓跋宝炬，定都长安，史称西魏。高欢和宇文泰两个实际的掌权者生前都还保留了各自拥立之主所宣称、承袭的国号。直到南朝梁末，他们先后在九年间死去，两人的儿子也就先后篡了东西二魏，各改国号为齐、周；史称北齐、北周。

丁零奴所说的故事，就发生在高欢崛起、正与宇文泰争霸之时。

当时高欢属下，有一朔州敕勒族将，人皆谓为"丁零奇材"，姓斛律，名金，号阿六敦。他生小知兵术，法度与汉将殊异，多以八方十面、神出鬼没之马队，每队也刻意摆布得多寡不一；有的队伍空马八九，骑者三四；有的队伍骑者数十，杂以空马二三，疾驰聚散，来去如风，一阵射杀之后，人马迅即不见。

这本来是匈奴骑射的传承，也毋足甚怪。可是阿六敦有一殊能，他人不可及。那就是搭手一眼看远处的尘埃，便能识得对方兵马之多少；伏地一嗅土表残留的蹄迹，就知道敌伍行阵之远近。

阿六敦出征，常携带一孩儿，此子自十岁起随军出阵，自备一弓一马一囊箭，自进自退，迳行杀伐，直至囊空而返；却一向不从号令、不入行列。在草原沙碛之地，战事偶或胶着，攻守之区推拓得无边无际，云卷日昏，一时不辨旦暮。即使连夜亘日，甚至三数天不见踪影，阿六敦也从不为这孩儿担惊受怕。说来也奇，孩子在无论多么艰险的战阵之中，恒是安然无恙。人们也都习常视之，不以为异。

这孩子叫斛律光，但是人人都呼唤他的小名：明月。


彼时，汉人之子十四岁而自立的所在多有；斛律光也于十五岁前后正式加入父亲所属的部曲，从此有了军籍身份，也必须接受上官指派调度，但是仍野性不驯，尽管追随行伍，不稍懈怠；临阵时却往往自出机杼，变意如神。他十七岁那年，斛律金已经四十四岁了，不能应付太过激烈的格斗，仍无役不与，为儿子掠阵，就是为了防范他抗命犯上。

当时的高欢正值盛年，方三十六岁，而高欢的对头宇文泰年事更轻，只有二十五；在一次西征战役中，双方部伍还在各自集结，大将们拢马倾身，会商致胜之计。谁也没有料到，这斛律光手打亮招，极目远眺了好一阵，忽然从囊中拔取一枝雕翎哨箭，朝敌阵拉一满弓，应声而放。但闻箭镞上的骨哨顺风西鸣，钻入了沉沉的阴霾，而斛律光则蓦地夹马驰出，竟像是要追逐那箭的去势，转瞬间已奔出百丈之外——再一眨眼，却见他一人一马，迳入敌军将阵之中，从马背之上挟取一人，倏忽复回。

掖在斛律光的胳肢窝下给擒回来的，是宇文泰手下一员将领——官拜长史的莫孝晖——肩头还插着那支雕翎箭。此情此景，登时惊骇了双方人马。还是斛律金久经战阵，心念电转，情知机不可失，遂长鸣一角，催军突发，向敌掩杀而去。

这一役东魏大捷，与役诸将，自有一番升赏。高欢除了立刻擢封斛律光为都督之外，还给颁一个诨号，叫"风呼影"，取疾风不能追及之意。不过，这个封称没有持续太久，便被另一号取代了。

高欢之子高澄也是好骑射，自幼惯习军旅。他比斛律光小六岁，撇开父辈官职地位不论，高澄始终视这飘然而来、飘然而去的斛律光为兄长、为师友；也是在高澄掌权之后，斛律光从都督而为征虏将军、累加卫将军，堪称亲信。有一年朝廷举行校猎，斛律光也参与其事。当下秋霁风高，胡人称"杀头飔"，这种风来去强劲，鼓荡衣袂，往往令人不能行立，所以射猎所获并不如意。

然而自始至终，众人举头可见，云表有一大鸟，在风中翱翔上下。这鸟开张双翅，羽翼饱满，毛色鲜明；追随着众猎者自南徂北，徘徊去回，似乎在等待着什么。众人既惊异其能与人相逐，若欲通款，却又因为它飞得太高，并不能辨识名类。

正在纷纷议论的时候，听见斛律光闲闲说道："欲知何物，直须取视——野类原不可驯，也欲角逐功名否？"说时眼也不抬，迳自听风辨位，搭箭在弦，觑了个风势稍歇的间隙，指放弦崩。

好那箭——钻天而上，取鸟而下，落势盘旋，其形如轮，至地始知：原来是一只罕见的大雕。高氏丞相属中有一人名唤邢子高，当下脱口而呼："此真射雕手也！"嗣后，斛律光便有了一个新的诨号，叫"落雕都督"。

然而射下了那雕之后的斛律光却像是突然间发现自己做错了什么，神情黯然，看来并不以此为荣为傲，众人只见他两眼发直，双唇微颤，凝视着地上那一头车盖般巨大的雕——雕颈上不偏不倚，正中一箭，血洒方圆数丈之远，而斛律光的眼角却泛着泪光，似有无限的讶异，与无限的懊悔。

至于丁零奴所述，故事的主人翁仅仅是"明月"二字。除了战阵射敌、猎场射雕的情节之外，并无北魏末年高氏、宇文氏各奉一主，蜗角相争的种种缤纷。丁零奴更未言及斛律光日后为高澄之侄高纬所疑忌，派一名叫刘桃枝的力士，将斛律光袭杀于殿中凉风堂的一节。这是"风呼影"、"射雕手"、"落雕都督"的末路；而丁零奴面对只有四岁的李白，说的是另一则传奇。

他说的是少年明月。明月于一次战役之中，不意间失落箭囊，手上仅凭一弓，冲锋陷阵已是不能，只得落荒而逃。这一回，他跑得太远，非但迷失了大军所在，还正赶上一场突如其来、转山而下的风雪，掩蔽了天地间一切可供辨识的物景。

一入昏暮，越发不辨东西，明月纤马欲行，却不知前路何在，只能暂且找着一沙碛石砾之丘，于背风处勉强一避。也由于出征匆促，走马于敌我之间，须尽量取其轻便、速捷，明月也未曾裹带衣物毡毯，而雪色苍茫，风势紧凑，看似撑不过半夜，明月就要冻死在这朔野之中了。

就在明月半迷睡、半挣扎的时刻，弥漫暴雪之中，一黑影从空飘忽而来，自远而近，形貌渐明，居然是一雕。此雕不受风雪所困，仍能自在翱翔，双翼展垂如云脚，所过之处，密雪为之一开，就近可闻，还发出了哗哗剥剥的撞击之声，而雪片应声融却，雕飞所过之处，视野便敞亮了些。

明月蓦然有了精神，冲身而立，抖擞着甲胄上已经冻结的坚冰，一振则琳琅铿锵，便对那雕道："汝来将我识路否？"

雕之为物，岂能应答人语？然而它也恍如有灵通之性，竟逡巡再三，不肯离去，只在明月头顶盘旋。如此一来，明月之身便好似被那雕身所掩，天上落下的大雪遂不能及身。霎时间，明月微微明白了那雕的意思，当下拉起缰绳，翻身上马，绕地三匝，令坐骑仰蹄朝天，前后腾跳纵跃了几步，甩落埋身的积雪，顺着雕喙之所向。接着，明月扬起一鞭，冲雪而去。

于是，飞雕在上，奔马在下，雕向东则马驰于东，雕欲南则马奔乎南。大雪依旧纷飞，却恰恰都落在雕背上，这雕，有如一伞盖，给了明月一席屏蔽。就在明月驰返本营之时，风歇雪住。倒是那雕，像是了却了一桩不甚费力也毋须挂怀的差事，继续前行，一迳飞入面前刚刚升起的一轮明月之中。


# 二二　焉能与群鸡


那是赵蕤第一次命题让李白试写一诗，他一心一意要让李白洗髓换骨，脱去时风所染，是以命题之先，思虑了很久，才道："写

78

一景，或写一物，然不须困于题旨，尤不必出落相对。"

李白从赵蕤手中接过一方牙版，铺上藁纸，掭实扣紧，以左掌擎住，这才捵捵笔、点了墨，书事算是停当了，然而心中仍不免疑惑——

他以为自己的诗就是用意过于恣肆，前言后语不能贯通，之前才会把曹子建"西园飞盖"那样的典故加诸于"初月"的；如果原本无所感、无所知，又怎么会有足以吟咏的诗句呢？遂问道："无旨意如何作？"

赵蕤淡淡答了声："取汝念念不忘一事即可。"

李白一动念，只想到了多年前憔悴病榻的丁零奴——也就是在那一张病榻上，丁零奴将一柄他亲手铸造、随身携行多年，长短与李白身形略等的剑交付给这孩子，道："此物可以摧伏怨敌，汝其善保。"

丁零奴晚岁与他朝夕相伴，是他懵懂未开直至年事稍长以来，第一次历经生离死别的伴侣。可是"写一景，写一物"并不是"写一人"。若是写丁零奴，他可以在转瞬间拈成八个作为骨干的语句："金天之西，白日所没。康老胡雏，生彼月窟。巉岩容仪，戍削风骨。碧玉炅炅双目瞳，黄金拳拳两鬓红。"李白随思落笔，濡毫疾书，写下了，却又立刻移开书纸，换了一张。

赵蕤盘膝坐在对面的几前，头也不抬，沉声道："藁草莫丢弃，那也都是心血。"

李白没答腔，继续想着丁零奴，想着他一路从西域随车步行，走在巨轮高车之侧，年仅五岁的李白只消轻轻拈指，一撩车窗帘布，便可以看见丁零奴那顶浑脱帽。帽子已经极其陈旧，翻沿处皆磨白了，复沾黏尘沙灰土而泛黄发黑；帽身的绣花原本是红是绿，也不再能分辨。非得从车中俯瞰，不能发觉那帽顶近央之处，不知何时还破了个洞，露出丁零奴的一块秃颅。

念念不忘，此物此景。他又有了句子："容颜若飞电，时景如飘风。草绿霜已白，日西月复东。华鬓不耐秋，飒然成衰蓬。"这六句尚未收煞，李白忽又觉得不妥——按赵蕤的吩咐，唯景物可写，不能作旨意；要是顺此而下，他非得作出怀念丁零奴的句意不可；就算不朝这一思路前行，也省不得要对岁月奄逝、人生短促的本相发一感慨。

于是他又换了一张纸，叹道："作诗不立作意，原来是极难的。"

赵蕤仍迳自抄着他的著作，不理不睬。却暗下窃喜着；没有料到前几日还沾沾自喜地说"某写诗恰是随意"、"某写诗皆不落题"的这个狂生，竟然翻悟得如此敏捷，点额知返，当即发现自己并非无所不能，只是才大心疏而已。

李白则默默地从丁零奴的记忆遁开，想起了那的确也堪称令人念念不忘的明月故事，他略一振衣袖，左掌夹稳了手版，右手举笔，落毫仍然俊快无伦：

> 登高望四海，天地何漫漫。霜被群物秋，风飘大荒寒。杀气落乔木，浮云蔽层峦。孤凤鸣天霓，遗声何辛酸。

这是他想象中的巨雕，于翱翔了不知几度春秋之后，来到这荒寒郊野，俯视山川云峦，猛然看见了当年在狂风暴雪之夜结识的少年，想要就近相认。孰能料得，上林一箭堕西风，这心地天真的野物，竟然在顷刻间被那不能相识的旧识横夺了性命。

作罢，他低声诵过一回，满眼的字迹，都像是孩提时心象所摹而栩栩如生的、纷絮飘零的一身毛羽。他猜想：赵蕤再称神仙，大约也看不出他所写的，是骑射英雄明月传说中的那一只巨雕罢？

可是赵蕤连看也不看便道："不佳！"

"神仙尚未过目——"

"某侧耳而听汝诵声即知，中间二联还是免不了受时风渍染，出落成对；尤其是五、六两句，落入那协律郎群公眼中，想来会称道汝工巧稳洽——"

考辨诗之为物，究竟应该如何才算"中式"，的确在这些年间愈益明朗。虽然朝廷与士人并没有规范句法律则的明文，可是"时风"无所遁逃。李白已经竭尽所能地不受那种遣词造句的声调习惯所羁縻——像是"天地何漫漫"一句的"何"字，"风飘大荒寒"一句的"荒"字，"浮云蔽层峦"一句的"层"字，"孤凤鸣天霓"一句的"天"字，以及"遗声何辛酸"的"辛"字等等；若以"合律"的要求视之，皆应易为仄声字。李白刻意调度如此，使之不符时尚，更近古体。

更何况，赵蕤力称是病的第五、六句"杀气落乔木，浮云蔽层峦"，李白更不能服其理。他原本还颇费一番工夫，蓄意使第五句起句（也就是当句之第二字）处，与第四句的第二字平仄相对；在科考中，以试帖诗的考察要求而言，这是"犯式"的，也就是出格、出律的。后世之论诗者常谓此为"失黏"，一旦有此病，足证其韵律不协，识字失检，是可以因之而黜落不第的。李白为了表示他不为时风所寰，于当黏之处失黏，横空一断，手眼应属不凡了，未料赵蕤仍旧不惬意。

李白将手版并笔一放，拢拢袖子，高踞而问道："'工巧稳洽'称得是病？"

"于不思议间得之，即是病，且大病不可医。"赵蕤道，"汝于作此'杀气落乔木'句之际，已堕入'浮云蔽层峦'之障中。"

乍听之下，赵蕤的说法很诡异，明明前一句才写就，下一句尚无踪迹，怎么说上一句就落入了下一句的机栝呢？继之再一细思，李白不得不心平气和了下来。

的确！或许便在前一句离手的一刹那间，神思无识亦无明，任由"高下相须，自然成对"的惯性澎湃而兴，果然顺着语势而冒出来的"浮云蔽层峦"是一个贴切的对句，却是一个浮滥的描写。因为只有李白自己知道：他要叙述的应该是一只视野辽阔明澈，在草原上空纵情翱翔的巨雕，本来不会去在意那些偶或遮蔽了层层山丘的云朵。

"汝自是一凤，何须作鸡鸣？"赵蕤看李白一眼，将先前所说的话再说了一次："然——藁草都是心血，莫丢弃。"


# 二三　乍向草中耿介死


赵蕤究竟是不是隐者？或许，我们还可以换个方式问：赵蕤是一个什么样的隐者？

自古仕、隐两途，本来有着全然不同的价值观、生命情调，或是国族信仰。然而到了唐人的时代，隐之为事，却一步、一步，不着痕迹地，逐渐演变成为一种仕的进程，甚至手段。

直到决意将《长短书》抄校完成之前，赵蕤从来没有疏忽过整个大帝国的动态。他到城市里行医，总是会留意京畿传来的消息。朝廷所作所为，不只是空穴来风，还有邸报。

自汉以来，诸侯郡国皆有"邸"，"邸报"即是通奏状报，传达君臣之间的音问消息；又称"邸钞"、"朝报"、"宫门钞"。到了隋代，开发出雕版印刷的技术，邸报始以密集的形式交换着帝国中央与各地方的讯息。一般常通过马递、步递，衔接江河行舟，将诏令、要政、公文书信传递到各个州县。臣民因之而得以得知皇室的活动、帝王的诏旨、官吏任免、大臣奏章和较为重大的军政新闻。

传递书状新闻，也有程途期限。承平年月，倘无饥馑荒灾、兵戎祸乱，吏卒行止亦有定制：水路逆水行重舟，河行每日三十里，江行每日四十里；空舟则河行四十里，江行五十里。步递之人，依阶秩分为"健步"、"送铺卒"以及"步奏官"等，视程途难易，一日行一至两驿，约在五六十里。马递必须日行六驿，一百八十里，紧要的消息则日行三百里。

除此之外，据一个约较赵蕤、李白晚一百五十年的唐宪宗、僖宗朝中书舍人、职方郎中孙樵的发现和记录，开元年间已经出现了一种不具备名目的官方文件，几乎等同于邸报，每件一纸，每纸十三行，每行十五字；行间墨丝间隔，总文栏以粗框，也是雕版印刷。

孙樵在他的著作《经纬集·卷三》中写道："樵曩于襄汉间，得数十幅书，系日条事。不立首末。"非但如此，孙樵还给这样的新闻纸起了一个名目，呼为"开元杂报"。

这一类"杂报"上的消息显然是第一手的载录，却未必为后世史家所取。像是：

三月，戊寅，以单于大都护忠王浚领河北道行军元帅，以御史大夫李朝隐、京兆尹裴先副之，帅十八总管以讨奚、契丹。命浚与百官相见于光顺门。

这一件事，根据"杂报"所录，明明发生于开元十八年三月戊寅日；但是《资治通鉴·卷二百十三》却系之于六月丙子日。

赵蕤常会从当时尚未命名的这种"杂报"上得知朝廷的动态，像是"壬午，上幸凤泉汤，癸未还京师"、"三月丁卯，上幸骊山温泉，丁辰还"以及就在李白前来投师之前整整两年，朝廷所发起的一项变革。

那是开元四年间的事，至今赵蕤已经不太记得确切的时日，大旨是皇帝下诏：员外郎、御史、起居舍人、拾遗、补阙等等供奉官不必再受"铨选"。换言之，这些清要官只要有了一个"出身"——无论是通过科举、门荫、杂色入流或者是军功晋升；总之是具备任官资格之后，不必再像先前那样，还得通过身、言、书、判或是武艺比试之类的考选煎熬，便可以"进名敕授"，由朝廷直接任命了。

先说"铨选"。礼部所主持的进士、明经诸科考拔出人才以后，还得转由吏部铨选；也就是进一步接受官僚体系内部所举行的考核，在这个阶段，有所谓"身言书判"之目。

其内容，要求先撰写判文，必须"楷法遒美，文理优长"。笔试通过之后，还有口试；察其身言，"身必体貌丰伟，言须言辞辩正"。四者都合格了，再由吏部上于尚书仆射，由仆射转门下省反复审核，过程相当繁复。以此，取得进士、明经资格的"出身"之后，竟然历一二十年而不能得到一官半职的士子，也所在多有。

赵蕤之所以对这一道"供奉官不必再受铨选"的朝命印象如此深刻，乃是与他自己的抱负有关。

试想："进名敕授"是一个什么样的程序？"敕授"之权在天子，而向皇帝"进名"，则按例是由宰臣访择、举荐。一旦通过权臣之"知名保举"，直达天听而平步青云，省却了多少低声下气、委曲求全的挫辱？又绕过了多少烦苛冗长、摧折志气的压迫？

从另一个角度来看：在初唐时期，"荐举"还是一种尚未制度化的选官方式，所选者多可以担任五品以上和一些台、省的清要官。这样的活动名为荐举，实为征辟。不能受知于大吏者，大约也就只能终老于岩穴之间，难有陇头之望。

大唐立国之初，亟需人才，官不充员，因举荐而得官的很多。武则天执政后，为了驱逐开国功臣集团而大量扩充官额，也透过刻意宽弛的铨选考核，每年任官数万，数量是此前此后的好几十倍，致有"士无贤不肖，多所进奖"的怪状。影响，不只是扩大官僚行列，更要紧的是所提供的官职，多属专门负责铨选官吏的职位。

《新唐书·选举志》上有十分关键性的描述："长安二年，举人授拾遗、补阙、御史、著作佐郎、大理评事、卫佐凡百余人。"第二年，长安三年（也就是李白四岁那年）甚至到了凡是举人，都给予"试官"职的地步。再过一年，更大举任命考官："引见风俗使，举人悉授试官，高者至凤阁舍人、给事中，次员外郎、御史、补阙、拾遗、校书郎。试官之起，自此始。"以及："李峤为（吏部）尚书，又置员外郎二千余员，悉用势家亲戚。"

荐举为寒门小姓之家的子弟带来取官的机会，满朝蚁聚蝇钻的官僚，却都要领取俸禄，造成国家用度极大的耗损。终玄宗一朝，表面上的确是承平日久；然而即使历经休养生息多年，天下财力逐渐恢复，仍须面对和收拾武氏当年"欲收人心，进用不次"所缔结的恶果。

玄宗皇帝一方面要尽量清除官僚体系之中原先"武韦集团"余孽，或者至少遏阻其扩充势力；另一方面，釜底抽薪之计，则是调整铨选制度，限缩其权柄；另外扩大举荐范围，使新皇帝所能信赖、倚仗的大臣能够访查更多具有贤能之才的亲信，才能涤汰武氏盘根错节所布置的官僚集团。

于是，将台省清要之官从原先的铨选制度中移出，并一再下诏不拘资格地拔擢士人，都是为了此一涤汰的目的。从试图减轻朝廷财务负担的角度而言，皇帝想借增加官额来巩固集权，犹如饮鸩止渴。

不过，扩大荐举的方向，给了赵蕤一个想法，或许他还能有机会介入帝国的弈局。

他仍旧是东岩子——一个冷眼深心、洞察熟虑的隐士；这个隐士也是一个能够掌握天下动静的纵横家。他的战场应该在长安，原本只能迢递悬望、帷幄运筹的京城，可是如今出现了一个可以替他远征千里、万里之外的少年。

赵蕤明白：自己或许注定将要老死于蓬草岩穴之间，身名两埋没，功业一荒芜。而经由当今皇帝特别重视的荐举，却得以让这个天资秀异而不耐烦冗的李白在功名场上出一头地。李白会带着赵蕤的魂魄，扬长直入大唐帝国的殿堂。

## 二四　袅袅香风生佩环

　　然而，除了写诗、采药、有如游戏一般地从赵蕤学习种种看似无用之知，间或操作些并不吃力的农事，此刻的李白并不知道自己还能做些什么。

　　他曾经在昌明市上与一班结客少年酒后行凶，持剑杀伤一人，闹得县尉连月登门，三日一盘查、五日一传问，无何还是将官事留给父亲料理。他侥幸脱身，躲进了大明寺，意气风发的人生像是死过一回。如今投靠了这道士，仍如犬马一样的野畜，似乎只有极为短暂的当下，独立茫茫风日间，微觉片刻的悲欢与苦乐，而旧忆迷惘，前途更难以捉摸。

　　赵蕤的用意他不会明白。倒是月娘，有意无意地提醒过他一回。

　　那是在绵州刺史率领僚属来拜山之前不久，岁入腊末，时近新正，满山寒意殊甚。

　　赵蕤用两枚铜钱，在陶碗中卜得一卦，是副"临"卦。片刻之间，他的脸上短暂地露出少见的喜色。他没有向月娘或李白多解释，只诵了几声："'泽上有地，临；君子以教思无穷，容保民无疆。'"

　　思忖了片刻，像是忽然想到了一桩未了的勾当，扛起半袋穄秾，又踅回后园中掺和了半袋榨过油的豆渣，匆匆入山去了。行前还不忘交代月娘，本日派给李白的课业——拟《文选》赋一篇、乐府诗三题，以及一句令李白全然摸不着头脑的话："应让他熟习几则《是非》了——还有，若有余暇，再让他试几道算策。"

　　赵蕤的背影还在山路上晃荡，月娘已经搬出了一卷赵蕤先前抄毕的书纸，但见篇目上端楷写着"是非"二字。

李白看不清篇目左侧密密麻麻的本文小字，但听月娘清泠如山溪的声音，一字一句读诵："是曰：《大雅》云：'既明且哲，以保其身。'《易》曰：'天地之大德曰生。'"

他听得不十分认真，只顾着看月娘那一身的衣服。此日大约没有安排园圃之事，她不再裹着男人家粗蠢的农衣。平时顶戴的黑羊皮浑脱帽不见了，乌亮亮的一头青丝绾起来，着一朱色轻纱绑缚。纱垂袅袅，覆盖在肩头，那是一件白色窄袖襦，肩披毡巾，腰束素锦带，下半身盘在一袭玄色长裙里。就在那么潺潺湲湲诵读着章句之际，不知打从何处飘来了一阵穹草和桂花的香风——

"这几句都读过么？"

李白赶紧一振神思，追捕着才从耳边溜走的字句，道："幼时、幼时读过的。"

"解意否？"

"解得。"李白点头，顺势垂下脸。

"能说否？"

"《大雅》下文是'夙夜匪懈，以事一人'；《易·系辞》的下文是'圣人之大宝曰位'。比合上下文，都是说保得此一生身，事君、奉君的意思。儒道立其本，大凡如此。"

"儒道大本，不能攻破、不能变易么？"

李白想了想，不敢拿主意，怯生生地说："汉兴以来，儒道显学，历朝正统，不闻曾经攻破。"

"先生述此，前有'是曰'二字，这是正说其理；然则，反说其理又当如何？"月娘似乎怕他一时不能会意，赶紧又问了一句："若问汝：'非曰'该如何说呢？"

李白虎瞪着一双圆眼，皱眉结舌、不能答。

月娘没有继续追问的意思，迳自捧起书纸，念下去："非曰：《语》曰：'士见危授命。'又曰：'君子有杀身以成仁，无求生以害仁。'"

"啊！"李白忽然明白过来——那"语曰"是指《论语》。《论语·子张》一开篇就有这么一句，谓士人于国难临头之际，应该要能牺牲性命以图救亡。而子张所说，也恰恰呼应了《论语·卫灵公》篇里孔子本人的话，只不过赵蕤把孔子原文的"志士仁人"简说成"君子"，把"无求生以害仁，有杀身以成仁"两句的次第颠倒了而已。

李白明白的不只是章句；更是赵蕤长短术的立意所在。这一标目为"是非"的课程，并非让人分辨那些已经为人所知、为人所信、为人所奉行的价值，而是透过了书写那些文字、标榜那些教训、揭橥那些道术之人，在自相冲突的纷纭义理之间，显现矛盾。

尤有甚者，在接下来的文章之中，赵蕤还让不同家数的论理互相质疑、互相辩论、互相干犯。例言之，他以司马迁的九世祖、秦惠王时期的纵横家、兵学家将领司马错之言去攻击汉代黄石公的兵学理论。司马错的"非曰"如此：

> 欲富国者，务广其地；欲强兵者，务富其人；欲王者，务博其德。三资者备，而后王业随之。

而黄石公的"是曰"却是这么说的：

> 务广地者荒，务广德者强，有其有者安，贪人有者残。残灭之政，虽成必败。

对勘二者之论，当政者除了高举"博德"、"广德"的纲领之外，究竟应该不应该推拓疆域、发达资财、贪人所有？显见是莫衷一是的。

这还只是议论相持不下的皮相而已。待月娘读到另一则上，李白矍然一惊，不自觉振衣而起，道："某明白神仙为何不敬圣人了！"

月娘读的是："是曰：孔子曰：'君子不器，圣人智周万物。'非曰：列子曰：'天地无全功，圣人无全能，万物无全用。故天职生覆，地职形载，圣职教化。'"

孔子之言，备载于《论语·为政》，用意是勉励君子人广其学行，不为一艺所困、不以一得而足；可是《列子·天瑞》却将"圣人"、"圣职"的地位束结于教化一端，以偏为全。

《是非》一篇罗举了五十三对彼是此非、此是彼非的铭言。一通读过之后，李白浑身冒汗，不时在相如台的廊庑之下漫无目的地绕走，他随声默记着那些或华丽、或庄严，机巧万变的语句，同时又深深感受到言辞所能承载的意义竟是如此空虚、缥缈、吹弹可破。

便在此刻，似幽远、又切近的一股芎草桂花香气传来，月娘也起身收裹着书纸，却突如其来回眸一问："孺子，日后果然是要出门取官的么？"

李白猝不及防，支吾了两声，仍不敢直视这师娘的容颜，只得垂下脸去。

"若是立志取官，则先生授汝之书，无论千反万复，总其说，不过是另一则'是曰'尔耳；汝须自拿主张，攻之以'非曰'。"

"某并无大志取官——"

李白还没说完，月娘却像是早知他会这么说了，当即亢声道："汝便结裹行李，辞山迳去，莫消复回！"

李白一惊心，抬起头，发现月娘双瞳睒睒，一迳凝视着他。

好半晌，才期期艾艾道："神仙是隐者，一向睥睨官场，不谋职官，某——"

"先生之隐，即'是'；汝之仕宦，即'非'！汝才读此篇，便不记得了？"


# 二五　五色神仙尉


对于仕宦，李白从未实心措意。他只在持刀伤人之后，被召入昌明县厅鞫审，那是他头一遭进入官署，也是头一遭结识了堪称官吏的朋友。

昌明是一个古老的县份，西汉时属涪县，东晋宁康时置汉昌县，西魏宇文泰掌政之时更名昌隆县。直到李白十二岁那年，也就是大唐玄宗即位的先天元年，为了避皇帝之讳，更去隆字，改为昌明。自唐武德年间以降，皆隶属绵州之治；在唐人所划分的八级——赤、畿、望、紧、上、中、中下、下——县治之中，昌明属于"紧县"。八级县治，"赤县"为京师所治，京师旁邑者为"畿县"，以下便按照户口多寡、资地美恶以分等次。列等在"紧"级，于县令之下，便可以配置县尉二人，这个看似无关紧要的小节，于李白却意义重大。

一般县事如同朝政，也分为六曹，京师赤县（如万年县和长安县）便有六名县尉分掌功（官吏考课、礼乐、学校）、仓（租赋、仓库、市肆）、户（户籍、婚嫁）、兵（军防、传驿）、法（刑法、盗贼）及士（桥梁、舟车、房宅）等六个部门。但是到了畿县以下至于上县，大致是以两名县尉分工处理六部庶务，资深者掌功、户、仓、士；资浅者掌兵、法；两者之简繁闲冗，差异可知。

过往一两年来，昌明县一旦发生刑案，皆归县尉之一的崔冉辖办。此人以门荫得缺，并没有科第功名，品性极其贪吝苛猾。也因为他没有"出身"，也就是补上这个流末的官阙，等待四年一任秩满，缘此资历，转而"入流"。

县尉固然居于唐人"九流三十阶"官品之末，可是逢迎上官的工夫还是要作足，而鞭挞黎庶的威势也仍然不小。崔冉于低眉折腰、奉承主司以及包揽辞讼的事，不遑多让于人，于点算刑徒、簿记户曹之类的实务则不堪繁剧，经常委之于另一个县尉姚远。

至于李白这一宗持刀伤人的案子，于唐律属"斗讼"，有司可以重刑加之，也可以微罪处之。崔冉只管向苦主和事主两造借端索诈，而鞫审盘问乃至于书写判文的工作，便落到了姚远身上。

姚远，明经出身，性情与崔冉迥异。此人性情恬淡，行事敦朴，以两经及第之后，书判也入选，便调授昌明县尉。以初任官而能得到"紧县"的尉职，算是很不寻常了。可是，由于他喜欢钻研道经，于神仙之说别有深喜，职守所在，则堪称勤谨无过，县令乐得有此等人在侧护守庶务，也就一直为他保举荐升了。

也由于姚远素性愉悦旷达，似乎并无意于仕进，每于午后未、申之交，完了当日公事，便往衙署以北数里外的溪边散行，手持道卷，且行且诵，直至日暮才回衙点囚封印；算是交代了一日生涯——而李白这宗案子，幸而遇上了姚远。

有唐一代，投告有款状，款状亦有定式，等闲不能渎犯。且说这案的苦主，本是昌明市上的结客少年，一向与李白、吴指南等过从甚密，这一回呈牒见官，原也只是基于一时气愤，家人又想从李客身上博取些许酬偿的银钱——这都看在姚远眼里。然而，本案还有一个尴尬之处：苦主在倩人代拟诉状之时，漏写了案发年月时日，于书状规格而言，这是不可宽贷的瑕疵。

此外，还有一节。依大唐律法，罪嫌见官跪拜报名之后，除了自报到衙情由，之后还要同告罪之人对质，这还有个名堂，叫"对推"。一状在县，必有三审，每审隔日受词，多须反复"对推"，力求确凿无误。为了免得往来耗时，告言他人入罪者，也不能离开衙署，须与被告同囚，只是不着枷锁铐镣而已，故称为"散禁"。这就给了姚远一个省刑少罚、便宜行事的机会。

李白到案，与姚远曾有一面之缘，问录情实根由之后，两造随即"对推"。姚远见那苦主虽然身上带着伤，在堂上却不时与李白挤眉弄眼，实在没有什么深仇大恨，于是正色向那苦主和代为草状执讼的人说："依照本朝律例，告罪者也要入囚散禁的，多则五七日，少则三五日；汝等不至于不知罢？然而汝刀创在身，可承受否？"

苦主原本不知道控方也要收押，讼者此时也不能再隐瞒。姚远一看他们面带难色，便有了主意，即道："此状未及注明斗伤年月，已属失格；某若就此将原状发回，汝等自相商议，也就都免了一场牢狱之灾，汝等意下如何？"

代讼的一眼就看出来，这县尉一心只想息事宁人，而他也不愿意这漏注案文年月的事传扬开去，只好一揖拜过，回头劝苦主辞衙，另去同李客计较。而李白则当堂发回本家，只等待姚远就两造互殴的微罪，做成一判文而已。

倒是崔冉探得李客家资不薄，颇可罗织，遂不时传唤李白，借词穷究，务要他供出市上那一帮结客少年的身家来历，以便查察其中有无奸诡。崔冉甚至一再恫吓：要将这一干少年皆入于"盗贼"之律。李客实在不堪其扰，才一方面周旋应付，赂以财货；一方面安排了李白出走大明寺。

然而李白自有主张。他瞒着李客，身怀利刃，于某日黄昏，亲自前往县厅，是想一刀结果了那崔冉，亡命天涯，也不失豪杰襟期。偏偏崔冉命大，也是李白福根不浅，那一日崔冉奉县令的差遣到绵州府署行文，至晚未归，李白却撞上了刚刚从溪畔闲步归来的姚远；但见他头戴软裹幞头，围领半袖淡青外帔，上饰朱、金、碧三色纹绣，里头一身素白襕袍，乌革带，褐皮靴，手持蓝封经书一卷，恍若有所思而不能解，却露出些许自在的微笑，飘然而来。

或许缘于那一身装束，或许由于那风姿神采，李白平生尚未见过这样的人物，当下一怵，直着眼打量起姚远来。姚远也一眼认出李白，见他左臂窄袖底下鼓突有物，状非寻常，便似有意、若无意地漫声问道："时值昏暮，怀刃疾行，少年意欲何为？"

实则姚远并无心追问，可是李白却不知如何作答，错身之间，仍只盯着姚远傻看。姚远还得回衙点核收支、清查关押人犯，这是县尉例行的差使；日日为之，不容迟误。正紧步前行间，忽然又发现李白亦步亦趋跟随在身后。

在李白想来，他并不愿意滥杀无辜，可是这县尉若不离去，他便不能下手。这一寻思，当下没了主意。恰在这一刻，姚远回过头，像是早就想跟人说上那么两句的模样，脸上仍挂着那自在的微笑，道："少年，我且问你，那费长房缩地之术，可曾听过？"

故事，见于《后汉书·方术列传》，谓：有老翁卖药于市，摊竿之上悬一壶，市罢，老翁辄纵身入壶。市集上往来人等多如过江之鲫，不过，凡人未加留心，总是视而不见。倒是有个汝南

94

人费长房，从楼上旁窥而识得其中的机关，便寻了个时机，前去拜访那翁。翁道："子明日更来。"费长房如约而至，未料这翁一把将起他来，忽然间一齐跃入了壶里。"惟见玉堂严丽，旨酒甘肴，盈衍其中。"

老翁还嘱咐费长房：此中事，不可与人言。之后，这一对忘年之交似乎也由于分享这不可告人的秘密而愈益亲信，一日，老翁忽然对费长房道："我是一仙人，犯了过失而受责贬谪于此。如今事了，也该回去。汝若能相随，我有些酒，且喝着话别。"那酒器看来不过容一升许，可是就这么你一口、我一口地喝将起来，居然终日不尽。

费长房因此而立志求道，可是事出偶发，又舍不下家人。老翁看得明白，斩取一青竹，悬之于费家的屋后。家人见了，眼中认得的，却是费长房缢死的尸身。老小一时惊骇呼号，哭天抢地，无可如何，只能殡殓成服而已。而费长房的真身站在一旁，谁也看不见。

于是他若有所悟，便随那老翁披荆斩棘，遁入深山。老翁把他抛弃在虎群蛇室之中，他也不惧不移。老翁终于感其信道爱道之诚，道："子可教也，这样罢，把这吃了——"那是一钵粪，粪中复有三虫，臭秽特甚。费长房实在撑持不住，拒绝了。

老翁道："汝几几乎能得道了，可恨于此不成，亦复奈何？"费长房辞别老翁的时候，老翁赠了他一根竹杖，并道："骑此，可以任意之所向，无分近远，片刻即至；至，便将此杖投葛陂中。"长房须臾间乘杖归家，自以为出门也不过十天上下，殊不料，人世间竟然已经过了十几春秋了。

他依老翁之言，将竹杖投进葛陂之中，再一看，杖竟化为一龙。而这时的费长房居然也就有了些许神通，能够行医于市，还可以鞭笞百鬼。据说他曾经向他的徒弟桓景预言："九月九日，汝家有灾厄，可作绛囊盛茱萸系臂上，登高山，饮菊花酒，祸可消。"桓景如其言而举家登山，当日黄昏归来，看见一家的牛羊鸡犬都暴毙了——这故事，也算是重九插茱萸登高的来历之一。

由于李客有心栽培，李白在十岁上已经颇娴经书，也追随时尚而作得一手好诗。但是于乙部《史》、《汉》典故，犹须待日后从赵蕤而浸润。姚远说起这费长房缩地术，他只能摇摇头。

姚远本来就只是自穷一问，自得一乐，也没有考较李白的意思，见李白像是好奇而得趣，遂转取了《神仙传》的记载，三言两语说尽费长房故事："费长房学术于壶公，公问其所欲，曰：'欲观尽世界。'公与之缩地鞭，欲至其处，缩之即在目前。"

"'缩地鞭'？"李白的确觉得有兴味了——他丝毫不以为这种奇闻怪谈荒诞无稽，却总在离奇之事中，焕发出他对天地间万事万物的追求渴望。他相信：有其说，必有其情；只是人不能尽其力得之而已。

姚远举着手上的经卷，指了指李白臂袖突起之处："汝亦有一缩地鞭耶？"

李白没提防，于谈笑间猛可一答，竟然吐了实："不，这是刀！"

说罢追悔不及，脸色灰变。姚远明明听见了，却似乎刻意充耳不闻。他随即从从容容地转身朝北，遥遥指着先前闲步之所在，道："某若得一缩地鞭，也不欲骑它观尽世界；权且将三里外那溪水，缩至官厅近旁，便不枉在此日夕折腰了。"

对于姚远，李白心中无限感念。他明白：姚远于无意间察其暗志，却有意网开一面，不与细究。慈心在彼，终生不能或忘。

大半年后，李白辞亲远游，再回大匡山之前，复至邻近龙州江油县游历，不意却与调了差的姚远重逢——他竟然还是个县尉——彼时，李白将送给姚远一首诗。那诗，就是一支缩地鞭，把这小小县尉所想望的溪声，引来身旁。

　　岚光深院里，傍砌水泠泠。野燕巢官舍，溪云入古厅。日斜孤吏过，帘卷乱峰青。五色神仙尉，焚香读道经。


# 二六　天以震雷鼓群动


　　对于费长房和那壶中老翁，李白念念不忘。一个打从汉朝就一代一代口耳相传的奇闻并不只是故事，而是等待着他去寻觅、去发现、去体会的真实经验。从此，他日夕想望，身边会出现一个引领他超升于尘世之上、甚至尘世之外的神仙。

　　这，实则与李客一向粉饰遮掩、语焉不详的家世，交杂混融、相互为用了。李白不断地听父亲说起：当他初生的那一刻，母亲曾经梦见长庚星入怀，一感而孕，李白也就降临到人间了。

　　长庚星，就是金星。晨兴时东方天际最早出现的一颗亮星，所以又名"启明"。至于白昼将近，日薄崦嵫，最后一颗随太阳西沉的还是同一颗星，却有另一个名字，叫做"长庚"。人们统而呼之，也谓之"太白"。

　　李客夫妻如此说，是不是有意修改传闻中的老子李耳之母"感大流星而娠"的故事，已经无法查证。但是当李白十岁起读《易》，便从"咸"卦（☶）看出了"感大流星而娠"的"感"字来历。

泽山"咸"，咸卦上为少女（泽兑），下为少男（艮山），象辞说："咸，感也。柔上而刚下，二气感应以相与，止而说，男下女，是以亨，利贞，取女吉也。"此中之感，是象征男女间相互的感应、感动，原始其说，就是交合。初六应九四，六二应九五，九三应上六，少男下于少女，即以两情相悦、互有好感而言，亦成婚媾之象，因此"娶女吉"。

质言之：老子之母为"感大流星"而生老子；李白之母又是"感长庚星"而生李白。显然可以解释成一种"天将降大任于斯人"的征候。这命名的由来，于李白而言，不仅是一则趣谈，也是他倾心虔信、全不置疑的身份。

换言之，童稚时代的李白，已经深知自己是一枚谪落凡间的天星，由此而视父母，不过是上天借以育成他这一度凡身，所不得不假借之器备；由此而视兄弟，更不过是十数载童骙春秋、陪伴嬉耍的伴侣。

这时的李白也相信，一刀在身，不能杀人泄愤，却让他和另一个风姿有如神仙般的县尉重逢，还不意间得知费长房与壶公的仙缘传奇，这，不可谓不是一段微妙的警示，冥冥中必然有天意所属。因此，他赫然发觉：但凡身系天命，无论居处行止，都有极其微妙的征兆，会一而再、再而三地出现，召唤他洞识密察，提醒他：汝乃是一介天人。

与姚远重逢复乍别的那一天，他只身孤影，从县厅回家。但是他不愿意穿闯昌明市街，免得见了吴指南那伙人，复平添喧呶啰噪，便刻意绕了远路，沿着姚远先前漫步的小溪，取道北郊山芜丘小径而回。

径左是溪，径右则是一片泛了枯黄的坡草，沿径展向远山。那里是大小匡山，云霭上端极高之处，居然已经披挂着些许锥帽也似的初雪。但是，显然只有在那样极高之处，还能够侵染些许夕阳残照。

山脚下的村落看来万古如恒。一向总是密竹层叠，掩接门户，古树槎桠入溪，奇突坚苍的树枝倒影在流水中摇曳，显现了轻柔的风致。

偏在这时，暮空之中阴沉沉若有似无地响起几声闷雷，惹得径旁一只白狗朝天吠了几声，复朝李白吠了几声。这狗摇着尾巴呜呜咽咽，若有不甘，像是勉强尽了尽呼迎之责，吠声却赶走了几只山鸡，直向邻家的灶舍惊跳而去。

远空不惊人世的几声轻雷，连片云丝雨都难以召唤，却在李白身旁的这一幅画景江山里骚动着微物。这一阵扰，接着引起了近山林子里的猿猴，不时回应几声啼叫，一啼而群啼，群啼而山色微动；啼动得老山林中数以千百计刚刚归巢的鸟儿又是一片哗然，振羽争出，把晚天霞红再拂拭了一回。

李白停下脚步，把弄着匕首，顺口占出一组诗句——彼时，他尚未经赵蕤点拨影响，是以修辞锋芒齐整，仍然是一派律句规模：

> 未洗染尘缨，归来芳草平。一条藤径绿，万点雪峰晴。地冷叶先尽，谷寒云不行。嫩篁侵舍密，古树倒江横。白犬离村吠，苍苔壁上生。穿厨孤雉过，临屋旧猿鸣。木落禽巢在，篱疏兽路成……

这仍旧是一首未成之诗，须要等到两年之后，他从成都重返大匡山，远望子云宅的那一刻，对于功名干谒之事，忽有所悟，才能续作而成篇。

此刻，他伫立在离家不远的小径上，看着那些在转瞬间又遗忘了猿啼的归鸟们迫不及待地渐飞渐低，一一归林，只觉得自己还应该再向远方不知名处走下去。倘若这条路更长几里、几十里甚至几千几万里，他还可以不停地写出随缘而得、触景而收的诗句；也只有这样走着、写着，他也才能实实在在地感受到"生身此人"，非同于眼前的树石草木——他停了下来，一念在兹，挥之不去："天降太白，所为何事？"

他可万万不会知道：哪怕只是一程已经走过不知多少回、再寻常不过的返家之路，即将永远成为回忆。这是他此生最后一次走在这条窄仄、曲折、有如深树之颠蜿蜒的藤蔓一样的小径上。

# 二七　卜式未必穷一经

此时李白所远远瞻望的这一脉大小匡山，犹有些许萧瑟的生机。不过几个月之后，秋气透彻，冬寒洊臻，山顶上的锥雪更往低处蔓延了数十丈。赵蕤身负一袋穄秾豆粉出门，殊为诡异。连月娘都不时向山深处忡忡张望，容色间不安宁，像是直觉得赵蕤会遇上什么险事。赵蕤的确临时起意——他是前往山口去喂食群鸟的。

月娘则转身搬出一个尺许长宽、有如巾箱大小的竹箧来。不消说，里头是一部书。李白迫不及待地将箧盖掀开，发觉这部书是以品色不一、尺寸亦不尽相同的糙纸堆叠而成。

月娘道："当面一策，汝试论之。"

李白捧起表面上的一张，逐字逐句读了下去：

"今有官本钱八百八十贯文，每贯月别收息六十，计息五十二贯八百文。内六百文充公廨食料，余五十二贯二百文逐官高卑共分之。刺史十分，别驾七分——"

读到这一句上，李白停了下来，抬头问："这是？"

月娘看他一眼，没吭声，只皱着眉往山深处张望。

"这是——策？"李白抖了抖那张几乎要破损的书纸。

"是策，算策。汝且读下去。"

"——别驾七分，司马五分，录事参军二人、各三分，司法参军二人、各三分，司户参军三分，参军二人、各二分，问各月俸钱几何？"

这是一道再明白不过的算学。李白完全没有想到：当初他父亲苦心孤诣让他来求神仙指教，开门第一策，居然是学这个？

"这不是文章。"李白将手上那张纸搁在一旁，低头看箧中的第二张纸，依然是算策，他带些顽皮之意地朗声诵读起来："今有官本钱九百六十贯文，为母孳息，所得内八百文充公廨食料，刺史月领十分，得十六贯五百文，余僚所持分同前策，唯公廨少录事参军、司马参军各一人，问月息若干？呵呵，这衙门看来较小——不过，锱铢之计，壮夫不为。"

月娘眄了他一眼："怎么说？"

李白摇着头，道："出门取官，焉得习作算博士？"

"算学所用之文，乃是'天语'。"月娘似乎约略回过神来，肃容说道："汝操习人语也有十多年了，何不试学天语？"

李白仍旧犹豫着，将那纸重拾起来，又放回去，复拾起来，如此三数过，忽道："文章经术，原本就是人事，与天何干？"

"一公廨并刺史至参军不过十三人，官本钱孳息却分成四十一分，刺史得四十一分之十，参军却只得四十一分之二，这是什么道理？"

"官职有高下，身分有尊卑，执掌有轻重，俸禄自然有厚薄。此朝廷律例。"

"朝廷以孰为主？"

"皇帝。"

"皇帝不是天子吗？汝不习天语，安得见皇帝？"

月娘一面说着，一面忍不住转过脸，看了看还搁在陶碗里的两枚铜钱，那是先前赵蕤用来卜卦的道器——恰是这扰人清静的卦，令月娘隐隐约约不安着。她再明白不过：赵蕤十分看重这一副"临"卦（䷒）。

坤兑"临"。兑泽下，坤地上。临卦是两个阳爻逐渐往上增长，阳气渐进，迫于阴气，从修齐治平那一套大道之论而言，有君子之道长，小人之道消的意味。象辞说："临，刚浸而长，说而顺，刚中而应，大亨以正，天之道也。"也有贵官临于属民的说解。就上下卦而言之：卦象是内泽兑，外坤顺，意谓长官临视下属之时，须和悦于内，柔顺于外，行事平和多显亲近，如此才能够上下亨通。

从卦象上看，不日之内，会有身居要津之人来访。死灰对星火，可燃不可燃？于一个其心内热、其志维扬的隐士来说，这是一个微妙的时刻。那将要来的，会是什么样的贵人？何样身份？何等名爵？所为何来？

枉驾入山，不是一趟便捷的旅程，来者果若是一庙堂要员，必定有所求访，如果身负朝命，必有荐举在野遗贤的职责，则必然不只是寒暄应酬而已。那么，他该如何因应？如何进退？如何出处？

按诸时事，赵蕤别有所见的是一些原本看似与他无关的朝令。就在前一年，皇帝在每年依例举办的科举之外，另行颁布敕诏，号称"制策之科"，也就是除了进士、明经、明判、明书、明算等号为"常举"的科考，还特别为了选官而实施的"制举"。应此举者，可以是没有科考及格资历的白身，也可以是有出身甚至六品以下、有从政经验的现任官僚，其规模可以说已经超越了行之有年的礼部科考和吏部的铨选。

固然，早在唐高宗时便有这种制举的设计，推其初衷，是要由皇帝亲自简拔出能够经世济民的贤能之士。这对一般从未临政入仕的读书人而言，可谓极其艰难。是以一方面皇帝本人尽可能地在每年颁布的科目上多所调节，巧立名目，以求宽纳各方面的人才；另一方面，则积极鼓励了许多已经身在低阶官职者，借此破格向上。

比方说，高宗显庆五年，为了拔擢那些能够熟习法令、通晓典章的低阶文官，遂立"洞晓章程科"；为了察纳性格端方、不肯曲学阿世的儒者，遂立"材称栋梁，志标忠梗科"；为了吸引不趋朝堂、躬耕于野之士，遂立"安心畎亩，力田之业凤彰科"；为了奖掖品德高尚、在地方上素负清望的人，遂立"道德资身，乡闾共挹科"；为了征召岩居穴处、隐遁沉逸之人，遂立"养志丘园，嘉遁之风载远科"。此外，还有什么"才堪应幕科"、"学综古今科"，便实在是空疏荒漫而不知所云了。

当今皇帝即位之初，国号先天，重开制举之目，首标"手笔俊拔，超越流辈科"。开元二年，也开了"贤良方正，能直言极谏科"、"手笔俊拔科"、"怀能抱器科"、"博学宏词科"、"良才异等科"等等，其中有一科，是在开元二年开出的，叫"哲人奇士，隐沦屠钓科"——回首数来，这是四年以前的事。

很难说这样开科能够发掘出什么样的人才，但是显见皇帝和朝廷在开科之前已经对当年需要引进庙堂的士人之属性，有了先入为主的定见。有些时候，开科征辟，所用非人，皇帝也会着急、反悔，而不得不敕诏修正。

像是开元二年才取了"文藻宏丽科"，四年以后便下诏斥责："比来选人试判，举人对策，剖析案牍，敷陈奏议，多不切事宜，广张华饰，何大雅之不足？而小能之是衒（按：卖弄）！自今以后不得更然。"可是，"文词雅丽科"、"文藻宏丽科"是后仍连年有之，并未削落；亦可见皇帝制举用人，在吏治与文学之间亦摇曳不能决，堪称困境，允为一刻骨之争。

而月娘的确记得很清楚，就在"哲人奇士，隐沦屠钓科"一科开出的风闻传来当时，她在赵蕤的脸上的确看到过如同今日一般的微笑。

月娘又朝山深处幽幽切切地望了一眼。缭绕在廊下的话，却是冲李白说的："今日，且再拟一篇《恨赋》罢。"


# 二八　人尚古衣冠


拟《文选》之题作文、作赋，以及拟古乐府之体作诗，是例行日课，有时午前作赋，有时午前作诗；午后则办另一体。夜课，则视次日是否随赵蕤入山采药而定。入山之行，通常三更天就得起身，寅末卯初方回；那么夜课就会短些，通常只就一本闲书，师徒二人杂说漫议——这是李白最能乐在其中的课程。

赵蕤所交代的这一部闲书，是一本没有题签、没有皮裹、甚至没有缝缀成册的书纸，尺半高、九寸宽，两寸多厚的一叠麻草纸，不过百余页。每纸大字四句，间杂双行小注，端楷手抄而成，满写一纸，复以细棉绳捆匝。

头一次赵蕤持书出示，放在难得一片敞亮晴朗的秋阳下曝晒，顺手便搁在读书台的边缘，若非李白眼明手快，几几乎就教一阵绕山风给吹落涧底。

这书是个残本，所残留的正文一共只有五百九十六句，二千三百八十四字。李白用了三四个时辰的工夫，便把它从头到尾背得通透，朗声诵过几遍，齿牙铿锵，声调爽健。然而那也只是默记而已，许多音字即使能读能识，却未必解意。须待赵蕤为他说解、分辨，有时赵蕤还会刻意与古人争理，将原先字里行间所寓含的教训，用他那一套"是曰非曰"彻底翻转，这正是李白最觉受益之处。

初读之日，李白曾经将全文重新抄录一过，移写在较小的、长宽不过数寸的纸幅上。于是他便拥有了自己的一本书。终其一生，无论游历、漂泊、历经离乱争逐，无论到任一所在，都随身携行，无时或置，从未扔弃。近四十年后，当涂县令李阳冰——一个较李白年幼的族叔——还看到这书，彼时书纸已经破碎如枯落之叶，李白犹时时捧之读之，以为病苦惆怅之中勉强得之的笑乐。

抄成之际，李白另制一锦缘，将小书捆缚停当，望着它出神——这书，还有个奇怪的名字，赵蕤叫它"兔园册子"，不消说，它也同相如台内室之中的近万卷藏书一样，是那贵家妇人给赵蕤留下的身家。赵蕤总这么说："身家、身家，身外无家；而曰家不离身者，唯有积学而已矣。"

在李白看来，《兔园册子》似乎可以显示什么是积学，然而赵蕤却不同意，他认为这只是琐碎、零星、无着落的"知料"——赵蕤独创的一个语词；对赵蕤而言："知料"犹如木竹金石、丝麻草谷之属，尚未经治理，甚至不能称之为"学"。

据闻此书为太宗皇帝与一王氏妃嫔所生之蒋王李恽的事功。国初，李恽于封邑兴建园林，号曰"兔园"，中有秘藏书卷之所，号为"册府"。李恽本人喜好谈今说古，遂召集了一批文士，由杜嗣先编纂，虞世南写订，原文三十卷、四十八门，皆是一则一则的四字对句，两句作排比，并同一韵，便于记诵。

比方说，叙述东汉时代的王充家贫无书而好学，便前往京师洛阳的书店翻阅，过目而成诵，乃以"王充阅市"标之；其对句则为事类相近的董仲舒。西汉经术大家董仲舒勤谨于学，曾经将窗帘门帘垂放下来，以免分心他骛，前后三年"不观于园舍"，便以"董生下帷"约括之，诸如此类。这还只是题目。连缀起这些题目之外，每题之下另注以这些四字简语的本事。

蒋王李恽养士，颇有乃父昔年在秦王邸时罗致十八学士而充宏文馆的气魄。李恽以"册府"为名，即是以皇家藏书府库自居。另一方面，这部书原名就叫《兔园策》，似亦有意取法汉代刘向编著《战国策》命名的意味，有运用短篇史事为证，撮其旨归，连类丛集，也不无提供官僚们在议政时作为耳目之资的用途。至于"策"字之所以又写成"册"，似仍出于同音讹变的缘故。

然而，通晓学问的人都知道：这样的书，颇可以用之于广教化，启童蒙，而实在谈不上"道问学"。所以编成不久，即雕版印行，供天下士人教养少儿熟诵娴记，对于腹笥稍窘而又渴望在作品中呈现古雅格调的人来说，也算作诗作赋的利器了。

赵蕤用此书的方法与时人大不相同。他让李白将《兔园册子》背过一通之后，每于灯前月下，以质疑论难的方式，考核其思辨解悟。总是由赵蕤出题，其情往往如此：

"《册子》所载，禽鸟聚散有常无常，李郎可解乎？"

李白必须在片刻之内先辨识出此题在《兔园册子》之中的位置，这就得靠着平日再三再四、反复记忆之力。此时，他略一沉吟，想起全书中涉言禽鸟的句子只有四处。其一为"杨生黄雀"，小字注写的本事也出于汉代。

说的是弘农人杨宝，九岁时游华阴山，见一黄雀为猫头鹰所伤，跌落在树底下，不能飞翔，而为一群蝼蚁包围，势甚危殆。杨宝便将此雀携回，饲以清水黄花，百余日而痊可，毛羽丰成焕发，居然为宠物，晨出夜归，状如家人。忽一日，这黄雀竟然衔回了四枚白玉环，自言：本是西王母驾前蓬莱使者，不慎为恶禽所伤，蒙君相救，无以为报云云。最后，还说了几句祝福的话："令君子孙洁白，位登三公，当如此环。"后人乃以"衔环"作为报恩的代词。

还有一则南齐时代与沈约齐名的诗人、也是声律家周颙的故事，称"彦伦鹤怨"。史载：周颙，字彦伦，早年有一段时间曾经隐居于钟山。

这一番遁隐，多少也就是个以退为进的姿态；多年后果然让他接到朝廷敕书，征赴海盐出任县令。行前，他准备再游历一次钟山。这时山阴高士孔稚珪便写了一篇极尽雕琢瑰玮之能事的讽刺骈文，题曰《北山移文》，像是那山灵贴了告示，不许假隐者登临。

鹤怨，应出于原文的："使我高霞孤映，明月独举，青松落阴，白云谁侣？磵石摧绝无与归，石径荒凉徒延伫。至于还飙入幕，写雾出楹，蕙帐空兮夜鹤怨，山人去兮晓猿惊。"

这两则故事都有禽鸟，却与禽鸟的聚散没有什么关系。能够与赵蕤之问义理相通的，只有一联对句："朱博乌集，萧芝雉随。"分别摄用《汉书·朱博传》与《孝子传》的记载。

杜陵人朱博，幼时家贫，年少的时候担任地方小吏的亭长之官，以资历公勤而累迁，到了汉哀帝时，当上了光禄大夫、京兆尹，转大司空。方此之前，汉成帝时有一御史大夫何武忽发奇论，意欲返古，建立"三公"的制度，但是这样改制只便宜了何武本人，让他得以直接出任大司空，加官晋爵，一步而登天。

此举非但于其他的朝臣无补，横空冒出来的"三公"也与当时制度之内的原有官职不能融洽。从此，竟发生了怪事——御史府官房中一百多处井水尽皆枯涸，而御史府院中原本植栽柏树成行，其上有数以千计、朝飞夕至的乌鸦。说也奇怪，官常一改之后，乌鸦都不再来了。直到朱博受命为大司空，恢复旧制，井水复充盈满溢，连乌鸦也都回来了。

至于萧芝，故事比较简略，据说也曾经出仕，官拜尚书郎。萧芝得官的缘由就是孝顺父母。每当他乘舆出入，都有好几十只野鸡，在车前飞来飞去，声声鸣叫，有如喝道的仪仗一般。人传此事，谓为祥瑞，但是却没有人能解释：何以野鸡相随便是瑞征，而孝子得此瑞征又如何？

禽鸟聚散，与人事之离合是一样的，有理可循，也常不循理而动。李白更想起几个月之前在溪边路上的即目所见——那猛可从暮空之中打下的几声闷雷，引得狗吠鸡飞而山猿噪动，这本来是无常的机缘所生成。可是再一寻思，又觉得因雷鸣而发猿啼之间，物物相牵，环环相衔，无一不是因缘所致；而这因缘，又绝不能自外于天地之常道。李白推测赵蕤提"有常无常"之问的用意，还是要他根据"乌集""雉随"的表象，说说他对"常道"的见解。

"禽鸟聚散有常理，而聚散不可测之以常理。"李白一面说着，一面观察着赵蕤眉开眼亮的神情，知道这一回破题破得不差，随即一发不可收拾地说下去，简直把答问当成一篇文章来作了："朱博以三公之尊，并慈俭之德，复不敢为天下先；自贱至贵，食不兼味，案无三杯，然喜接士大夫，宾客满门，其趋事待人如是。固然以此而立，终亦因之而败……"一口气说到这里，他故意停顿了，不说了，凝视着赵蕤拈须沉思的模样。

"怎么不说下去？"赵蕤眼里泛着光，流露出罕见的期许和好奇。

"承神仙教诲，近日稍览史书，略知朱博事首尾。"李白慢条斯理地说道，"但不知日后朱博被诬，入以'结信贵戚，背君向臣'之罪，竟至于含恨自裁之际，群乌安在？群乌若在，乃知物性有常，毋须附会德操；群乌若不在，则知物性无常，偶趋势利而已。"

这一席反驳的背后也有惨烈的故事。

西汉末季，哀帝有祖母定陶太后傅氏昭仪，原本是汉元帝妃嫔，位同侍妾。到汉哀帝即位，祖以孙贵，傅昭仪才得到正宫（太皇太后）的尊号。在争取称尊号的过程之中，太后曾经勾串她的堂弟孔乡侯傅晏，以"为皇帝立孝道"为口实，发起舆论。

当时的新任的京兆尹就是朱博，也成为傅晏网罗结交的对象。当时，朝堂上另有一批大臣则不主张为傅昭仪称尊号，这批人之中，有列爵高武侯官拜大司马的傅喜、丞相孔光，以及大司空师丹。一番争辩之后，大司空先免职，由朱博兼代。朱博连续上奏，以丞相孔光为"志在自守，不能忧国"；以傅喜为"至亲至尊，阿党大臣，无益政治"，一举又扳倒傅喜，他免了大司马的官，回到封爵之地——此之谓"就国"——也就是拔除了亲贵大臣的实权；而丞相孔光，也遭免为庶人。

此时的朱博可以说是势焰熏天，不可一世了。他身兼京兆尹、丞相、大司空，升赏为阳乡侯，食邑二千户——这已经超过体制一倍，为了表示恪守分际，朱博还刻意上书，坚辞归还多余的一千户食邑。据实事成理而言，朱博一无可以訾议之处。但是由于傅昭仪痛恨高武侯傅喜忒甚，并不以其罢去了朝中官职为满足，因为罢官之后，还可以"就国"，也就是亲赴封国之地，照样领有原本的爵禄。于是，傅昭仪透过傅晏的媒介，说服朱博进一步上奏，非削除傅喜的爵位不可。

朱博在这一宫廷斗争之中，为自己找到了说词：因为前任大司空——也就是首倡三公、变制入古的何武——也是在罢官之后免其封国的。前例其犹未远，朱博就援引了来，作为傅昭仪、傅晏一党迫害傅喜的工具。此事激起了剧烈的反挫，左将军彭宣等上奏控劾朱博："亏损上恩，以结信贵戚，背君乡（即向）臣，倾乱政治，奸人之雄；附下罔上，为臣不忠不道。"朱博也终于因为这样的指控而被戮伏诛。李白之论，所本由此。


"噫——"赵蕤不禁感叹地点着头，却仍不肯善罢，道："'乌集'之说，反复陈词，堪知汝的确于史籍用功不少。不过，'乌集'之无常尚不止此。汝日日拟《文选》，居然当面错过耶？"

无论如何，在《兔园策》上的"朱博乌集，萧芝雉随"所言，似乎只是一种寄托在德行之下而能感通异类的能力。纵令典记所载之事属实，自兹而后数百年来，"雉随"已经成为称道人孝行的雅语；可是"乌集"的语意却产生了极大的变化。

　　那是在朱博死后两百年的三国时代，曹操的从子曹冏有感于当局者不重用宗室，深忧国柄将落入外姓之手，就写了一篇《六代论》，纵论夏、商、周、秦、汉、魏六代兴亡盛衰，提出分封曹氏之议，以谋巩固本家，裁抑外姓。孰料当时摄政的大将军曹爽并没有接受这篇文章的建言，文章却因南朝梁代昭明太子《文选》的著录而流传于后世。

　　《六代论》对于秦朝的殄灭有一个判断，即是在制度上，将天下分辖于郡县，不能"割裂州国，分王子弟"。如此一来，皇室权柄就不能广泛为同姓子弟所维系，也正因为无法借由分封贵族"枝叶相扶，首尾为用"，导致日后终于为刘邦所乘。这篇《六代论》中形容刘邦开国的几句话十分动人："故汉祖奋三尺之剑，驱乌集之众，五年之中而成帝业。"也就是从这样一篇知名的文章所缔造的一个知名的语句开始，"乌集"不再是呼应正人君子的祥瑞之兆，反而转成"乌合之众"的意思，这就与先前的"乌集"瑞兆之说极端冲突了。

　　"乌集雉随，无理可取。故萧芝之孝，无端无的；朱博之冤，非因非故。而汝得以复按史事源流因果，似乎已然能自在出入《兔园》矣！"赵蕤嘉勉了几句之后，仍然在李白的议论之上翻出一层，为这一次夜课作了结语："不过，语中用意，最是无常，有甚于禽鸟聚散者，汝宜慎思。"

　　是在这一夜、这一刻，李白开始理解赵蕤让他背诵《兔园策》的居心，并不是按图索骥、因文就道，却是从那些极为简约的、有如诗偈的四字对偶联句之中，往复剔搜，借以翻转出与童蒙儿少之时所念之不忘、信之不疑的种种道理全然歧异、甚而对反的见解。换言之，赵蕤在这样的夜课里，培养了李白"学而不学"的根骨和器性。

李白之诗，常于首尾处互见冲突，后人常以"良由太白豪俊，语不甚择，集中往往有临时率然之句"按之，其实大谬不然——许多看似自相扞格的意念与情怀，正是这种纵横家挥矛弄盾的知见故习使然。用之于诗，岂能骤以"临时率然"诬之？

## 二九　百鸟鸣花枝

李白在大匡山追随赵蕤的几年里，仍不时有不命题而漫作的诗篇，有时兴到口成，一气而下，皆默志于胸，待有余暇并纸笔，才誊抄收束，仍不命题。有时新纸旧纸杂沓纷陈，是以有一篇分为三篇者，也有两篇合为一篇者。

有些时候，后人还会将相隔多年之作颠倒次第、拼凑衔接——像是《古风之二十》，"泣与亲友别"以下四韵八句，原本另是一首，却为后世编者置入"昔我游齐都"和"在世复几时"两诗之间。不只如此，编者复强为解人，谓此三合一之作是李白的游仙诗，将"昔我游齐都"以下五韵十句为"从仙人以远游"，"在世复几时"以下六韵十二句为"泣别之际，忽翻然自悟"，倒像是在为费长房立诗传了。然李白的凤怀不羁，失题之作既多，笼统包裹，往往寖失原旨。

如《古风之五十七》，列于古风五十九篇之末。然而此诗作时甚早，其本事就是那"临卦"所带来的一场热闹。原作如是：

> 羽族禀万化，小大各有依。喌喌亦何辜，六翮掩不挥。愿衔众禽翼，一向黄河飞。飞者莫我顾，叹息将安归。

赵蕤一去无踪，居然连夜不归，以月娘相从为妻十八有余年的生涯视之，这也是前所未有的事。月娘虽然仍旧像平日一般，从山间云气聚散、水声缓急和日影偏斜的差异，验知时节，因应园圃之事，即使焦心如焚，也没有只字片语的感叹。

她如常耕作之外，也还毫厘不失地看顾着赵蕤悉心炼制的丹药炉火；依旧同平日一般照应李白的饮食起居，督促他拟文、读经、算术甚至讲论《兔园策》——其立论虽不同于赵蕤之精微缜密，但是别有一番隽永。

忽一日，月娘满头热汗，从后园灶舍里捧着一簋豆苗、一簋荠菜、一簋芝麻饭，臂间还挽着一篮含桃，碎步趋至相如台廊下陈设了，招呼李白用午饭。李白看着，忽发少年之狂，口占得句：

> 新晴山欲醉，漱影下窗纱。举袖露条脱，招我饭胡麻。

条脱，即是腕钏，亦作"跳脱"，原为女妇操作家务时收束宽大袖被的环圈，久之，也就成了纯粹的饰物。这几句诗非古非律，游戏之笔，纵使意态活泼，就实写景，却不免显得轻佻。月娘登时沉下脸，道："世事固有不必付之吟咏者！"

此情此景，令李白十分难堪，日后泰半于酩酊大醉或是瘁瘅病榻之际，脱口叹息："世事固有不必付之吟咏者矣！"

当下月娘似乎也觉得责备过甚，即使缓过了容颜，仍不知该如何与李白面面相对。正尴尬间，山前突然响起一阵鸟鸣。

"反舌啼了！"月娘转脸朝外，像是一霎时得着了解脱，一面搓着手，一面疾步朝山径走去，有如自言自语："今岁反舌啼得早，还是——还是已经要立春了？"

反舌，又名百舌，山间无处无之。此鸟状如鹡鸰，喙色蜡黄而弯尖，身被黑羽，微有斑，颇好步行，以索食蚯蚓。每岁立春时节，地气蒸腾，万物复苏，蚯蚓一出，此物便吃饱了，林间上下，到处欢快地叫唤；如此一路鸣到夏至，便不再出声，仲秋十月之后，蛰藏于巢，再要听见它的声音，便得等到来春了。

月娘可不知道，立春尚未至，而这反舌，却是赵蕤持诀诵咒给叫唤出来的。

赵蕤是在这一刻现身的，他身形魁伟，又背负着满袋的药材，高视阔步而来，有如山灵现身，远远听见月娘笑喊着："反舌都叫了，汝方回。"

李白见赵蕤神采昂扬地回来，自然也跟着欢喜，神思迭荡，脱口又是一首：

> 苯苢生前径，含桃落小园。春心自摇荡，百舌更多言。

苯苢，又名车前，也叫当道喜，多生于路径之上的牛马蹄印之中。这一句以车前、当道为喻，就是一份欢喜迎接赵蕤归家的情绪。含桃，樱桃也。许慎《说文》以为"莺之所含食，故曰含桃也"，所以也有"莺桃"之名。花开于梅后，果最先熟，都是春天乍然降临的证据。

而在山间鸣叫起来的，也不徒是反舌。追随着反舌之声，紧接着来了一串"啼——思叶；啼——思叶——"，还间杂着几声像是"士——哦；士——哦"，那，就是柳莺了。

　　经常从山深处飞鸣而下，直过子云宅的，便是此物。柳莺品目繁多，身量比反舌小得多，然而啼叫之声，殊不逊色。李白到大匡山之后，才得见识此种。秋成出山，低飞向野，每至田间觅虫而食。

　　这种鸟儿大率是暗绿其背，偶有披带黄白色翼斑者，赵蕤每每嘲笑这种生有翼斑的柳莺，谓其"佩黄带白，行在士庶之间，名色杂失"；李白也有一首小诗嘲咏之，而这首诗，已经流露出受赵蕤嘲谑之性的深切感染了：

　　　　啼思叶如何，士行空自哦。山深谁隐得？嘲哳白衣多。

　　尽管从某一方面立论，可以嘲讽不置；但是惯于"是曰非曰"的赵蕤也有全然对反的说词。他曾经驯养过几只土俗呼为"槐串儿"的柳莺。观其筑巢于密树叶之间，从而悟察一理，之后笔之于书，也流传了下来。这篇文字的题目叫《禽隐》，中间有一段，说的就是一种眼睛上带黄纹的柳莺：

　　　　黄眉巢其居，以苔以蔽，以羽以毛；覆其顶，以蓟以藓，以叶以枝，皆见弃之物，而适成室庐。其蔽身畏名，德莫大焉。所食蚊蚋蝇蚁，多媒瘴疠之物，其驱小人、诛谗佞，功莫大焉。嘤其鸣矣，求其友声。固知禽之素抱冲怀，不违圣教，而言莫大焉。

《诗经·小雅·伐木》里面有这样的几句："嘤其鸣矣，求其友声。相彼鸟矣，犹求友声。"说的是鸟鸣而飞，出自深谷，迁于乔木，嘤然而鸣是不独一己可以享受那迁于乔木的乐趣，它还要与友伴、与朋辈同乐。

李白此际尚懵懂不知，就在春天降临的时刻，赵蕤为他招来了许多朋友，有的，将要与他为伴；有的，将要与他为敌；有的，将要与他周旋一生，让他在无尽的漂泊之中，随时感觉到故乡只在眼前。


# 三〇　胡为啄我葭下之紫鳞


随着刺史李颙入大匡山赏禽的紫冠道士丹丘子，元姓，先人为北魏皇族拓跋氏贵胄。他这一次离开隐居修道的嵩山，远赴剑州、龙州、绵州，原有其故。

丹丘子的师父胡紫阳，本是一代知名的羽流。他在幼年时跟着亲长远行，道经仙城山，放眼望去，峻岭层叠，山岚缭绕，林相幽窅。又听年老家人议论："此为群仙相聚之处，若能辟谷不食，仅以此地水芹果腹百日，则通身血肉移换，凡胎尽去，筋骨中空，遍体异香，即具升仙之资矣。"胡紫阳恨不能留止于当下，只能屡屡回头，任仙城山在烟霭迷蒙中渐渐淡远。

那是胡紫阳第一次心生慕道之思，自后经常背着亲长家人，索寻些道家性命修治之书，囫囵读记。岁月奄忽而逝，又过了三年，他已经九岁了，忽一日清晨醒来，便到父母面前，朗口诵起一部葛洪的《枕中书》："昔二仪未分，溟涬鸿蒙，未有成形。天地日月未具，状如鸡子，混沌玄黄。已有盘古真人，天地之精，自号元始天王，游乎其中……"如此足足念诵了一个时辰，才肯停歇，当下拜求父母，说是得了元始天尊托梦，此身宜在仙班，恳请让他到仙城山修道。

本年，胡紫阳果然奉准出家，在仙城山静修。再过三年，已经深通辟谷之法，能够连月不进谷米，仅食水芹，人称"骨泛异香"。也就凭借着这身本事，他可以下山周游列郡，足迹遍及道教名府，去和许多德高望重的羽客议论切磋，最后终于拜在茅山派一个几乎同他一般岁数的道士李含光门下潜修。那一年他才二十岁。

至于李含光，更是玄门中一个了不得的人物——此子日后得司马承祯的指点，参修勤勉，著作不懈，于晚年还受到皇帝的封赏，称其："久契真要，深通元微，游逍遥之境，得朝彻之道。"俨然一代天师。

至于胡紫阳，于追随李含光年余之后，回到随州，在所居"苦竹院"中，手植桂树二株，兴建"餐霞楼"，仍复其练气之业。值得一说的是，同茅山派的这一段往来切磋，使得他在几个月之内声名遽长，一时竟然有三千多人前来投拜，州县大吏知道他名望高，也不能不前来探访，以示亲民而慕道之姿。于是，"南抵朱陵，北越白水，谒者雁行而候于途，不知首尾"。朱陵在衡阳，白水在关陇，皆为道教胜地，相去数千里，可知胡紫阳的名望之崇隆，堪称一时无二了。


当丹丘子来到戴天大匡山的时候，恰是开元八年、李白的生命跨向第二十度春秋。彼时的李含光、胡紫阳、元丹丘等人都还不知道，日后他们都会由于李白的缘故聚散分合，而留下了在历史上行游、交会的一点足迹。而元丹丘即是胡紫阳那三千及门弟子之中的一员，这一趟远行，是他受胡紫阳一信之托，专程来给李颙种桂树的。

在此前两年的春暮，道途传闻：胡紫阳餐霞楼双桂树于秋后播种，春前出芽，惊蛰之日即成干发枒，谷雨前后已经枝叶纷披，许多人前往随州苦竹院，便是冲着这双桂树之仙灵道气而来。

绵州刺史李颙生性爱风雅，好奇观，尤其对于各种戏法也似的道术所展现的神迹妙象情有独钟，双桂树的逸事不胫而走，传到绵州来的时候堪谓踵事增华，所添加的奇形怪状更不知凡几。他遂工工整整修书一封，私下发付银钱，差遣一个"送铺卒"替他往随州苦竹院投递了一封信，请求胡紫阳能将传闻中那两株桂树分株来绵州："以光太上之圣德，而渐清修之灵氛。"

要是能够借着几支桂树条叶，在迢递千里之外的蜀中之地，让人传扬苦竹院的令名；对于胡紫阳来说，这当然是一桩惠而不费的事，其难处则是胡紫阳总不能亲自前来，因为这对于一个清修成道者来说，是不合常矩，也不大体面的。

适巧丹丘子在前些年分得了一笔家产，正在嵩阳一地觅山修筑道院。一方面为了广宣天下道友，使得江湖羽客周知，嵩山即将有这样一所宫观；一方面也着实不耐那大兴土木之际，瓦石砖泥的污染喧嚣。丹丘子便决意出门远游，到处去拜访兄弟、朋亲及道友。也说得上因缘际会了，他来到随州，投刺拜见胡紫阳，而成就了一段师徒之缘。于胡紫阳而言，这新进的后生，恰恰就是回复绵州刺史李颙的"送铺卒"。

桂树转植极易，古有嫁接、扦插之法。桂枝扦插多在芒种、夏至之间，或是处暑、白露之间。丹丘子衔命入蜀的程期正值处暑；

而李颙以为仙树东来，应该也能日寸月尺地生长，很是欢欣。

无奈三五日、七八日，匝旬经月瞬间过，可教刺史秋水望穿，那两株仙桂总不发苗，李颙担心这是绵州的地理无灵，时不时请丹丘子入府攀谈请教。有时空口白话、议论不足，还要同车出巡。方圆数十里之地，经常朝发夕至。百里开外，就要信宿于驿亭逆旅之中。如此仆仆风尘，李颙乐之不疲，而丹丘子也不以为忤。他性情豪爽，凡事关心，但凡涉及山形水势的查察，总是巨细靡遗，不辞劳顿——这样一来，也就归期未可期了。

开元八年这一趟春游赏禽，说来李颙私心计议已久，多多少少是为了求见当地风传已久的神仙而来。推其缘故，也的确因为迁延日久而桂树不发，偶不免对年事尚轻的丹丘子乃至于胡紫阳起了疑虑。道术幽深，玄法微妙，何不见见这位戴天山区的隐者，让他和丹丘子纵谈一番、辨判高下呢？

春初此日，丹丘子来到山前，正欲极目一望，忽然有几只五色斑斓的异禽，不知从何处飞来，转瞬间齐集在李颙的纱帽上，宾客们都说这是祥瑞之兆，新年必得征应，该就是刺史要升官、回西京了。

唯独丹丘子朗声笑道："好大头颅，消得凤凰来仪！"

众人不敢笑，纷纷垂面掩口，倒是丹丘子的笑声在四面的山墙之间荡回起落，似乎惊动了微微的春风，一阵若有似无的山烟扰动之下，霎时间引来了更多的禽鸟。刺史也顾不得官仪，忙不迭地从车中短榻上站起身，扑东扇西地挥打着袖子，嚷道："快看！快看！"

先是一只通体亮蓝，身长不足一尺的广翼之鸺，连声似说

"秋——秋秋秋秋"地掠过。颇不寻常的是，它飞得很低，全身亮紫而闪烁丝光，翼、尾皆浓黑如缎色；紧随在后的，似是其雌，上体略泛褐泽，头背有革黄之纹；下体半灰，而喉间亦有革色直纹，一旦俯临切近，两翼下乍现白光，反衬出腰间与叉尾的蓝翎。

由这一对当先，紧接着便是好几十只广翼鹁群，有棕头者，有白腹者，其翅较短，鸣声更促，翱翔之时，还特意在刺史一行的牛车阵上绕了一圈，随即便好似消失的烟雾，遁入林树中去了。

丹丘子的笑声还在远山之间萦回，第二批鸟儿又出现了——

初来也仅是一对，形体甚大，约可两尺过半。其一通体深蓝近紫，头面如覆金盔，而染带铜绿，冠羽稍长，有如凤顶，眼皮裸露；喙长而下弯，又颇似鹰勾，其颈肩之羽则现铜棕之色，竟像是胡服中女子肩上的披帛；湛蓝的翼羽仍闪烁金光，微移分寸而观之，则其色变，层相不穷。更奇的是，这有如雄鸡一般的大鸟背尾覆羽时现雪白之色，一旦伸展双翅，雪色即出，甚是醒目。

尾随其后的仍然像是一雌，形体与前者略同，然色泽稍昏，多以褐黄为基底，面颔颜色殊浅，眼周一圈蓝肤，棕翅褐尾之下，也间或露出那鲜明的雪白。

"此乃虹雉！五色道德俱全，福禄之征！"丹丘子也像忽然间着了魔，看着这一对鸟闲步徐行，眼中流露出充满惊异的孩子气。

这一对虹雉才来到牛车对过，竟扑身跃起，一跃五尺上下，翱行数丈，掉首而去。

"丹丘子！"偏在此刻，刺史指着身后一侧的来时之路，急切地喊了起来，声锐而颤："莫不是、莫不是……举某所辖域中之虹雉皆来哉？"

另外几辆车上的僚属们也往刺史指向看去，那是二三十只与前方来而复去者一样的虹雉，应该是经过了一阵奔跑，闹得尘沙扑飞，而在高可近丈的黄埃之中，这些虹雉居然群起相逐而飞，观其势力，又不能飞高，便状似要结翼成行阵，把这几辆牛车冲倒才算了事。

正惶急间，路旁谷涧深处又一阵鸟呼，其声不一，有"忽忽"而啼者，亦有"嘎嘎"而喝者——居然又是不下三五十之数的一阵白鹭，头后有二羽近尺，怒而戟指，似欲冲前一战，其中近半为赤眼，"嘎嘎"之声便是此类所作。且说这一群白鹭连影掠空，拦扫于虹雉前路，上下其羽，似乎是要逼迫虹雉落地，但闻翼翮拍击作响，恰如促鼓碎波，又扬起了好一片沙尘。

这白鹭，却也不是好相与的。无论是忽忽而鸣者、嘎嘎其声者，来意似亦不善。其往而复返，凑近时几乎紧贴着人面，才去又逆扑而来。尤其是红眼的，更是骁勇无畏，这就令众人不只称奇，不免要悚然而惧了。

众人这时也都不约而同地想起：当地野人极多，众口争传：神仙在焉；如果将这些奇禽视为神仙的扈从、卤簿，则体察其迎人之势，便知神仙或许并不希望为不速之客所扰。可是人既然已经来了，难道就这么仓皇遁去？这事传扬开来，说什么一郡之守出巡地方，竟然教几只山鸟逐回，恐怕也是笑话。

李颙想到了这一层，旁边副车上的别驾也想到了这一层。


别驾名叫魏牟，是关陇地区寒门小姓出身的士子，颇有学，而凡事畏葸，不敢任事，所以担任外官杂佐，历八任而不能内转。从随州而兖州、而龙州，终于来到绵州；三十余年间，越迁转、越偏荒，遂绝了进取之念，只求无功无过，致仕归林，老死于家。今番出游，遇此怪状，魏牟忽然有不祥之感，惊骇过于他人；但是老吏毕竟沉着，只淡淡说道："使君，某等是回署了么？还是速速前行，迳往北去，路上还有桃林壮观，或可以转赴大明寺小憩。"

此话一出，一旁的司法、司户参军们也纷纷发了议论，有的说：不过是山鸟惊春，无端噪乱，这是物性使然，不足为奇。有的说：物象有征，或恐远方有故，天地交感，而以此示徵。李颙心心念念只罣着那神仙人物意欲何为，还来不及盘算行止进退，魏牟却望着白鹭来处，深深皱起双眉，抬手戟指远方，道："使君，请三思！"

原来面前这一群白鹭经众人呼喝扑击了几下，四散而去的一刻，谷底又飞来另一群山鸟；当头一阵，便是白鸠。

白鸠，多于拂晓五更时鸣叫，故亦名知更；山居林栖，性情温柔亲人，亦多为人所饲养。绵州当地，野处时或一见，可是向来却没有出现过眼前这样一景——数以百计的白鸠横空而出，像是对山林中飘来一大片连绵的白云，又像是溪涧底端抛上来了一堆密雪。魏牟叹道："此非孙皓恶兆之故事哉？"

那是记载于《南齐书·乐志》的一段奇闻。据说三国末叶，东吴孙皓专擅，性情狠戾，嗜残好杀，江南动荡，民间遂有舞曲，号称《白符舞》，或言《白凫鸠舞》，庶民聚集，衣冠如雪，执拂而漫舞，自取节奏，像是为自己，也像是为苍生举丧、举哀。

这是极为悲凉而壮观的场面。日后司马氏统一天下，当国秉政，为了显示新朝不悖民心，专令为此舞配乐制词，其词曰："翩翩白鸠，载飞载鸣。怀我君德，来集君庭。"晋人这样做，自有其号令天下，顺德归心的用意。不过，掌故就如此流传下来，此后数百年间，一直到大唐时代，白鸠都有一种"乐我君惠，振羽来翔"的意义，即使没有人见过白鸠群集，话语不辍，都以之为民心向背的呼求。

"天意若有所归，直须体察而已！"李颙一脸肃穆，把个微微发胖的身躯，只在风呼鸟鸣之间转东转西，道："倘或这白鸠是民心之兆，尔等更不该弃之而去了。"

才说着，一片晴空之中，殷殷然似有雷——却不是雷，而是或高或低，或尖或沉，为数不知几千几百的众口喧哗，倾天迫至，来自四面八方，去向山巅掩集。

一个司户参军先认出了西南方飞来的鹨雀。此物身长不及半尺，似鹡鸰而更纤瘦，喙吻细长，前端缺刻，耳后一白斑；其翅长而尖，飞羽奇突延展，达于翅尖。此鸟腹羽连绵至尾，色极白，胸羽并背羽却间杂了浅褐淡绿的纵纹，相形更见明亮。也同其他鹡鸰之属性情相近，鹨雀十分警敏，故动辄喧腾，一呼而百应。这时便是由数百鹨雀领阵，向山巅抖开了一片布幕也似的行伍。

几与之同时，东南方则出现了原本只在极高极险的峻岭中才偶然得见的雪鹑。这群鸟体长逾尺，通体银灰，头颈处黑白色细纹交杂，腹下及两翼皆有棕色条纹，喙吻及脚则鲜赤如血。

这一群为数亦近百，也不知是受了什么惊吓，盘空齐鸣如哨，愈鸣声愈尖厉。就这么呼啸了片刻，也随先前的鹨雀折转高翔，迎向山巅去了。

至于东北与西北两面，则是体型硕大的锦鸡与山雉，相较于空中群羽，为数不多，约可三五十。然而锦鸡一出，众人在转瞬之间便为其五色斑斓的美丽羽衣所慑服，交口赞叹不迭，还有的竟慌忙翻身下车，趔趄趋前，像是要将之攫捕入怀，好仔细赏玩的模样。

锦鸡的确是山鸟中之至美者。传闻中凤凰以锦鸡为前御，可见其艳。锦鸡之为物；雄者头冠披金，光泽柔润，颈羽晶红，中有垂盖蓝黑油纹一抹，如鳞似瓦，犹兜鍪颈罩，雄武异常，以下半体鲜红，半体金黄，间或点染一扇铜绿。其翅翼一旦伸展，更有雪色长羽歧出，为这英姿飒爽的将军平添了无限秀气。

也与其他禽鸟无异的是，相形之下，锦鸡之雌者便较雄者黯淡得多。浑身羽色，不外杂灰杂褐，并以黑纹横揽，唯耳羽银灰夺目，尾羽一袭丹黄，绿喙黄爪，相貌也颇为庄严。

这群锦鸡方才落地，山雉也结伙成行伍，自西北角天际飞扑而下，其势不亚于鹰隼，其情却恍如后有追兵，略现仓皇。李颙这时也忍不住对丹丘子道："山雉居然也能作此翱翔，真是平生仅见！平生仅见！"

丹丘子终究还是个有修为的羽流，他豁然明白，这绝计不是自然天成之象，群鸟是被召唤而来的；这招鸟之人虽未现身，可是应该也就在不远之处——即此一悟，丹丘子不由得冒出两句话来："啊！道友辛苦，确乎非比寻常！"

他所谓的道友，此刻正在里许开外的山巅。八方风集，十面云涌，伸展臂膊，挥扬袍袖——赵蕤两眼泛着晶莹的辉光，口中念念有词。这时，他的耳鼓闭锁，听不见任何声音；只在耳轮深处，有暴雨激湍，无时或已。

李白站在他身边，不时从布囊之中捉一把谷食，率意向四处抛洒，为数不止盈千的各种山禽便在此周旋上下；有些鸟儿凌空掠取，有些则就地捡啄。李白随着形形色色的禽鸟俯仰观玩，不意间发现，在顶空极高之处，居然还有数十只巨大的雕鹰，平展六翮，盘桓云表，状若无心而须臾不离。

赵蕤这一道诀，是名"朝阳诀"。据《玉皇大洞明符真经》所载，诀分甲乙两部；其一，也就是《朝阳甲诀》，施之于立春立秋之前三至五日，也就是赵蕤连夜不归的那几天，顶着料峭春寒，不辨昏晓，只在密林深处，寻了三百六十处福地，安置谷食，布以诀语。

其二，则是于立春立秋当日，禽鸟各族一岁动静之初，行至山环谷转、万木森严之处，持诵《朝阳乙诀》，可以齐集诸禽。呼之就食，麾之起舞。众鸟在诀咒的引导之下，也能各随行伍，栖翔有节，容止不乱。其感应而来者，曾不远千里之途，来者数以万计。

李白从来不曾见识过如此奇观异能，日后追忆起来，犹原以为身在大幻奇梦之中，所以特为此作有一诗。不过，这首诗其中有八句，原本是一气呵成，不料多年之后，迫于献诗所需，临席一时无句，便将这八句拆成两段，中间又添了些段落，遂成为一首相当知名、却甚不可解的《独漉篇》。原初的诗，是这么写的：

越鸟从南来，胡雁亦北渡。我欲弯弓向天射，惜其中道失归路。敢当飞髇者、雕鹗之属，蓬莱以外来、指挥西去。渤海其东几万里，载山之壑惟无底。方壶一呼鸱雀空，瞻彼昆仑云间耳。神鹰梦泽，不顾鸥鸢。为君一击，鹏抟九天。

其中"越鸟"至"归路"，以及"神鹰"至"九天"一经拆缝他用，另有寄托，便不复此作原貌了。

昂首驻足山巅、为众鸟群集颠倒痴迷的李白虽然目不暇给，满心满眼皆是羽族之声、翔禽之态，但是他仍不忘念念有词——他不会持咒，只会作诗，而且在此刻的他，也只想作诗。

句中用词并不冷僻；"越鸟"、"胡雁"是隐喻离家之人的惯用词汇，已经不能说是什么典语了。飞髇者，鸣镝也。"渤海"二句实出于《列子》："渤海之东，实不知几亿万里，有大壑焉，实惟无底之谷，其下无底，名曰'归墟'。"

这首诗旨意简明，前后二解，直观却仅仅是一景：鸣镝而射雁鸟，不意那箭在中途却遭到大鹰的扑击。这鹰也不以干犯了猎者为意，径自抟扶摇而上九天去也。

李白吟着、吟着，忘了自己身在何处，也不复在意赵蕤与那些置身迷咒之中的鸟儿究竟有什么暗约明盟。他一时兴起，攒了满手谷料豆粉，摊掌向天，任诸禽自来取食。野禽向来无主，然而这时却分毫没有疑怯之意，既不争抢、也不冲撞，此鸟去、彼鸟来，盘桓似成行伍。恰在此际，耳边却忽然响起一句："刺史到了。"

语声来自赵蕤，可是他明明身在眼前五尺开外，瞑目持咒如常，看来了无异状。李白不由得一惊——然而耳穴深处分明又来了一句："刺史到了。"


# 三一　出则以平交王侯


刺史是一个古老的官名了。汉武帝始分全国为十三部（州），各置刺史；这个"刺"字，为检核审问的意思。其职司包括了巡行各地，不专某州，而能"省察治状，黜陟能否，断治冤狱"，几乎总揽行政、司法之大权。刺史于是成为地方首长。

东汉以后，刺史专权渐高，秩至二千石，不但有专属的管辖区域，奏事时可以派遣僚属代行，不必亲自前往；更常受命作战，能专一方之兵马；其声势、地位甚至凌驾于太守之上。此官从南北朝至于隋唐，并无太大的变动，只是隋文帝撤郡，除雍州牧之外，绝大部分的州长官都正名为刺史，至隋炀帝改州为郡，复刺史为太守。他的用意是把原名为刺史的官分离出去，成为专责的监察官，设司隶台，掌巡察，有刺史十四人，让刺史回到汉武帝时"代天巡狩"的职责。但是过不了多久，大唐开国，又将郡改为州，将太守改为刺史。

到了玄宗朝，又一度回归前朝旧制，仿效隋炀帝，改州为郡，以刺史为太守。直到日后的肃宗即位，才又恢复国初之名。在这一段漫长反复的发展过程之中，刺史、太守日渐没有分别，只是刺史原本的监察官署之权，被大唐帝国新创的巡察使取代，而发展出按察使、采访使、观察使及节度使等官职。

唐初立国以降，原本自有中央差遣的"使"职，因事而设，事毕则罢。"使"有"搜访遗滞"、"黜陟幽明"、"贬黜举奏"等考察官吏和举荐人才的职分。就朝廷任命刺史的职司而言，原本与帝国朝廷晋用人才无关。可是开元以来，皇帝亲自主导荐举任官的潮流，使得各地郡守无时不以为当局举才、选官为讨好当朝，表现忠荩的本务。


李颙的车队沿山路缓坡而上，远远地看见赵蕤和李白置身数千禽鸟中的身影，他的第一个念头便是：绵州果然自有异人在焉！扶着幞头、瞪着眼珠，他示意车队停下，招手唤录事参军来，低声问道："州牧访贤，见道术之士，可有仪注？"

录事参军猛里给这么一问，也想不起有什么前代典章、本朝故事，只得低头垂手，低声答道："这——某实不知。不过，回使君问：总不好在车上受礼，还是先设帐罢？"

李颙像是被那录事参军的肃穆之情感染，又像是不愿意搅扰了赵蕤召唤群禽的法术，遂只点点头，轻手轻脚地下了车，向后列的从人们比手划脚了老半天，从人才明白，刺史是要设帐了。

郡守县令出巡，泰半经驿路往来四方，有时为了寻幽访胜，或者探求民隐，衙署僚吏也会先行勘察，计量行程；沿途若无亭栈，而又必须因故仵留的话，就要设帐壁、陈几榻，有时还得供应些简单的糇粮浆水，讲究的也少不了瓜果醪膳。李颐此行漫兴随意，属吏也无从逆料其行止，只能将一干因应物事装载上车，听令安置。此时一见要设帐，从别驾以下，人人看要忙碌起来——此行招摇的是风雅，带品入流的官人居多，侍从仆役反倒零落无几，粗工苦力的差事，都落在这一群平日四体不勤、五谷不分的士大夫身上。

众人七手八脚折腾了大半天，总算在一平旷之处设起三面九尺之围。呼为"锦帐"，名目而已，不过是前朝仓曹之中贮放的绢织布匹，选其色泽素淡的，按式缝缀，平日成匹轴卷藏，用时开张抖擞，缘架张挂，聊以障蔽郊野罡风以及闲人耳目罢了。帐围以内，自然也要铺设簟席几榻，以及为数不多的交椅——李颐有雅癖，爱洁净，好修饰，出门总有一车，载着一面连地屏风和一张八尺白檀香床，以备不时之需。

这一趟大匡山行脚，香床屏风果然显示了排场。可是，李颐万万没有料到：由于四面八方耳目可及之地，俱是形形色色的禽鸟，这厢帐围才架起来，那些虹雉、锦鸡、鸲雀，乃至于乌鸦、柳莺、白鹭，全都簇拥过来，有的兀立在帷架之上，有的雄峙于屏风之端，有的在几榻间逡巡，有的则跃上香床、随兴之所至，到处啄击。参军们驱赶到东，禽鸟便扑走至西；参军们追逐到西，禽鸟又翻飞至东；驱者无功，走者无趣，简直没个了局。

对此，李颐显然并不措意——他只想着能赶紧同那神仙说上话；但见他双袖交藏在腹前，身姿体貌就像个等候官人前来差遣的衙役，满脸虔敬。肃穆之情很快地也感染了他人。不多时，除了丹丘子之外，这一行上司下僚便很自然地依官秩差等排成了一路长长的行伍。

此时的赵蕤再也不能视而不见，他忽地将双袖向两边抛了，口中之诀随即转成一缕周折悠长的清啸，这啸声又同万籁所发之声不同，它有如一条可以描摹其来去轨迹的绳带，自口中递出，由南而东，自东徂北，经北往西，复归于南。啸音自成宫商，抑扬有致，缭绕了一圈；所过之处，众鸟纷然而鸣，各像是亟力追仿响应的一般，久久不歇。

众人听得、也看得痴了，不觉心怀荡漾，神志恍惚，虽然耳际那原来的啸声如环堵，依旧嘤嘤不觉，然而赵蕤的话语却有如一支利箭，破空而来：

"山禽无状，嘈扰使君舆驾！"

李颙一时为之语塞，愣了半晌，勉强迸出一个字来："然——"

"潼江赵蕤，率门人昌明李白，拜见使君。"

李颙这才猛想起自己是个三品州牧之官，回过神，挺挺胸脯，抬手示意免礼，随即也拱了拱手，道："久闻戴天山秀气钟灵，仙迹蹀躞。今日一见，果然！"

"野处之人，岩穴所事——"赵蕤仍旧低着头，道，"不敢迳望大雅君子。"

赵蕤是斟酌过的，这一"望"字，不只是作"看"解，唐初以来用此字时，还多有接近、攀附的语意。

"汝不来望某，某即来望汝！"李颙说着，自觉"望"字用得有趣，不由得呵呵大笑起来。他一笑，随官从人们自然得跟着笑。李颙随即也回头冲他们道："来来，见见赵处士——还有这位？"

李白复礼直身，道："昌明李白。"

"诺诺诺，才说了、才说了。"李颙拦臂于前，把赵蕤师徒迎进帐围之中。李白知道这些顶戴幞头的都是官吏；于礼，他只能侍立于列末，于是在帐表就悄悄停下了脚步。李颙无论如何还是让赵蕤上香床，与丹丘子相对落座，另外也给李白看了一张交椅，与参军同席，坐在香床下首。等从人献了酒浆，这刺史殷勤款切地道明了来意——就连随同李颙前来的别驾、参军们此刻也略识端倪，依稀明白了三两分——原来李颙此行不只是看春赏禽，还有"表荐"幽隐之图。

大唐自国初以来，仕进者不乏其人，科考、铨选一旦完备，皇帝仍以"循资格而得人"是值得忧心之事。刺史守土一方，从太宗以来就不断为历代皇帝提醒：须知人才何在，应予不次拔擢。绵州是个上州，于八等州郡之中列级第六，若要以一般政事、刑律、赋税、贡奉等为"天家"所知、所喜，而得到赏识，那是极为艰难的。唯有从表荐奇材异能之士的门道入手，才或恐有机可乘。

他如今亲眼得见，赵蕤是有道术的，唯其心性如何，谈吐如何，学养又如何？这些，就得另出机锋，以测利钝了。李颙于是一掌摊向丹丘子，道："丹丘子也是道流，为仙城山胡紫阳真人弟子。客岁仲秋，专程来绵州为某迁植桂树；莳栽并未失期，不意连月而不发，也就耽搁了他的归期。"

这话说得相当婉转，丹丘子虽不能全然领会，可是却感受到李颙似乎有向赵蕤求问桂树不发究竟是何原委之意。当下一转念：桂树不发，当然有玷于苦竹院的声誉；但是天下闻名双桂树，毕竟是经由师尊胡紫阳亲手培植，奇观有目共睹，何至于因为转植不遂而坏道？也由于这一信一念之不移，丹丘子遂放胆侃侃而论：

"迁木犹葬，故葬理犹生。葬者，原本是乘一生气，注五行于地，经四时而发，发而生万物。经云：'铜山西崩，灵钟东应；木华于春，粟芽于室。'大凡就是从此道理推之，应属不缪呀，赵处士。"

赵蕤操习纵横长短之术数十载，岂能不一眼就看穿了李颙的心思？固然他并不想开门见山便与胡紫阳一派的道论为敌，不过，眼前都是些个风尘老吏，如果乱以折衷调和、恭维称颂之论，任谁都能当下判断，反而招人暗里嘲诮。

他微微一忖，道："苦竹院扬名当世，良有以也！胡真人积学仙城，精进茅山，辟谷之术一时无二，固知双桂入蜀，本不应求其速发。"

"这，会须请教缘故？"李颙迫不及待，双膝前移，追问道："同根之栽，岂其性大异如此乎？"

赵蕤仍旧沉了一张脸，像是对着一面墙说话："万物生于世上，各具其性，这叫'种'。"

李颙跟着说了声："种。"

"万物皆有'种'，但以不同之形相借、相递、相传、相代、相授、相让——庄生谓之'禅'。"

"是尧舜禅让之禅？"

赵蕤没有理会他的话，只管自己往下说："使君自苦竹院取双桂之枝，此桂之'种'便已'禅'来绵州，并无可疑。"

李颙听到这话，连忙点头称诺，回头眄一眼丹丘子——丹丘子却眉头深锁，像是无词以敌，又不甘同意。

"不过，"赵蕤接道，"古贤说得好：'种有机'；一日万机，一寸万机。机，极小之物；微机生于水中，便叫它'水舄'；长在水土交际的湿处，便叫苓茞、虾蟆衣；生在丘陵之上，便叫陵舄；

陵舄若是生于粪土之中，便叫乌足草；乌足草之根，可以化为蛴螬——”

李白这时听见矮几对过的参军们跟着议论，有说蛴螬就是粪虫，有说土语亦名屎龟，也有说万万不可呼屎龟的，刺史听了会不悦。

"乌足草之叶，则化为蝴蝶，"赵蕤缓缓凝起一双星目，直视李颙，复道，"蝴蝶倘若处于灶下，得机不同，不多时又别成变化，是为另一虫，名唤'鸲掇'。"

"一种之物，居然化育繁多至此，"李颙叹道，"真是天机无限呀！"

赵蕤像是没有听见，迳自道："灶下鸲掇之虫，如果生时漫长，能活足一千日，则化为鸟，名叫'乾余骨'；乾余骨口中之涎沫，又可以化为斯弥虫；斯弥虫再变化，是为颐辂虫；颐辂虫食醋，则可以变为黄軦——"

就在这时，丹丘子像是好容易觅得一空隙，连忙接口道："以某所见，似乎另有一说，以为颐辂虫生于黄軦，黄軦虫又生于九猷，九猷生于蚊蚋，而蚊蚋则生于腐草中的萤虫。"

赵蕤点点头，像是同意了丹丘子的说法："万物之形不同，而性各寓于其种；得机不同，禅行各易，而成就不同之名。修道之士，无论养气、炼丹、修真、辟谷，大旨都在知'机'。要知道：羊肝因霉湿而化为地皋；马血、人血因赋性有可燃之资，一旦腐败，或再经由反复曝晒，就会化为磷火。这些，都是随机变化而成。如此一来，鹞可以变为鸇，亦可变为布谷；久而久之，布谷居然亦可以变为鹞——"

"如此说来，'机'可以变'性'？"李颙怯生生地问。

"非也！机所可以变化的，只是形、名而已矣。"赵蕤道，"古贤早有此论：燕子可变为蛤蜊，田鼠可变为鹌鸟，腐瓜可变为游鱼，老韭可变为苋草，鱼卵亦可变为虫。一形相转，端赖于机，岂只是'种'呢？《山海经》上曾经记载：亶爱山中有不交合而自成孕育之兽，名叫'类'，今人唤为'貆猪'、'豪猪'；此外，河泽之上，有那只相看一眼，便完遂交合之礼的鸟，叫'鸊'，亦即亲水之雁——"

李颙忍不住击床而呼："诺诺！是有此说，我听说过。"

"蜻蛉生于沼池，蠛蠓生于酸酒，螽斯生于无笋之竹，辗转相变，于是也有许多怪谈，以为豹也是由之而生、马也是由之而生，甚至人，也是由之而生！"赵蕤大袖一扬，朝山外云霭指了指，道："四方无识之人，以为物类必以交合而传种，却不知还有纯雌无雄而能生子者，名叫'大腰'；也有纯雄无雌而能生子者，名叫'稚蜂'。倘若没有这些孤雄孤雌而能成孕者，那么老子之母，焉能感巨人之足迹而怀育圣哲？伊尹之母，又焉能化枯桑之朽木而拥有身躯呢？"

李颙听到这里，"噫——"了一声，无端站起身来，随行众吏也跟着起身，一个个窃窃私语，声如蚊蝇。李颙这才发觉状貌失仪，赶紧重整冠袍，重新盘膝而坐，也挥手招呼众人复坐，道："处士博览精思，某乍闻妙道，愧不能追，却出此一身热汗！"

赵蕤仍不露半点喜愠之色，反而转脸对丹丘子，似乎意有所嘱地道："双桂不远千里而来，便是'骸骨入其门，精神反其真'了，何必求其速发？就算是不材之材，更可以载庄生'终其天年'之德，是耶，非耶？"

丹丘子闻听此语，也不由得吃了一惊。

他原本料想：这赵蕤既是当地术士，一旦大吏临前，总不免要卖弄高明，给苦竹院出几个难题，闹一场口舌交锋，以显示自家性理妙要，手段高明，来博取大人物的艳羡。他却没有想到，赵蕤缘理取譬，旁征博引了半天，将一部《庄子》和一部《列子》的玄谈，导向了物种随机变化的旨趣，这就为双桂移植绵州而久不发枝的尴尬景况拼凑出层次更深的新解。

尤其是末了，赵蕤巧妙地篡改了《列子》征引黄帝之言"精神入其门，骨骸反其根"，而说成"骨骸入其门，精神反其真"，像是有意避过李颙的耳目，悄悄暗示他："汝且安然！"也同时安抚了李颙，将道术奇观之不果，夺胎换骨而转换成"不材而永寿"的暗喻。

丹丘子这时似乎也不能不抬举几句了，随即向赵蕤作了一揖，道："赵处士清修泛览，兼以深思而明辨，知机而达观，非寻常岩穴之隐可比，真国士也。"

"诺！"李颙也抢忙接着说，"圣代即今，雨露遍地；圣人唯恐野有遗贤，而致空谷白驹之叹——赵处士若不嫌某鲁莽，某有一议，盼能相商。"

这几句话，李颙说得豪壮，李白也听得真切——他忽然间转出一奇念：为什么这场面、这气味、这一来一往的情怀酬酢，他一点都不感觉陌生；相反地，此时此地、在此帐围之中的人以及他们的言谈举止，似乎曾经出现过、且不止出现过一次？

李白微感困惑；至少他从赵蕤那气定神闲的风度中察觉：今日之会，并非不期而遇；无论来客说些什么、要些什么，乃至于即将要与他商量些什么，实则早在赵蕤的算筹之中习演过许多次了。

# 三二 不忧社稷倾

《新唐书·李白传》关于李白与李颙相见的记载只有六个字：
"州举有道，不应。"至于稍早撰就、后世流传，也多多少少记载
了李白生平的文献——包括魏颢的《李翰林集序》、李阳冰的《草
堂集序》、乐史的《李翰林别集序》、李华的《故翰林学士李君墓志》、
刘全白的《唐故翰林学士李君碣记》、范传正的《唐左拾遗翰林学
士李公新墓碑》、裴敬的《翰林学士李公墓碑》，以至于曾巩的《李
白文集后序》和王琦的《李太白文集跋》——都没有交代这一段
往事。

终李白一生，也只在一篇文章里提及此番遭遇。那是他在三十
岁上所写的《上安州裴长史书》，寥寥数语而已："又昔与逸人东
岩子隐于岷山之阳，白巢居数年，不迹城市。养奇禽千计，呼皆
就掌取食，了无惊猜。广汉太守闻而异之，诣庐亲睹，因举二人
以有道，并不起。此则白养高忘机，不屈之迹也。"

比对《书经集传》，蜀地接近江源的这座山，横跨古雍州、梁
州之地，北起陕西巩昌府岷州卫以西，山脉往西南走蛮荒中，直抵
成都府之西；连峰接轴，悬崖绝壑，凡茂州雪岭、灌县青城、戴天
大小二匡山等，皆其支脉，不详远近，通名就叫岷山。

"广汉"二字，原本是汉朝的郡号，所指即是大唐开国以来的
绵州巴西之地；唐人行文用古名以代时称，所以连刺史也呼为太守。
"广汉太守"便是"绵州刺史"无疑；可疑的是历经一番促膝长谈
之后，赵蕤居然并没有接受李颙"举二人以有道"的推荐。

"道举"是首创于唐代的选官之制。士子经由修习《老子》、《庄子》、《黄帝内经》、《列子》以及《文子》之类的道家或道教经典，而取得任官资格。相较于规模传承一两千年的儒家经术科考，"有道"开科时间不长，设非当时当事之人，亦不甚了了。

　　"道举"为大唐常科之一，自高宗时成立，纵有唐之一代而存焉。推崇道术本来就与皇家试图崇扬李氏门第的观念相支撑、相束缚——李唐一族本属陇西狄道，改宗陇西成纪，与汉将李广牵起无中生有的一脉血缘，复祖以李耳之姓，这些都是提升李氏郡望、以与传统的山东大姓相抗礼的手段。

　　高宗上元年间，就有"王公以下，内外百官，皆习老子《道德经》。其明经咸令习读，一准《孝经》、《论语》所司临时策试"为立科张目，参与明经科的士人也要加考《老子》策二条，考进士者则加试帖三条。

　　高宗仪凤三年，奉《道德经》为上经，再过两年的调露二年，考功员外郎刘思立奏请明经、进士科也要加试《老子》、《孝经》，于是道教经典正式列入科考。

　　直到玄宗开元初，国子博士司马贞又上书，称许河上公所注《道德经》："其词近，其理宏，小足以修身洁诚，大足以宁人安国，宜令学者俱行之。"虽然一时之间，曾引发《老子》河上公与王弼二注本孰优孰劣的争议，然取径于道家、取才于道术的问学方向，却在争议中日益明朗。

　　李颙开宗明义，先将国初以来朝廷推崇道经为显学的背景详尽勾稽，再委婉地陈述了自己身为一州之牧，必须尽其"显岩穴，求贤德"的职分。接着，他召唤随行僚属举杯，一同向面前这位处士称觞：

"赵处士隐此戴天山，有如随珠和璧，可以称得上是高节戾行，独乐其志了——不过，处士虽然韬晦自守，而不能掩翳光华，终须应天诏而出，以尧舜之国士，化育尧舜之百姓；若某不至于引论失义，这也是赵处士眼前之'机'呀！"

"以尧、舜之国士，化育尧、舜之百姓"并非泛泛之言。李颙所转借的是《孟子》上的话语。典故出于万章问孟子："有人说：伊尹曾经借由烹调的手艺取悦成汤，而终得大用，有这样的事吗？"孟子严辞驳斥了这个流言，并指出：伊尹原本是有莘地方的自耕之农，一心所悦慕的，就是尧、舜之道，商王汤曾经派遣使者，赂以厚币重礼，伊尹仍旧拒绝了，还留下千古名言："索取了汤王的聘币有什么用呢？何如我就是立身于畎亩之中，反而因此而能乐处躬行那尧舜之道呢？"

不过，商王汤的使者三度造访，而令伊尹改变了心意，这时他也另有一番话可说："吾岂若使是君为尧、舜之君哉？吾岂若使是民为尧、舜之民哉？吾岂若于吾身亲见之哉？"隐者伊尹的思路立刻从"于农事之操治中体悟尧、舜之道"转变成"让我这先知尧、舜之道者，去唤醒那些后知之民"，甚至还更进一步地认为："若不是由我去唤醒那些人，又有谁能够呢？"

李颙运用这个典故，来劝勉赵蕤出隐入仕的理路，可以说是相当完整的。他把赵蕤推许为伊尹一流的人物，也借由伊尹原先的处境，而为赵蕤设置了推托官爵利禄的借口；最犀利的是当年伊尹终于放弃了隐居的生活，辅弼成汤以就王业，还有堂而皇之、急公好义的说词，这也直是转介给赵蕤而使之无以推辞了。

赵蕤眉宇开阔，神色舒朗，应声答道："使君忘了——万章以伊尹出处之事问孟子，而后又有一问，说的是昔时百里奚以五张羊皮自卖其身于秦穆公的事。"

李颐道："确然！不过孟子也驳斥了这传闻呀。"

赵蕤的用意原本不在同李颐争辩道理，他这时将左臂伸展开来，指掌向李白点了一点："请使君容某绍介门人李白——此子近有一诗，言及百里奚，所见略与孟子之辩不同。"

李颐闻言，回眸望了望那端坐在交床上、容色出众、神情飘逸的后生，微微一颔首。

赵蕤立时再补了一句："是一首追拟汉晋古调的《鞠歌行》——其词句斑灿，旨意奇警，小有才。"

这话说来看似随意，却埋伏了动人的机栝，十足引起李颐的好奇，道："能追摹相和歌辞之作，手眼想必不凡，可能为某一诵乎？"

《鞠歌行》，正是李白平日拟古习作之中的一篇。他记得很清楚，这是赵蕤失踪数日之后，回到子云宅时亲授的课业。十分罕见地，赵蕤还将晋、宋间陆机、谢灵运以及谢惠连的旧作《鞠歌行》也为他一一说解了，甚至亲为命题，道："汝便以咏史为目，写写古来那些个遇与不遇之人罢！"

李白一挥而就，却不知道赵蕤还在这诗题之中下了一步碁；而《鞠歌行》则让李颐再也不愿意放过这师徒二人：

　　玉不自言如桃李，鱼目笑之卞和耻。楚国青蝇何太多，连城白璧遭谗毁。荆山长号泣血人，忠臣死为刖足鬼。听曲知宁戚，夷吾因小妻。秦穆五羊皮，买死百里奚。洗拂青云上，当时贱如泥。朝歌鼓刀叟，虎变磻谿中。一举钓六合，遂荒营丘东。平生渭水曲，谁识此老翁。奈何今之人，双目送飞鸿。

这首诗的起首六句徐徐描述卞和献玉的故事。其下以两句、四句、六句的句式，由促而缓，渐增铺陈，点染宁戚、百里奚和姜子牙的遭际。末二句戛然止于孔子见卫灵公而不为所重的情景，回头呼应了开篇。元代的萧士赟《分类补注李太白诗》撰谓："太白此词，始伤士之遭谗毁弃，中美昔贤之遇合有时，末则叹今人之不能如古人之识士，亦聊以自况云尔。"可以说几乎全解错了。

本诗从卞和的遭遇展开，典实见于刘向《新序》。

卞和得一玉璞，献于楚厉王，但是却为玉尹所谮，诬璞为石，定罪以谩（欺罔），而断其左足；厉王薨，武王即位，卞和二献其璞，再受谤，而断其右足。及楚共王即位，卞和奉璞哭于荆山之中，三日三夜，泪尽而继之以血。共王还是将卞和召入，问他："天下受刑人多了，你为什么哭得如此凄怨？"卞和道："宝玉而名之曰石，贞士而戮之以谩，此臣之所以悲也。"

贞士遭毁弃与璞玉不见宝，本是一义之互证，而李白犹不以为足，中间"鱼目"之笑用的是西晋张协的《杂诗十首之五》"瓴甋夸璵璠，鱼目笑明月"；"青蝇"则取《诗经·小雅·青蝇》"营营青蝇止于樊，岂弟君子，无信谗言"的用意，比蝇为谗佞，"蝇之为物，污白使黑，污黑使白"，旁注了小人颠倒善恶的祸乱。

至于宁戚之所以能令齐桓公修官府、斋戒五日而拜相的故事，出于刘向《列女传》。说的是管仲的侍妾田倩读出了宁戚吟唱"浩浩乎白水"的用意，来自一首管仲前所未闻的古诗："浩浩白水，儵儵之鱼。君来召我，我将安居。国家未立，从我焉如？"这是进一步暗示：关于士人的居心用志，齐桓、管仲是无知的，其识见还比不上一个小妾。

以下则反用事典，讥诮了百里奚被公孙枝识拔、为秦穆公不次擢用的故事。原初史载：百里奚自虢国出奔，流落到秦国牧牛，是看出了虢公之贪利近愚，是一个有先见之明的贤者。而公孙枝以五张羊皮为价，居然就"买得"了此人，秦穆公则原本也不以为五张羊皮的代价能够值得何等贵尚的人才。李白在此处巧施妙讽，"买死"二字恰恰锐利地点明君侯用士的居心，不外是势利而已。

仅以宁戚、百里奚为"士之遇"而与卞和的"不遇"相对照，仍有不惬；李白更进一步，以较长的篇幅，绵里藏针地"刺说"姜子牙。

姜子牙在纣王治下的朝歌，不过是一个"鼓刀而屠"的隐沦之士，年届耄耋而不能为用，只好"西钓于渭滨"。等到周文王梦得圣人，拜姜子牙为国师，这一向是士君子遭遇名主的典范，而"太公望"以姬昌"望公七年，乃今见光景于斯"的名言而流传千古，几无可翻之案。

未料李白还可以操其驰骋捭阖之笔，把"武王已平商而王天下，封师尚父于齐营丘"这样一桩裂土封疆的策勋之业，转说成放逐于不毛之地，戍守荒丘，就显然是蓄意点染、巧为罗织了。

由此，李白横笔扫出孔子见卫灵公的一幕，作为结语。"奈何今之人，双目送飞鸿"，语出：《史记·孔子世家》："（卫灵公）与孔子语，见蜚（即飞）雁，仰视之，色不在孔子；孔子遂行。"——孔子一瞥而知机，发现卫灵公居然能因为一只过眼的大雁而分心，可见此君根本无意于向他请教"俎豆"（也就是礼乐的象征）之事，他也就飘然远引，离开了卫国。

在李白看来，士之"遇"与"不遇"，本无差别，这正是他绾合赵蕤"是曰非曰"、奇正纵横之术的一个范例。他是要借此点出：

无论士人在蹇陑穷困之中是否得以夤缘遭逢知之而用之的王侯，不过是秉政掌权之人随兴亲之疏之、随机贵之贱之、随时收之弃之的器具而已。

此诗全用事典，没有片语只字持论抒情，辩理全凭修辞语气，也可视为李白以诗摘习《兔园策》典故的尝试之作，本来就不是为了酬献李颙而写的；可是赵蕤举以为说，果然令李颙大为赞赏，反复询问了《鞠歌行》的几处字句，摇头晃脑，吟咏再三，才对李白道："汝才具见识如此，应该也有鸿鹄之志，岂能长久隐沦？"

李白尚未答话，赵蕤却应声道："既然承使君问起了禽鸟之志，且看看这些山林之中的道侣——"说时环视一圈，精眸四顾；李白登时会意：他这师父又暗自诵起了咒诀。当下但听得一阵高下不齐、声调殊异的鸟鸣，从帐围顶端、林叶密处，以及山石岚气之间喷薄而出；其音嘤嘤然、喝喝然、吟吟然，千口吹唱，万窍应和，闻之不觉令人一悚。

尽使这浪涛汹涌、充盈霄壤的鸟声嘈噪了片刻，赵蕤才微笑着，像是对李白、又像是对所有在场的人缓缓说道："贵客不远遐路，幸见光临，且受戴天山群禽一礼，以答知遇之情罢！"

说时，众人忽听那群鸟又起了一波喧噪，不同的是，这一次是从正东方蓊郁的树林之中发动，鸲雀、柳莺当先，南边涧谷里的乌鸦、白鹭随之，锦鸡、虹雉则逐西山路口而起，至于北天云外的鹰鹳雕鹗之属，也盘桓于低空之处，令人几乎可以辨识毛羽色泽——只一晌，当真是类以群分之况。所有的奇禽随即翅翼抻拍，如振鼙鼓，转瞬之间各向四面八方翱翔而去。

丹丘子这时一声长叹，对李颙道："某至此始知，昔日读

《庄子·达生》一篇，并未深切明白扁庆子之忧！"

李白则举起面前的酒杯，对着李颀和丹丘子道："山中是有好蛇，可以佐酒！"

一来一往，听得李颀懵懂如常；李颀读《庄子》不熟，既不知道丹丘子的一叹所为何来，也不理解"扁庆子之忧"又有什么寓意。而赵蕤与李白则对丹丘子这一叹的哑谜，各有全然不同的答案。

那忧，要比社稷之忧、家国之忧、天下之忧更深刻、更悲观、更寂寞。


# 三三 独守西山饿


丹丘子突如其来的感叹，于他自己修道学仙的生涯而言，也埋伏下一个转捩的契机；他是到这一刻，才体会那些令凡俗之人充满惊诧、也充满欣羡的手段，应该还涵泳着某些值得咀嚼思虑的旨趣。

扁庆子，是《庄子·达生》篇里的一个虚构人物。这篇文字极可能不是出自庄周之手；某些后世考者以为是汉代阴阳家所作，也不确实。此文倒像是庄周的及门弟子仿拟其文笔，用以推阐《庄子》内七篇中《养生主》的思想。

此篇论旨的展开，始于庄子笔下就创造出来的人物——列子（列御寇）——向传说中曾经请老子留下道德之说五千言的函谷关令尹（尹喜）请教："至人"能修行到"潜行不窒，蹈火不热，行乎万物之上而不栗"，究竟是什么缘故？

这位堪称老子嫡传的关令尹喜于是开导了列子一套心法，认为"至人"之始，就是"纯气之守"；一个人若能天机饱满、精神无间、外在的形色声相等都不能乘隙而入，就像是喝醉了的人，从车上摔下来，也不会受多么严重的伤。那是由于"其神全也，乘亦不知也；坠亦不知也，死生惊惧不入乎其胸中"。

接着，《达生》篇的作者再借由孔子和颜回、田开之与周威公、齐桓公与皇子告敖、梓庆与鲁侯等或虚构、或假借于史册及诸子百家语里面的人物，展开一层层的推进之论。

在齐桓公和皇子告敖的对话里，出现了一个名词："委蛇"。这个语词的出现，可以说是弟子们对庄子开的一个玩笑。因为原本出自庄子之手的《应帝王》篇里，就有这个词："乡吾示之以未始出吾宗，吾与之虚而委蛇。""委蛇"就是不泄露心术，随机混沌，应付而已。

然而，庄子的弟子可谓得其师尊的妙术，善尽玩弄语言的手法，刻意在齐桓公与皇子告敖的对话中，将"委蛇"说成是一条蛇，还是一条有车轴那么粗，有车辕那么长，身穿紫衣、头戴朱冠的蛇。而这蛇，畏惧雷鸣车声，一旦听见了，就会捧着头站起来——见到这种东西的人，将会成为诸侯的霸主。

本来以为自己因见了鬼而生病的齐桓公一听到这里，便整理了一下衣冠，片刻间觉得病体已经痊愈了。这个故事，恰恰就是从反面立论，说明齐桓公的"病"，就是不能为"纯气之守"，而被"委蛇"这种既不存在、也全凭主观定义的"外物"所迷惑、所宰制；忽而令他沮丧、忽而又令他振奋，究其本质，不过是一场追随无稽幻象而颠倒的荒诞而已。

可是，《达生》篇的作者犹不以此为足，更进一步地透过另一个虚构的人物——扁庆子——之口，将"委蛇"解作一种幽栖于深林的鸟所嗜好的食物。

丹丘子所恍然大悟者，正是赵蕤在这一场令人目眩神迷的禽鸟之会后，所说的那几句话："贵客不远遐路，幸见光临，且受戴天山群禽一礼，以答知遇之情罢！"

扁庆子在是《达生》篇末出现的道者。当时有一个名叫孙休的鲁国人，登门造访，向扁庆子抱怨自己的处境，说他不能隐居于乡里，因为怕人指责他避世不出，是由于修身不足；又怕人非难他在国家有患难的时候，缺乏承担责任的勇气。这显然是一种试图在官场上积极进取的说辞，却出之以矫情的自怜自伤。

但是孙休的居心却被扁庆子一眼识破，扁庆子当场拆穿了他，说："你这一番话，不过是表扬自己的智能，以衬显他人的愚拙；是张扬自己的清高，以暴露他人的污浊，像是手捧日月、走在光明之中，为的也只是自炫而已。像你这样的人，能够勉强保全了九窍身躯，没有沦为聋盲跛蹇的鬼物，已经算是幸运的了，你出去罢！"

在孙休离去之后，扁庆子深深叹息了。他紧接着对大惑不解其叹的门人打了这样一个譬喻：从前有一鸟，栖止于鲁国的近郊，鲁君很喜欢这鸟，便备办了太牢之礼所用的食物来饲养它，派人演奏了九韶的乐章来歌颂、取悦它。可这鸟儿却流露出伤悲而迷惘的神色，不敢吃喝。在扁庆子而言，鲁君的行径，就是拿奉养自己的方法来养鸟；倘若真要用养鸟的方法去养鸟，应该是"栖之深林，浮之江湖，食之以委蛇，则平陆而已矣"。

这一段话，实则有相对反的两层含意。其一，是从禽鸟的物性而言，野物之自适，栖林食蛇而已，原本就不该受人豢养。其二，则恰恰借由讥讽孙休而进一步讥讽了扁庆子自己；因为这个孙休，不过是心智迟钝、识见寡少的人，而我却以"至人之德"的道理同他说了一大套，不就像鲁君那样，拿"太牢九韶"——礼乐的象征——如此贵重的妙道，去伺候畜牲吗？庄子在这里又打了个譬喻为结论："这就好比用轩车大马载着小鼠出游，用钟鼓之乐演奏给麻雀听，这些禽兽怎么能不受到惊吓呢？"

从这个结语来看，先前那一大套禽鸟翔集、就掌取食、了无惊猜的展示，都还只是浮光掠影的表面文章而已；赵蕤施展道术，其实另怀深意——他是把李颙当成孙休一样的人物了！换言之，丹丘子所体认的"扁庆子之忧"，正是真正的隐者对那些口称圣朝，笔诵尧舜，一心一意以天下国家为忧、以朝政民生为虑的人所发的喟叹，这些混糅了理想和野心、抱负和欲望的人物，才是真正值得忧虑的对象。

不过，若再深入推想，赵蕤似乎并不寄望李颙明白这些，因为这样嘲诮来客，毕竟是十分失礼的；而这一切布局讽喻，更不会是为了恰巧随行而来的官员属吏或是丹丘子而设。那么——

丹丘子明白了：赵蕤所作所为，恐怕都是为了眼前这个看来才华洋溢的年轻诗人。

至于李白，诵罢了诗篇，依旧敬陪末座。对于香床之上的李颙、赵蕤接下来的一阵喁喁私语，并不能字字入耳。丹丘子则频频向他举杯，其间也不免找些话题殷勤就问，两人说到了诗，一时意兴昂扬起来。这时，别驾魏牟忽然拦过话，道："李郎之诗，似仍由古调入手，与近时风尚颇异其趣——设若有心上进，还须多留意法度。"

李白看魏牟年辈甚高，不敢失礼，遂欠身答道："长者之言，某敬祈奉闻。"

魏牟并不逊谢，点着头，谠论道："诗之为物，最忌直白。本朝各科多试帖诗，端看士子心思曲密与否，此作诗一大要旨，一旦趋逐平易，不免流于浅俗。汝辈少年行，如果有心仕途，一定闻知六七年前，考功王丘员外知贡举时，以'旗赋'一题，订韵脚之格；这便是大势所趋呀——非如此，实不能仔细考究士子的资质。至于贤郎之作——"

魏牟说到这里，将颔下胡须一拈，皱眉咂嘴了半晌，轻轻地摇了摇头，道："辞气凌厉，鼙鼓纷揿；闻之令人悚然。不过，坏也就坏在此处——须知诗教温柔敦厚，议论则重婉转，说什么'五羊皮买死百里奚'，非但质野，语迹甚至说得上是粗鄙了。"

李白垂了头，应声："诺。"

他看着魏牟，偶尔也看一眼丹丘子——丹丘子对魏牟的议论似乎极之不耐，时不时眉眼斜拧，又像是害瞌睡。这时，李白发觉魏牟的面颜形躯渐渐变小，而他周身的地貌景观则随之变得深邃幽窅。

若是越过魏牟的肩头，望向更远处的山曲，彼处有暮云冉冉而升，云中似有蠢蠢欲动之物；若虫、若兽、若仙、若龙；而他的诗句，已经穿透魏牟的谆切之言，在那天地之间，影影绰绰地浮沉着了。这首诗，日后冠以《来日大难》之题，每当李白遇着迂儒鄙夫，都会忍不住吟来作嘲：

> 来日一身，携粮负薪。道长食尽，苦口焦唇。今日醉饱，乐过千春。仙人相存，诱我远学。海凌三山，陆憩五岳。乘龙天飞，目瞻两角。授以仙药，金丹满握。蟪蛄蒙恩，深愧短促。思填东海，强衔一木。道重天地，轩师广成。蝉翼九五，以求长生。下士大笑，如苍蝇声。

此日，直到这一行人告辞离去，赵蕤望着牛车轧轧声中一阵又一阵飞扬的尘土，忽然纵声大笑，笑罢了，冒出两句词气诡异的话："举有道，非常道；使有名，非常名。"

　　李颙一行继续他们的春游，向桃花林以及大明寺进发。但是对于刺史来说，大事已经办了，他倾心满怀只有一念：该如何运用恰切的典语事例，写好他的荐表？此行，他遇见了有道术、也有学问的人，更不期然遇见了诗才英发、风姿雅健的后生，这都令他觉得意外，却也异常满足。如果依照赵蕤的义理推论，那双桂树的确是一个"种"，而此"种"所遇合际会的"机"，不正是戴天山的师徒二人吗？他们，不正是绵州所孕育、而应该由刺史所显扬的双桂树吗？

　　这使李颙感到兴奋，以及忐忑。毕竟，当前朝廷用人，还是以科举和门荫为入仕之起点。荐举之后，略加策问，虽然足以令布衣入署从事；不过一般说来，还是以举荐现任或"前资"官为大体，原本寒门小姓而又是白身之人，最常见的就是入居幕府之后，历几任微官，在大帝国边远荒僻之处像僧侣一样地寂寞修行，仍旧讨不了什么像样的地位。

　　可是这也使李颙焕发出一种舍我其谁的悲壮意志，在他眼中，"孤寒无援"的士人，犹如一口一口的冷灶，正需要知其不可为而为的人，温以微焰，燃以星火。他想象着未来——朝廷一旦接纳了他的荐表，或许受那文笔的感动，会有星使带来消息，果然征辟了赵蕤、李白；甚或只是某一位居要津的显宦，也像他一样，独具只眼，愿意将两人延辟入幕，这对地方上的后进子弟来说，又是多么深远宏大的激励？

李颙万万没有想到的是，赵蕤恰是从完全对反的另一面着眼。

李白大惑不解地问他："'举有道'、'使有名'，尚可解；而'非常道'、'非常名'实不能解。"

赵蕤依旧望着远方逐渐平息下来的车尘，道："刺史欲举我等入仕，汝与某一无出身，复为寒士，亦乏援引，即便文才美好，能御千禽万兽，天家宁复召我等充控鹤监乎？纵使召去，汝便任乎？"

"控鹤"一语，典出汉刘向《列仙传·王子乔》：谓周灵王太子晋好吹笙作凤凰鸣，游伊、洛间，为道士浮丘公引入嵩高山，三十余年后，托言告家人：七月七日待我于缑氏山巅。届时，王子乔果然乘鹤于山头，望之不能及。而这位王子则举手为礼，像是谢别时人，过了几日，便仙去不回了。

在武则天后垂拱中期，曾改太子左右监门率府为左右控鹤禁率府，为宿卫近侍之官。到了李白出生之前二十一二年，也就是武氏当国的晚期，又设立了一个专属于女皇的衙署，名为"控鹤府"，由其男宠张易之掌辖。在府中任事者，多为武氏之所幸，以及语言侍从之臣。此署既从事诗文作品之编纂，复可以视为女主之后宫。可以说是武则天的一个小朝廷，"每因宴集，则令嘲戏公卿以为笑乐"。到了赵蕤同李白辨析官场时局的当下，控鹤府更以由于权柄沦替，而成为臭秽不堪闻问的一个语词。

然而李白知道"天家"、"朝廷"、"仕途"似乎又不止于如此。他最不明白的是：看来那刺史明明是因禽鸟翔集的异象而来，这异象又为赵蕤所催动。两造一旦相聚畅谈，看似赵蕤还尽力逞其学、露其锋，务使李颙为之服德改容，为什么当刺史满怀得才而荐的欣喜和希望离去之后，赵蕤却在这一刻流露出不屑食鸡肋的神情。

"刺史荐举，岂是玩笑？"李白问道。

"非也！"赵蕤笑道，"正因为不是玩笑，故不能应其举。"

李白还是不能体会赵蕤的心思，只能半带讥嘲地说道："神仙办事，瞻之在前，忽焉在后；何其缥缈曲折？"

赵蕤这时瞪起一双瞳子逼视着李白，道："以时下官流视之，彼举我等以有道，则我等便入官常之道乎？"

"这——"

"而今京中九品小吏，有二官职，一曰正字、一曰校书，于三十品阶之中，位居二十七八，号曰清贵，也只胜过那些不入流的小吏。欲以科举得之，犹须等地稍高、文学兼优者，尚待'门资'伴衬，汝与某，岂有父荫、祖荫可依？"

门资，是很现实的条件。父祖以上几代任过某一品秩以上的高官，便可以荫及子孙，使能得到任官的资格。这种贵盛之家的后人，多半在少年时代就曾经于宫廷中担任过名义上或实质上的卫官、斋郎、挽郎等，为期六年，进一步取得参选文武官职的资历。所谓："以门资入仕，则先授亲、勋、翊卫，六番随文武简入选例。"现实之中，或有"一字都不识，饮酒肆顽痴"而得受任此官者，也就是所谓"无赖恃恩私"之徒，这，全仰赖朝廷制度的保障使然。

赵蕤接着又道："入流任一小官，更须经历无数迁转；于正字、校书之后，放一中县、下县，作两任县尉、参军，转眼十年也就过去了；倘若以文才见长，加之以时运遭遇不恶，或许入职弘文馆，再沉埋数年，仍不免要出调于某州某府，也还就是参军、别驾，如能勉保处人行事无大过，又是十年。此乃官常，司空见惯。"

"神仙说：'举有道，非常道'不是？"

"'非常道'者，不入官常之道也。"赵蕤在这一刻又流露出灿烂的笑容，"尽管让刺史去作他的表荐文章，我等便是'如如不动'而已。"

"那不是辜负了刺史的一番美意么？"

"刺史乃官常中人，岂能不明白其间的奥妙？"赵蕤道，"一旦表荐，即成就了我辈的名声；我辈设若不就其举，这名声，就更非比寻常了。"

"名声？"

"名声！某今日设施，不外就是赚他一个千里之名耳——"赵蕤神色焕发，对群山如对千众万众，敞襟挥袖，侃侃而谈，"试问：渭滨之望，隆中之对，何尝经过那么些青黄灯卷，笔墨折磨？为圣人师，为天下计，又何尝须要我辈枯心应考，连年守选？——'商山四皓'故事，汝应该是十分熟悉的吧？"

李白点了点头，道声："诺。"

《史记·留侯世家》所载，极为通俗晓畅的一个故事。东园公姓庾，字宣明，居园中，因以为号。夏黄公，姓崔名广，字少通，齐人，隐居夏里，故号夏黄公。甪（音路）里先生，河内轵人，太伯之后，姓周名术，字元道，又号"灞上先生"。号为绮里季的，是四人之中唯一未传姓字者，日后附会之说，谓此公姓吴名实，恐亦无从查其实。

相传此四人为秦七十名博士官之余，通古今，辨然否，典教职。因不忍秦政暴虐，隐居商山，过着"岩居穴处，紫芝疗饥"。汉兴以后，也拒绝了高祖刘邦的征辟，世传曾以《紫芝歌》明志："莫莫高山，深谷逶迤。晔晔紫芝，可以疗饥。唐虞世远，吾将何归？驷马高盖，其忧甚大。富贵之畏人兮，不如贫贱之肆志。"

没多久，高祖欲废吕太子刘盈，立戚夫人之子如意，张良便请商山四皓为太子辅弼，刘邦自然大惑不解，谓："我求访四位老先生多年，诸位总是畏避不见，今天却愿意追随小儿出入，这是什么道理？"四皓应道："陛下轻慢士人，好谩骂，臣等义不受辱，只好逃亡藏匿。窃闻太子仁孝，恭敬爱士，天下人莫不延颈欲为太子死者，所以我们也就来了。"刘邦于是便指着这四个老人，示意戚夫人："而今我就算想要另立储君，却有这四人辅之助之，看来太子羽翼已成，难以撼摇了！"

李白对这掌故并不陌生，可是却不明白赵蕤此时借言此典的用意，正待要问，赵蕤已继续说下去："刘盈即位，亦非明君，何故？四皓耄耋矣、昏聩矣，其识人之不明如此，堪见也就是浪得虚名而已；以浪得之名而受顾命之责，是留侯不肯自己放手作；留侯不自为，乃付之于四昏聩老人，是留侯早知刘盈之不可辅、不能弼、不成材。明知其不可辅、不能弼、不成材，却又假手于人，如何有据？"

李白也给这一问问住了，只得摇了摇头。

赵蕤像是早知他答不出来，迳自接道："寄托天命国祚于四皓，便只因四皓有天下名，可以孚天下人之所望。然则，容某再问：这天下名，究竟从何而来？道理也很简单，从高祖求之不得而来。于是可知：这名之为物，本有一理；求之而得，尽管名噪一时，未几或败；求之而不得，则声价不坠，历久弥新。如此，汝子明白也未？"

"难道这就是'使有名，非常名'么？"

"然！"赵蕤道，"若刺史一举而应之，汝便得一小官，穷守三数十年，犹不免赍志以殁；若举而不应，汝便乘名直放天下四方，万里京国！"

## 三四　手携金策踏云梯

　　赵蕤的预言一点没有夸张。就在李颙一行人离去未几，道途之上就已风传起来，说是大、小二匡山术士施展神通，引来凤凰、大鹏还有孔雀，其兆大吉。而刺史也据此上表奏闻。依照往例，朝中必有封赏。闲话里，每每提及赵蕤和李白的姓名。过不了几个月，大明寺的慈元和尚便来了。

　　慈元赶了辆驴车，带来李客转托交付的衣物、米谷和大批油盐茶酱之属，还有一封简札，和几句要紧的口信——口信不外就是吩咐李白专志读书，上进不懈。简札则是要言不繁地嘱托赵蕤一件事——李白读书向道，皆是本分。不过，如果行有余力，实在应该让他能够"放迹江湖，磨砺行脚，以图自树立耳"。

　　这一份居心，赵蕤当然明白，李客自己是千里万里胡尘汉水走闯出身，长幼二子也早就及时立业；唯独这李白行将弱冠之年，好容易不再游手好闲，可是看来还不能通晓世事，练达人情；这一层忧虑，委实与日俱增。

　　月娘从赵蕤手中接过信，顺口问了句："每年开春，李客都要往三峡随船浮江东行，今岁却不见行踪？"

　　慈元稽首合什，垂眉低脸，一言不答。

　　赵蕤则赶紧招呼李白将车上粮货卸了；见他走远，才低声问道："李客呢？"

　　"官司事了，"慈元低声道，"便下三峡去了。"

　　月娘仍旧大惑不解，作状要追问，赵蕤抬手止住，又低声对慈元道："昌明市上传闻若何？"

"都说刺史上了表荐，"慈元犹豫了片刻，才道，"遂不便来。"

"亏他心思细密。的确，不来的好。"赵蕤点着头，可是一转眼，便沉下了脸色，道："只这岁月迁延，某还真不敢说：他父子几时能复相见呢？"

月娘问："天伦至亲，有何不可相见？"

"贾人之子，倘若传扬开来，日后如何取清要之官？"赵蕤说着，又转向慈元，道："然则，李客行前还说了什么？"

"只道今秋回不得乡，盼能于来秋与檀越一会。"一面说着，慈元一面从海青大袖中摸出一卷扎缚停当的文书，捧付赵蕤："这些都是李施主多年间往来成都经营所得，合是为李郎具备的盘缠。"

"是契券？"

"是'无尽财'，敬奉檀越转呈李郎。"慈元道，"李施主还说：倘若李郎此行尚有敷余，便请檀越收取了，以为薪水之资。"


隋唐以降，佛门的福田思想已经逐渐发展成熟，以为寺院资产之恢弘，即是菩萨行之践履。所谓"无尽财"，便成为大唐立国前后日益普遍的一种观念和教条了。《释氏要览·寺院长生钱》有云："律云无尽财，盖子母辗转无尽故。"这是将佛法广大与万物无尽藏相互认证、相互诠解，以为佛寺资产必须经由不断的布施，以供养佛、法、僧、众生，日日常不断。

所谓布施，其事浅明。由于寺庙本身拥有资产，出借于穷困、急难或是缺乏生产之资的百姓，有时只是为了助人度过饘粥不继的生活难关，有时则帮助了小家小户得以务农、习艺甚至经商。缘借贷而收取微息，便是所谓的"子母相生"了。

然而所求者众，方便之门无时不开，总有遇事周转的需要。有的僧侣也愿意拿出私蓄来发展无尽财，其中自然不免有以慈悲发心者，也少不了借着这手段累积一些个人财富，而未必归于丛林常住者。无论动机若何，一旦寺庙穷于应付借贷方无边无际的需索，便得求助于家资雄厚的施主。从施主的立场而言，能够帮得上寺院的忙，接济穷困，深广福田，讨诸天神佛的欢喜，也是值得称道的情怀——更何况其中仍有微利可图。

　　慈元和李客所缔结的友情，便有了这一层通财之谊。不过，这仅仅是浮光一面，其底蕴尚与大明寺的来历有关。

　　绵州大明寺原本是一个独立的丛林，施行子孙继承之制；建寺以来，原先都是由本寺僧徒中择贤担任住持。不过，大明寺所奉《像法决疑经》并不常见。本经叙述佛陀入灭一千年后的佛法衰变之相，主旨在于劝导僧俗众生"修布施大悲之行"。由于从来不知此经译者之名，而被视为"伪妄乱真"，开宗数代，声闻不彰。

　　因此，寺僧群聚商议，丛林应改弦更张，由本寺徒僧先向十方传法寺院请法，接受法印。之后，复于本寺子孙徒众中遴选耳目聪慧、知见高明、德业贤能者嗣法主持。之所以如此，除了开拓本寺修业之外，也使大明寺有了向外传法的资格。

　　《像法决疑经》之所传，带有某种坚决的理念，一言以蔽之曰："义。"经文大旨，就是劝人将一切众生视同自己的父母、妻子、兄弟、姊妹等亲眷，因为这样一个家族之间本来具有相互照拂、看顾的义务。而这"义"字，又本有相反两重意涵——其一曰"宜"，凡事之恰切合理而正当，无庸置疑；其二曰"假"，于是俗有"义父"、"义兄"之称，也就反证了这个字的第一义——说的正是"以假为真"——这是一种要把原本非亲非故者视同亲故的感情能力。此义，又与一个一百多年之前、由佛教俗家信徒结成的信仰团体密切相关。

李客与慈元的通财之谊，还要从这个有些年月的秘密组织说起。


# 三五　贤人有素业


话说昔年外号人称"射雕手"、"落雕都督"的斛律光，虽然曾经为北魏高欢、高澄父子所信用拔擢，却在晚年遭到高澄之侄高纬——也就是北齐后主——的疑忌，派力士刘桃枝将他袭杀于凉风堂。

斛律光尚未遇害之前，家室烜赫，当代无可与比肩者。他的弟弟斛律羡，以及斛律羡的两个儿子斛律世达、斛律世迁，这父子三人在斛律家族被诛灭之前，一直掌握着一个秘密的组织，长达一二十年；由于后世对此所知不多，也只能猜测。斛律家族最后存活的七年之间——也就是斛律羡担任幽、安、平、南、北营、东燕等六州军事都督的期间，曾经相当频繁地资助并声援了这个秘密组织的工作。

这个组织没有其他名称，就叫做"义"，而且就连这个"义"字，也不是组织中人用以自呼或互称的。

李白出生之前的一百六十年，高欢奉孝静帝于邺城之后，北魏分裂为东魏、西魏二局，江山残破，收拾艰难。尤其是北方各个据地自雄的军阀连年征战之余，遍地皆是无人收葬的腐尸枯骨，绵延数十百里，行者怵目惊心。

当是时，有一个颇富赀财、名叫王兴国的佛教俗家信徒，基于不忍之心，率同了十个乡人，将战场上残留的辎重大车修缮如初，沿着涿水两岸逐一捡取无名的枯骨，聚埋成大冢。也由于不能确认死者的身份里籍，便一律视同本乡父老子弟，称之为"乡葬"。

此一义举源自于十一义人，纯粹本乎释氏慈悲的襟怀，实在没有其他的动机。善行却招致了意外的发展。许多失去家人的百姓宁可相信自家失散的亡者都已经入于大冢，得到安息，于是闻风而来，到乡葬墓所前祭拜。

于死者，王兴国已然动容戚心；于生者，更不能拂衣袖手。一见来者都赤贫无可聊赖，王兴国便又发起诸邻里亲友，为这些跋涉而来的陌生人埋锅造饭，供应浆水，且不索酬值；只说这饮食是基于佛道之义，故为之"义食"。"义"这个字，恰是在这一时代背景之下，才开始具有众人集资、地方公益以及慈善事业的语意。

十方来者泰半受到乡葬、义食的感召，盘桓不忍遽去，但是伫留当地，却仍然缺乏衣食之资，反而不免忍饥受冻以至于憔悴病苦。同时，在附近瀛州、冀州、幽州等战事仍然胶着之地，尚不断地涌来大批难民，他们都是听见道途传言，以为乡葬之地可以托身寄命，想要来此度过此一时的灾劫。

流离之势既不可挡，王兴国则处于善门难开、善门难闭的窘境，就算是金山银山的累积也未必能够支应。除了想尽办法贡献一己的家产，还须四处拜谒所结识往来的富人，广为化募。这时，有人给出了主意，谓："欲开布施之门，须邀豪贵之家；欲邀豪贵之家，须博高尚之名。"这话的用意虽然不见得纯厚，但是点出了一个事实：豪贵之家维系于高尚之名，而高尚之名还倚赖能传扬周知的布施。

东魏孝静帝武定二年，经由当地——范阳郡——首屈一指的高门大户卢文翼所绍荐，请来当世知名的高僧昙遵，亲自到乡葬义食之地弘法。这时，大冢旁已经粗建起宽达数十架、深可十多间的"义堂"，日夜前来就食的人何啻千百之数？昙遵一眼看见，不觉为之感动而泣下；这一泣，犹如佛泣，也感动了所有的人，以及日后将要闻知这一盛况的人。

昙遵师承于地论派、四分律宗的宗师慧光，慧光授《十地经论》之根据地即在邺都，传人极夥，影响至巨；日后的华严宗和律宗也从此一谱系而展开。从佛教史上看，昙遵在宗法教说上或恐不及其师之化移广远，但是在对"义"这个慈善组织的长久声援和支持，则为他奠定了不容磨灭的地位。他当下裁示随行的五十多名弟子，将乡葬、义食、义堂的布施广为宣扬，到处劝化。此外——可以说全然出乎卢文翼等人之所预期；昙遵竟然在范阳郡驻迹五年，并派遣两个堪称富室的俗家弟子冯昆、路和仁，拓殖经营，开设"义坊"，供应"义诊"。

也就在这一段期间，昙遵和他的弟子便于宣讲佛法之际，时时将"义"与"福"牵连成一体，所运用的，是一部《像法决疑经》。

有说佛灭五百年为正法时期，此后一千年为像法时期，再后一万年为末法时期。纷纭其观，说亦不同，有改五百为一千者，亦有改一千为五百者。总之，佛灭渡之后，法仪未改，有教有行，有证得果位者，称为"正法"。像者，似也，法仪不行，随而无证果，但仍有教有行，唯与佛法行相似，称为像法。至于"末"者，微也，但有教而无行，更无证果，称为"末法"。《像法决疑经》就是在佛灭之后千年应运而生的一部佛经。

在《像法决疑经》里，不断叙述常施菩萨向释迦牟尼佛请示：

在"像法时期",何种福德为首要？佛祖所再三开示者，乃以布施贫穷孤老为要务：

> 善男子，若复有人，多饶财物，独行布施，从生至老；不如复有众多人众，不同贫富贵贱，若道若俗，共相劝他，各出少财，聚集一处，随宜布施贫穷孤老恶疾重病困厄之人，其福甚大。假使布施，念念之中施功常生无有穷尽，独行布施其福甚少。

这就是把"布施"和"聚集"绾合为一的论见。甚至隐隐然有"独行不善"的讽喻之意。

不但如此，济苦救贫也终将显现"福田"所涵括之事究竟几何。除了施衣布食、兴造坟冢，人之孤贫堪济之务多矣，大难来时，"道长食尽，苦口焦唇"，至少要能供应旅人解一时涸渴；那么，凿井以奉茶水也是福田之一端。天南地北，相望不能及；那么，修建桥梁以利往来也是福田之一端。酷暑逼人，每有一经曝晒便瘐毙于荒野者；那么，种树成荫自然也堪为福田之一端了。

由昙遵亲自率领躬行的善行，对于俗家广众而言，大约便可以名之为"营构义福"的事业。

冯昆于此后十三年一直留守范阳，日夜勤劬奉献，抚辑流亡，发展人丁家户，直到北齐篡东魏之政以后，病故于武成帝天保八年。昙遵和路和仁则在一度应武成帝征召入京奉职一年多之后，坚辞官事，回到范阳。他们持续着从乡葬而发展出来的"营构义福"，可以说在"佛法之义"——也就是"道义"——的基础上，为孤苦寒弱的百姓重新建立了一个人伦环境，所谓"设供集僧，情同亲里，于是乎人伦哀酸，禽鸟悲咽。有兹善信，仁沾枯朽，义等妻孥，恩同父母"，形成空前广大的感动。

不料，这却为整个以乡葬义食为核心的慈善事业带来诡谲的变量。

一如前述，从东魏嬗及北齐之间，斛律光家族曾因累世军功而贵显无伦；再加上与皇室联姻的缘故，声势几可与皇室并驾，这是很难免于疑忌的一种处境。当斛律羡和他的两个儿子也基于佛教信仰而大量捐献，以"营构义福"之事一旦为皇室得知，便引起了广泛的遐想和阴苛的猜测——斛律家族如此耗资散财，广结黎庶，他们究竟想在范阳作什么？

斛律光的女儿是北齐后帝高纬的皇后，儿子则娶了当时的公主，世传彼时北周大将韦孝宽谩造谣歌，称："百升飞上天，明月照长安。"——"百升"即暗喻一"斛"字，"明月"则是斛律光的号，这十个字的歌诀意旨相当鲜明，就是说斛律光已经和长安的北周政权暗通款曲，即将谋取天下。

然而徒谣曲不足以为据，真正令高纬痛下杀手的传闻是：斛律光和他的两个儿子已经在范阳整顿民夫，编装部曲，号称"义福"，欲合六州军民，一举而下邺城。高纬于是将斛律光招入凉风堂中，拉杀了时年五十八岁的落雕都督，诏称斛律一家谋反，尽灭其族。

"义福"之作为一个叛乱部队，原本是子虚乌有之事。昙遵名望崇隆，高纬亦不敢擅加诬罔。但是为了昭显在范阳的所作所为，俱属大慈无私，昙遵再度去至邺下，请谒至尊，随即奉诏而出，不多久，昙遵便生了病，"坐诵《维摩》、《胜鬘》，卷了命终，卒于邺下，时年八十有五"。

经此霹雳当头的一击，与昙遵较为亲近的五十弟子之中，有的不免灰颓丧志，而那些曾经蒙"义"之恩、受"福"之惠的人，容或惴惴不安，也奋起了同仇敌忾之情。然而，慈悲之广大确乎能超脱生死、是非、成败、得失与夫荣辱；这般愤慨的情绪，很快地便在僧人们的主持之下平静了。他们知道、也相信："义福"不是虚设之词，"营构义福"若真要发展为一个更强大的团体，也并非不可能之事。

昙遵的弟子之中有多半从此离开范阳，他们原先是拥有义堂、义坊的布施者，事之后却成为云水天涯接受布施的人。然而，恢复宗派、光大教义、"以道为福田"的思想传承从未中断。相反地，在艰困卓绝的行脚生涯里，更多的善男信女受到他们修行的感召，而投入了自苦为极的布施行列。

最初的这一批僧人没有特立名目，只是约定以吃苦、忍辱为宗旨，每天只进一餐由乞讨得来的饭食，且恪守不向寺院求乞的法则。他们在道途间，遇见了任何男女，皆施以揖拜之礼。由于不能拥有私财，若受了一日一餐以外的布施，便要返还众生。

与其他僧俗广众更不相同的是，一旦去世，连尸体都不能入棺椁、成殡葬。为了不妨碍观瞻，必须将肉身弃置于森林之中，以为鸟兽之饲养，号之曰"即身布施"。

这一代的僧侣很快地吸引了、也启蒙了原本穷困无依而激切善感的青年、少年，常常起而追随他们行脚四方，虽然也还就是过着有如丐者一般的生活，却备受士商黎庶的尊重。渐渐地，他们也由于反复谈辩、议论，而开展出类似教义的纲领；除了一日一食、即身布施之外，还反对念佛三昧，主张不念阿弥陀佛，只念地藏菩萨。以为一切佛都是泥塑之像，不必礼敬；而真正的佛，就是众生。

而北齐、北周与南朝对峙的时代也兵疲马困地落幕了。隋文帝杨坚统一天下，就在此时，一个曾经在相州法藏寺出家、法号"信行"的僧人，忽然在该寺"舍具足戒"；也就是公然宣告不再遵守加入僧团时所誓守的戒律。

信行的用意，并不是还俗，而是更进一步地宣扬、实践种种亲服劳役、节衣缩食和济贫救苦的职志，所谓："修道立行，宜以济度为先；独善其身，非所闻也"、"愿施无尽，日日不断"。这个信行僧，正是生小受到从范阳流亡天下的僧人影响极大的人物。

"无尽藏"也就是从这里发轫的。虽然信行本人体弱多病，不能永寿，在五十四岁上就圆寂了。但是他舍戒之后反而形成了更广大深刻的感动，他创立"三阶教"，并兴建化度、光明、慈门、慧日、宏善等寺，显然也都是当年由昙遵及其五十弟子所启发、传衍的"营构义福"之亲切实践。

"三阶教"依时、处、人三者而立其宗。所谓的"时"，也就是指佛灭后的正、像、末三个时代而言。所谓的"处"，也就是指业报所在，分净土、秽土与戒见俱破的众生世界。所谓的"人"，则是因"根机"不同，而划分的"一乘"，包括持戒正见与破戒不破见两种；"三乘"，包括戒见俱不破和破见不破戒两种，以及"世间根机"——为戒见俱破的世间颠倒众生。

关于"人"的这些论理，都相应于"三时"而成立。信行认为：他所处身的这个时代，已经是第三阶的末法时代，善根普灭，正见不存。纵使研读佛经，辗转注释，也无济于僧俗两界。反而由于各持经义，别持偏见，因是因彼，乃生爱憎之心而各执一端；一旦言辩，不免谤法。

所以，不论为了弘扬佛法，还是为了拯救知见，唯有力行布施，才是唯一的正道。缘布施而建立寺院，寺院便成为"无尽藏"，必须经营将本出息、子母相生的"无尽财"；这与先前的任何宗派以寺院为诵经礼佛之窟的见解，可以说全然不同。这就引起了许多寺院僧团的不满。

而从信行圆寂六年之后的开皇二十年起——也就是李白出生前的一百零一年直到李白出生前两年——的整整一世纪之间，三阶教数度被隋、唐两朝官方宣布为异端，敕令禁行，或是明令指责其经籍违背佛意，将之"尽送礼部集中，作伪经符录论处"，下场不外是焚毁。此后，这个教派的文字论述可以说就沦亡大半了。不过，在现实生活上受布施而勉强活命、而维持生计者，依旧于感恩戴德之余，奉之不移。

朝廷之所以严厉控制三阶教，除了因为其他自居正信正见的僧团围剿之外，也不免忧心这样一个看似无所求报的组织会掩翳了天荫皇恩，而不能不予以遏阻。但是，对于三阶教"无尽藏"之提倡布施，积聚财物，却又显然有不得不倚赖其分责分忧的苦衷。换言之：当局所无力为之的救济事业，又委实需要有人代劳。

三阶教，便在这样一个政教的夹缝之中，继续传承着"营构义福"的慈悲事业。而大明寺，正是"无尽藏"的一个传灯之地。

# 三六　岂是顾千金

大明寺初建于东魏昙遵再传弟子之手，奉《像法决疑经》，但是于贞观年间由原先的子孙继承之制改向十方传法寺院请法，接受

162

法印，缘此而得一名僧，成为住持。此僧俗家姓史，是犍为武阳人，在益州严远寺剃度，法名道会。

由于"蜀门小狭，闻见非广，乃入京询访，经十余年，经论史籍博究宗领"，道会最后来到长安，入三阶教的创始者信行所兴立的化度寺修业。这段因缘，使得他日后深造回蜀，一心想要大开义福之教，导引后锐。

方此之前，隋、唐易代之初，唐高祖李渊深知：蜀地不平，天下不安；天下既定，蜀地亦不能纵令自完。遂兴开发蜀地之念，敕命詹俊、李衮为军帅，即将展开对地方上前朝残余势力的清剿。

为了不使故乡遭致兵燹之祸，道会立刻上疏，提出了一个空前的看法，希望皇帝能不以军事行动为务；而他愿意一马当先，用宣扬佛法的手段，为新成立的王朝作一绥靖地方的先锋："会请躬率徒隶，振锡启途；折简宣威，开怀纳款。军无矢石之劳，主有待成之逸。此亦一时之利也；惟公图之。"

他的观点非常奇特，加之以文章优美，词采华丽，本来极可能打动天听，可是上疏之文却为派驻在蜀地的安抚使淹留不发，这一番借佛法安人心的宏图壮志也就迁延下来。

道会潜心释氏，却力持十分激进的想法，曾有"天下改观（按：即道观）为寺"的论调。在不断努力奉道教为国教的李唐王朝治下，试图将道教势力全面清除，显然是不合时宜的。当时因弘扬佛法言语激烈而招嫉受谤的案件很多，不少犯了忌讳的僧人还因之而下狱、革除僧籍，道会也曾经被牵连下狱。"遂被拘执，身虽在狱，言笑如常，为诸在狱讲释经论。"事实上，在极端困顿的情况之下，还能谈笑弘法的，不只道会一人，另外还有十多个同他一起被囚的僧侣，他们经春至冬，人人"衣服褴褛，不胜寒酷"，可见惨苦。

也因为实在不胜寒酷，他在狱中曾经向化度寺求助，写了一封骈四俪六、情词并茂的书信，有这样的一段堪称经典的文字：

自如来潜影西国，千有余年；正法东流，五百许载。虽复赤髭青眼，大开方便之门；白脚漆身，广示归依之路。犹未出于苦海；尚陆沉于险道。况五众名僧，四禅教首，头陀聚落，唯事一餐；宴坐林中，但披三纳。加以无缘之慈想，升锤以代鸽；履不轻之行，思振锡以避虫。今有精勤法子，清净沙门，横被囚拘，实非其罪。遂使重关早落，睹狱吏而魂飞；清室晚开，见刑官而思尽。严风旦洒，穿襟与中露俱飘；繁霜夜零，寒心与死灰同殪。若竟不免沟壑，抑亦仁者所耻。

这封信一向乏人重视，但是，它却堪称为"无尽藏"事业历史的一宗重要文献。书达未几，化度寺便派人到狱中送来了足以御寒的皮裘和鞋袜。三阶教僧团还运用朝中大臣信徒的力量，随即开释了道会，放之归蜀。此后，道会即在大明寺住持。

当道会离开京师的时候，三辅名僧，华盖萃集，车驾数以百计，簇拥塞途，齐送高僧出城门。道会即席赋《与诸远僧别》诗：

去住俱为客，分悲损性情。共作无期别，时能访死生。

当下不问道俗，闻者皆为之堕泪，其胸怀器识之动人如此。

道会于贞观末年圆寂，得年七十。生前对于三阶教"无尽藏"在蜀地的发展，贡献极深；可想而知，当初凄寒极甚之时，狱中一裘一鞋之助，其犹雪中送炭。尔后大明寺之放贷济贫，也可以从那一封"若竟不免沟壑，抑亦仁者所耻"的情怀上窥见端倪。

僧尼放贷，早有传统。史册明载：北魏尚未分裂之前的世宗永平二年，即有沙门统（总理天下寺庙之僧官）法号惠深者上奏："比来僧尼，或因三宝，出贷私财。""无尽藏"将本取息，母子相生财富的确是不断累积的。这一份资产平素分为三份，一份给全国修理寺塔，一份施天下贫穷老病，一份由僧团自由支配。不过，惠深上奏的寥寥数语仍旧显示了"无尽藏"的好几重意义。

其一，僧尼的确可以拥有自己的财产。

其二，僧尼可以为了恢弘佛、法、僧三宝在世间的影响而出贷财物，其间即使有些许微薄的获利，未必归于"常住"，也不会受到指责。

其三，从相对的借方言之：由于普遍的困穷，入不敷出、寅吃卯粮是绝大多数百姓的生存景况，凡有家户者，几乎无不仰赖一时借贷，遂使薄有资产者也能稍事放贷取利。

其四，不向官方或民间富家巨贾求助，而向寺院僧尼举债，则显示无论借贷是否附带质押条件，请方外人解燃眉之急，的确是"方便门"。

三阶教初期以"无尽藏"为布施之本、营构义福，更不为求利，要求借方偿还少许利息，不过是希望福田渐广。这一时期的三阶教僧众不但自奉甚俭，衣食窘涩，极为困苦，且不能为主流僧团所同情，处境堪说十分艰难。这就使得想要速毕其功者也慢慢走上了累积资产的手段——由于受惠者众，多有一时受助而略得发迹变泰者也回头投入了营构义福之事。在当时，有一个专有的语词来形容这些援助三阶教僧人的财主："钵底"。

梵语"陀那钵底"。"陀那"是"施","钵底"是"主"。取陀字音转为"檀",复取义"超升度越"之"越",故"施主"又名"檀越"。《增一阿含经·护心品》称:"观檀越主,能成人戒闻三昧智慧,诸比丘多所饶益,于三宝中无所罣碍。能施卿等衣被、饮食、床榻、卧具、病瘦医药,是故诸比丘当有慈心于檀越所,小恩常不忘,况复大者。"

由此可知,所施舍的不一定是金钱,也可以是任何堪为日用之物。

"钵底"二字,也有一种反客为主的假设——这些隐身在僧众背后出资的人,无论动机是报恩、种福、行善或者分润微利,都可以称之为丛林放贷事业的资主——说得更深刻一点,也就是寺院的东家。

李客便是藏身于大明寺佛身影翳之下的一个"钵底"。


# 三七　以此功德海


关于李客,李白几乎绝口不言。世论多以父子不甚亲近而奇之,或者以为这是诗人特立独行而不同于流俗的情感形式。其实并非如此。李白之于父亲,实有不得不隐之、讳之的苦衷。

李客嘱托慈元转交钱粮书信,以及作为李白出游各地川资的契券,以俾历练世情,这趟旅程,可以说是李白开始认识父亲的起点。这一年李白初满二十岁,三十五年之后,他偶然地写下了一首诗:

青莲居士谪仙人，酒肆藏名三十春。湖州司马何须问，金粟如来是后身。

这首《答湖州迦叶司马问白是何人》是七绝，写于至德元载，也就是李白五十五岁的那一年，当时正值安史之乱初起数月，安禄山已盘据洛阳，称"大燕皇帝"。李白避地剡中，道经湖州，为了答复湖州司马韦景先所提的一个问题"汝竟是何人耶？"所作。

韦景先与李白是旧识，还会刻意作陌生惊奇之态，问这样一个其实无须回答的问题，纯粹是出于对李白诗才风趣的赞叹。而在这一问、一答之后未几，韦景先便因病过世；李白写这首诗的时候不可能知道，他此生也只剩下六年的岁月，而且他也由于穷途潦倒，深恨知遇艰难的感慨，即将犯下此生最严重的一个错误。

趑趄于生涯尽头，一旦被问及："汝竟是何人耶？"一个流离颠沛了五十多年，犹自满眼风尘、寄人篱下的诗人，即令仍惯然故作洒脱，仍不免透露心上磨痕。

当时两人都喝醉了，李白借由诗中佛经典故回答了"我是谁"这个令人一生一世都不得不面对、也可能一生一世都答不出来的疑问。尽管提问者或可能只是在表达对诗人之天资秉赋难以置信的叹服，李白还是逃避了问题的核心："我是谁？"而漫应之以"金粟如来"之后身。

《维摩经·会疏三》："今净名，或云金粟如来，已得上寂灭忍。"在《昭明文选》的注者李善所撰之《头陀寺碑》注复引《发迹经》说："净名大士，是往古金粟如来。"

李白所自诩的"净名大士"，也就是维摩诘居士。维摩诘居士来到娑婆世界，化身为在家居士，以助释迦牟尼弘扬佛法。据较早的传闻，谓维摩诘居于印度恒河北之毗舍离城，妻子名唤无垢（也就是"净名"之意），其子女分别命名善思，以及月上。

维摩诘居士之家财无数，这一点，深刻地呼应了北魏"营构义福"思想以降，僧俗两界的集体渴望。布施者尽管发展出早期三阶教那种一日一食、余粮余财皆付布施的行止。在另一方面，布施者也会令人感念之余，联想到富可敌国的维摩诘居士散无尽财救助贫民、布施僧侣的修为。

此外，维摩诘居士还有一个特性，也与初期三阶教僧侣极为相似，那就是不执泥于"当下"以及"外显"之相，而能平视王侯奴婢，直以众生为佛，而善待之、礼敬之。据说他雄辩无碍，妙语缤纷，为了度化众生，说法的对象不分神魔仙凡，也不畏亲贵豪门，不避外道，不弃污秽。

在庸众心目之中，维摩诘居士就是财神。而李白的确以"千金散尽还复来"的生命实践代李客奉行了菩萨道。这要越过三十六年光阴，从韦景先死后，李白为他的遗孀所写的一篇文字《金银泥画西方净土变相赞》说起。

在佛教的历史上，王舍城是一座名城，释迦牟尼佛修行之地。向北不过二十里，即那烂陀寺，四面环山，经呼"灵山"，东山距城不过一箭之遥，是名灵鹫山，佛祖曾经在此讲述无数经典——包括非常知名的摩诃般若波罗蜜多心经。佛灭之后，弟子们首度群集之地，亦在此。奚山，则有温泉，佛浴于此，相传水中有灵，于百病皆有疗效。

在更古老的时代，王舍城为摩揭陀国的国都，分旧城与新城两域。旧城焚毁后，国王阿阇世建新都宫于此，栋宇豪华，文饰缛丽，人称但能为王者之居，遂命名曰"王舍城"。日后阿阇世王复迁都波咤厘，王舍城便逐渐荒废了。

阿阇世王一代明君，身世也非比寻常。

话说摩揭陀老王频婆娑罗年迈无子，深恐江山基业，无人继承，日益忧心。有日忽然传语于市井之间，谓：城东山中有一位道术不凡、具备前知之能的修行者。这修行者曾经在无意间向人透露，说自己死后将前往宫中投胎——那，就是国王之子了。

频婆娑罗王望子心切，就派侍卫去断绝了修行者的饮食，还不能惬意，又一不做、二不休，再派亲信去结果了那修行人。修行人死后，王后韦提悉果然怀了孕，生下了王子，取名阿阇世。国王杀了修行者，恶灵不能罢休，立誓他日必害父母，以报杀身之仇。

阿阇世出生，频婆娑罗王也心虚未已，又怕真有恶灵报复，还居然动了先下手为强的念头。幸亏韦提悉后温言婉劝，晓以大义，才让频婆娑罗罢手。然而无论如何，阿阇世王便是在这样一个危疑险厄的环境之中长大成人的。


阿阇世王的身世也与佛教早期历史中的提婆达多事件有关。提婆达多是释迦牟尼的堂兄弟，后因为异议而离去，另外成立教团。

在不同宣教目的的经典与传说中，提婆达多的形象、评价很是不同。《释迦谱》称其"四月七日食时生，身长一丈五尺四寸"、"大姓出家，聪明，有大神力，颜貌端正"；《妙法莲华经》谓之犯五逆之律；《十诵律》则谓其"出家做比丘，十二年中善心修行：读经、诵经、问疑、受法、坐禅。尔时佛所说法，悉皆受持"；《出曜经》称其"坐禅入定，心不移易，诵佛经六万"；可见其博学精进，且变貌多端。

提婆达多以其聪明、博闻、禅定、戒行精进，复有神通而深受王子阿阇世的礼敬，于王舍城极受敬仰，自认与佛陀同"姓瞿昙生释家"，而欲向佛"索众"。勉强取解释，是说他以僧众为资产而要求分家。佛陀则认为：舍利弗智慧第一，目犍连神通第一，都未付之以摄教众僧之责，何况提婆达多"啖唾痴人"——这令提婆达多常怀怅憾，耿耿于怀。也为了取代世尊之地位，提婆达多时现神通，令摩揭陀王子阿阇世信服。不徒此也，提婆达多又教唆太子取频婆娑罗而代之；阿阇世遂因禁了父亲，下令不给饮食，必欲使之病死而后已；阿阇世也因此得取了王位。

频婆娑罗王的夫人韦提悉后不能力抗此局，只好暗中服事。她澡浴清净，以酥蜜、麦粉与葡萄浆，奉食频婆娑罗王，频婆娑罗王进食之后，体力逐渐恢复，合掌向耆阇崛山遥遥礼拜释迦牟尼佛，求大目犍连授八戒。世尊除了遣大目犍连尊者以外，又遣富楼那尊者为王说法。经过了整整二十一天，阿阇世王忽然睁目回头，问守门者："我父，尚健在否？"

这原本是一个儿子发忏悔罪的征候；也是前世恶灵放下仇心的机缘。然而阿阇世王一旦听说是韦提悉后奉食频婆娑罗王，而使之得以延命的曲折内情之后，杀心又炽烈起来，并迁怒于母亲，登时怒加幽禁。韦提悉后也只得再一次透过祷祝，向当时还在耆阇崛山的释迦牟尼念请求助。

世尊遂与目犍连、阿难两位尊者亲自来到王宫之中，而韦提悉后灰心已极，不愿再置身于婆婆世界，佛示现十方佛刹样貌，而韦提悉后选择的，却是西方极乐世界："唯愿世尊为我广说无忧恼处，我当往生，不乐阎浮提浊恶世也。"

韦提悉后可以说是在情感上一无所有之后放弃了生命。临行时，她留下了绝望的大悲之叹发起佛广说《观无量寿佛经》。后世所传的诸多西方净土变相画，都绘制了这个残酷、悲哀、但是仍于凄凉至极之地鼓舞着众生向善的故事——

带来生命之人，竟也是取走生命之人；取走生命之人，竟也是带来生命之人。以此为变喻，则见出万事万物相生相害、因离因合，这正是阎浮提世界的本质；也是七情六欲得以上演之境域。唯于生死大别之际，才能催动旁观者略识浮相。

“西方净土变相”便常以这阿阇世王与父母之间的爱恨情仇为题，连墙绘饰，以为警世之教。其间用金银泥画者，别是一种功课。那是用箔金为地，于七彩髹漆山川、人物、宫室、花鸟、鬼神、禽兽形象之外，涂以银质画线，作为荐献神明，保佑亡者之灵的一种奉祀之物：“以伉俪大义，希拯拔于幽途；父子恩深，用薰修于景福。”此处的“薰修”，也出于佛家的解释：譬如烧香薰染衣物，香灰飞灭，香气着衣。不能说这香还存在，因为香体已经化为空无；但是也不能说它不存在，因为香气毕竟还留在衣服上。

李白五十五岁那年，在湖州与韦景先大醉当夜，写下“湖州司马何须问，金粟如来是后身”之句。当下，两人还噱笑订约：作为金粟如来的后身，李白自得信守维摩诘居士的行径，于韦景先致仕归林之后，开福德方便之门，融通银两，作伙经营酒楼。说来有如玩笑，可是韦景先与李白的醉中辞气，都极为认真。不出数日，他和妻子宗氏在逆旅中便接到衙署中差役挞户报闻，传话的是韦司马的夫人秦氏，口信只有两句：“司马疾笃，恐不治。”

原来自从那一回纵饮大醉之后，韦景先即病酒不起。这原本也是贪杯之人的家常，宿醉未解，贪睡一两天就恢复了。然而韦景先的病势似乎不轻，无论吃什么，才下咽，随即原样吐了出来。

李白为患者把了脉，只觉脉来圆滑如珠，抖跳不定。问家人就医的情形，秦氏只是饮泣，随侍的苍头则只能约略转述：几个大夫都说是腹中虚寒，开的药煎服之后，也依样呕得满床满几。

李白摇了摇头，道："不是虚寒，这叫'洞风'；是风气于五脏六腑之间随势窜走！"

秦氏闻言但觉不妙，也顾不得防嫌，揭开纱帘便出来了，一脸泪痕地问道："救得转否？"

"古来阳庆子有心法：'安谷者过期，不安谷者不及期。'彼所谓期，不过五日而已。"李白欠身作一长揖，道："看司马吐息和缓，容色不殊，这就是'安谷'之效，平素惯习食粥所致。粥所以充实胃气，才熬过了这些天。如今已满七昼夜，而天地养机有限，不能多所赊贷——就请夫人节哀了。"

李白看着韦景先酡红未褪的容颜，想着的却是多年未曾忆起的赵蕤。


# 三八　匡山种杏田


那是他第一次离开绵州之前的春天，慈元和尚来送书简油粮的那一天傍午，赵蕤兴致出奇的好，将慈元留在子云宅用饭，他检视了一回园中和灶下所有，除了平日餐飧一向少不了的青精饭和水英羹之外，特别吩咐了两道菜；一道叫"端木煎"，另一道叫"椿根馄饨"。赵蕤还捧出原本不知藏于何处的一坛陈酿，与李白对饮。

当日，慈元显得有些不安。虽然布食的几上除了酒是犯戒之物，其余皆为园蔬，揆情按理，不应有所忌讳，他却不大举箸。踟蹰数刻，才涨红了脸，贾勇道："处士乃是道者，不亦有五戒乎？"

"有之，与贵道无异。"赵蕤颔首，不改容色，继续同李白举杯而饮。

慈元沉默了，捱过老半晌，似又不能按耐，复道："贫道犹记，贵教五戒中亦有'不得嗜酒'其一……"

"有之。"赵蕤说时，又满饮一杯。

慈元木讷人，不善与谈者机锋相抗，他的确对赵蕤饮酒之事有着深深的疑惑，可是赵蕤如此实问虚答，他也一时为之语塞，无言以为继。赵蕤则与李白对饮了三数杯之后，忽然将原本另在灶间进食的月娘也唤了来，四人各据方面，凭几围坐。赵蕤才转脸对慈元道："和尚可知某何以奉此'端木煎'为斋食否？"

慈元摇头嗫声答："实不知。"

"'端木煎'，北人呼为'檐卜煎'，乃取新发栀子花之肥而大者，以牛眼沸水滚过，沥干之后，和甘草末，拖面油煎而成。"说着，赵蕤用箸尖轻轻拨了拨菜簋中的栀子花瓣，道："看此花涵润丰实，今春郡内雨水已足，此后二十日，天晴无雨，堪合就道了。"

"就道？"李白和月娘齐声脱口而出。

赵蕤并不答话，从身边几下取出一副尺许长宽的蓑皮包裹，继续对慈元说："至于这椿根馄饨，也须知其所用。椿、樗二物虽然同种，却有薰、莸之别，一香、一臭，各有用处。椿木结体正直，利用全在枝叶；樗木结体屈曲，利用全在根皮。用以为药，两者之利皆在肝。以椿制药，于皮肤毛发有益；以樗制药，于血气阴窍见效。作用于内，可以消除肠风，通畅滞痢，使人安神悦志；作用于外，可以涤净疮疹，消解丁毒，使人好颜媚色。汝须知：修治椿根，以不近西头者为上。采出之后，拌生葱蒸熟半日，锉成如此细末，悬挂屋角南畔阴干，如此经年可用。"

慈元听赵蕤云山雾沼地说了一大套，并不理解日后果然有用处，只唯唯应了几声。

"和尚今岁云水之行颇为频繁，某别无长物可以奉赠，准备几斤椿叶樗根，随汝行李登程。"赵蕤这才顿了顿，转向李白，"我同和尚说的这些，汝可记下了？"

在状似随意的言谈间授受知见，本是赵蕤惯技，李白略不意外，答道："记下了。"

然而令李白大为意外的是赵蕤接下来的话——但见他一举杯，凝眸直视李白，道："饭罢稍事休憩，汝便也收拾行囊，同和尚一道去罢，午末未初就道，昏暮时分差可以到宿头。"

此言一出，月娘也为之一愕，道："遣他去何处？"

赵蕤笑了，回头问慈元："汝欲何往？"

慈元自也是悚然一惊，期期艾艾地咕哝了一句："贫道此行甚远——"

"看得出来。"赵蕤抬手指了指屋檐下的一宗筐篓，"容某一猜；汝可是往西南而去？"

"噫！"慈元心神一颤，原本挛缩的身子不觉挺了挺，道："是——"

"峨眉？汝篓边捆缚的，乃是一泥金髹漆匣轴，其中若非度牒，果系何物？方外人度牒随身，本无异样。可是如此郑重其事，必然是有上寺观光之行。然否？"说罢，赵蕤仍旧微微笑着，再倾一盏，饮尽，又道："峨眉乃佛光道气会集之地，是该去参礼一回的。不过，此行迢递，或恐另有俗务须待和尚料理耶？"

"人称处士是神仙，"慈元抖着唇、颤着声，道，"果不其然！"

"无他——"赵蕤从袖子里摸出李客的那封短简、抖擞开来，逐字念了其中几句："'或同佛子游，亦可相照应，唯蛮瘴逼人，须嘱稍防'。"念罢，赵蕤又对李白道："汝父写信，错字满纸，一片云烟，仅此寥寥数语，便讹写了四五处，某却是看见和尚的那一轴度牒，才参透的。此简原意，是盼你能与和尚同行，却怕蛮瘴之气相侵，惹受无端灾病，嘱汝提防；所以某才为汝等备此椿叶干菜，日夕佐餐，可以防疠疫。"

他并没有将信交付李白，却随手从另一只袖子里摸出了先前那一叠契券，递了过去，并道："我粗粗寓目一过，此物有大用处，契券是有次第的，千万不可颠倒、淆乱了。"

李白一时之间还参不透赵蕤话中玄机，而这一叠从未出现在眼前的契券，显然是和尚所携来，便转眼看了看慈元，慈元竟然抢忙低眉垂脸，像是有什么不便开口的心事。而赵蕤只不理会，仍旧侃侃而谈：

"此去往峨眉，若无他故，一百八十里至汉州，再一百里过益州，复南行二百里便到眉州，前后计程五百里。倘若某推估不误，汝等步行，可得二十天晴明春日，一路寒暖合宜，可缓缓去矣。"

"我——"李白看赵蕤说得兴高采烈，心头之疑却越听越不可解，终于觅着个间隙，问道，"我却去峨眉则甚？"

"无所事。"赵蕤倾身向前，为李白也满引一杯，道："游历而已。"

"到何处？"

"处处是。"

"几时回？"

"回时便知。"赵蕤忽然扬声道："汝客岁诗中不是还说'大道如青天，我独不得出'么？"

如此突如其来地展开一场没有目的、也不知归期的游历，李白有些不知所措，他恍恍惚惚地喝了面前的这一杯酒，道："真不知如何出。"

"出即出矣！但有三事须防。"赵蕤道，"见大人，须防失对；见小人，须防失敬；见病人，须防失业。"

"见大人，须防失对"很容易明白，说的是遇见了衣冠中人，若有酬答的机会，可以尽量施展所长，不要坐失了发挥才学的机会。"见小人，须防失敬"也是耳熟能详的勉励，意思是要他勿因所见者为乡野黎庶，就心存轻鄙。唯独这"见病人，须防失业"，怎么揣摩也不能会通意旨。

赵蕤看他皱眉瞑目的模样，便明白了，当下道："汝随我修道向学，至今也大半年了，日夜操持百工，能熟习农医诸艺，多学益能，本非恶事。不过，汝须知士农工商，各实本行。农与农所能商量的，不过是春耕夏耘、秋收冬藏；工与工所能通款的，不过是机栝精巧，锤砺细密；商与商所能谋划的，不过就是三五六九，加减筹算；士人与士人所能言道的，不过就是诗文歌赋，人伦天理而已。何谓'失业'？便是不与同行言同行，或是与同行不能言同行。古云'失业者贱，得志者贵'，即是此理。"

"然而'见病人，须防失业'之理，实在不明白。"

"以某视之，汝天资颖悟，望闻问切的手段虽然未窥堂奥，却也颇能为人调和水土，燮理阴阳了。遇有不忍其苦的病家，汝若出手诊治，未必不能奏功。"赵蕤接着道："汝或要问：祛疾救人，怎生说'失业者贱'呢？"

李白点点头。

"一旦以医得名，便入浊官之流，从此远离清要，再也不能回头。试问——"赵蕤的声音有些沙哑，像是杂糅着无比的期盼与无奈，"汝果欲以一医得名哉？则何不就昌明市上悬壶去，竟来匡山所学何事？种杏成田乎？"

赵蕤的话是说得重了些，然而他的顾虑却是合乎现实的。赵蕤自己在破天峡一诊成名，远近患者像潮水般涌至，门前车辙马蹄不绝。然而人间疾苦，入目自然关心，不能忍此，只好日复一日地救人，不知伊于胡底。直到有一天，忽然觉得自己还有未竟之志、未践之行，可是年华已经不容许了。

另一方面，医之为术，同于百工。在朝廷制度而言，与天文、监牧、占卜、造酒、舞乐、建筑之官略等，由于需要专门的技艺，这些技艺的传授，又向来不多入士论，总被看成是"方伎之途"，并为"浊流"。这也是唐人无可改变的观念，必将"士职"与"非士职"分流，所谓："士庶清浊，天下所知。"这两句话出自比李白早生一百多年、初唐诗人王绩之口；不过，这只是一整段话里的前一半。

王绩，于隋末出生在一个世代居官的高门大家，幼有夙慧，"八岁读《春秋左传》，日诵十纸"，被视为"神仙童子"。十五岁入京见杨素，惊才绝艳，满堂叹服。以如此出身、积学与遭遇而求官，何职不可得？可是他从年纪很轻的时候就染上了酒瘾，见美醁辄不能自已；宁可放弃诸多简任清要之官的机会，单挑太乐署的"太乐丞"求任——原来是太乐署中有个名叫焦革的府史，很会酿酒。

只为了能就近喝到美酒，王绩宁可"弃清就浊"，所以在"士庶清浊，天下所知"之下，王绩却反其道、逆其理，认为即使天下人都知道清浊有别，真正伟大的贤哲，却不会在乎所居并非清要。于是他接着说服选司："不闻庄周羞居漆园，老聃耻居柱下也。"

选司终于被王绩说动，让他做了太乐丞。可是这酒仙口福不佳，只干了几个月，焦革就死了。是后，焦革的妻子袁氏还继续供应他一年多的美酒，也跟着过世了。王绩乃挂冠求去。太乐丞这个官，的确因为王绩当过的缘故，而位跻清流。可是有唐一代，也只此一例。即以王绩任官的资历来说，他毕生也只担任过这么一任浊官而已。至于医、卜、星、牧等浊流之官，则终不能入清流，其数已定。

赵蕤见机独深，也果然料中了李白在旅途中发生的事。

# 三九　禅室无人开

慈元受李客之托，原以为只是顺道交付什物、信札，不意却寻来了一个伴当。他口虽不言，心里却止不住地懊恼——这一趟峨眉之行，他还有不足为外人道的事要办。多了个李白在身边，他每走一步路，都觉得尴尬。此中曲折，与大明寺之沿革有关。

从道会力行三阶教法义之后，大明寺一时成为巴蜀间旗帜鲜明的一个福地。道会曾因宣教言辩的牵连而蹲过囚牢，深知当世佛法诸宗忌讳，虽不敢鸣钟搋鼓，广肆宣扬。可是唐初天下疲敝，这反而让寺院——尤其是能够兴办福田的寺院——不得不分担济世之责，甚至也因之而分担了天下户口。

太宗贞观年间律令，朝廷应分授天下人户田地，每丁应受三十亩。但是普遍不能足数，即使在江南富庶之区，每户也只能实受五亩、十亩大小。

除了授田不足，还有亩产量少的困境。从陆龟蒙《送小鸡山樵人序》所称"余家大小之口二十，月费米十斛"可以推估，每人日耗粮大约一升又六合，倘若某户实受田四十亩而年产粮四十石，不过果腹而已。以这样困窘的生产，还要应付赋税——唐高祖明令行租庸调制，每丁年纳粟二石，调绢二丈，绵三两。此外，每丁岁服劳役二十天，日折三尺之绢，则为农事而不能应劳役的，还得补缴六丈的绢匹。更不消说：还有地税每亩二升，四十亩地便是八斗，这也还没有算上府、州、县署另行名目以折纳、摊派的税捐。试看，百姓如何能免于贫病冻馁？

欠田难以补实，众口不能充饥，是以人人需要借贷。即使今日向人求助，明日为了翻得微利，或许还宁可将所借来的钱粮绢布转贷于他人。于是可以想见，若在赤畿繁华之地，沿着坊街行过，所见市肆，无不是放贷之主；而如果逐邻里而入，每至一门户辄登堂叩问，大约也无不是赊借之人。

但是，若在赤县、畿县以外，也就是紧、望、上县以下，甚至比较偏远荒僻的中、下县地区，寺庙就成了放贷的渊薮。大明寺所在的绵州正是这样的一个地方；而道会圆寂之后，无巧不巧地，此寺的处境也有了很大的改变。

前曾述及：寺院财富之聚积，营构义福，随缘而散，但是亦因子母相生，成为无尽之藏。此外，大批不得地利而行将辗转沟壑的百姓也涌进了寺庙，成为几乎无须价费的劳力，这反而使得寺院有余力从事更多的产业活动，财富自然继续增长。

从南北朝起，许多人丁为了逃避繁重的徭役，便利用出家为手段，成为寺院所领之民奴。南朝萧梁时，"道人（指僧人）又有白徒，尼则皆畜养女，皆不贯人籍，天下户口，几亡其半。而僧尼多非法，养女皆服罗纨。"不仅逃役、受穷的人争相入寺执役糊口，即使是贵盛之家，也有为了佞佛而为奴的事例。《魏书·裴植传》："其母年逾七十，（入寺）以身为婢，自施三宝。布衣麻菲，手执箕帚，于沙门寺洒扫。"最后还是让子女花费了"布帛数百"赎回，这与南朝梁武帝三度舍身入寺为僧，而由朝臣赎回，是同样的道理。

拥有无尽的奴工劳力，使得佛寺的经济活动更加畅旺。寺院领有的庄园规模与范围也日益增加。由高僧大德所经管的施利钱银滚聚到一定的数量，除了籴粜五谷器用，以扩充借贷品项之外，最多的就是"买庄"、"买园"。也有僧徒能够纯粹凭借一己之力置田兴宅，其中有的还是经由质押而得。


唐初，长安僧慧胄主持清禅寺四十年，能使"九级浮空，重廓远摄，堂殿院宇，众事圆成。所以竹树森繁，园圃周绕过，水陆庄田，食廪碾硙，库藏盈满，莫匪由焉。京师殷有，无过此寺"。又有因虔诚信仰而捐献的金银，让大笔的钱财滚裹增加，这也其来有自、渊远流长——

早在北魏初叶，魏太武帝西伐自称天台王的盖吴之时，一鼓作气打下了长安，于不期然间发现佛寺里藏有大批的兵器。太武帝声称：这是寺僧与盖吴串谋顽抗。在震怒之下，他下令将一寺之僧众全数屠杀，并且亲自检阅寺中财货，才赫然发现：除了原先暴露的兵器之外，尚有大批酿酒之具。以及州牧郡守、豪门仕绅所"寄藏"的私人财物。清点之下，居然光是品项就超过了万数。可见得这是一宗长久而持续的买卖。换言之：那批兵器也许只是另一个身为武将的官吏向寺院举借财物的质押品而已。

就私通政敌盖吴而言，佛寺可能是冤枉的。但是魏太武帝却揭露了一层过去并不坦荡的僧俗关系。早在李唐立国以前近两百年，寺院就有从事"质库"——也就是典当——以取利的经济活动。

就在开元年间，皇帝还曾经颁下敕书，禁止高利盘剥："比来公私举放，取利颇深，有损贫下，事须厘革。自今已后，天下私举，质宜四分收利，官本五分收利。"这道敕书暴露了一点：由于官方和民间商贾放贷的利钱极高，而官方特甚，其本利之比竟然高达五成。

相对而言，寺院取息不过三分上下，还算是比较低的，所以一般而言，庶民宁可随寺借贷。其中，个别僧尼如果蓄有私财，在不影响本寺常住——也就是共有资产管理——的前提之下，也往往以较小的金额、更低的取息，成为善男信女的债主。尤其是当这些僧尼个别又有俗家亲近的财主为后援，则益发长袖善舞，方便挪移了。

此外，寺院与寺院之间——尤其是教判、宗法不同的寺院之间；在经济活动方面原本各行其是，然而遇上归债求息比较不太方便的状况，还是需要僧人奔走其间，甚至略施手段，做许多酬值调换的庶务。慈元此行峨眉山，一路之上就得处分几宗这样的事；而这番折腾，则肇因于道路间的一个谣言。

大约就在李颙上书举赵蕤、李白为"有道"的同时，京城里传来消息，朝廷正在筹划着颁布敕书，明文允许僧、尼、道士和女冠可以拥有数十亩不等的私产。这一风闻，传到了偏远州县，引起了浮躁不安的议论。

任人皆知：沙门拥有私房已有数百年旧例，举凡田宅、商店、器物、禽畜、被服、经籍，都可归属僧尼自有。近百多年内，公然取与珠宝、契券的也无时无之。到了晚唐信州军押卫都团练讨击使刘汾的笔下，已经有这样的告诫："凡诸僧人在寺住持，务要各守本分，不许贪花好酒，妄将田地移坵、换段及盗卖等情。"这篇《大赦庵记》所述，早在盛唐时已发其端，所谓"移坵换段"，就是寺僧个人或寺庙常住与其他僧人、僧团以交换质押契券来取得对双方或方便、或有利的土地。

道会圆寂之后，新任的住持僧远引一心只巴望着能维系那"营构义福"的事业于不坠，可是俗情唯名僧是瞻，一旦僧名不振，寺院的声誉便一落千丈。在这样一个普遍重视门第、郡望、声价、名衔的世界，大明寺不得不放眼中州四京、淮右江左，访诸其他丛林作为，才发觉一个窾窍：若要博寺院慈悲施舍之名，不能不积聚财富。且本寺规矩，更应奖励僧尼"放贷纳奴"。

从远引开始，大明寺风调丕变，僧众四出宣讲，多以劝募信徒施舍为重，举凡田地、钱粮、缣绢、牛羊，或至家用器皿，未有不可施者。这些物资有的可以转手出贷于所需之家，有的则用以充实丛林所领有的庄园。从"修戒行"转向而"营田业"，布施一事也就从"予人"的目的转变成"利己"的手段。

连大明寺都不能幸免于积财求名，便可知天下寺院逐利之切了。朝廷为了防止寺院过度膨胀其资产，只能再祭出新的法条予以限制。这一则首先由杂报传出来的传闻并未言及详细，只说各部尚书正在研商，日后会须明令二事：其一是寺产与僧尼私产需作分别区处；其二是无论常住共有，或者私人自持，应一律以田亩计数而限制其额度。

世事既已如斯，律令随之而已。不过，一旦明文颁订，意思就很不一样了。有了法条，就意味着先前在寺庙中僧团财产便要进一步清点，以与私人所拥有者分割明确；此乃慈元这一趟行脚的底蕴。大明寺僧团差遣他到成都、眉州一行，路经好几处丛林，就是去同各寺院执事僧商议，无论是常住或个人所持有的借贷契券，能否移换——也就是将已经断送于贷方的质押土地作成债权交易，方便各寺或僧尼就近持有，日后皇帝如果真像传闻所言那样，下了敕书，果决分割常住与私有的财产，僧尼也好因应。

也由于这样牵涉广远而操治繁冗的事向无前例，各寺院既不能像寻常商贾那样熟悉各种物业的时价，又碍于方外清修的身份，实在不方便雇请俗家人代为运筹，只好经由个别寺僧询访熟识交易门路的施主，再依样与他寺打交道。李客经营商队多历年所，规模非但遍及旁郡，还能沿江直抵东吴，识见、手段都足以为大明寺拿主意；经他指点之后，慈元才得以成行。


李白对此等事业则懜然无所知觉；他随身行箧之中除了月娘给备置的一个布囊、赵蕤交代的一封书简和几包草药之外，无多衣物，尽是十数卷他还在追拟描摹的《文选》，还有百余纸南朝名士的诗文钞——大多是以山水游观为题旨者。赵蕤翻检了一回他所携带的诗文，翻到十余纸郭璞的游仙之作，微笑道："汝此行所过，尽是神仙地，倘若遇见了骑羊之子，一念不察，随之而去，便回不了头了。"

"我脚随我意，岂便让人随手牵去？"

"这恰是仙人'骑羊'而去的底细！"赵蕤的脸上仍挂着笑意，侃侃说道，"试想：羊何等柔弱？其负载几何？仙人岂必骑羊？"

李白答道："故可知神仙身轻也。"

"六畜之中，唯羊知觉涣散，不堪驱使；鞭之策之，皆无可指麾——"赵蕤追问，"驱羊者难以定归止、设游方，又何说？"

"这也合乎诸仙周游八极、来去无定、不拘一地的意思——"李白笑道，"吾师即号神仙，当知神仙岂有必去之地？"

"然则，那羊手到擒来，不费扬灰之力，教行便行、教止便止，其顺驯如此；这说的便不是仙、而是羊了。羊之为物，向无所谓神智；"赵蕤道，"不信，日后你若见人骑羊，不免要追随而去之际，还须慎念吾言——书简在囊中，到时取出一读便是。"

李白情知赵蕤大约是根据某物某理，而预见了某因某果，就像嘱咐他"见病人，须防失业"一般。可是他不一样，他只是要让天地万物自来眼前，随遇而安罢了。他根本不在乎是不是能撞上骑羊的神仙，也不在乎自己是不是会像神话中的羊一样，乖驯地任随仙人乘去。他一迳敞向未知之人、未知之地、未知之造化。

他也没忘了配上随身的长剑和匕首，将那鞘刃爽爽然抽拔了好些回；这一刻，已经有无数纵跃横飞的句子，在山烟峦云之间闪烁，像是为这一番即将展开的壮游向天地咆哮着了。


# 四〇 有巴猿兮相哀


慈元与李白所走的这一条驿路是由长安西南行往益州、姚州与黔中道播州的干道。自京师出南山，另有沿斜水、褒水而行的褒斜道，以及骆傥、子午二谷道。褒斜道时通时废，骆傥道人迹稀少，到开元年间连驿栈都荒堙了。子午道分新旧二途，旧道王莽时即已开通，久经战乱，又鲜少修治，日后索性就废弃了。到了南朝萧梁时期，又修筑了一条子午新道，北口在长安县南六十里处的子午谷，西南至洋州署衙所在的龙亭，通往梁州。这一条道路平坦坚实，可以奔驰快马，多年后的天宝时期曾经广置驿所，为皇室贡荔枝，一时官事往来频仍，直到安史之乱以后，往来之利才逐渐中落。

梁州再往西南深入五百里为利州，复行二百里到剑南道的剑州，再走三百里，才是绵州。置身在绵州驿道口东北一望，浮云悠悠，山峦隐隐，长安恰在千里之外，李白此行的前途却在完全相反的方向——他要再沿着这条驿道干线往西南走五百里。

行前想象，道路间不过是他与慈元二人相伴，应该颇为寂寥。然而一旦来到了驿路上，他才发觉不是那么回事。

在大唐数万里驿路程途上，两驿之间三十里，泰半皆属荒野。朝廷为了确保邮递平安无扰，便布置了驿兵往还巡行，三十里布兵三百，归两驿节度；也就是每驿单向调遣一百五十兵员，均数则堪称每里有五名武士捍卫。

慈元和李白一旦步行就道，举目所及，每见荷戟跨弓的士卒；他们大多身穿薄棉矿衣，衣里微微露出轻甲，有的看似为了提防马匹腾踏，还系挂了胸铠，有挂着虎皮批臂的、也有登缚战靴的。这些驿兵一旦瞥见李白身上配了剑，总会多眄几眼——毕竟，他们都还身负保护驿路的职责。

其次就是驿所例行夫役的往来。

驿所亦有等第，上驿宏大，饲马六七十匹；中驿配十八到四十五匹，是律定数额，许多许少，但视养活与否；下驿狭小，也有八到十匹健骊在槽。这些，都需贮备草料，就要由驿所自行开垦牧田以足给用了。常例，每驿有七百亩牧田供应苜蓿，光是应付养植、收割、贮备等日役，便须仰赖民夫徭役，春日杂工繁重，还得额外雇佣，以为支应，如此一来，入眼也尽有一番熙来攘往的热闹。

另外，结队同行的商旅也出乎李白意料之多。

驿所依里程构建，经时既久，有些不乏井水之利的地方，就会自然而然形成逆旅的聚落。这些散处营生的人多被称为"火集"，例皆供应炉灶器皿，有的还齐备衾褥席榻。客商们算计行程，多能就这样的所在落脚；惯常也由于行客总是自备谷粮菜蔬，来时差遣火集上司役的丁妇代为执炊，不过就是充饥而已。每逢春夏之日，夜长候暖，许多人都只小憩一两个时辰，也就结群登程而去了。

不赶夜路的，每于一夕将息之后，黎明即起，也就聚伴搭伙，少则三五成行，多则数十人，喧闹出入。也常见故友旧谊，天涯重逢，而喜笑欢踊的；或者是旦暮缔交，倏忽辞别，而涕泗纷挥的。果然人情如阡陌，纵横百出。


慈元与李白走了一程，正值黄昏时分，来到次一驿——地名露寒，是个下驿。若是按照赵蕤所估算的，应该就是在此间觅一火集而宿。可是慈元却另有打算——他知道：前行十里出驿路入山，有一兰若，名为福圆寺。他得赶到寺与执事僧交割几宗移转债务的文书，正因为不方便当着李白的面处分，于是交代他：自于露寒驿上寻一处人迹较密的火集住下，次日午时到前路福圆寺山门再会。

李白凡事无可无不可，自便于露寒驿驻足，信步在诸家火集间徜徉。无意间一瞥，见道旁一挑招，黄竹一丈，蓝布八尺，双幅迎风飘摇，五个大字："神品玉浮梁"。字迹颇似前辈书家褚遂良，可是用笔稍浅，勾画较瘦，也堪称是十分秀逸的书迹了；然而玉浮梁三字虽然认得，却不识为何物。尽此一不知，便引得李白大步向前。

此地阁舍也与相邻诸火集大异其趣。旁处为便利往来行旅，门前多设施一灶，客至随即发付水火，烹茶煮饭，烟火迷离。相较之下，"神品玉浮梁"则显得淡雅多了。迎路并无门墙，倒是栽植了许多应时花木，不过丈许深的青红园圃，繁茂纷披，一步近前，即忘却身后尘嚣。

过了这一阵花木，是一栋泥墙木柱所构筑的屋宇，宽只二架，深约三间，唯厅堂尽处复有一门紧闭，其后通往何处，深浅若何，复有多少房舍，便不得而知了。只这厅堂，满室浮动着酒香，其馥郁逼人，像是看得见一片天雨醍醐。

原来厅中陈设，也大不同于时尚——环堵间一无几榻、二无胡床，遍地压尘的草荐大约从来没有更换，或许隔些时便重新铺垫一新，这省工费料之法，据说是从胡地那些幕天席地的旅栈中传来，所费不赀；倒是踏脚所及，异常柔软，颇解奔波劳顿。

更不常见的，是陈设了十余口大半埋在地里的陶缸，缸面压一厚板，已经有些早到的旅人围着缸，或踞或坐，嘈唶而语，不外就是随口寒暄，或是催促侍奉。侍立者乃一胡姬，身着白圆领窄袖襦、翠绿披帛覆胸、朱色长裙，素花锦带系腰，挽了个鸦巢髻子，正忙着支应。她伸手推开板上一槽门，当下酒香又浮涌鼓荡起来——莫道这酒原来就在木板之下、行客围坐的缸里。

此时却有一人，年事已长，一部亮银髯鬓，三尺萧森；然而长身玉立，挺拔不减少年。他面南而立，戟指向着面前的粉墙，像是比画涂抹、像是拂拭摩挲，又像在仔细寻找墙面上隐藏着的某宗物事。他身边另有一人，盘膝斜倚，手擎一只盛锛锛的巨碗，碗中波光碧绿，有如春潭掩映，须便是香气淋漓的酒了。持酒者年纪较轻，却也须髯杂白，他凝神仰脸，看着摩挲粉墙的老者，不住地颔首微笑，状似极其赏识的一般。

李白正待呼唤那胡姬打点，却听见面墙而立的老者忽然开了口："踟蹰了！"

这一叹，相当不寻常。他用语简洁，"踟蹰"两字铿锵，慨叹所关，寄意旷远。而盘膝倚坐的中年人整了整头上软巾，接着吟诵起诗句来："驱车越陕郊，北顾临大河。隔河望乡邑，秋风水增波——"

"狂客居然还记得？"老者笑了，俯身就压缸的板上擎起另一只大碗，鲸吸一口，道："长庚星主台前，吟此拙作，岂不愧煞老夫？"说着时，竟回头深深看了李白一眼。

李白当下打了个寒颤——这，是我听错了么？

中年人这时也转脸冲李白微微点着头，道："后生！汝不闻夫子之言，曰：'远人不服，则修文德以来之；既来之，则安之。'——汝且坐。看薛少保作画。"

被称做"薛少保"的老者则转回身，继续向壁指画。中年人大约熟门熟路已惯，也不召唤胡姬，迳自探手从缸边勾挂处摸出另一只巨碗，并瓠杓一支，推开板槽活门，下手便舀了一杓，酒浆之色，翠碧晶莹，好似向光的墨玉。中年人只手高高捧了，令李白接去饮。

这酒软滑清凉，入喉不滞，一注落腹，通体畅朗。只是醅酿未臻透熟，还残留了些许浮蛆微粒，仿佛带脂的果瓤。中年人此刻似亦有所觉，即道："略咀嚼，令齿牙间稍转其味——"

李白嚼了嚼，果然口中那渣滓一般的蛆脂随即融了，甜腻稍减，转出另一股较为沉着的醪香，他忍不住赞道："真醍醐也！岂人间所有？"

"别有天地，何必人间？"面壁指画的老者随声应道。

李白循声抬眼，眸光闪烁，更吃了一惊——难道是蓦然间受了酒力而神驰眼离了吗？只这一瞬，他竟然看见了老者在墙上所指画的，是一巨幅山水，当中是一头白鹤，双翼若展若垂，一只纤细的腿独立于烟波微茫之处——正是先前老者所叹之语：踟蹰。

踟蹰，说的是徘徊不安、犹豫不定；欲前又止，欲止又前。才一眨眼，壁间忽然闪现的白鹤便销形而匿迹，也就在鹤形忽现忽灭之间，粉墙上那一片看似巴山写景的画图上，居然此起彼落、声声不歇地扬起了一阵又一阵的猿鸣。

一山啼猿，万里穷霄之众生亦能为之切切而哀，李白听过，这是遥远无端的感动。便在这飒然不知其来处的猿声里，中年人继续吟诵起先前那首诗，全文如此：

> 驱车越陕郊，北顾临大河。隔河望乡邑，秋风水增波。西登咸阳途，日暮忧思多。傅岩既纡郁，首山亦嵯峨。操筑无昔老，采薇有遗歌。客游节回换，人生知几何？

这首题为《秋日还京陕西十里作》是老诗人的旧作。当时诗人还在陕县供事，奉召还京途中，出陕县西行，来到第一长亭，已是荒郊。在不知多少年月以前，有人给这一亭起名为"望蒲亭"，对于诗人来说，这地名十分闹心——因为他的故乡就在一水之隔的蒲州。"北顾"匆匆，只能一望而过，这让迎面扑打而来的秋风，像是将河水催激得更汹涌，而河面也显得更辽阔了。

蒲州有二山。一名傅岩——又名傅险；相传为商代起身于版筑之业的名臣傅说发迹之地。另一座山叫首阳山——也称雷首山或者首山，位于蒲州永济之南。首阳山要比傅岩更为人所熟知，是因为《史记·伯夷列传》记殷遗民伯夷、叔齐兄弟义不食周粟，作歌采薇于山，终至饿死之事；后儒引为大义，而享身后之大名。诗人将傅岩、首山并举为对，是有意在思乡的主题之外，更推拓出宏大的胸怀与感慨。此则唐人"客宦"、"游宦"之一主题，集乡思、国事、天下忧熔于一炉而冶之，为人生无常之遇，平添沉挚苍郁之情。

唐初以来，为取士任官而愈形铸造端整的"律句"规格让日后一千多年的"近体律绝"成为吟咏之主流，但是律中格调所规范者，往往不传其所以然。譬如说：五、七言八句之律体，中两联须作对句，否则即是"落调"。至于何以非如此不可，则并无因缘果证可说，大凡照章敷陈、不忤前例则可。

然而，正是在这古近体交相发皇、而古体尚未因朝考制度之偏倚而逐时让位于律体之际，诗人还能相当细腻地掌握"对句"出现的个别美学作用，而不只应付声调、僵守规格而已。

即此《秋日还京陕西十里作》，明明是五言古风，却在"傅岩"以下四句，作成工丽的对偶——"傅岩既纡郁，首山亦嵯峨。操筑无昔老，采薇有遗歌。"这就是有所为而为之、求其所以然而然的典范。质言之：此处修辞，若不用对仗之句以呈现反复迟回之态，便不能表现其进退宛转、行止蹉跎的隐衷了。至于因为应考规范所需，而不得不在首联、尾联之间作骈偶、讲黏对的"中式"之作，就不能与这样的技法相提并论了。

至于踟蹰二字，恰是此诗神髓。

李白不识老诗人为薛稷，字嗣通，蒲州汾阴人。他的曾祖父是隋代名满天下的文人显宦薛道衡。薛道衡历仕北齐、北周，隋朝成立，任内史侍郎，加开府仪同三司。却因为经常訾议时政，而受同僚之谤，说他："负才恃旧，有无君之心。见诏书每下，便腹非私议，推恶于国，妄造祸端。"

终于因为这种隐昧的罪名，薛道衡遭隋炀帝赐死。他原有名句"暗牖悬蛛网，空梁落燕泥"为一时所传诵。据说在临刑前，隋炀帝还留下了切齿之言："更能作'空梁落燕泥'否？"而薛道衡这种横遭巨祸、残斫清才的命运，似乎不能及身而止。

薛道衡的曾孙薛稷，比李白大上五十二岁，大半生也是名爵显赫，官资堂皇——曾任黄门侍郎、参知机务，累官至工部、礼部尚书。薛稷的外祖魏徵、祖父薛收、从父薛元超，也都是唐初朝廷显宦。他本人则是在武则天朝举进士，前半生多于中朝任官，睿宗李旦的女儿仙源公主还是薛稷的儿媳。

李旦登基，薛稷益发贵盛，封晋国公，加太子少保，赐实封三百户。此外，薛稷更是知名的画家和书法家；曾师事褚遂良，张怀瓘《书断》将之载入"能品"，称道他："书学褚公，尤尚绮丽媚好，肤肉得师之半，可谓河南公之高足，甚为时所珍尚。"而窦臮的《述书赋》有说薛稷的字比褚遂良还要"菁华却倍"，形成"青出于蓝"的美誉，是以后人还将他与虞世南、欧阳询与褚遂良并列初唐四大书家。此外，薛稷还工于绘画，长于人物、佛像、树石、花鸟，尤精画鹤，一时皆称"鹤侍郎"、"鹤尚书"。

这样一个文才、艺事、官禄俱全之人，为什么会有踟蹰二字之叹？这又要从中宗朝宫中之一隅说起；而这一起宫廷之变又牵丝攀藤地卷上许多原本无关无涉之人与事。

# 四一　功成身不退

武则天死于神龙元年十一月。本年初，她还在病中，宰相凤阁侍郎张柬之，结络左羽林将军敬晖、鸾台侍郎崔玄暐、右羽林将军桓彦范、司刑少卿袁恕己等发动禁军攻大内，率羽林郎五百，至长安洛阳宫北面的玄武门迎接中宗，斩关而入，杀了武氏的面首张易之、张昌宗兄弟，环逼长生殿，宣称二张谋反，请即传位。

三天之内，身心俱疲如风中之烛的武氏退位、中宗复辟，武氏仍被尊为"则天大圣皇帝"，可是国号已然恢复为唐；朝政归于张、崔之手。到武氏宾天，掌政凡四十六年，以皇后干政二十四载，太后称制七年，称帝十五春秋。

或许中宗一向并不以为他所宠信的皇后韦氏也会步上武氏的后尘，武氏当国时，中宗被废困于房州，与韦后共此患难，而有"一朝见天日，誓不相禁忌"的誓诺。他与韦氏所生之女——安乐公主——嫁了武三思的儿子武崇训，因此这一对父子得以时时出入宫禁，秽乱时有所闻；武三思分别与韦氏和上官婕好有私，这是公开的秘密，而中宗似也不以为异。

武三思之谋主为博陵崔氏世族之崔湜。湜与其弟液、涤皆有才能文，每以东晋王、谢二家自况。其放诞之态，较两晋人物犹有过之。崔湜本来是张柬之一方的僚属，以考工员外郎为敬晖所用，派遣他为耳目，以伺武三思之动静。

然而，此托非人；崔湜其实另是一副人格。他曾经将妻妾和两个女儿都奉与睿宗之子楚王（后改封临淄王）李隆基——也就是日后的玄宗皇帝。崔湜本人风姿佳美，不但"私侍太平公主"，还与安乐公主通款情洽，这也丝毫不妨碍他依附武三思，一路由员外郎迁中书舍人、兵部侍郎。《朝野佥载》记："湜妻美，并二女皆德幸于太子。时人牓之曰：'托庸才于主第，进艳妇于春宫。'"——这话就说得过谑了。

世传崔湜在洛阳天津桥上走马吟诗，游人争睹，士女侧目。有"春游上林苑，花满洛阳城"的名句。然而，只比崔湜稍长四岁、也封公拜相的张说就曾经艳羡不已地说："此句可效，此位可得，其年不可及也。"

张说所谓之"不可及"，从表面上看，是崔湜后进年轻，前途无量；但是骨子里所怅憾的，却是门第。因为唯有如此备受尊敬景仰的世家门第，才会让一个年轻人获得那样优渥的官品、待遇以及皇室的恩宠。的确，崔湜自己也常骄傲地对人说："吾之门第，及出身官历，未尝不为第一。丈夫当先据要路以制人，岂能默默受制于人？"《唐摭言》则据此判断：崔湜正是因为这样一意进取，不给人留余地，到头来才落得个极为悲惨的下场。

但是通盘说来，对于门第高下异别，崇鄙分殊，连皇家都不能自免——因为出身陇西狄道的李氏一向顽固地执泥于数百年来中原士人阶级所特别奖重的家世观念，必以此为自尊与用人之本。

所以，在皇室的擘划和推动之下，才将鲜卑族之"李"这个原属陇西狄道的姓氏，透过诸般穿凿附会，形成了和西凉李暠、甚至西汉李广之间直系血缘的谱系，改宗为"陇西成纪"。在打造这个谱系的同时，也广泛地将天下氏族皆予以罗织、安置——可以想见，当然是"欲高者高之，欲抑者抑之"。

唐太宗命高士廉、韦挺、令狐德棻与岑文本等修《氏族志》，是其发轫。书成之后，太宗并不满意，还发还重修。很显然，从太宗以降，修撰这一类的谱牒就是为了打击特定的政敌，或是揄扬从属的党羽。《旧唐书·高士廉传》所谓"是时朝议以山东人士好自矜夸，虽复累叶陵迟，犹恃其旧地"的话，虽然可以看出山东士人的跋扈，却也毫无保留地暴露了皇室及其关陇集团的觊觎枨触之心。

此后，从武氏、中宗以来，几乎时时有重修姓氏之录的奏议和诏敕，直到玄宗皇帝即位，更迫不及待地将已经翻修过无数次的《姓族系录》二百卷呈请御览，主其事者，便是窦怀贞、崔湜、陆象先、魏知古、徐坚和刘知几等。

编撰期间，徐坚和刘知几于中途另有任命，分身编校《三教珠英》的巨帙——刘知几甚至在景龙二年便辞去了史官的职务，立志以一己在野之身，从事史料的整理，由此可见，刘知几的史识与当道之所期许者，是有相当巨大的冲突的。

剩下的这几个《姓族系录》的编者，都在玄宗皇帝即位之后的第二年，牵连进一场太平公主所发动的宫廷政变，除了揭发事端的魏知古以外，窦怀贞、崔湜及株连在内的许多官员，都以死罪论处；陆象先则由于先一步与太平公主为了废李隆基为储君之事曾经发生龃龉，因而幸免于刑。至于大规模改造皇室及其所宠信、倚仗者的族谱一事，也就汗迹湮灭而死无对证了。

先是，中宗皇帝的太子本来是李重俊，封卫王，遥领扬州大都督。由于非韦后所出而一向遭到排忌，安乐公主偏又有仿效武氏而为女主的野心，时时与夫婿武崇训商议：如何能怂恿中宗废储，另立安乐公主为"皇太女"。李重俊积怨已深，终于在神龙三年——也就是景龙元年——与左羽林大将军李多祚矫诏发羽林军三百人，斩杀武三思、武崇训父子及诸亲党十数人。

此变最初的布置完密，中宗狼狈窜走，带着韦后登玄武门门楼避难，手下仅门卫一旅。唯令双方都感到意外的是，叛军将领王欢喜等倒戈，情势一时逆转，李多祚等反而兵败被杀，太子李重俊从肃章门逃出长安，奔赴终南山，不多时也被自己的亲信所杀，乱事敉平。

太子造反，确乎罕见。中宗再糊涂也无法不对身边的韦后和安乐公主有了异样的观感。韦后亦有所觉，也就越发积极巩固原先武三思的余党——其中包括她的哥哥韦温，以及日后李白之妻宗氏的祖父宗楚客。

三年之后，韦后和安乐公主、宗楚客合谋，下毒鸩杀了中宗皇帝。也是基于对朝议和公论的畏忌，韦后与安乐公主不敢遽窥神器，只好先立温王李重茂——也就是中宗的第四个儿子——为太子，随即推戴即位，史称少帝。

宗楚客非徒幸进，而且性急。他与崔湜是蒲州同乡，也和崔湜一般，是个面目明皙、美须髯的俊爽男子。不过，由于欠缺长远的洞见和缜密的布局，不待于朝廷中形成有支持力的舆论，宗楚客在中宗被弑之后未几，便贸然上奏，请求韦后效武氏故智，即位称至尊。

这反而给了李唐皇室一个相当有力的把柄。他们是相王李旦、李旦的三子李隆基，以及武则天的女儿太平公主，他们都站在韦后母女的对立面，也由于当年李重俊仓促起兵、虎头蛇尾的教训，这一次为了彻底剿除韦武余党，他们掌握了京师最强大、也最集中的武力——玄武门的羽林军，也就是北衙禁军。

继"重俊之变"而后，李隆基与太平公主的这一次兵变操作得十分细腻，参与的主要人物是太平公主之子薛崇简、前朝邑卫刘幽求，以及宫苑总监钟绍京——他是三国时代的书法家钟繇的十七世孙，本人也以善书而入直凤阁当字差，从为宫中诸建物书写门榜、牌额，转擢而庶理皇家总务；这一次兵变，他带领着自家户奴丁壮，随军而行，居然一刀斧豪杰！

史称"唐隆之变"的当日，李隆基亲自勒兵于玄武门外，夜鼓三更，靠近宫苑北墙之处已经可以听见军士们喧噪之声——攻势瞬间发动，钟绍京紧随李隆基、率领羽林郎杀向韦后所居的太极殿，韦后逃进飞骑营，却在营中被士卒割下了首级，献于李隆基。安乐公主遇害的时候，手上还拈着画眉笔。

上官婉儿毕竟大器雍容，她亲执烛火，率领宫人迎进李隆基，拿出被毒杀的中宗死前遗诏，说是大位本来就应该归于温王，韦后与安乐公主弑而未篡，大统亦未旁落于人——这是别出心裁的一招，显然有意借遗诏而自保，殊不知李隆基正不愿世间有此诏，也完全不顾刘幽求在一旁说以法理，当即将上官婉儿斩于旗下——这已经宣示：李隆基并非向外戚挣回李唐的法统，而是在李唐传承的法统之内，形成隐微深刻的篡逆。

肃清韦后和安乐公主一党，并没有为宫廷带来宁静。睿宗即位，改元景云，李隆基受"平王"封，立为太子。可是太子和姑母太平公主之间的扞格之势也逐渐明朗了起来。睿宗景云二年、也是太极元年，皇帝传位太子，自为太上皇。李隆基即位，改元先天，史称玄宗。

日后史载：太平公主包藏"不臣之心"，固以太上皇为后盾，擅政专权——据说当时宰相七人，有五人出自公主门下；另一说则是"宰相有七，四出其门，天子孤立而无援"。无论七中有四或是七中有五，至少包括窦怀贞、萧至忠、岑羲、崔湜等；至于不附和公主的，则是郭元振，以及同修《姓族系录》的魏知古和陆象先。此外，擅长画鹤的薛稷也列名其间；他虽不是宰相，然平素与公主及窦怀贞过从不断，身为太子少保，名高爵显，动见观瞻，也成为帝党攻击的对象。

七月初，魏知古上告，说是公主"欲以是月四日作乱"，但是，另据《上皇录》的记载，则说："公主谋不利于上（按：指上皇）与今上，更立皇子，独专权，期以是月七日作乱。今上密知其事，勒左右禁兵诛之。"无论哪一种记载，都没有太平公主发兵作乱的具体细节。

所谓公主所卵翼的大臣"密谋再次废立"，却是在李隆基即位之前，太平公主曾经和窦、萧、岑、崔等人商讨，这些人和公主都同意应该另立宋王李成器为太子——那是因为李成器居长之故。商谈中陆象先不同意这个看法，他的理由是："（平王李隆基）既以功立，当以罪废。今实无罪，象先终不敢从。"从这一段对话看来，并无所谓举事叛乱，而是从立储君的正当性上参酌。虽然陆象先的发言令公主"怒而去"，却也反证了一点：这不是一次"谋反"的密商，而是一次无论同意废立与否的两造都参与的公开讨论。

当魏知古向帝党出首提告之后，玄宗皇帝立刻展开了行动。他亲自下令龙武将军王毛仲"取闲厩马及兵三百余人"，从武德殿入虔化门，将原本与公主亲近的左羽林大将军常元楷以及知右羽林将军事李慈先杀了，再至内客省擒下中书舍人李猷和右散骑常侍贾膺福，复于朝堂执拿萧至忠、岑羲，一举斩尽。

窦怀贞慌不择路，逃匿于御沟之中，情知必不能免，畏罪自缢。他的尸体受到戮刑，一家改姓为"毒"，以昭炯戒。曾经在东京天津桥上吟唱"春游上林苑，花满洛阳城"的崔湜，本来被判的是流放岭南窦州——距离京师六千一百里；行至中途，却忽然有宫娥元氏攀告，说崔湜也曾同谋要进毒谋弑皇帝。

元氏在刑迫之下，指证历历，居然说得出那毒药是混在平日皇帝服用的"赤箭粉"（某种可以"益气力、长阴肥健，轻身增年"的补药）之中；而从来没有机会接近皇帝用药的崔湜，也就因此而为皇命"追赐死"；其地为荆州一驿，其时在先天二年。

至于薛稷——

# 四二　孤飞如坠霜

墙上的画虽似石上水痕，瞬间湮灭，但是留给李白的心象却无比鲜明。

像是从山巅——甚或云端——俯瞰所得之景。有长川一带，曲流于层峦之间，当真是岩树参差，林叶茂密。在群峰拱卫之下，还有宫城数起，城之一侧，似有长桥垂柳，不过，大面敷涂的柳荫却被图中明显的主题之鹤给遮住了。

这鹤看似便是向观画之人冲飞而来，长喙微启，有如发出了一声唳鸣；最奇的，是鹤的眼睛，似乎仍垂眸凝望着千仞以下的宫城，而显现出依依不舍之情。

"鹤，多言鸟也。"薛少保微露些许嘲弄之意地说道，"多言贾祸，左氏早有明训；然而，来此人间一度游衍，不能鸣几声，岂不闷煞人？鹤之能鸣、好鸣，而不妨寿考，固是一德，这不容易——狂客也是能鸣、好鸣的人，汝以为然乎？"

狂客，指的是那须发花白的中年人，闻言却像是颇不同意，大摇其头："鹤能长寿，正因为不德；汝老而不学，《神异经》难道尚未寓目耶？——后生，汝读过《神异经》未？"

《神异经》相传为东方朔所作，李白并未通读。但是这狂客所问的一节，并不生僻，李白的确从赵蕤处听说过：西海之外，有一号称"鹄国"的地方，男女老小，身长不过七寸。其为人好自然，有礼节，喜读经纶，日常多跪拜揖让，人人寿三百岁，行步如飞，一日千里，倏忽便不见踪影，百兽不敢近犯。

这鹄国人其所畏惧的天敌，便是鹤。海滨之鹤，一过即掠而吞之，则此鹤也就有了三百年的寿数，也能一举千里地飞行。而在鹤腹中的鹄国之人并不会死，只是没有书读，极之困顿无聊赖，常会吟诵先前所记忆的典籍诗文，杂于鹤鸣声中，便不易辨读。古人谓读书不熟、反复期艾，即称之为"鹤吞"。

这是杂说野闻，李白一时之间也没有听出个中寓意，遂懵懂摇头，不置可否。

"不然！不然！汝口口声声乐道游仙，读《相鹤经》却不熟，岂有此理！"薛少保却执意和那狂客辩下去，转过脸、搬弄着手指头，对李白道："淮南八公《相鹤经》说得明明白白：鹤者因金气、依火气以自养，金数九、火数七，是以七年一小变；九七一十六，于是又有十六年一大变。百六十年变止；千六百年形体定——这是何等年寿？无庸置疑：寿德其一也。

"还有，鹤之为物尚洁，故其色白而不染，犹胜于霜雪之清晶，老子对孔子说过：'夫鹤，不日浴而白。'则天成其洁净，不待藻饰，这也是即目可见，无庸我这老朽穿凿附会的。故曰：鹤之洁德其二也。

"《诗经·小雅·鹤鸣》篇说得好：'鹤鸣于九皋，声闻于野。'就是世间隐者所常居之地，必有鹤栖在侧；这是与德为邻，多么难能可贵的情义？而能代隐者鸣其不平，一吐而大快，这又是有义、有直，可以算是二德了罢？"所言到此，薛少保忽然凑近李白，道："启明、长庚皆是太白星之名，看汝肤色明皙如月，又字太白，能不爱鹤乎？"

　　薛少保不问则已，一问，反倒挑起了李白的疑惑：我初出匡山，与世情一无牵连，然而这两个前辈高年之人怎么像是对自己了如指掌，而且一见投契，像是欲有所为而来，念头这么一转，顿时生了戒心；他捧碗过额，略示一敬，随即大口饮了，清喉漱齿，涤舌润唇，运用了赵蕤所授的"是曰非曰"之法，应声答道："自其不德者观之，也不是不能成说。

　　"鹤之表，略无青黄二色，是故木土之气未接，夜不归林，只堪傍洲依水，梦亦漂泊，又岂能安土化俗哉？此其不德者一。"

　　话还没说完，狂客已经鼓瞪起一双黑白分明、珠丸也似的眼睛，喊了声："妙哉！"

　　李白接着侃侃论道："鹤之形，龟背鳖腹，委曲求全；其啄食也，斤斤于薄隝浅滩之处，披沙取虫，不免与鸰鹭争食，而日汲夜营，所为何事？果腹而已。又岂有云霄之志哉？此其不德者二。"

　　薛少保听着，神情黯淡了下来。然而李白还不放过，碗中酒浆仰饮立尽，朗声道："鹤之神，轩前垂后，恃危临险；然而熟其体，仅以高胫纤趾，聊支局面。古人不亦有云乎：'千金之子，坐不垂堂。'此好生、全命以成德行之本。不能好生、复不能全命；以致时刻犹疑，造次颠踬，似亦可减鹤之二德。"

　　李白话声才落，狂客已经忍不住抚掌大笑，道："胡紫阳信不我欺！此子真非凡间人也！"

胡紫阳？不是元丹丘那苦竹院餐霞楼的师傅么？李白不禁为之一愣，正待追问，薛少保却捧起碗来，对李白道："孺子连词敏捷，穷理邃密，谈锋雅健，老夫实不能及——然而这鹤之德，却不是空言。他日若有尘缘，汝能一见许宣平，便会得老夫今日之意。"

"少保心念所系，还就是许宣平的那几句诗吧？"狂客说着，像是怕李白不明白，回头细说道："许宣平与少保同庚，深习道法，辟谷有术，常保童颜。此公曾为少保养鹤，名冠京华——"

"狂客此言差矣！"薛少保打断了狂客的话，迳道："他不是为我养鹤，他是借我千顷池田，为天地养鹤。"

李白指了指画图隐而复现、现而复隐的白墙，笑道："这冲霄而去之物，便是了？"

"孺子好眼力。"薛少保接着道："许宣平在我鹤泽园养此奇禽八百，容我日夜描绘，写成橐草万纸有余；不是老夫夸口，于鹤之情状，无论是飞鸣饮啄，昂立顾视，我可是形神兼领，曲尽风姿的了——"

"除了飞鸣饮啄，昂立顾视，"狂客也像是微微地报复一般，打断了薛少保，"还有踟蹰！"

薛少保不但不以为忤，却应和道："确然，确然。老夫只差一步未曾追随许宣平，便落得个天渊之别。"

"'天渊之别'！"狂客不住地点着头，杂以一声深长的嗟叹，以为薛少保作旁注。

"一步未曾追随？"李白问。

"遥想当时，"薛少保看一眼那净白如玉的墙面，像是指着那遁入虚空之中的鹤，也像是指着窅然不见的宫室楼台，更像是指着那一片曾经皴写分明的山烟溪雾，道：

"那是先皇帝景云元年春日的事了。忽一夜，许宣平不知施了个什么手段，避过巡逻的逻卒，直入府邸来见，但说：八百羽客皆安顿妥适，禽差已了，可以归隐去了。还说他黎明便要启程，特来辞行。我问他要往何方去，他答得也妙：'隐即隐耳，岂有去处？既示踪迹，何必曰隐？'当时，老夫果有一念，庶几便随他去罢了。"

"怪不得徘徊不安、犹豫不定；欲前又止，欲止又前；不过，"狂客道，"少保倒向来不曾说过此节……"

"我是舍不下那八百羽客，"薛少保说到这里，沉吟了，颤着手举碗欲饮，碗是空的，李白接过手，拉开板槽活门，舀出一杓酒浆盛上，听这老者说下去："说来可笑，我一生画鹤，丹青万变，毕肖形容；想来，不过徒事眷恋形貌而已，却始终学不得那鹤高飞远举的神思！"

"然而，"李白笑道，"许宣平为少保所豢之鹤，不也都还在千顷池田之间'飞鸣饮啄，昂立顾视'么？"

"非也！"薛少保摇了摇头，并未接着说那八百头鹤的下落，回身向墙上又是一阵拂拭涂抹，李白定睛凝望，这一番，墙上出现的是字迹，薛少保一边写着、一边说："此乃许宣平赠别的诗句——"

负薪朝出卖，沽酒日西归。路人莫问归何处，穿入白云行翠微。

写罢这诗之后，薛少保转头冲李白道："许宣平另遗我一三寸筚篥，谓：即今起，经三春，于清明、谷雨之间，吹鸣此管，请公效支道林故事。"

原来养鹤不难，控鹤不易。若欲令此野禽安于庭圃之中，一步一饮啄，而忘却冲天之志，是做不到的。一旦蓄之于樊笼，囚之以房舍，则禽鸟翱翔的精神便萎顿了。是以古来养鹤之人，能令野鹤留连不去，自有秘技。

此法说来无足为奇，就是找出鹤双翼之下的两根翮羽——晋人嵩以"翔翮"称之；将这翔翮齐毛处剪断，这鹤便有如雉鸡一般，腾跳不过三尺，奔驰不出一丈。当然，铩羽还有讲究，不能剪破出血——一旦出血，此翮便难再复原。也由于天生万物，必助长其本性，如果饲养得法，复时时挑拨，不使失却高飞之志，铩羽之后的鹤，经过二三年的复育，翔翮重新生出，便又可以飞了。

许宣平遂自归隐，却让八百头鹤又留在鹤泽园整整三年，薛稷得以日夕揣摩，又画出了不少得意之作。

所谓"效支道林故事"，则是颇为通人所熟悉的一个典故，出于《世说新语·言语》。说的是名僧支道林爱鹤，在剡溪东边的岇山隐居之时，有人送了他一对幼鹤。豢养经时，看看那鹤羽翼渐丰，不时扑击着翅膀，踊跃上下，像是有飞去的意思。

支道林舍不得，便采铩羽之法，断其翔翮。那一对鹤虽然不时地振翅，却腾不起身，低头顾视其一身羽毛，还流露出懊丧的神情。支道林遂道出了他的两句名言。对于鹤来说，这话并不公平；然而以之做人——尤其是官场中人，却颇有振聋发聩之功："既有凌霄之姿，何肯为人作耳目近玩？"支道林或许对名利场中之人看得相当透彻，不过，他还真为这双鹤养成了翔翮，日后纵之于野，还天然以所生。

薛少保果然没有违背许宣平临别之言，在第三年清明、谷雨之间来到鹤泽园，取出那三寸筚篥，对空一阵长鸣，惊得群鹤纷纷振羽而起，它们显然早已经忘记了自己还能够飞翔，却是在受到筚篥声的惊吓之后，一飞而群应，八百头鹤先后绕空盘桓数匝，不多时便遁入云空之中，消失了形影。

"不过——"薛少保语声一沉，双眼之中含着欲落不堪落、欲收不能收的泪光，道，"老夫看那群鹤飞去，杳然不回，也只能徒事顾盼而已；人，却仍旧执迷不悟；彼时，乃在今上即位之初，那是禅让之年……噫！好一个禅让之年啊！不过数月之后，乃有'太平之难'。"

# 四三　君失臣兮龙为鱼

当李隆基斩除韦后与安乐公主的势力、为睿宗铺设了一条登基之路的时候，李唐传国的隐忧并未涤除。一方面，这个在个性上"谦恭孝友"，在学行趣味上"好学、工书，尤爱文字训诂"的人，并没有攮权持政的企图与能力。武氏当国执政，政事一决于太后，他即位而后被废，是史上唯一由皇帝转任皇储者。中宗被毒杀、韦后被诛除，他一再受惊吓，二度即位当政，便时时想着：如何能够全身而退。

另一方面，也由于太平公主忌惮李隆基之英武有为，总想"更择闇弱者立之，以久其权"；她的手法则是不断在宫中朝中提出"太子非长，不当立"的议论。此外，不时谣诼纷陈，一再有消息指称"术士能观气象，言五日之内当有急兵入宫"，诸如此类，显然都指向手握重兵、且不断扩充禁卫武力的太子。当是时，宫中武力之"左右百骑"已经增编，号为"万骑"，加上左右羽林，都为北门四军，率领这一支强大武力的，就是昔日帮助李隆基剿灭韦、武的大将葛福顺。

处身于妹妹和儿子的夹缝当中，睿宗深不自安，终于在景云二年四月，召集群臣，发表了一席谈话："朕素来怀抱澹泊，并不以为万乘之尊有何可贵，昔日受封为皇嗣、为皇太弟之时，也都恳辞过，诸卿应该记忆犹新。而今朕想把大位传于太子，汝等以为如何？"

这话很快地传到了李隆基的耳中，自不免也是一惊；却又不方便出面婉拒，只能派遣东宫近臣右庶子李景伯固辞其议，可是睿宗心意十分坚决，指日欲行"禅让"大典。甚至在景云二年四月间下诏，明令："凡政事皆取太子处分。其军旅、死刑及五品以上除授，皆先与太子议之，然后以闻。"

这对太平公主来说也是青天霹雳，遂匆忙发动殿中侍御史和逢尧上奏："陛下春秋未高，方为四海所依仰，岂得遽尔？"这几句话明明是相当严厉的顶撞，非一般臣下可说。皇帝一听就明白，事出于太平公主指使，于是只能叹了一口气，索性拿和逢尧的名字聊以解嘲："惜汝空负'逢尧'之名，朕却不能遂尧之行耳。"

欲禅让者的确不想再当皇帝，被禅让者又只是故作姿态，这事便拖不了多久。又勉强捱过一年，秋七月，太平公主又闹出一桩弄巧成拙的把戏。此番，她又唆使术士上奏：天象本有定论，心宿三星，中星为"明堂"，是天子位，而明堂之前星则为太子。此月彗星见，使心宿之帝座及前星都有变动，这术士的解释不无耸动："彗，所以除旧布新，又帝座及心前星皆有变，皇太子当为天子。"

这一招险棋本来是要栽诬李隆基有"篡逆"之谋，却给了睿宗名正言顺的理由,遂行禅让:"传德避灾,吾志决矣!"皇帝还说:"当年中宗皇帝在位的时候,群奸用事,天变屡屡发生,朕当时就请中宗择一贤良之子为储君,以应对灾异,可是中宗皇帝还非常不悦;朕当时忧恐交加,几天不进饮食。相较于今日,岂能在彼而能劝、在今则不能行呢?"

李隆基听见这话,赶忙驰骑入宫,自投于地,叩头恳请不受。皇帝说:"宗庙之所以能够再得保全,朕躬之所以能够重掌天下,皆为汝之功勋。而今帝座有灾,天象示儆,正所以转祸为福,汝何疑耶?——汝既为孝子,难道非得在朕的灵柩之前才肯即位么?"

此年八月,睿宗禅让为太上皇。上皇犹自称"朕",布命曰"诰";皇帝自称"予",布命曰"制"、"敕"。三品以上除授及大刑政决于上皇,余皆决于皇帝。在这一个"弱主空负禅让之名"的背景下,先前太平公主的一切挣扎、擘划,反而都成了李隆基日后穷治其党的伏笔。


李白对于这一段不过是几年前才发生的宫闱秘事,原本并不熟悉,然而,由"和逢尧"之名而引出睿宗的那两句感叹——"惜汝空负'逢尧'之名;朕却不能遂尧之行耳。"——却使他豁然开朗。

李白于此刻忽然想起来,当日在赵蕤处杂览群籍,曾经读过一卷《竹书》抄本十三篇,其中有两段与儒家经典大异其趣的记载:"昔尧德衰,为舜所囚也"以及"舜囚尧,复偃塞丹朱,使不与父相见也"。

《竹书》始出于西晋武帝汲郡古墓,编年记事,故亦称《汲冢纪年》,是秦皇焚余之物。所述古史,大多与汉兴以来官修史书内容不同。其荦荦大者,如夏启杀伯益、太甲杀伊尹,多非历代宗儒法圣之正论。其中，李白最觉震撼的，是"尧幽囚，舜野死"之说。

便趁此时，李白自倾巨碗，满饮而下，忽然脱口道："原来禅让之本事竟然如此！然则，少保于'太平之难'若何？"

薛少保凄然一笑，道："也没什么，不过就是死了。"

李白尚来不及讶异，但闻那狂客已经拿起从来没有动过的牙箸，向碗沿上敲击着节奏，随即亢声唱了起来，其词似歌非歌，似诗非诗，虽若古调，长短变化恣肆汪洋，入耳却字字分明：

> 彼为一死鬼，余乃一生魂。餐霞楼上精魄在，豪兴怜才过剑门。天有独钟之佳气，数年五百王者至。微斯人其谁与归？丹砂樟药不足贵。咸阳南，伊阙水；直望天涯五千里。分明岩壑勒飞湍，势挟虫鱼抢壁死。崔嵬云岭碧穹开，四出巴猿天上哀。哀我十方不遇之士子，殷殷犹向帝京来。堪怜太白即此下寥廓，平生常似远行客。应知鹤泽故园中，八百灵禽空翦翮。顾我镜湖春始波，归舟不发可奈何？徒留画影埋荒驿，为汝一吟仙鹤歌。

这首诗用字明白晓畅，只有"丹砂樟药"带了些许用典的色彩。说的是东汉建安七年，道教"灵宝派"——也就是"葛家道"——始祖葛玄，在阁皂山采药行医，炼丹传道，后来他还在此地白日飞升，显为得道；小说家言"太极仙翁"便是此人。"灵宝派"与龙虎山"正一派"的张陵一向分庭抗礼，到了唐中宗时，灵宝正式受敕封，阁皂山成为"天下第三十三福地"，神仙之馆，一时无两。这个地方，原先又名"樟树"，既然是道教首次采药之地，故以"樟药"名之。葛玄的侄孙葛洪号抱朴子，人称葛仙翁，更是众望所归的医家、博物家,他日后也在阁皂山采药炼丹,并撰成《肘后备急方》传世,并医道丹仙于一身。

狂客一连唱了三回,隐然有使李白不要忘记字句之意。李白不住地舀着酒浆,一面放怀豪饮,一面跟着狂客唱这《仙鹤歌》,唱到第三遍,已然铭记深刻。而且深深感念这诗人的用意——

逐字推索,看来几个月前随李颙造访大匡山的丹丘子,的确于出蜀东归之后,向苦竹院的胡紫阳说了些什么,流言蜚语,应该还都是艳赞之谈,才会引起这狂客的"怜才豪兴"。而当世道术家本有脱生魂、御死鬼的符箓,得之者交通阴阳两界,必有用意。

在李白看来,《仙鹤歌》已然说得相当明白了:借着饲鹤之事为喻,杂以薛少保亲身所历的不白之冤,狂客用这首古意盎然的诗,向下凡来的太白星君提出警告:帝王的权柄就像是横断于蜀中与汉中之间那剑阁上的飞湍,其势激烈而巨大,身为臣民,不过是瀑布中被粗暴的水势挟携上下、翻腾不能自主、一至于粉身碎骨的虫鱼而已。

这不是鼓励;倒像是带着诅咒意味的恫吓。而狂客的感慨似乎比薛少保更为刻骨铭心。一唱三叹下来,老泪纵横,涕泗滂沱,简直不可遏抑。

这狂客无姓无名,可是说起典章故事,如数家珍,看来应该是中朝大臣无疑的了。李白于是迷蒙着双眼,问道:"阁下风神俊朗,踪迹肥遁,以某观之,似乎是冰炭满怀、不能苟合于时流的人物。请教:可以赐告高姓大名否?"

孰料狂客闻言之下,长袖一挥,又将《仙鹤歌》末四句唱了一遍:"顾我镜湖春始波,归舟不发可奈何?徒留画影埋荒驿,为汝一吟仙鹤歌。"

末句末字落拍之际，李白眼前一片袖影笼天，有如纱隔灯火，雾失远山；先前墙上的鹤仿佛已经充盈着真实的生命，破壁而出，迎面飞来，其下则是千仞万仞的云空，以及巍峨矗立的宫室殿宇。只不过这凭空俯瞰的视野，却让李白猛然间觉得身形倾侧，腰脚颠踬，居然就一头伏倒，透底醉了。

却像是在梦境——他听见在薛少保渐行渐远的催促声，夹杂着狂客留下几句话："星君来此世界已近二十年，吾与汝便再订一二十年之约——汝心不死，我魂即生，后会可期。"

李白再度睁开眼时，端的是一室窅然。人迹、酒痕俱不见，三间两架的室内只能状之以窗明几净四字，朝内的那一侧壁间原先紧闭的木门已洞开，里头是绵延不知所止的客室，像是正准备接待无穷无尽的旅者。

头上绾了鸦巢髻子的胡姬向他嫣然一笑。


# 四四　罕遇真僧说空有


再见慈元之时，李白吃了一惊。不过是半日辰光，这僧却像是老了几岁，苦皱着一张乍见沧桑的脸，与另一身着缁衣的和尚在路边喁喁交谈。一见他来，便住口不说了，作势拴缚着驴车上的行李，稽首合什，同那和尚告别。

一俟就道，其抑郁幽闷，真同乌云密盖、不透一丝闲风；走起路来，更是步步如踏针毡。来到一亭，李白再也忍不住，试问道："和尚，我吟一首诗你听来，可好？"

慈元不作声，脚下却加紧了步伐。

"看和尚心事重重，此行还有好山好水五百里，岂便尽付于汝这愁眉愁眼的将就？"

"贫道实实无心贪玩山水。"

"事可商量否？"

慈元眄了他一眼，摇摇头，道："佛事延搁不得，赶路要紧。"

李白看他实心着急，愈发觉得有趣，笑道："我便吟一首诗来你听，不碍佛事。"

慈元拗他不过，仍垮着脸，道：施主且吟将去，贫道只是走路。"

"夜来某与一鬼、并一生魂共饮玉浮梁，尽一缸之量，痛快！"李白道，"复观壁上幻画，画中山川宫室，庙堂江湖，还有冲霄一鹤，于是乎才明白了《小雅》之诗所云'鹤鸣于九皋，声闻于野'究竟是何意——和尚错过了，可惜。"

"贫道持戒，施主莫要忘了。"

"酒后之诗入耳，则不犯戒。"

李白原本并未作诗，可是百无聊赖，横顺便是逗这和尚作耍，当下放声吟道：

　　贳酒知谁醉，凭仙放鹤飞。露寒失画壁，蚁绿染僧衣——

"罪过！罪过！"慈元垂下脸，本来就纠结的眉头锁得更紧了，步履也有如要逃避什么似的益发地急了："僧衣向不近酒，染不得、染不得的！"

"和尚大量宽怀，广示方便，年前某落难到宝刹将息了数月，汝便曾借某僧衣，某时时穿着，至今存念，不敢或忘。"

慈元一迳摇着头，只能三复斯言："染不得"、"染不得"。

未料李白从这脱身一袭袈裟的皮相，转出另一层作意——易言之，从这一句导出的僧人，也就未必是眼前这栖栖遑遑的慈元，而那想象中的人物，僧耶，俗耶？是仙，是道？已经不能辨其为何方神圣了。正由于用意有别，修辞风调亦为之改容，从接下来的一句上奋拔出格，不复倚傍近世时兴的俗体、依律摹声，一变而成为古调。他继续吟下去：

> 僧蜕峨眉山烟里，翠微犹带经声起。浮梁余药饮行人，行来一片天河水——

慈元不通诗，不知道所谓"浮梁余药饮行人"，恰是将前一天晚上所饮的"神品玉浮梁"当作是服食之后可以长生不老的升仙之药。在此处，李白运用了《水经注》里的事典，以淮南道家仙迹混入蜀中佛家成相，可以说是顽谑已甚。

据载：淮南有肥水，西分为二，右行一支是肥水旧道，后来积聚广泛，成为"船官湖"，多停放较大型的舟船，以避风波漂逐。船官湖之北，正对的是"八公山"；此山外貌之奇，在于略无树木，是座童秃之山，山上有淮南王刘安庙。

刘安是汉高帝之孙，厉王刘长之子。刘安一向折节下士，笃好儒学，而彼时的儒家，大多兼习方术。在刘安帐下之儒，各领徒数十人，都是一时俊秀。这一群士人朝夕钻研神仙秘法鸿宝之道，其中最出色的是八个须眉皓素的老人，名曰左吴、李尚、苏飞、田由、毛被、雷被、伍被、晋昌，号称八公。

传闻中的八公初次诣门请见，看门的人告以："我王好长生，

211

而今看诸位老先生似乎并没有驻颜止衰之术，不敢为尔等通报。"这话才说完，八公摇身一变，都成了童子。淮南王听说了这当面神迹，当然开怀礼敬，待之如上宾。

《水经注》也记录了这"八公""竝能炼金化丹，出入无间"，到后来甚至同刘安携手登山，埋金于地，肉身则白日升天。留在登仙之处的器皿之中，还残留着未曾服食的饵药，凡有经过的鸡犬舔舐，俱得上升。这山，乃以八公为名，日后才现草木蓊郁、百鸟嘤鸣之象。

李白这四句夸酒浆为仙药，还只是起兴，跟着就是转韵敷陈：

> 水色天涯共茫茫，听我为君吟短长。心事随身参同契，金丹不老老伯阳——

这几句就掉转了意思，直指忧心忡忡的慈元了。

《周易参同契》，东汉魏伯阳作。一说以为此书言简意赅，不外就是透过语言连缀，将《易经》、《老子》之言拼合假借，转相注释，看似说的是用炉鼎烧丹，指喻实为人身经脉流通变化。也有一说以为烧炼黄金水银之属，可以吸收先天一炁（同"气"），历一纪而神丹可成，服食之后，肉身化炁飞升，遂为仙矣。

李白在此，只是把"心身内外"浮泛地论为一体；所谓"参同"，就是参核一个人所思与所事，是否有"形神相通，体性相符"之理。本事：魏伯阳在打通儒、道、阴阳各家之说的时候，必从"同类相变"来立论，故有所谓："欲作服食仙，宜以同类者"、"类同者相从，事乖不成宝"。

在李白而言，放在诗句之中的也不是多么艰深难晓的道论，只是基于此理，用乎此语。"心事随身参同契，金丹不老老伯阳"所喻十分明朗，乃为慈元的心境和处境。说得浅白些，即谓：成于内则发乎外，此人既然形容枯槁，必定心志憔悴。不料，慈元终归不明白诗句用事的机关，但闻"随身"、又闻一"契"字，忽然心头一凛：莫非，莫非李客已经在书信中同李白透露了玄机——也就是他此行要与各地寺院勾当的种种内情？

然而李白作诗，只是天真，其命意常随字句而飘移、而流动、而飞跃。每看似岔走于邈然不可及之处，复将诗旨使转，所以汪洋恣肆，回环自如，未可以常理节度。既然这诗开篇用游仙领出旨趣，又因"身心参同"而转到了魏伯阳，更是他极有兴致的题目，遂再扭折一回声调，用急促的入声为韵脚，显现出一种迫不及待的节奏和情味——也就在这一刻，他转身奔向道旁一湾春日初涨的浅溪，摘采了一大把剑刃也似的菖蒲新叶，递过来，对着慈元傻笑，继续吟道：

河车丹鼎生紫液，姹女初成朱雀碧。即此奉君食菖蒲，蓬莱瓜枣识痕迹。

慈元仍在迷惘和忧惧之中。看李白载吟载笑，越发糊涂，颇觉遭了侮弄。实则李白此作发展到这四句上，反而是在嬉谑之间，流露出一层深情款款的祝福。

魏伯阳《参同契》开丹道之先河，有一不可须臾离之的要旨，即是将炼丹的药鼎看成一具体而微的天地，阴阳五行，世间万物，无不凝形缩影其内。

其后，无论民间附会神话里的汉代人物钟离权，或者是在江湖之间亦正亦邪、神出鬼没的吕洞宾，以迄于刘海蟾、张紫阳者流，皆为"内丹"一派；其主要的原因就是魏伯阳所标榜、推阐的外丹之术没有足够的技术细节，可以供为操持实践的张本。像是在炼丹所必备的器物、材料方面，多出之以隐语，令学习者感到难以辨别，又不胜其烦扰。倒是将外在天地与我身宇宙相缩和的内丹之说，杂以周天练气之术，即身可行，日进有功，反而很快地为人所理解而乐于参习。

而李白的这几句诗，便是十分稠密地组织起外丹术语而成。

根据道教典籍所载，有蓬莱修炼之法，在这些法典中，一般称水为"河车"，称火为"朱雀"。术士们为了故作神秘，不以常名而呼，多少有些惑人耳目以玄秘自珍的用意。例如"姹女"，原意为少女——由于旧时有以守宫砂（亦称朱砂）辨认处女的俗尚，而制作守宫砂又必须使用水银，遂使"姹女"成为"水银"的代称。

炼丹得水银，书记十分粗略，大约是取水一斗置锅中，生火煮沸，再放入九两水银矿石——呼为"圣石"；水银一旦烧出，便是"姹女"了。其次而成者，则称"玉液"。再向后，还会随火候而变化，呈紫色结晶者谓之"紫河车"，呈白色结晶者谓之"白河车"，其余青色、赤色之结晶亦然。诗句：当"姹女"结晶，火色转蓝（朱雀碧），便可以说大功告成了。

不过，炼丹只是一个过程，李白在这一节所欲传达的意思，实在次一联。不意间发现路旁溪畔的菖蒲，点亮李白一点灵光。那是曾经在《楚辞·远游》里出现过的人物："奇傅说之托辰星兮，羡韩众之得一。"东方朔的《七谏·自悲》中也有："见韩众而宿之兮，

214

问天道之所在；借浮云以送予兮，载雌霓而为旌。"

韩众是古老神话里的一个神仙，《列仙传》上说他为齐王采药，而齐王不肯服食那药，韩众只好自己吃了成仙。《抱朴子》上形容韩众："服菖蒲十三年，身生毛。日视书万言，皆诵之，冬袒不寒。"不知菖蒲即齐王所不肯服食者否？倒是李白取菖蒲奉飨于慈元，不免因为和尚头顶无毛，食之如韩众而"身生毛"，或可稍御头顶之寒，这，当然不无取笑在其中。

至于下一句，用的是《史记·孝武本纪》里一则流传很广的故事："（李）少君言于上曰：'……臣尝游海上，见安期生，食臣枣，大如瓜。安期生，僊（仙）者，通蓬莱中，合则见人，不合则隐。'于是天子始亲祠灶，而遣方士入海，求蓬莱安期生之属，而事化丹砂诸药，齐为黄金矣。"

所谓"蓬莱瓜枣"，恰是勾出远游求索的心情——无庸置疑，求仙，不能只看到表面的仙字；于李白，这就是对这玄黄天地、洪荒宇宙的无穷好奇与探索。吟诵到此，诗思有如脱缰之马、离弦之箭，再也收束不得；李白只恨自己的口齿不够敏捷，当下声字喷出，意兴随之涌至；转韵入平声，以五言十二句重新勾回首联"放鹤"的情境，结构出一个完足如弹丸的篇章：

> 客有鹤上仙，飞飞凌太清。扬言碧云里，自道安期名。两两白玉童，双吹紫鸾笙。去影忽不见，回风送天声。举首远望之，飘然若流星。愿餐金光草，寿与天齐倾。

这一切，慈元显然都没有听懂，他更没有成仙的打算，只反手推开了晶莹碧翠的菖蒲叶，冷冷地应道："休要作耍！李郎既知我随身尽是契券文书，须见人生琐琐，道途迢迢，应是赶路打紧。"

此诗无名，为李白初旅之迹，后人似乎也可以这样看：当现实的人生展开之际，那诗句中的仙境，便随着脚步而一句一句地凋零了。

贯酒知谁醉，凭仙放鹤飞。露寒失画壁，蚁绿染僧衣。僧蜕峨眉山烟里，翠微犹带经声起。浮梁余药饮行人，行来一片天河水。水色天涯共茫茫，听我为君吟短长。心事随身参同契，金丹不老老伯阳。河车丹鼎生紫液，姹女初成朱雀碧。即此奉君食菖蒲，蓬莱瓜枣识痕迹。客有鹤上仙，飞飞凌太清。扬言碧云里，自道安期名。两两白玉童，双吹紫鸾笙。去影忽不见，回风送天声。举首远望之，飘然若流星。愿餐金光草，寿与天齐倾。

# 四五　傥逢骑羊子

李白此行看来走得仓促，实则无论行脚迟速，都在赵蕤的算计之中。月娘交代的物事，也果然实用。那是一个外观膨脝似鼓、内中缝缀了几十个口袋的布囊，每一只口袋之中，都分装了足供两人一餐所需的生米、糗面、豆饼和杂粮饽饽等等——《诗经·大雅·公刘》所谓"乃裹糇粮，于橐于囊"便是这个意思；囊中有袋，方便路客充饥时零星取用，不可或缺。一般而言，干糇之属，果腹而已，取其食用方便，不计风味。在跋涉途中，即使错过了驿所，只消在野处能够觅得水火，聊事煮炊，总能勉强凑付一顿。

赵蕤所设想的不只于此。他明明知道：李白一旦登程，是可以流连而忘返，迷途而未觉的，于是临别之际，曾发付了一封书简在布囊之中。李白每每野处炊食，取用糇米的时候，总会看见那皮纸密封的信，偶尔好奇，便想拆开来看一眼，可是即目所见，既无仙、又无羊，何必多事？遂强自按耐了。

倒是慈元，时时看见那书信，总觉得其中有些消息，终于在一长亭歇脚处看李白将一小袋杂着黑稗的糇米倒进煮粥的铜铛之中，书简随手搁置在一旁地上，便闲闲问道："赵处士交付的？是给谁的？"

李白这时正解开水囊，使纱网滤了滤驿路边打来的溪水，顺手指了指自己的鼻尖。

"何不拆看？"

"无事不须看。"李白一面说、一面取出火石生火，把那书简又收回了布囊里。

慈元仍旧不死心，复问："如何是有事？"

"某师临别时吩咐：须见羊，便有事。"

李白言者无心，慈元的脸色却沉了下来——难道赵蕤真是活神仙？连这样一桩启程之后才发生的事，他都有预见之能么？

这事十分棘手。

先前为了处置便宜，慈元从福圆寺僧人处交易来一批契券，有的在向原先贷主借取谷种、麻油、被服甚至经卷的时候，就已然白纸黑字写定，无须质押。也有的则以田地为担保，届期如果不能偿还，便可以割地偿债。这在经营借贷取息已经有多年经验的寺院而言，本来相当寻常。可是由于事涉"移坵换段"的周转，鉴别土地肥瘠、利用厚薄的工夫不能不谨慎为之。

"鉴田"平时便有；各处丛林原本就雇得些擅长农事的寺奴，且暮往来奔走，仔细勘验，大约估算出某地每年每亩耕耘所得的谷米之数，就用之以甄别田价。若所值与原先的借贷本利有等差，可以另用现银、制钱或者其他能够兑价的实物权抵。

这一回令慈元不能不担忧的，是一张金堆驿驿卒的借贷文书。借据所具姓名为"马千里"，成贷日为"开元元年七月十二日"，内文字句是这样的——

> 开元元年七月十二日，金堆驿卒马千里为急要钱使，交无得处，遂于福圆寺僧虔一边，举钱三千文。其钱每月头分生利一百八十文，如虔一自要钱用，即仰马千里本利并还；如不得，听任虔一牵掣马千里家饲羊群，将充钱直(按：即值)，有剩不追。恐人无信，故立私契，两共平章，画指为记。

借据之后列名的"举钱人"是马千里，"同取人"则是马千里的妻子党四娘、妹妹马五娘。谓"同取人"，记同列为借方，也有具名为保的用意。

这还只是大明寺与福圆寺之间、在比兑了许多可以作成交易的田土之后，恰足以充抵余额的契券。其棘手处不只一端。首先，是借贷形式，并无质押品；无质而贷，讲的是人面信用；可见福圆寺与马千里相当熟识，或恐有不便催讨的情分。其次，是马千里在借贷之后不过一年多，就被驿厩里的一匹发狂的老马给踢死了。

马千里生前欠的债不能还，利钱却还继续滚着。党四娘和马五娘顿失天伦，无以谋生，三千文债务就如同滚雪，再也回不了头。虔一和尚既不欲强人所难，也不情愿吃亏；看来顾去，只有借着"移坵换段"之举，让出债权，取得他方转来的利头，才不蚀本。

　　然而，收了这张契券的慈元却有另一层难处——他还要赶在佛诞日上峨眉山；就算能狠下心肠，赴马千里家中凭券取羊群，总不能赶着这一群羊远赴峨眉朝山罢？若要等朝山之后回程再议，则手中得以与其他寺庙交易的契券可能所余不多，换言之：能够再将这笔债权转出的机会，就更加微乎其微了。在这"攘其羊、抑不攘其羊"的两难之间，慈元还真是别无长策，嗟叹不已。

　　这一刻，听李白说起"须见羊，便有事"，慈元还以为赵蕤参透了所有的机关，登时四体一软，满面颓唐地说道："赵处士果然是活神仙！"

　　李白一面淘淅着铛中之米，一面细细捡取稗粒，漫不经心地应道："和尚有烦恼，何不说来？"

　　原本只是"羊"之一字阴错阳差的误会，却牵引着李白的这一趟游历步上意想不到的歧途。慈元一念转来，愈觉赵蕤料事如神，无可隐讳，却仍吞吞吐吐了好一阵，才交代了他的难处。末了，终于说开了："贫道毕竟是方外人，设若驱彼一群羊往集上兜售，似也曲折佛面。"

　　李白明白了这七周八转的债务原委，自然不觉得与神仙踪迹有什么干系，可是看这和尚一脸愁云惨雾，很是不忍，便道："同行同命，某此行既无非去不可之处，亦无不可去之处，便随和尚往金堆驿，看如何处置就是。"

　　金堆驿在六十里外，两人这一程改了走法，脚下不分昼夜，逢光即行，有亭便歇，歇时不拘久暂，长亭短亭但有顶盖，便和衣而眠。行止间渐渐能说上些话，李白才明白慈元为什么眉目之间，总显得偪僜猥琐，心事重重。

原来时当北魏末叶，此僧上溯六代前，有一祖曾犯重刑，沦为"佛图户"。这是一种划归寺院管辖的人户身份，其地位接近奴婢。由于编入各州镇的寺院，是以又称"寺户"。这种身份的户民，除了为寺院服事洒扫杂役之外，还得付出相当沉重的劳力，开发寺庙所拥有的土地，经营农耕，产出五谷。他们是寺院及僧团的摇钱树，但是极为低贱，唯有日夜就近向佛前忏悔罪孽，算是唯一的方便与福慧。

未几，北魏一分为二，宇文泰所领控之西魏日后篡立为北周，就在北周武帝当国的建德三年，皇帝发动了一次彻底的灭佛行动，顺手废除了佛图户。很难说这是不是给了许多佛图户民一次"置之无地而后有"的机会；他们不再从属于寺院，不再听命于僧团，也不再以劳动和尊严抵偿祖先所犯的罪刑。

从慈元的父母这一代上，有了编户国人的身份，而他则具备了出家为僧的资格。家世如斯，慈元即使入了丛林，仍是一身卑奴之气，挥之不去。此人行事，锱铢必较，些许得失，就添无限烦恼；观其形貌，就像是关押多年之后初获释放的人犯。即使身在佛门清净之地，别无污秽经身，仍显得忧忡犹豫，常带着一种身后有人追拏的惶恐；又像是浑身包裹着冤情，任谁来开脱都不得洗雪——也由于相貌如此，才到金堆驿，就招人注目了。

金堆驿有六条小溪交汇，诚所谓沟壑纵横，山峦叠嶂，地势与秦岭深处、华县东南的金堆镇极为相似，昔日开通驿路的主司便以"金堆"命其名。群山幽深，多古木异草，开采药材者不虞匮乏，只消从溪谷攀缘而上，来到驿所，就近流通，所以往来客商极夥，十分热闹。也因为聚散缤纷，人事杂沓，前后两驿的驻卒常到此地逻巡。

这一天众目睽睽之下，赫然见这眉眼慌张的僧人，催趱着驴车一驾，运载庞大，真与一般云水之游绝不相同；而旁行的少年虽然风标俊朗，骨秀神清，可是腰间却佩着一柄十分招摇的长剑，怎么看也不像是和尚的道侣。这两人交头接耳，四处问讯指点，看来更不寻常。

李白一心一念，只在打探那马千里的家眷，未及其他。倒是党四娘、马五娘似乎人人识得，问过几处街坊，略一拼凑，便有了下落。原来自马千里死后，这一对姑嫂不能再寄居于驿所，三数年前就迁居到山野里去，仍以饲养群羊为生。牧务繁重不说，风俗法令，断屠为至要之禁，几乎没有可以违逆之隙，生计便更加艰苦了。

斋月、斋日断屠，从来已久；南北朝时期，举凡佛光普照之地，每年正月、五月、九月，皆不可杀生。此外，每个月都不能免的，初八、十四、十五、二十三、二十九、三十等"六斋日"，也要严行"普断屠杀"——这还有个名目，叫"年三月六"。

"年三"，指的是三个持长斋的月份。唐代之人在这三个月里，非但断屠，也不许执行死刑，连官吏之走马上任都得避过，为之"忌月"或"恶月"。"月六"，亦不杀，也略有古典根据。据传：释氏《四天王经》记载，每个月的六斋日是四天王秘密遣使或是微服出巡，来到人间查察善恶的日子。凡人守戒、行善、不杀生，必可获得延年益寿的福报。行善求福的表面文章一旦刊为法禁，就是天经地义，不可动摇了。

自从高祖武德二年正月下令：更将断屠之日扩充于每月的初一、十八、二十四、二十八四天，这是为了表现唐王朝对李氏为祖的道教之崇敬而设的。断屠诏一出，有"释典微妙，净业始于慈悲；道教冲虚，至德去其残杀"的教训。也因为扩及"年三月十"，一月之中，每逢八日都断屠，而有"三八"之说；故《妙法莲华经》亦有云："三八镇游诸寺舍，十斋常具断荤辛。如斯净行清高众，经内呼为女善人。"

　　善人越来越多，牧户和屠户的活路却越来越窄。一法高悬，竟至一年有二百余日不得食肉，也就令牧屠之辈二百多日不能谋生。无怪乎《佛祖统记》有载：高僧善导居长安化人念佛，一时全城向化，皆断肉食。遂有一屠姓京，苦于萧条，别无生理，乃由烦恼而生杀心，瞋恚难忍，持刀入寺，欲杀善导。故事里的善导为说净土法门，指示西方现净土相，竟然还说动了京某，从此发心念佛不辍。却没有说明白：这屠户日后怎么讨生活？

　　党四娘和马五娘养羊活口，实无尺寸生机，足见艰难。李白与慈元可以在驿所里等候，说不定到那许令屠宰之期，他姑嫂便来市上营生，算是容她们自投罗网罢了。然而，道情之人尚有一语说得好："该来时，人也未必就来。"

　　盘计多方，李白以为还是该循路找去。二人复于驿中寄了驴车行篚，只收裹了聊供一餐可食的囊袋，步行涉溪过野，直到天色尽墨，才找着了那一起勉强有竹檐土墙遮风蔽雨的破落户。一眼望去：散处之羊的确有些，大多病瘠无毛，三五可见不可见之数，很难说是一群。更不堪闻问的是，两个半老妇人看来都病在榻上，奄奄一息而已——无非是饥寒交迫而无力活下去的模样。

　　室内寒灯一檠，放在灶上，似是有人借此用饭，还来不及收

222

拾。看灶间犹有余火，釜中只剩几茎泛黑透黄的野菜，浮粒可数，漂在稀薄的汤里。李白唤慈元门里门外寻了些散柴来，将灶火续上，另烧了一铛水；自己则为两妇人把上了脉。

纯以脉象论，两人都没有什么恶病，然而寸关尺三部，轻按皆无力，重按则空虚，看来气血两不足，不能鼓动脉搏。此外，姑嫂二人的脉征，都呈现了浮与迟之状——浮，乃是由于内伤久弱、阴血衰少，而阳气不足；迟，则是脉动缓慢，宜属病寒之证；寒则元气凝滞，血行无力；说得直白些，就是坐困愁城，等待瘐死。

李白当下解开随身囊袋，一如这几日道途间手段所施，将谷米稍事涤洗，尽数倾入那釜中，待烈焰沸过之后，抽柴减火，以微烬慢熬。不过片时，一釜白粥便煮就了，供应那姑嫂二人一时狼吞虎咽，恢复了活人的神气。

党四娘与马五娘也都未曾料想得到，天外居然有仙客飞来，给张罗了一顿饱餐；登时喜极欲泣，趴在那缺了两角墩子的破榻上不住地叩首、顶礼、道谢。李白避而不受其礼，拉着慈元趋出门外，低声问道："和尚，若仍欲讨取此券举钱，恐须勾留些时日。"

"几日？"

"即令我等日日前来煮粥供养，充其量，倾囊与之而已——算来么，亦不出二三十日耳。"

慈元简直不能明白李白的用意，只能追问："然则？"

"渠等——还是要饿死的。"李白冷冷地说完，别无他语，回身入室，并不理会那两妇人，迳自收取随身携来的布囊，扭头冲外走了。

慈元更不知所措，前瞻后望一阵，顾不得撇下屋中二妇人，追步上前，且行且问："如此，则、则——罢了？"

李白沿着来时之路，一意匆匆前行，走出里许开外，才忽然扭头对慈元道："某今日始稍稍悟得'辟谷'之究竟。"

令慈元诧异的是，当李白这么说的时候，嘴角显现出讽谑的笑容，而眼眶之中，却似有泪光闪烁。


# 四六　心亦不能为之哀


辟谷名目极多，又称却谷、却粒、绝谷、断谷、修粮等，其术所从来久矣。

自秦汉以降，与夫道家的逐渐蓬勃，修身练气、养命长生、服食升仙以及辟谷导引种种神异其能、非凡其事的传说便不胫而走，天下喧腾。

即使连《大戴礼记·易本命第八十一》都有这样的记载："食水者善游能寒，食土者无心而不息，食木者多力而拂；食草者善走而愚，食桑者有丝而蛾，食肉者勇敢而悍，食谷者智慧而巧，食气者神明而寿，不食者不死而神。"如何从"智慧而巧"，精进身心，以达于"神明而寿"、"不死而神"就成为此下千年之间修道者的使命。得以只饮水而"不衣丝麻，不食五谷"，善于"吹呴食气"的术士，非但常保"童子之颜色"，还有"肉色光美，徐行及马，力兼数人"的模样和能为。

不进用常人饮馔，堪称神乎其技，其事则车载斗量。其例大凡若此：《神仙传·鲁女生》所记的鲁女生，"服胡麻饵术，绝谷八十余年，甚少壮，一日行三百余里，走逐麋鹿。乡里传：世见之二百余年。入华山中去，时故人与女生别后五十年，入华山庙，逢女生，乘白鹿，从后有玉女数十人也。"

另，同书记封君达之事，也相当近似："服黄精五十余年，又入乌鼠山，服炼水银，百余岁往来乡里，视之年如三十许人。常骑青牛，闻人有疾病待死者，便过，与药治之，应手皆愈。"随手撷拾无数，而看似不相关的辟谷之人，在传闻中也能往来无碍——封君达就见过鲁女生，还曾经为鲁氏"授还丹诀及《五岳真形图》"。

辟谷不同于绝食，《抱朴子》曾录董京之《辟谷方》："以甘草、防风、苋实之属十许种捣为散，先服方寸匕，乃吞石子大如雀卵十二枚，足辟百日，辄更服散，气力颜色如故也。"此处的"方寸匕"是量体单位，取一寸立方，大约十粒梧桐子。

历代方术之书，逐渐衍生派别，彼此泾渭分明，但是于辟谷服食之物，所录则大同小异，不外乎黄精、玉竹、芝麻、天冬、大枣、黑豆、灵芝、松子、白术、桑葚、胡桃、蜂蜜、麦冬之类；或复添以云母、雄黄和朱砂等矿石，更与炼服外丹家数结合为一体了。在赵蕤为李白打理的随身草药里，就半是此物。以其深谋远虑，不会不知道李白此行还真不免要冒上挨饿的险，是以贮裹完足，以备不时之需。

然而目睹两个受饥寒交侵、即将成为饿莩的妇人，李白自知：除了随手布施，勉成一时饲养，其余也无能为力。他不得不想起传说中那些或则服药、或则服气，总之在饥饿中犹能不碍于维持容颜、体魄、精神、寿命的高人，他们或则"断谷三年，步陟登山，终日不倦"，或则"但求三二升水，如此年余，颜色鲜悦，气力如故"，或则"断谷三十余载，唯以涧水服云母屑，日夜诵《大洞经》"——这些人的方术，若是能普施于哀哀生民，不是时刻能挽救万千条性命吗？

或者——李白所转出的另一个念头则是：这些断谷仙方，杂以方士们吐纳导引、高寿轻身，以及各种光怪陆离的怪谭，或则根本就是用以欺诳众生，使之在垂死挣扎、无以为继的生之边缘，仿佛还寄托了、攀附了最后一宗遇仙而化、随仙而去的希望。

在疲惫、绝望以及掺杂着惭愧的怜悯之情中，李白与慈元践踏着薄水碎石，越过溪谷，挑了一处较平缓的坡地，向驿所走去。他们远远看见爝火连行，人声鼎沸，兼有马鸣驴嘶，喧哗不已——看情状，像是夜行商旅休憩已毕，准备登程了。然而，李白却感受到一股沉郁之气，打从四围八面渐渐涌迫而至，这使得他腰间的剑轻微地抖动了起来。他停住脚步，鞘中长剑抖动依然。

放眼再朝驿路上望去，夜空中的爝火便如同扑展着火翅的鸟儿，竟向他和慈元包围过来。李白凝眸以观，立刻明白了：是黄昏时分乍到金堆驿时撞见过的——那十多个横刀执戟的驿卒。

当先一人，戴扎巾软帽，两条束带从脑后系上头顶，此人面容丰腴，方口大耳，可是满嘴无牙。他的上半身外罩半甲，内裹棉衣，底下穿了素褶子，腰扎革带，足登一双长筒靴，靴子很旧了，踝折之处的皮面磨损欲穿。褶子打从当央撩起，反掖在腰带底下，这就露出了里头的粗布裤，打遍了补丁。再看他右肩斜搭一革带，上镶方玉版，带上悬一束鞘腰刀——这是一柄胡刀，刀面宽大，其弯如钩，刀鞘上浮雕着栀子花纹，花色涂金，闪闪亮眼。

豁牙的这个身后是一排穿着与他相似的驿卒，有的手执长竿铁，有的胁下跨着朴刀，间杂一人抢步上前，回头止住了这群驿卒的前进之势——此人体态高大，头角棱削分明，装束又与他者略不相同，他身披前后两面明光铠——不过，前一面是锻铜铸就，后一面则是皮革鞣制，显然是拼凑而成。他在转回身时，已经连鞘抽出了腰间一刀，对李白喊了声："住！"

"昌明李白，大明寺僧慈元，路过金堆驿。健儿可有差遣么？"李白道。

尊称"健儿"，对于驿卒人等来说，表现了十足的敬意。本事："健儿"是由朝廷派遣使者，与各地州县官连手为之，这是一种在常额的"府兵"、以及强行征募的"兵募"之外，向地方上简召自愿军而给予的头衔。与"健儿"相当的，还有"猛士"，也是一种招募而得的士兵，前来投效的，必须身强体壮，甚至武艺出群——在此，当然是一个敬称。

为首这魁梧的驿卒向后挥刀画了半圈，列卒分别向两旁闪开，接着就从驿所门口滚出一宗行李来——不消说，是李白的笼仗。紧跟在后的，是那头驴，已经松脱了鞔辕，孤零零不知让什么人打从驿后厩舍里掏了出来，慈元惶恐了：他的箱笼筐箦都该在驴车上，可是看来那车已经叫人给劫了去。情急无着，掏出了袖中的契牌，哭嚷着："贫道一车什物，寄在驿上，皆属寺中常住所有——"

"好说，贵寺'常住所有'，呵呵，毕竟是贵寺啊！"豁牙的一咧嘴，回头去地上取过一物，其大如瓜，往面前地上扔了——那是原先拴缚在车辕上的一只软囊，一落地，在尘土中散了口，滚出无数金银烛灯台座、翡翠念珠、宝石镶嵌的金刚杵，还有些看不出用处的晶黄灿白之物。

"这是、这是敝寺发付贫道赴峨眉山供奉之物——"

为首之人并不理会慈元的辩解，他双目炯炯，直盯着李白的佩剑，像是怎么也忍不住似的笑道："此物？"

李白低头看一眼自己的剑，他从来不知那剑有什么可笑的。然而，对方来意不善，这笑意便值得玩味。无论此人是想要这把剑，或者不以随身携剑过市为然，为什么眼中会流露出如此明白的轻鄙？

"家传一剑。"李白道。

这身量高出李白一头的大汉接着道："汝家在安西？"

李白猛可一怔——这还是有生以来头一遭，有人向他说起"安西"二字。那是他祖父执意要让李客归根中土的一个漫长旅途的起点。日迈月征，岁时忽焉而过，关于安西都护府的民情风物、日常琐屑，他已不复记忆，但是这柄剑与丁零奴，则心象鲜明，无时不可重睹，且历历如在目前。

剑，是丁零奴从碎叶水一役的战场上拾回来的。

此剑原本还不能称之为剑，而是一支带杆而折断的丈八长矟，头将近四尺，重十余斤。此矟原先的主人是谁？已窅然不可踪迹。只能推测是当年为唐朝大将苏定方所擒服的西突厥之主——阿史那贺鲁——身边近臣之所用。能够使得动这样一杆长大而沉重的矟，应该是一员身形巨大、膂力惊人的勇士。不过，在那样摧枯拉朽的大规模战事之中，尽管有万夫不当之勇，恐怕也难以抵挡一时翻卷如潮的人海淹袭，是以半杆折断的矟，便成为丁零奴无数不费本钱的什物家当之一。丁零奴本意欲将母铁熔了，冶成锻铁，再铸造成堪用的耒耜锄铦等农具；要不，打造成车轴、车辕、车衡上的覆铁也很合适。

不过，打从战场上拾荒归来，拔出了半截断杆，那矟便不时地发出一阵阵哀猿孤鸟般的呼啸。丁零奴情知其中有异，当下带着那矟头，返回碎叶水，在焦土骨砾之中，拈土为香，向天祷誓。历时一昼夜，他得着了鬼神的应许——持此矟杀生者以及被此矟取命者，共誓一大悲愿，那就是同留其魂魄于天地之间，遂行"摧

228

伏怨敌，弭止纷争"之事。丁零奴愿以巧匠之艺，因其形、改其势、合他金，并减其半重，重新打造成一支短柄而斜锋扁长、单侧出刃的兵器——剑；此剑有合乎古体与时样者，也有丁零奴自家别出心裁的细节。

经历过刀戟战阵、或是略微通晓兵书之人都知道：自从西晋东渡之后，中原战役进入了一个兵器的新时代。早在三国、两汉甚至远古以来，一向被视为地位崇隆、且多少还具备实战价值的剑，已经广泛地被刀所取代。大体而言，弧形、薄脊、单刃、阔面，灵活易于施力的刀器，遂成为短兵器实战史上的新宠——这是西北草原牧胡之刀所过之处，以鲜血写成的教训。

一剑随身，或许还有些许风姿仪态上的考究，临阵对敌，却很难派上用场。丁零奴制此剑，本不是作兵刃用；反倒是带有祭器或礼器的性质，所谓别出心裁的细节，关键就是剑茎与剑首，固然与剑身一体铸就，而丁零奴作了一番花样——他把剑首雕镂成金刚杵四瓣连环之形。

盖金刚杵在古天竺与吐蕃之佛教信仰中皆"象征坚利之智"，有摧破怨敌与烦恼之义。《大悲心陀罗尼经》中为第六手眼，其底蕴为"若为摧伏一切怨敌者，当于金刚杵手"，这就更不是寻常杀戮战斗者所能意会的了。

上下打量了李白两回，大个子的笑意更浓了，他将手上的刀往李白的剑首上磕了磕，道："汝自报家门是昌明之人，这剑又是家传之物；既属家传，却如何是敕勒铸匠的手艺？"

李白万万不能料到，身过巴蜀蛮山，居然会遇见一个曾经从征于西极万里之外的驿卒，他当然拿不出安西地方的身牒，这就很容易引起误会或导致诬陷——即使像这种连卫士都算不上、有如供役人等的驿卒，也可以扬威仗势、数落他是逃役丁口，或者是挟赃亡命的歹徒。

果不其然，大个子接着回头对众驿卒道："比来逃役丁夫四处奔走，拏不胜拏，笞不胜笞；也作恼人！"

此言一出，李白又转出另一层惊骇——依律，他在前一年就是编丁了。常法有约束，编户之民年满十八，可以受百亩田，也因之而必须缴交以及服事征派。此制，称"租庸调"法。

唐人沿袭前代而形成的均田制声称："有田则有租，有身则有庸，有户则有调。"每丁每年要交粟二石，这个名目谓之"租"；除此之外，还需纳绢——或者是其他丝织品——二丈、棉三两，也可以代之以纳布二丈三尺、麻三斤，这个名目谓之"调"；丁男每年要服正役二十天，如不服徭役，每日折绢三尺或布三尺七寸五分，这个名目谓之"庸"；庸可以"留役"，也就是以服力役代替缴交"调"、"租"——满十五日免调，满三十日"调"、"租"俱免。

当然，大部分地区的丁口根本领不到百亩田，绝大多数赖耕稼为生之民，连四十亩地都分派不到。然而应须上缴之"调"、"租"不能稍减，应须供应之力役则终需以"调"、"租"补偿。即使多数明白划归为某丁所有的田地，也常常是不可耕地，朝廷所推行之"均田制"不过是具载于典册文书，从无确切施行之一日。

为了确保人力不至于非法流失，唐代的户籍管束极为严格，号"乡里邻保"。民户有"百户为里，五里为乡，四家为邻，五邻为保"的连坐组织。地方官署最重户籍，此"编户齐民"之大体。无论籍隶何等，都逐时严控。各户户主每年自报"手实"，详列家人姓名、年龄、性别、职业以及所拥有的土地亩数。"手实"之上另注明各人来年应服课役，也有的还细举积欠，这也有名目，谓之"记账"。"手实记账"每三年编修一次，一方面的确就是均田制与租庸调的凭据，一方面也是确认编户之民各安其业、各尽其赋、各守其分。

可是，折算每人每日勉可赖以存活之粮，约在一升又半之数，那么，一拥田四十亩、年获谷米四十石的农丁，仅仅是自食其力，已然罄其所有，哪里还有余粮可以上缴呢？这是大唐初立以来，民间底层一向未曾改善的窘境，若不融通以借贷，就只有逃役；也就是从法定派服劳役中，挤压出勉强糊口的劳动力。

由于长期的灾乱与兵祸，唐初户口大约只有二百余万，纵使贞观之治，颇能与民休息，至高宗永徽年间，编户不过三百八十万。到了李白出生前后，也就是中宗神龙年间，天下丁户几乎倍增，约六百万。然而僧侣、贱民、客户与军人，则皆不入户籍。这是相当庞大的一笔人口，总数亦不下于百万。朝廷虽然没有逐一驾驭、以追索赋役的能力，却经常催促地方上的各级官僚严予监管，一旦有边警或征战，就可以发动形格势禁的追捕。

其中，僧侣和军人还可以因其身份而不受干犯；贱民与客户的处境却异常狭仄。当年赵蕤一迁破天峡、再迁大匡山，遑论其间飘泊多年，居无定址，这样的人，即属"客户"，算是化外之民。如以编户之法论之，如此自生自灭，本来就与全天下为数不啻百万、逃赋避役的丁口没有两样——在深受赋税徭役压迫而难以存活的老百姓而言，惟有减低户等，才能不受形势盘剥；要不就多立门户，以博田亩；要不就私买度牒，假作僧徒；要不，就生生世世甘为流徙之人。

李白孤剑在腰，锋刃未曾出鞘，却已经为形势所困，成了通逃流亡者。

孰料，屋漏偏逢连夜雨。正当李白还不知道该为腰间之剑编派个什么来历之时，龅牙的那驿卒只手强拉起驴头搴索，朝慈元脸前一凑，慈元待要退躲，脊梁后却教另一驿卒给顶住了，于是驴头对僧面、僧面对驴头，惹得众人皆乐不可支。

李白一转念，想起右臂上还缚了一支匕首，若疾取此匕刺击大汉胁下明光铠夹缝，则彼必然猝不及防，反手再取龅牙，一刀试其颈，大约也不至于失手。然而往后再战，便不容易了——他不指望慈元也能动手拚搏，可是要在转瞬之间、连取两人性命，还得拉驴套车，勉强就道，不出一半里路，恐怕就要让次一驿的逻卒撞上，就算能够避过，前行又能走出几亭去呢？

他这厢杀念尚未停歇，龅牙又朗声喝骂起来："这秃，看来也是个顶冒的和尚！"

"贫道度牒随身，健儿不可冤枉佛前子弟——"

"汝且看！"龅牙果然力大，右手再扭那驴头向着爝火，左手探指向驴左颊一抹，但见驴眼下两寸有余处、丛生短毛之间，赫然露出一个火烙的"出"字。龅牙瞪起一双虎目，斥道："此乃在牧之驴，怎么成了和尚的驮负？"

唐代天下官畜，皆用烙印，一则以利辨识，再则谨防流失。律令分明，凡在牧之马，于右肩膊烙小"官"字，右大腿烙生辰年，尾侧左右则烙以初生时管监所在之名。

有那形容端正、体势健伟的，得解送于京，由"尚乘局"专人饲牧驯养，只有这种马，约于满两岁的时候，测量其负载奔驰之力，上选者不烙监名，而以"飞"字烙左肩及左大腿，至于次一等的杂马，也有解送尚乘局的，就在左肩处烙以"风"字；盖以乘骑者跨鞍而上的一侧在焉。

不徒马匹用之，骡、牛、驴、驼、羊例皆用印。骡、牛、驴等是在左肩处烙以主官司之名，在右大腿烙以监地名。驼、羊则是在颊边志其官司之名。

此外，朝廷或皇帝的赏赐，也需要经"赐"字印；如果是配军以及充应传驿的，就会在左右两颊都烙上"出"字。也就是说：一旦"在牧"出身，无论是否上供殿中省尚乘局，其烙印字样、部位，都有专式，也就将牲口的身世都注明了，无论如何辗转迁入别所，配送军方或者隶属驿所，履历俱在。

官畜，只能够供官吏因公驾御，甚至严格到不可以挟带十斤以上的私物，有"违者一斤笞十，十斤加一等，罪止杖八十"。即此可知：慈元以官畜载了一大车数百斤不止的物事，无论是常住所有或者私人所持，都是算不清多少笞杖的罪过。

驿卒显然也非不通晓世故者。他们从慈元的神情就可看出：这和尚应该不是什么作奸犯科之辈。充其量，就是该寺该僧，以债取质，或者是以物抵债，收取了某驿上报衰老的驴——真要论处起来，普天之下，哪有驿所人等不靠私殖马骡、隐匿牲口，或者是转报衰病而从中图利的呢？

可是这帮人另有想法。他们借端仗势，未必真要入李白、慈元于罪责，不外就是将人赶走，再朋分了那一车的财物。然而，为首的大汉蓦地改了心意，只见他高抬双臂朝外挥舞着两下，脸上仍挂着那轻蔑的笑，示意众人退开几步。持爝火的伶利，当下围作半弧，把大汉与李白、慈元让在中央。李白在昌明市上与结客少年作要，一目而了然——这是要与他"起霸虎"了。

可以归诸为蜀地特有的一种风土民情，"起霸虎"由来甚早，相传打从汉代司马相如之时，民间即有此习俗。操练武术的人，往往互邀对搏，参与这搏击的人，特名之为"敢斗"。"起霸虎"多以长兵对敌短兵，如此较能相互印证手眼身法的不足；又恐失手伤及性命，多画地设限，并倩前辈武士持白杨木杆为令，敢斗两造须依仲裁人口断行止，任何人手中兵刃若是斫缺了白杨木，便得判负。司马贞作《史记·司马相如列传》索隐，提到司马相如少时好读书、学击剑，曾引用《吕氏春秋》佚文《剑伎》篇称："持短入长，倏忽纵横之术也；抢才起霸，飘然上下之形也。龙游虎步，侠士行焉。"这段话显然也扩充解释了"起霸虎"的语意。

不过，另有一说，可能更接近这种斗殴的本质。杜佑的《通典·卷一七六·州郡六》中，称："巴蜀之人，少愁苦而轻易淫佚。周初，从武王胜殷。东迁之后，楚子强大而役属之。洎于战国，又为秦有，资其财力，国以丰赡。汉景帝时，文翁为蜀郡守，建立学校，自是蜀士学者比齐、鲁焉。土肥沃，无凶岁。山重复，四塞险固。王政微缺，跋扈先起。故一方之寄，非亲贤勿居。"

这一段简要的文字，勾勒出蜀地绵延千载、尚豪又重文的习俗由来。尤其是基于地理上的屏蔽自固，资产丰沛，仅用"王政微缺，跋扈先起"八个字，便有力地刻画了此间"不师律法、自决胜负"的强悍民风，而"跋扈先起"与"起霸虎"或恐就是一音之转，古常民之语也许正是"起跋扈"。

大汉缓缓抽出刀，将刀鞘抛掷了，也自报了家门："剑门侯矩，久闻敕勒部所铸之剑能惊天地、泣鬼神，某生平尚未遭遇；今日一会，倒是难得。"

李白佩剑，只是装饰；往昔乘醉使气，咆哮闾阎，全仗着青春筋骨。这一番，忽然想起当日在市井间揎拳伸腿，纵跃奔跳，不外就是与同侪少年嬉闹玩耍而已。真要动这生死刀兵，他可是全然不能应付的。

大汉侯矩抱拳反手将刀锋向地一指，刀环之声琅琅然——这算是开门之礼，随即游手绕肘，将刀柄拉回腰际，左掌顺势向前，虚虚按着刀脊，这便是请李白拔剑了。李白稍停片刻，仔细回想着前些年看人"起霸虎"的景况，却怎么也记不得该如何开门请礼了；一时情急，不假思索，"霜"的声把长剑拔了出来。

那端的是一柄好剑。剑身平直，至锋头三寸处微微向脊作弧，单刃冷峭，迳泛着一绺蓝光，可见钢质精粹不芜。剑身离鞘之后，犹自嘤嘤作响，像是颇有枨触不甘之情。慈元瞪眼看了，不觉背脊森凉，齿牙渗冷，登时倒退几步，腿脚打起了寒颤。

李白从未以对阵之态向人拔剑，这一拔，连他自己都吃了一惊——但觉剑身忽然沉重万分，几乎不容擎举。他就这么一剑在握，遥指天星，人却门户大开地站着，或许只是一转瞬的工夫，但听得耳边爆起如雷的狂笑。

领头笑的，还是那大汉侯矩，紧接着的是所有在场的驿卒——笑声飘散在驿路之上、摇曳于溪谷之间、更千回百折地勾引了夜色中绵延有如蜃龙一般的群山。从山间兜转回头的笑声则显得愈发猖狂而扭曲。李白并不知道：在他拔剑的这一霎时间，究竟发生了什么事，低头上下自顾，形色更显得愚拙狼狈。他这才看出来：自己身服长衫，仓皇拔剑，腰间所悬的剑鞘，还兀自晃荡着，这般与人对敌，不过是作态而已。

偏在这一刻，驿路边的坡地下方，传来一声呼喊："侯十一！"

闻言之下，侯矩登时止住笑，更撒了手中的刀，直向路对过疾行。不只如此，先前围聚的驿卒们也各持爝火，追随着侯矩奔窜而去。李白听见侯矩道了声："四娘嫂难得出门——"

"住了！"来者喘着气、却一步不肯停缓地直冲李白而来，手中还挥晃着一张纸——走近前，认出来了，是先前在那破落户中奄奄待毙的党四娘。

李白收了剑，听见党四娘一阵窸窸窣窣的叮嘱，那侯矩只是颔首称诺，辞色十分恭敬，与先前简直判若两人。党四娘的一番话像是交代了两三回，侯矩忽然扭头冲众人喊："和尚的驴给拉回槽上去；此处凌乱，且收拾妥当；一干物事，都发还了行客——"接着，他转向李白，连声腔也和缓下来："承蒙贵客仁心妙手，某在此谢过。"说着，竟然躬身向李白和慈元各作了一个长揖。

此刻，党四娘抖着手，递过那纸，原来是李白搁在灶上的借据。她的眼中既有感激、亦不免疑惑，还夹杂着几许像是很难启齿的期待。李白看一眼慈元，道："汝等生计艰难，和尚也有慈悲；这契券，便向灶下烧了去罢。只是——"李白转向侯矩，容颜肃穆，道："汝与某，还战否？"

侯矩又低头瞥了一眼李白的剑，摇头笑道："汝全不晓剑术，有何可战？某杀羊杀鸡，还得几餐血食；杀汝则既不能为之喜、又不能为之哀；直须惹天下豪杰耻笑耳！"


## 四七　相识如浮云


行人在道，暂寄行李驴马于驿所，还可以通融。但是不具备官客身份者，谓之私客，于律不容接待或留宿。驿卒们这时一改容色，商议了片刻，把慈元和驴迎入厩中，整治了一处干爽透气的角落，容他歇息，供应些素食干粮；辞色之间，颇有告罪还礼的意味。

李白则顺手从篚中包裹了药材，交党四娘带回去煎服。侯矩蹲在驿所旁一座长年不熄的烽炉边上，不时往炉里添些枯枝，冷眼看了半晌，待党四娘一去，便问道："汝为士人？"

李白摇摇头，道："白身耳。"

"读得书、识得字，便是士人了。"侯矩道，"本朝乃是士人之天下！信然。"

"汝亦自安西来？"

"已然不记来处了。安西曾杀过几人，瀚海亦杀过几人，北庭也须是杀过几人。"

那是阿史那贺鲁在碎叶水一役大败之后，又过了将近二三十年，西突厥十姓部族时叛时降，却一再被唐军清剿得七零八落、日益离散。直至武则天垂拱元年——也就是李白诞生之前十六年；西突厥仅余两部族，分别以汉语名之为"兴昔亡"与"继往绝"；顾名思义，是要保留这种愿意归附大唐之异族的一脉根苗。

五年之后，是为天授元年，其中受封为蒙池都护的"继往绝"可汗，名叫斛瑟罗的，收辑各处残余部众，大约有六七万人，入居内地，以大规模移民争取唐朝廷的信任，遂官拜右卫大将军，改号为"竭忠事主可汗"。"竭忠事主可汗"领有平西大总管的头衔，镇守碎叶，稍稍得到了喘息。然而，这只是从中原远眺所及见者；自突厥内部视之，则"竭忠事主可汗"却是一个残虐凶暴之主。

果然，平静了不过三年，就出了内乱。西突厥有一别种，名曰"突骑施"，酋长乌质勒，原本是为斛瑟罗手下一官，官名"莫贺达干"。此人能抚下用士，颇立威信，一时诸胡皆附，乃崛起。以一万四千兵，夺取碎叶城、弓月城。此人用兵飘忽无定习，出没无常兆，于攻破碎叶城之时，把"竭忠事主可汗"赶回了内地。

乌质勒一夕崛起，控御所及，尽有斛瑟罗故地，东邻突厥，西接昭武九姓。但是此君并无骄恣雄霸的野心，而愿意与唐廷交好。武氏圣历二年——也就是李白诞生之前两年；乌质勒还遣送其子入朝。

突厥各部起落，无论就近就远，皆多少牵连可及于李白早年的身世，以及日后的遭遇。李白五岁那年，一家人就是在这样一个倥偬不安的情势之下，继续向东漂泊，而号曰归乡。

同一年，乌质勒受封为怀德郡王；复二年，更受封西河郡王，然使者未至，而乌质勒已死，其子娑葛代统其众，陈兵三十万，极为强势，唐封之为金河郡王。然而，娑葛与其部将阿史那忠节不和。《大唐新语》完整地记载了这件事，并且提到当时与之有关的一个大人物——宗楚客。宗楚客是武三思的爪牙，神龙年间担任中书舍人之官。当娑葛与阿史那忠节闹纠纷的时候，安西都护郭元振提出一议，要把阿史那忠节所部吏民徙往内地。可是宗楚客和他的弟弟宗晋卿以及朝臣纪处讷等，由于收受了阿史那忠节的贿赂，不但不接受郭元振之议，反而发兵进讨西突厥，也就是准备一举歼灭娑葛。

娑葛震怒之下，举兵入寇，袭擒阿史那忠节，杀了唐廷使者冯嘉宾，击溃安西副都护牛师奖。郭元振始终以为：尽管闹出兵祸，可是娑葛理直无咎，遂上表请赦其罪，才算安抚了这一场乱事——娑葛日后为突厥默啜可汗所杀，默啜的人头却曾经在侯矩的手中飘零数千里；而宗楚客的孙女，却嫁给了李白。


李白在金堆驿烽炉边听到侯矩说起往事之肤廓，大约也只能想象：当他这一家人高车健马、冒牒潜归之际，侯矩正以"征人"之身，向西进发。

唐代兵制，以府兵为核心。大体言之，举国府兵之数，约在四十万，一般为五番输役；每番供役五分之一（也就是八万人上下）属常备役，番番轮替而行；其主要的任务为"番上宿卫"，其次才是"征戍镇防"。不过，除了隶属各折冲府的府兵之外，还有为了应付突发而大规模征行任务，各地州县尚须召集兵员，点名应卯，强制从军，这种"兵募"所招来的男丁，没有"卫士"的头衔，于律称之为"征人"。

"征人"不隶属于折冲府，而是以州为单位，较常见的情况是：某州须要从当地征发军行，便自行招募，不从朝廷派遣。招募之后，也由州统一发放军行器械、装具。"去给行赐，还给程粮"，也就是说，从应募之地（州），到服事之所（军），往返衣食之需，例由当局供应。有些时候，由于荒欠的缘故，在籍丁男不能按时完粮纳税，情急之下，倏忽应兵募而去。

毕竟，朝廷用人孔急，往往顾不得余事；而壮年之人所有，无非一肉身。到雄关绝塞之地，博一博天命时运，比起困死在乡里陇亩之间，可要痛快得多。这些人之中，也有不少能够获得一些微薄的升赏，而恍若衣锦还乡者，闾里中人反而多以"边城儿"呼之。

李白听侯矩此地亦杀人、彼地亦杀人，看来不在本籍、亦不拘里贯，或即经常在边关之地冲锋陷阵者；遂不禁好奇一问："汝系兵募乎？"

侯矩仍旧像座铁塔似的蹲着，不屑地挥挥手，一挺腰杆，朗声道："某乃私装从军！"

"啊！"李白不觉惊呼出声，"是义征，看汝魁伟过人，真不似寻常兵募的士卒！"

这话脱口而出，并非恭维。有唐立国之初，霸业四图，积极向外用兵。太宗征高丽的时候，就曾经在常备的府兵之外，增以"兵募"。在太宗、高宗两朝之间，"兵募"还是军旅中战斗的主力。高宗中叶以后，更准确地说，是显庆五年大破百济、苦战平壤之后，情形显然不同了。

刘仁轨在麟德元年十月间给高宗的上书中就曾经提及："贞观、永徽年中，东西征役，身死王事者，并蒙敕使吊祭，追赠官职，亦有回亡者官爵与其子弟。"可是，到了高宗剿灭西突厥的显庆五年前后，却变了局面；从征士卒"频经渡海，不被记录，州县发遣兵募，人身少壮，家有钱财，参逐官府者，东西藏避，并及得脱；无钱参逐者，虽是老弱，推背即来"。这就是"兵募疲敝"的实况。

大唐天子志在九州岛八极，所从来久矣；广取天下丁男，仍嫌不足，另特许各路行军总管自行招"义征"——也就是绕过州县官府，直接发动那些自觉骁勇善战，而又不能在本籍加入"兵募"的年轻好斗、或者是侧目功名之徒。当年在征辽一役中大放异彩、身价百倍的薛仁贵，便是这样一个出身。于是"义征"之人，自诩非凡，他们入伍，和"府兵"、"兵募"最大的不同是自愿从军、自备衣装、自为一营，有一种激动奋发的元气。但是——

"战罢回乡，仍须勾当这驿丁生涯，真真闷煞人也！闻道突厥入寇凉州，某不免还要去海西走走。"侯矩拿刀柄敲了敲胸前的明光铠，道，"倒是汝辈识字之人，在此无事之地，同那和尚盘桓些什么？"

李白一寻思，还真不知道该如何作答，支吾片刻，勉强道："天下山川何啻千万，随和尚行脚，开一眼界罢了。"

侯矩闻听此言，先前脸上那轻鄙之色又浮露了出来："汝可知——敕勒部奴铸此剑者所为何事？"

"剑者，百兵之君，狭处对敌，长兵不可及，唯剑——"

"不然！"侯矩扬手止住，道："汝家传此物，而无传家之语乎？"

"有。"李白道，"谓此剑能'摧伏怨敌'。"

侯矩又纵声笑了，道："此剑乃是降者之剑！"

"降者？"

"两军对垒，必有胜负。"侯矩道，"败军之将，可以战死，亦可以奔亡；两者皆不能，而犹欲保全部曲属民，唯有一降——降将请以此剑斩首！"

于此，李白闻所未闻，勉强揣摩昔年那丁零奴赠剑的用意，一时还摸索不着端绪。难道，授首于人，便是"摧伏怨敌"吗？他沉吟着。低头看一眼腰际之剑，忽然觉得这剑竟然如此陌生；也不免为之一懔：啊！那个在记忆中面目愈发模糊的丁零奴，竟也同样如此陌生。

"士子！"侯矩从铠甲中掏出一块干饼扔过来，道："汝与某素昧平生，日后未必得见，即此奉劝一言：这剑，还是收藏了妥切。"

李白笑道："今来受汝一饼，他日不免将得珍馐一席以报，怎说未必得见？"

"看汝行程所向，应须去益州？"侯矩也笑道，"某在金堆驿充服这小徭役的庸期也将满了，家中又无田亩可以完纳租调，或恐还是要赴凉州投军去——与汝自是东西两途。他日若有珍馐一席，天涯两地，遥举一杯作耍罢？"

人生初见，恰似浮云，李白与侯矩都没有料想到，整整三十年后的天宝八载，他们竟然重逢了。

那是一个罕见的酷寒之冬，行年将近五十的李白身在梁苑，仍是羁旅。那时他所抛弃的家室在鲁地，抛弃他的皇帝在长安，他相亲相敬的友人则散处天涯海角，有的遭到贬逐，有的投靠了边帅，有的遇害殒身，有的抑郁而死。他忽然醒觉到：以自己年力，生之前景，即将涸入一片萎烂的泥淖；而他，再也不可能为朝廷建树什么伟业，或是为自己挣得一份令名了。

他从一座刚刚脱手卖讫的酒楼中一步迈出，口中还信自喃喃作声、吟诵着修订一篇新作——《雪谗诗》；但见眼前阶下一人，端严九尺之躯，昂藏如山，额下是一部杂灰透白的三尺虬髯，点点纷纷沾带着飘雪。更惹眼的，是半遮脸的一顶大毡笠子，上头遍是红黑斑斓的陈年血迹，还有那一肩行李上插着的朴刀，刀环在朔风之中琅琅扣响。

来人从笠檐之下看了李白老半晌，不肯移动半步，猛可道："士子！果耳开眼界了？"

李白一眼不及认出，再打量时，才看清楚，却又都看模糊了。泪眼迷蒙中，像是看见了三十年前一夕谈，无酒无肴、无茶无饭，甚至无一语道及文章、无一言涉于学问；然而较诸平生际会，面前这个已然苍老无比的侯十一无疑却是最让李白心动的人。

那一夜金堆驿烽炉边的闲话，侯矩说了三件事，对李白的一生影响，无日或已——大流星、默啜头、鲁门剑。


# 四八　何用还故乡


金堆驿李白、侯矩一晤之前五年，也是大唐开元二年，五月二十九日夜，有大流星出没，京师所见，其大如盆，可是房州一带传来的流言就不得了了，说流星之大似瓮，亘古未曾一见，这恐怕会是一次前所未有的灾异之象。

流星自西南天际窜起，贯穿北斗，向西北天穹落去。且大流星并非独行，小流星之追随者难以数计，当这一群流星划过天顶之时，原本居宫在位、如如不动的群星也为之摇荡不已。这景象，连夕皆见，自夜半直到拂晓乃止。

由大流星启其端，灾异没有停过。紧接着是六月，大风旦暮而至，其势极为暴烈，许多州县都传出了"拔树发屋"的灾情。京中尤其险恶，据说长安城街中树，十之七八连根而出，竟有上百株吹至万年县界者——偏偏吹到了县界即止，一木也未曾逾越。这究竟该解释成"变不及万岁"，还是"受其变而不能臻于万岁"呢？坊巷之间，迄无定解。

几乎与此同时，京郊终南山上的竹子居然在数日之间，全都开了花、结了子，花形如麦，数十百万竿的竹花竹子绵亘于山丘，有如盛夏之雪，蔚为奇观，也平添了几分妖气。

就在竹子开花的同时，独见流星如瓮的房州传来噩耗：前温王、一度受韦后、安乐公主簇拥即位为少帝、现领房州刺史的襄王李重茂忽然死了。内廷宣布：辍朝三日，追谥襄王曰"殇皇帝"。

大流星所兆者，都可谓天高皇帝远，其事看似无一与侯矩有关。然而皇帝身边的日者却遥遥推算出来：远在剑南道剑州普安郡，一个列等于中下的小小县份——剑门——竟是流星生成之地，日者并声称：若不能及时收挈、诛除地方上的妖孽，则"不出三年，人主即当之"。

蜚短流长，不胫而走，剑门丁户大为惶恐，不知这"收挈、诛除"究是何意，于是纷纷远走避祸，真可以称得上是十室九空。侯矩便是在彼时脱籍出奔，到汉州投军，第一度成为义征之卒。奇的是果然不出三年便有了征应，太上皇——也就是睿宗皇帝——在开元四年六月癸亥，以五十五岁之年崩于百福殿。李旦自初登帝宝，凡三十年，四次让位——让母、让兄、让侄、让子；竟以保全。此殆天数，不是人德人力所能致之的。

"且休论编户于何处，列民于几等，天涯海角，俱是皇帝家院。以此之故——"侯矩为李白所带来的第一个匪夷所思之论如此："士子，汝切记吾言：家户，死地也！"

这是侯矩遁走边荒的源起。用他自己的话来形容："从此十步杀一人，等闲而已。"——这，就说到了默啜头。


高宗末季，永淳元年，突厥后裔颉利可汗族人阿史那骨咄禄招抚流离，以一群十七人之党，招聚族亲，渐至五千之数，大肆掳掠敕勒九姓牧民的羊马，自立为颉跌利施可汗。原本因分裂为二部、而为李唐各个击破的东西突厥，至此寝然有复兴之势。

大唐立国整八十年的圣历元年，女后主政，对于西北边事，一仍高祖、太宗时旧例，尽力怀柔而已。就在这一年的六月，武氏派遣内侄孙、淮阳王武延秀西出长安，奔波于道途间两月有余，来到突厥南廷黑沙城请婚；他要娶回去当妃子的，是阿史那骨咄禄的孙女、也是当时突厥可汗阿史那默啜之女。

阿史那默啜的回话却是："我欲以女嫁李氏，安用武氏儿邪？此岂天子之子乎？我突厥世受李氏恩，闻李氏尽灭，唯两儿在，我今将兵辅立之。"默啜不但拒绝婚约，还将武延秀扣押为人质，拘囚了六年。

默啜这样响应并非粗率鲁莽，在他的想象里，中原氏族与士人官僚应当不会排斥他"效忠李氏"之大纛。这样做，显然有利于他分化唐廷对于用兵突厥的战和方针。事实上，他的分兵突袭也于静难军、平狄军、清夷军所在颇有斩获；于是又随即进兵妫州、檀州、定州及赵州。

武则天则以彼之道还彼之身。她一方面立其子庐陵王李显为太子，夺回了尊李的旗号，另一方面又任命李显为元帅，讨伐突厥。实际的领兵者为当时已经六十八岁的副帅狄仁杰。默啜闻风退走，却屠杀了从赵州、定州掠得的男女，为数近万；也有的记载显示，这一场屠杀的牺牲者数目高达八九万。

两年之后的武后久视元年——也是李白出生的前一年，狄仁杰一病不起。默啜则再犯陇右，横劫诸监厩马万余匹。明年复夺盐州、夏州羊马十万口。接着立刻在七月里入侵代州，九月攻忻州。此后十余年间，或索战、或议和；战时劫掠，和时请婚；作态交好，则纵送人质；逞势相凌，则斩杀遣使，其无常如此。

直到十一年后的睿宗景云二年初，默啜再度遣使请和。三月，以宋王李成器之女为金山公主，许嫁默啜，以结永好。这件事拖到当年十一月，看来还颇有眉目。居间斡旋的，便是在四月间令睿宗慨叹"朕却不能遂尧之行"的御史中丞和逢尧。

和逢尧为此而兼摄鸿胪卿之职，亲赴突厥都城，逞其三寸不烂之舌，对默啜说："可汗何不袭唐冠带，使诸胡知之，岂不美哉？"默啜还果真戴上幞头、穿着三品官紫衫，南向行跪拜礼，对唐称臣。

然而到了第二年——也就是玄宗先天元年；夏六月，左羽林大将军孙佺征伐奚族和契丹，被俘，奚族人将这些俘虏缚交默啜，默啜居然把孙佺等一干军将都给杀了。这一次婚约又成幻泡。

向中原用兵，力有未逮；默啜却不能不持续兼并各部族的土地、掠夺各部族的物资、收募各部族的人力。尔后四年间默啜也同时发动了北向的袭击，那里是漠北之地，方圆千里，有铁勒九姓之一，号拔曳固，又称拔野固，也叫拔野古。有民六万帐户，可战之兵一万余。由于居处水草丰美，良马成群，默啜即可汗之位二十余年以来，时时想要纳入所部。

开元四年，默啜发兵袭击铁勒九姓，旗开得胜，大破拔曳固于独乐水。这一场胜仗却让年老的默啜失之骄矜，在回师的路上疏于防范，他和一队近臣且行且唱，声喧于天，而没有料想到已经脱离了大军。

更不料却有拔曳固的散兵游勇，名唤颉质略者，闻声而潜随于径旁树林深处，于万不可测之际，忽然间从柳树丛中腾身而出，只一刀，便砍下了默啜的头颅。登时刀势如电，斩得那头颅离颈之后，还昂然唱了几句，飞出数十丈外——而左右近臣小队则人人为之怖骇溃逃，不成行伍。

当其时，唐军临边的大武军有一小将郝灵荃，正奉使于突厥。这拔曳固的小卒颉质略手提默啜的首级，贸贸然来，也是一脸惶恐。郝灵荃猛可想起来，他曾经听说过一段中朝旧闻：昔年淮阳王武延秀求婚不遂、反而遭到囚禁的时候，武氏曾经在朝廷上咬牙切齿地说："安得一健儿，为朕悬此虏头颅于廷哉？"

郝灵荃是军使，总不能亲手捧着出使之国的可汗首级，千里间关，跋涉进京。这时帐下有一虞侯低声道："不如轻易为之。"

"默啜，巨憝也！岂可轻易其事？"郝灵荃看着盛装在木匣之中的那颗肉色泛青、唇色透紫、圆睛隆准的人头，被络腮胡须圈住的一张嘴，还方方阔阔地张着，似有言未申、更似有歌在喉。郝灵荃睹此而肝肠扭绞、心胆欲裂，逡巡不敢接近。他有义务将默啜的头颅护送回朝，可是他办不到。

"汉州新投一卒，甚长伟，有勇力，善近战；可应此遣。"

那便是侯矩了。大武军为此差颁了他一副前铜后革的明光铠。他把装着默啜头颅的匣子用黑绫包裹了，捆扎在背铠之上，单人独骑在前，郝灵荃的一百小队在后，相去半驿之程。军令日行六百里，逢驿换马，兼程回到长安。一路无别话，只是每到暮色阴昏之后，侯矩便听见背后传来一阵一阵的歌声。有时幽咽而哀戚，有时慷慨而激昂，有时宛转而苍凉；侯矩奔驰在道，不数日，居然还能跟着哼唱起来。彼时，他但能识别声腔，依随曲调，是后四五年随军出没西极瀚海、北庭，遂渐渐明白了默啜之歌的意思。

开元八年，在金堆驿烽炉边，侯矩为李白带来的第二则闲话里，便有默啜的歌，这大汉唱了几遍，七零八落地将突厥之语解译了一通。其源出于北疆牧民之谣，本无多少深意，即目感兴而已。可是，李白听侯矩娓娓道来，竟然止饥忘倦，他这一生都将记忆着那些歌里简单、稚拙而动人的意思，大约说的是：

> 我眼之碧，得之于水草；碛沙之红，得之于鲜血；弯弓射月，弓即月；射落之时，一天飞大雪。

侵晨时分，霜寒刺骨，侯矩为慈元套驴上车，招呼馆舍庖丁供了二行人馎粥、渍菜与豆乳，算是相当丰盛的朝食。临别时，李白果然将随身之剑取下，收入笼箧之中。

"某非士子，不详古事。流荡湖海多年，所闻所见，也都浅陋得很。"侯矩说到这里，向李白抱拳施了一礼，"汝于四娘姑嫂二人有大德，说什么感恩戴德的话，也是徒托空言，不如指点汝一去处。"

侯矩在这时说起了鲁门剑。

"时无剑术,唯阳关韩氏尚有一技之长。"侯矩这时又从炉火之中捡出一根烧得通红的柴枝,朝土沙里狠狠画去;他画的,是曲折迤逦的线条;好半天李白才认出来,是河道歧出之形。阳关,关山极东之地,于李白而言,简直是在天之涯,沙地上那蜿蜒河道的尽头。

沙画的起点是一大圈,谓为洞庭湖,李白点点头。洞庭湖东下长江,一去不知千百山川,一路皆是水行,扬帆顺流而下,走势如飞。来到一处,古称广陵,前隋之时称扬州,设有总管府,并置江都郡。到了唐代,改置兖州、邗州,之后又成了扬州。

从扬州向北折,是谓漕渠,漕渠再往上,转一弯,入淮河,之后是南泗河、洸河、大汶河、牟汶河——牟汶河再向东出;侯矩将柴枝在尽头处一插,柴枝入土尺余——到了,徂徕山西南隅,是鲁门,也是阳关。

"彼处又称石门。"一面说,一面使脚一踏,柴枝又入土半尺,侯矩接着道,"当地耆老言,乃是在古鲁道之上,北与齐门遥遥相望,亦是鲁国北界之门。"

"阳关。石门。鲁门。韩氏。"李白道,"某记下了。"

"当地有一山,山名徂徕,山南复有一山,是为龟山。"

"啊!"李白双眸一亮,道,"这两山之间,必有农桑之业。"

"是有良田千顷。"侯矩忽然疑惑起来,"山东之地,万里之遥,汝既未到,岂能知之?"

"《春秋》鲁定公十年有云:'齐人来归郓讙、龟阴田。'"李白道,"龟阴即龟山之北,汝复谓龟山在徂徕山之南,然则两山之间,似应有田。"

"士子毕竟是士子！足不出户，能知万里以外事。"侯矩感慨了，"诚有如此大才，汝又何须学剑呢？"

"洞庭自古称云梦，七大泽浩渺苍茫，无涯无际，耳闻已久。果能借一帆而去——"李白探指随着那沙画痕迹，神色飞扬，烂漫无比，"竟能、竟能直至鲁地；纵使无剑术可学，也该游历一番！"

"鲁地凡事崇古，是以剑术犹未沦失。"侯矩并不在意李白对于远游的憧憬与亢奋，继续说下去，"某又曾风闻：韩氏之剑，能敌万人；而裴氏之剑，更在韩氏之上——只某未曾亲见，不敢妄断。"

侯矩所亲见的韩氏剑，又源起于战国以来仉督氏的射艺。此一渊源，侯矩亦不能屡述，须另明之。

东周以降，王纲解纽，燕太子遣荆轲刺嬴政，曾经献上督亢之地图，而匕首藏焉。督氏一族，原本是宋国华父督之后，不知何代迁于督亢——这个地方，也就是东魏孝静武帝时代、高僧昙遵"营构义福"嚆矢之所在的范阳。迁居于范阳之后的督氏又与从鲁地迁来的仉（音掌）氏连姻，以"仉督"为姓，世代独传一门据说是源自孔门儒生的弓箭之术。仉姓，即掌氏，战国时孟子母即是仉氏，或谓即鲁党氏之庶孙。

遍历两汉、两晋、南北朝数百年间，这一门在春秋时代卿士大夫人人都能上手的技艺，早已沦而不彰，仉督氏仅以家学传之，一向不收外姓弟子。到了隋末，天下英雄并起，有一个日后为唐高祖李渊用为左骁卫长史的王灵智，自幼听说仉督箭艺冠绝天下，遂身携巨资，不辞迢递，从大兴出潼关，来到范阳。

当是时，创彼"营构义福"的高门豪绅卢文翼已物故多年，其后人仍持其金、继其业、广为布施。王灵智出手豪绰，散财攀交，经由卢氏一门的耳目广为扫听，才知道"仉督氏"于人世间已无香火，还有一脉传承者，称"督氏"；当家立户的名叫督君谟，年仅十八，比王灵智还年轻好几岁。

督君谟一家数十代以来，无论在哪一行，除了密传射艺这件事始终不辍之外，谋生治事则一败涂地，尤其是北朝动荡期间，数十年沦为奴工、乞者，时受义福接济。也缘于这一份活命的恩德，几经卢氏代为恳求，也为王灵智至诚所感，督君谟终于答应：授艺三年，"视其所能，但倾其所能而与之"。

王灵智从督氏学射之事，日后颇有误传。或谓：在自以为尽得督君谟之技以后，王灵智曾经要射杀督君谟，以自高于天下。《酉阳杂俎》就曾经这样记载："有王灵智者，学射于君谟，以为曲尽其妙，欲射杀君谟，独擅其美。君谟志一短刀，箭来辄截之。唯有一矢，君谟张口承之，遂啮其镝而笑曰：'汝学射三年，未教汝啮镞法。'"

这个说法去实过远，也就不能因之而明白仇督氏之射，与韩氏之剑的因缘关系了；个中情由，便在那把"短刀"。《酉阳杂俎》称之为"短刀"，是为了夸饰督君谟"箭来则截之"的惊险，实则就是随身一剑。

原来仇督氏所传的射艺，不只是弯弓搭箭、控弦中鹄而已；以剑敌矢，相互攻防，是箭士与剑客两造都必须熟习的技术。进一步说：射箭的一方，除了发挥"长兵之极者"，力求准确，制敌于百步之外，于一射不中之际，还能再射、三射、四射，所以从取箭到扣弓，势须极为敏捷。而用剑的一方，则不但要能在百步之外以剑摒挡或削移来势极猛的箭矢，还要以灵活跳跃的身形步法、快速欺近所对之敌，遂以锋刃斩杀之；其间若有闪失，也很容易在近地为箭所伤。

这一套攻守之术，本是熔长兵与短兵于一炉而冶之，彼此照应，不可偏废。王灵智袭射督君谟，更是师徒之间精进艺事的锻炼，哪里有什么"独擅其美"之计呢？《酉阳杂俎》显然是混淆了类似的故事，将远古时后羿与逢蒙、飞卫与纪昌两对射艺师徒之间那种"计天下之敌己者，一人而已"的忮心，移植于督君谟、王灵智师徒身上来了。

王灵智所为，若真有什么背恩负义之责，倒是将督君谟一姓之所传，另又传授于外姓——三年学成，他本来想要返回都城大兴，督君谟问他：

"还故乡有何用？"

"陇右风光，豪杰满地，"王灵智道，"欲大用于天下。"

督君谟猛摇头，道："仇督氏之射，仍有未竟。汝宜复东行，至故鲁国之地，求诸仇氏血胤，所学或能略进于某。"

王灵智果然听从了这年轻师傅的话，继续其未竟之旅，来到鲁地徂徕山。可惜的是，他没有寻着仇氏，却将督君谟所传授的射艺分别交给了裴氏、韩氏两个徒弟。也或可能是基于气性秉赋的差别，裴氏精于射，韩氏精于剑，两支皆不能兼善。

裴氏日后传裴旻，裴旻年少昂藏，从征颇立战勋，有将军行。然而此君"喜有功，尚微名，与人相笑谑，荡不知检"，落拓不能大用，沦落于市井之间售艺，能"掷剑入云，高数十丈，若电光下射，漫引手执鞘承之，剑透空而入，毫厘不失；观者千百人，无不惊栗"。居然凭着这一技而令天下闻名，与李白之诗歌、张旭之草书并称三绝。至于韩氏，传于韩准，也在二十年后将所学传于李白，那是徂徕山。李白诗称韩准"韩氏信豪彦"，一语之褒，荣于华衮——算是报答了艺业。

至于韩氏的剑术究竟如何？侯矩是这样描述的——

"剑即步，步如飞；学剑，莫如学步。"

# 四九　千里不留行

默啜一死，突厥部落则陷入进一步的离散，其兄骨咄禄之子阙特勒把默啜的儿子"小可汗"也给杀了；默啜诸子、亲信几乎尽灭。这就开启了突厥部族的另一个世代，谓之"毗伽可汗"。

同时的奚族、契丹甚至拔曳固等诸部得知默啜的头颅已归天朝所有，纷纷内附。内附，从表面上看，是以移民屯垦的方式，寻求安定，可是在与此辈打过多年交道的边塞老吏眼中，北地异族请求依托，多半只是权宜之计，盖以其国丧乱，故相率来降；等到有朝一日安定下来，终将不耐汉家制度的约束，仍然要叛逃甚至劫掠以去的。

开元四年尾，十二月酷寒，皇帝想到东都洛阳去暖和一阵，此事因道路崩阻和群臣争议迁延到第二年的二月，终于成行。宋璟擢为刑部尚书，又加封了吏部尚书、黄门监——也就是先前的门下侍中之官；实领相权。这给了他一个独行其政的机会。

先是，宋璟非常重视一篇还没来得及奏报的上疏，出自并州长史王晙之手。王晙有远略，看出突厥各部纷扰不定的根本原因，还有一着，那就是和边地军州官民私通声问，互探底细——由于多历年所，双方间谍迭出，昨是而今非，日月滋久，奸诈越深。而王晙所计议的三策是："徙之内地，上也；多屯士马，大为之备，华夷相参，人劳费广，次也；正如今日，下也。"

宋璟本人就是一个"风度凝远，人莫测其际"的干才，非常重视为大臣者之胸次与眼界。他明明知道：大举迁夷狄于内地，有其艰难，却极为欣赏王晙的想法。然而他知道，若要遂行上策，必先使中策看来像是下策——他于是特别压抑诸将策勋，以挫其骄心。首当其冲之一人，便是迎回默啜头颅的郝灵荃。他刻意延迟郝灵荃的升赏，直到这一年的年底，且只予升授一级，由"子将"而为"郎将"。郝灵荃气得恸哭终日，活活就哭死了。

侯矩则在彼时转入营州都督兼平卢军使宋庆礼麾下，到柳城筑垒营田，并且专务狙杀那些身份不明、行踪诡密的异族细作。与他共事的，即是鲁门韩十七，名唤韩恒者。

也是由于韩恒，侯矩才明白：他背上那千里相随的头颅之所以会唱歌，其来有自。

当时边事烦冗，朝臣主张不一；有一意扫荡者，有力持绥抚者；既有以内迁落户而化之育之的意见，就有以深沟高垒而拒之御之的意见。有全然不以北虏为人类，而无论如何都要将之歼灭的人；也就别有一种总是要讨好胡族之人，似乎颇以为让步承欢，必可以保永久之好。就在这种不能齐心协力的环境之下，开启了"知运不知运"的一战。

先是，单于副都护张知运把突厥内附降户的兵器都没收了，才许渡河而南。当时这些降户便啧有烦言，嚣嚣不平。正好遇上一个处事与张知运大异其趣的巡边使姜晦，闻听降户来诉，人人争说：没有弓矢，便不能射猎，这是断绝生计的勾当。姜晦立刻下令：立刻发还其兵仗。降户等刀弓一旦到手，登时就叛了。

张知运虽然政令严刻，可是在军事上却没有相因相应的作为，与叛虏大战于庆州之北、灵州之南的青刚岭，居然被突厥俘了去。大军呼啸而过绥州，遇上另一个名字也叫“知运”的郭将军，邀借朔方兵来救，大破突厥于黑山呼延谷，才救回张知运。皇帝却震怒了，问以丧师之罪，将张知运斩了首级。

郭知运则从朔方兵处得知一宗怪事：毗伽可汗之所以能够在青刚岭将张知运一网成擒，是借助于从南方请来的飞头獠，供输大军情报。

岭南西隅溪洞遍地，在邺鄯之东、龙城之西，有地千里，皆为盐田。早在秦代，此地已有所谓“飞头獠子”，传言：这种獠人可以身首异处而不死。

飞头獠在头飞一日之前，就有征兆，绕脖子一圈渐生红色线痕，像是勒缚而成。此时，家人便应留心看守，细观动静。直到入夜之后，这人仿佛生病一般，状极痛苦。顷刻之间，头即离身而去，飞行如风；往往至近水岸边，泥泞之地，寻些螃蟹、蚯蚓之物吃，直到拂晓之前，才又飞还，恍如梦觉。

飞头獠族之人目无瞳仁，专祠一种神，号称“虫落”，所以常民也称他们为“落民”。除了飞头离身，并没有别的异状，在岭南与人杂居，平素也颇为相得。有的“落民”能使头飞南海，左手飞东海，右手飞西海，总之是昏夜而出，未及天明而返；若天明而不返，就收拾不得了。偏有些散手解脚的，在外出时受大风所摒挡，从此便飘零于海外，其人也就残疾终生了。

落民飞行，以耳为翼，瞬间可数千百里，不但速捷，且行踪诡秘。仗恃着这本领，有那心眼灵动的，南来北往，四出打探，听说有什么地方、什么人有需要掘隐发微者，便去兜售此技。

毗伽可汗听说了，立刻遣使远赴龙城，与落民酋长商计，每有飞头而出者，便至唐军各城垒营堡窥伺动静，随即前往房帐禀报；事成，当即在那飞头的口中放置一块黄金，庶几于黎明前飞回。由是，唐廷军情，不免班班泄露。

侯矩转赴宋庆礼麾下不久，便撞上了这些落民。起初，夜寻于营垒之间，但觉苍穹浓湛，夜色阒深，似有异物如蝙蝠者，在头顶上飘然来去，久而久之，稍能辨识些了，无论是用稍扑打、发箭扣射，都不能中。有时想要追逐踪迹，忽忽一眼看见，忽忽再一眼就放过了。

某夜，鲁门韩十七与他一同值更巡营，蓦然间又见一黑影如盘，横空而来，掠风而去。侯矩纵身一跃，掷稍出手，只差分毫便射断了军旗。韩恒在一旁劝道：

"彼等'落民'，同汝某一般，也是生灵。既无犯，何必杀？"

侯矩仔细询问了"落民"来历，韩恒也不隐讳，只当是家常琐事，款款告之。虽说赤县广大，无奇不有，这事却着实有几分骇人；然而更令他觉得不可置信的，是韩恒云淡风轻的神色。

"汝既知彼等来探军情，何不擎下这些细作问处？"

"经岁无事，我朝有何等军情信须保守？"韩恒笑了，道，"姑养之。"

"养之？"

韩恒低声道："无事，便养之；有事，即阻之。"

一夜无话，连夜亦无话。过了不知多久，忽而又是一夜。韩恒突然来唤，身上无盔无甲，只半身短衫、半身皮裤棉襦，背负一物，似剑非剑、似刀非刀。叫了声："随某来。"

两人出了营垒，步行西去十余里沙碛，愈走砂质愈软，拔足复陷，任侯矩何等矫健，也感到有几分吃力。回眼看那韩恒，双足踏沙，如履坚土，不入分毫。既而来至一处胡人祭坛，前后三百丈方圆，有五尺高的平台多所。韩恒复低声道："西北数去第七坛上，有累累如瓜者，即是。汝蹑行而过，勿眄，即掩袭之，或能攫其一；得之，莫使啮住，并不可放手。"

侯矩依言而行，果然远远看见有五六枚胡瓜也似的圆颅黑影，半围成弧，状似交谈，却未出声。待稍稍靠近了，他运足一气，拔身斜出，有如星火般窜向那祭台，顺手一扑，果然攫住其一。也就在那一眨眼之间，他忽然想到："若这飞头獠咬来，我如何躲过？"

这厢一念尚未转定，回头却见韩恒竟朝东北蹿身而上，腾空丈余，飞身之际，早已抽取了背上的物事，双手握柄，顺身形所过，横向脚下一挥——这一挥，原先那似剑身、又似刀身者，居然洒开一片八尺见方的细网，韩恒踏网而下，恰恰裹住了一个黑影。只此时，侯矩再一低头——发现他手里紧紧抱着的，还真是一枚瓜。

不消说：此番声东击西，是韩恒早就设下的机关。一见飞头獠入网成擒，侯矩扔下了手中的瓜，抽出腰刀，便要上前扑杀那飞来的细作。却让韩恒举手拦下；韩恒转脸对网中那落民道：

"侯郎欲结果汝，可好？"

那獠头夷夷吾吾说了几句獠语，又间杂了几句突厥语，神色惶惧，其意不问可知。

"放汝回乡，果还来否？"韩恒一迳还是笑道，"前番被某擒了，誓言不再来；却还是来了。今番复纵汝归去，不能不防范些个。"说时，探手扯下侯矩胸前明光铠上的一片铜叶子，另只手隔着丝网、紧紧扣住那獠的双颊，使不能闭口，接着，他小心翼翼将铜叶子塞进那獠的嘴里，塞得很深，直迫喉头，致使不能呕出。侯矩尚未明白韩恒的用意，但见他随手一张扬，网开八面，便纵那头飞向夜空中去了。

"放他去了？"

"去即去矣！千里前途不留客，再耽延些时辰，待天一大亮，此獠便回不了家了——"韩恒道，"纵使他还想去黑沙城请赏，虏性狐疑，一见他口中铠锁，便知为我军擒过；然则，无论他再说什么，也不会有人信了。"

韩恒的身法，正是鲁门剑的精要。在侯矩看来，腾身、蜷足、洒网、踏堕，这转瞬间令人目不暇给的起落，环环相衔，严丝合缝，看来无一动有杀招，但是无一动无杀机；恰为难得一见的用剑之道。

"某便借那韩十七一言赠汝：'千里前途不留客'，汝等——可以登程了。"侯矩说到此，大步居前引道为礼，走出一箭之遥，又像是忽然想起什么来，转头嘱咐李白："须知'时无剑术'，纵使汝学成，天下人也无眼识得，其侘傺无聊可知。"

"既然'时无剑术'，"李白笑道，"也便'时无敌手'。"

"非也非也——士子须知：剑术沦丧，鸡犬喧阗，"侯矩指了指自己、又指了指身后亦步亦趋追随而来的龅牙汉子，仰天大笑道："才容得我辈小人横行无度。"

"夜来失礼，郎君莫嗔怪！"龅牙汉子也跟着笑，一面笑、一面还从布裤补盯里摸出几枚铜钱来，强塞进慈元的手里。

侯矩不容他二人答话，又接着道："士子！汝与我辈，毕竟不是一池中物，天运际会，止此而已。"说到这里，直矗矗站在道旁，不再举步了。

李白只觉侯矩的话有趣，此时，他尚不能深刻体会天下丁男受租调、徭役驱迫，流离失所的根本。他也不知道，那句"毕竟不是一池中物"所隐含的是：他们这种人，在世间一无父母，二无妻子，三无亲友；一旦为饥寒所侵而不能忍，他们随时可以持戟仗、握刀枪、翻脸忘却谈笑，一变而为鬼道之阿修罗。

十年之后，李白初入长安，受尽了豪贵大人们莫名其所以的揄扬，以及莫知其所由的调笑，眨眼间由亲而疏、由贵而贱；所谓"冰炭更迭，霄壤翻覆"，顿时堕入不可知、不可测之大劫。李白从而坎壈失意，开始与市井少年狂饮纵歌，浪游赌斗，甚至结伙横行于市肆之间，以至于干犯了北门卫士——那是天子亲领的近卫重兵；不意而冲撞了这般人物，李白立时遭到挟捕，下狱成囚。

在牢中，他想起了十年前侯矩"时无剑术，鸡犬喧填"的话，也发觉当下境遇并不陌生；他早就在金堆驿经历过了。身处囚牢之中的李白，既不沮丧懊恼，也不忿恚忧愁；只怔怔忡忡地自问：

"何以吾不能是彼辈？"


# 五〇　日照锦城头


成都，剑南道益州治所，领有百姓之众，仅次于长安和洛阳。远非那些个名城——如江南东道治所苏州、岭南东道治所广州、淮南西道治所楚州、河南道治所汴州等——可及。但是李白万万不曾料到，金堆驿上那龅牙汉子布施给慈元的铜钱，到了此处却不能花使。市上一肆商随手挑了一枚，向戥子上过了过，瞑眼撇嘴道："此钱不足两铢，是恶钱，官敕不许用的。"

大唐立国未几，高祖武德四年，开铸一种名为"开元通宝"的钱；

由于形制质朴，极易仿作，天下各地盗铸者不计其数。到了高宗显庆五年，发兵征讨百济、困战于平壤前后，民生愈发困窘，恶钱伪冒日多，朝廷不得不应对，便悬令"以一善钱售五恶钱"，计以为百姓一旦缴交出这些成分窳劣的恶钱，再由官司收取，统为熔冶，补益铜质，铸造成"良钱"，也是善政。

老百姓的想法却不一样。试问：原本并无法定价值的钱，一旦由官司明令作价，则不能复以伪冒视之，而是有了等同于"良钱"的身价——虽只五分之一而已。此时民间不但不以五易一，反而将盗铸的"恶钱"妥为收藏，以待日后朝中弛禁变法，到时不一定以二兑一、以一兑一，则利头就远非当下报缴之可比了。仅执此念，还有人索性将船驶入江中，就在船上起炉铸钱，避人耳目。

果不其然，到了武氏当国的时候，非但不再雷厉风行地缉拏盗铸，市上之钱但凡没有穿孔，或者不是一经手眼即可看出含铁、锡过多而过于失真者，都得以公然交易。

玄宗登极，初号先天，长安、洛阳两京繁盛，钱溢如海，盗铸者十分之一二，居然通行无碍，迁延两三年，朝廷一直拿不出有效弭止的对策。只能下令：官铸铜钱一枚二铢四分，不到这个分量的，便归于恶钱，一律禁止发行。

这时皇帝想起被外放担任广州都督的宋璟。打听之下，听说这位在中宗时期已经官历宰相之职的大臣，居然在万里外的岭南仍有惊人的政绩——他悬令禁筑茅舍草屋，教导百姓以砖瓦建盖屋宅，减少了当地经常发生的火灾，人人乐道，有膏雨时化的令名。不过，宋璟先前是因为司理一宗杖刑的时候，失之于轻省，显然有"市恩"之嫌，而李隆基一向疑忌大臣如此，遂外敕贬睦州。一直到了开元四年，他才被调返京师，主持刑部。

这一回，宋璟和当朝名宦苏瓌之子——也是极具才华、谋略与担当的苏颋，商计出一套新的政策。他们知道，当年"以良钱一易恶钱五"的手段有一定可行之处，但是失之于粗糙。于是他们绕了一个大弯——首先还是宽松通货，请出太府钱两万缗（每缗一千），于京中置南北市，以平价买取百姓家中"不售之物可充官用者"；也就是说，凭空生造出一笔又一笔原本不会出现的买卖。

同时，宋璟与苏颋还有第二步；他们主张以不收取利息的方式鼓励两京群官，尽量预支俸钱。而这些太府钱、借支钱，当然都是良钱。此一措施既使交投热络，也充分供应了良钱，加之以收取恶钱于不着痕迹之中，很快地就让恶钱变少了。

宋璟较苏颋年长七岁，自是一代人；宋、苏之相得，原因不只一端，主要的原因，在于苏遇事不与宋争，而宋论事则多得苏之助。

苏颋的父亲苏瓌也曾历任刺史、扬州大都督府长史。中宗神龙初年之时，官尚书右丞、迁户部尚书、拜侍中。由于通晓典章法律，尝奉命删定律令，一朝格式，皆出其手，封许国公，为太子少傅。死后玄宗赠以尚书仆射，称得上是一代名宦。宋璟曾经公开论列苏氏父子："仆射宽厚，诚为国器。然献替可否，吏事精敏，则黄门过其父矣。"可见对苏颋的看重。

据说，苏颋年少时不得父意，常与仆夫杂处，可是却能惕厉自修，好学不倦。每欲读书，苦无灯烛，尝于马厩灶中，吹火照书读诵，其苦学如此。至于苏颋的名爵官资，虽然也位居国家大臣，但是通盘看来，不若乃父。

苏颋满二十岁的时候就举进士第，很顺遂地从乌程县尉起任。武后朝，举贤良方正异等，除左司御率府胄曹参军、监察御史，转给事中、修文馆学士，拜中书舍人。与诗人、燕国公张说都因为文章而颇负时誉，时号"燕许大手笔"。同时，苏颋也由于书法精美，多为时人撰碑，曾经借朔方兵大破突厥于黑山呼延谷的陇右节度使郭知运碑，便出自苏颋之手。

史家于年辈稍早的姚崇称"应变成务"，而于宋璟则许以为"守法持正"，可知其为人刚直，遇事果敢，而苏颋则能"尽公不顾私"地襄助宋璟推动政务，使得当世唐人每以高宗时代的房玄龄、杜如晦喻之。

然而，这不是没有隐忧——宋璟在迁都洛阳一事上，曾经和皇帝有过正面的冲突。那是开元五年春，正月的时候。由于宫中太庙原本是前秦苻坚时代所兴建，年久失修，因而腐朽崩坏，宋璟、苏颋就曾经联衔对奏，以为睿宗升遐未满三年，皇帝还在服孝期间，遽尔行幸东都，恐怕是由于天意不惬的缘故，才以此示儆，希望皇帝"暂停车驾"。可是，姚崇却以为"王者以四海为家"，太庙崩坏则不应归诸迷信，应该将责任付诸有司，先暂迁神主于太极殿，再更修太庙。玄宗在这件事上，嘉许了姚崇，甚至因而特命"五日一朝"，可见倚眷深重。

自从为世子、太子时便久历权势倾轧的李隆基是深谋远虑的，他知道：身边不能没有一个看起来经常与他作对，但是又不至于真正违逆他意志的大臣。在表面上，皇帝要表现得虚怀若谷，谦抑从谏，这也得臣下在犯颜直谏的同时，还能满足他的虚荣——而玄宗很快地发现：宋璟的确具备这样的智慧。

就在太庙崩毁的同一个月里，发生了另一件事，让皇帝对宋璟彻底改观。

东幸洛阳终于得以成行，皇舆来到崤谷，却发现道路没有整治妥当，皇帝受了颠簸，以为河南尹李朝隐和知顿使王怡失于部伍，督导民夫不力，都该治罪。宋璟上对，以为：巡幸才开始，便以民力之不逮而降罪于官吏，将来受害的还会是老百姓。

皇帝听进去了，正要释放李、王二人，宋璟又道："陛下罪之，以臣言而免之，是臣代陛下受德也；请令待罪朝堂，而后赦之。"这几句话让皇帝深深放心了，他发现：宋璟的确既可以为皇帝博一纳谏之名，又可以保全皇帝在百官群僚面前的无上恩威。

然而对于宋璟，皇帝从未疏于睚眦、防范，他随时都在找一个适恰的机会，排去其逐渐强大的势力——正因如此，和宋璟一向同声相应、同气相求的苏颋也因此受到牵连，一时俱去，才得以在他的下一个官职——益州大都督府长史——任内与李白相遇。而这份机缘之所以成就，正是由于严禁恶钱。

也就在李白和慈元启程南游之前的三个多月，监察御史萧隐之奉命搜检江、淮地区市面上盗铸的恶钱，朝廷法令与民间经济，看来各处极端——恶钱之所以泛滥，乃是流通所需，也有不得不尔的情由；萧隐之搜检严苛而急躁，大杀百姓生机，又引起了相当激烈的民怨。

皇帝先贬了萧隐之的职官，接着追究政令所出；众矢一时而集，随即指向宋璟和苏颋。未几，宋璟罢为"开府仪同三司"。这个官位，从六朝以来便无实权，高挂宰相的闲缺而已；苏颋，则迁为礼部尚书，实施了整整两年的钱禁于是开弛，恶钱再度滚袭于天下各地，其势不能复扼。

可是，益州偏处西南，地方上大小官署还在犹豫两可之间，商铺或张或弛，并无定准。加之以李白和慈元行色匆匆，一看便知是外乡人，身行所有，泰半为市肆中人指为恶钱。这令李白大为不耐，低头寻思片刻，忽然想起了一事，遂向慈元道：

262

"和尚，酒楼去得否？"这话当然是玩笑，李白也未指望慈元答应，迳自接道："某另有俗事，所去处，汝亦到不得。看这锦城也消得几时盘桓，何妨就此别过？"

慈元满怀所罣念者，还是在福圆寺那笔契牒移换上，蚀了几千文钱。每念及此，便怏怏然若有所失，心下早就琢磨着：得在成都当地的庙宇，借着别宗交易，匀些资本回来。倘若李白不在身旁，何止耳根清净？他也能心无旁骛，从容商量，仔细勾当。于是相约三日后亭午为期，散花楼前再会。

慈元却没有料到：李白所谓的俗事，也是讨索债务，只不过另有名目。

便在李白的行箧之中，李客早就为他准备妥当了。此行无分水程、路程，一路之上，但凡所经过的通都大邑，都有李客原本应该前去"抬举"的契券——就好比官司中征发赋税而作的"手实记账"一般；旅人来到某地，手持到期文书，寻着了举债之家，登门索欠，谓之"抬举"。

举，借贷也；抬，偿还也。据说这是从翻译佛经而输入的语词，一方面是指借贷偿还，另有利息，故所举之数，应须加抬。另一方面，在常民语言里，抬举也含有扶持、照料的意思，一如孙舫《柳》诗所谓："不是和风为抬举，可能开眼向行人？"说来颇为温煦动人，这就表示贷方之于借方，还有通财施舍的情谊、义理。

李白打的主意很实在：既然坊市间多指路客的钱"铢两不足"，也就是恶钱，其中分明藏有借机高其物价的意思。应对之道，便是让对造纳出现钱。这是李白混迹江湖的第一笔生意。至于"酒楼"，并非设席饮酒之地，而是一酿酒坊。

唐代开国，承袭了隋文帝开皇三年"罢酒坊，与百姓共之"的政策,官方、民间都可以经营酒业,酿酒、卖酒没有认证或许可之制,业者也毋须将营利归公。直到代宗朝,才发生了变化。那是李白过世之后两年的广德二年十二月,皇帝敕书:"天下州(县),各量定酤酒户,随月纳税。除此外,不问官私,一切禁断。"

再过八年,到了大历六年二月,又进一步确立了这种榷酒制度——也就是由国家控管生产和营业,将官方许可的酤酒户按量产额度,分三量等,逐月收取税钱,还可以用布绢供抵。这样改制,当然有其长远的背景。其一,就是饮酒者众,利润庞大,国计所需,岂能不分一瓢饮?其次,天下人以粮制酒,酒贵而粮贱,一旦任令自由供需,也会压迫到粮食供应。

其后,显然征榷过重,唐德宗曾经一度颁《放天下榷酒敕》。然而为时不久,基于发动削藩之战,军费靡耗繁剧,府藏散减空虚,不得不从榷酒的利益上弥补,于是又确立了此后近千年的榷酒制度。仅仅从榷酒确立施行之后的几十年间计算,宣宗大中七年时:"每岁天下所纳钱九百二十五万余缗,内五百五十万余缗租税,八十二万余缗榷酤,二百七十八万余缗盐利。"也就是说,榷酒所得,将近挹注了国家总岁入的十分之一。

而在李白生活的这个时代,酒曲尚未为官司垄断,只消操持酿造的技术,人人可以借此而谋生。李白一生之中最是功名偃蹇的时候,也最是饮酒无度的时候,他几番在东西两京和鲁地开设酒楼与这一趟游历有着相当的渊源。

李白行箧中的第一份契券,是成都陈醍醐酒坊主人陈过所赊欠的三百硕麦子,文书注明归还之期为开元四年八月,显然过了时日。

贞观元年,唐太宗分天下为十道,旧日楚地分属江南西道、山南东道和黔中道。而长沙一向都是为楚之粮仓;果有"楚粟熟,天下足"之称。这显然也是环境使然。

以长沙为核心，作为农产集散的大邑，有基于水利之便的四大渠道。其一，是从湘江至洞庭，可沿长江下达扬州。其二是越洞庭湖入长江至汉水、荆襄抵中原。此外——也就是李客行商天下的干道：经由澧、沅支流过巴蜀，以及过灵渠、漓水通岭南一路。

常年以来，李客组织商帮，看上了"楚粟"之丰之美，一旦东行货船空舱西返，往往趁着麦熟之时，多籴粮米，于返棹时沿埠趸售。这也是因为当时"诸郡出米至多"，"潭、衡、桂阳，必多积谷。关辅汲汲，只缘兵粮。漕引潇湘、洞庭，万里几日，沧波挂席，西指长安，三秦之人待此而饱，六军之众待此而强"。

除了供应万民食用，李客转运"酒米"、"酒麦"还有一个令酿家乐于与之交道的好处：他为人宽和，不汲汲于蝇头之利；每逢买主手头不大宽绰时，他便道："一诺为然，岂必取钱？"

对于李客多年以来走南闯北的生意之道，李白十分懵懂，贸然来陈醍醐酒坊，只道是依契取值，拿了钱就上路，以充盘川而已。岂料主人陈过一看那契券，一时肃然。他十分慎重地询问了李白的行止，得知三日后与慈元尚有散花楼之约，于是立刻安排李白的下处——就在散花楼旁，寻觅了一洁净的逆旅，接着便是设宴款待；迎劳十分隆重。

明明是不速之客，陈过却煞费苦心地安顿着。他四处探听：李客父子在成都还有何渊源？有何戚眷？或可相纳于一座之上，聊共欢忭。可是访来问去，一无所获，直到临开席，才约莫得着一句："据闻绵州刺史举荐过李客之子，但不知是不是这个儿郎？"

这就更令陈过为难了，看李白形容佻达，举止逸荡，不像士人；然而传闻果若不虚，此子竟能蒙一郡诸侯青眼，则更不能不谨慎迎将一番了。商计谨慎，才想到一个在锦城几乎无人不知、无人不晓的酒徒，名叫卢焕。

此公年少时曾经一第中举，近五十年前在成都附近的新都担任过县尉，与当时极负盛名的文士卢照邻同僚，两人相去将近二十岁，虽然年辈参差，但是意气相得，连宗以兄弟相称。秩满之后，卢照邻在蜀中游历了几年，这一对忘年之交仍时相过从。尔后卢照邻赴洛阳，被祸下狱，罹患了风疾，又因为服食丹药而手足俱废，侘傺潦倒，随即投颍水自尽。

卢焕则始终没有离开成都，他自号"倒载山人"。这个诨号，来自东晋民歌，所形容的是竹林七贤之一的山涛之子山简，诗云："日暮倒载归，酩酊无所知；复能乘骏马，倒著白接篱。""倒载"说的是醉倒之后给倒驮在马背上归来，朦胧间勉强起身坐稳，白帽子却反戴着。单凭这诨号可知：卢焕大约是个什么样的人物——总之招酒即来，乘醉而去；看来也不会计较什么缓急尊卑。

不过，卢焕与李白初识，仅能以"一言不合"状之。卢焕只道来者是一行商之子，又夤缘见过郡牧，还是前来抬举债务的，不免先入为主，憾其颜色骄矜，还道不上几句寒暄，便端颜整襟地说："孺子行年弱冠，犹未留心于文场乎？老夫深以为可惜。"

话里仿佛另有话，像是对于李白不在士人行中颇为诧讶，表面上像是有几分惋惜，但是听来又不无轻鄙，倒像是质问他：怎么不及早谋一个像样的出身呢？

李白在赵蕤处读书，从来不是为了应科考、守铨选。在他看来，天下之谋、郡国之计，不外就是从经史学问之中搬取故事，开济当前；换言之：从读书到致用，本来便是一蹴可几、一以贯之的事。而这老人家开宗明义，如此直言无隐，看来对于仕宦之道，还有相当不同于赵蕤的成见，于是李白拱手一揖，道："唯有请教。"

"国朝重文，贞观、永徽尤盛，比之于三代，应该也不遑多让；此即天子朝廷为士人开一蹊径所致。"卢焕摇头晃脑地随手指点着当央主人陈过的席几，道，"彼等商贾，所日征月逐者，不外钱谷而已；渠设筵款待我辈，便是亲沐教化了。然则，我辈如何便有教化可施呢？还是以出身为有据。"

陈过连忙颔首称诺："卢少府教训得极是。"

"老夫年耄矣！可以杖于乡国了——"卢焕不由分说，接着道，"当年某十九岁举明经，偏逢天下才人蠹出，人人都是国器；某守选多年，恨不能再进一阶，以宏词登科，少说也能讨得一个集贤校理，然而说耽误也便耽误了。"

这一感慨，满载着士人求官的辛酸。陈过与他酒坊中来陪席人等未必明白，李白却是了解的。由于只中进士不能得官，一般保守资格、等待铨选，就算是进士科出身了，也要等上三年；明经科的则要等七年左右，才能分配到官职。

有的士子大约就在这一段期间继续读书，应"博学宏词"或者"书判拔萃"等制科，百人之中，取不过二三。这一科虽然比较难，但是榜下即用，可以不必守选。但是，卢焕显然没有考中"宏词"、"拔萃"，至少不能入集贤院，得一份校书的差事；这一类的职务虽然没有品秩，但是外放到县里当个最基层的县尉，就有了品阶，也得以寄取俸禄。总之，雅号"少府"，已经说得很清楚：卢焕一生便是县尉到头，飘零诸郡，没有再升过官。

"汝年华正好，听说又蒙太守青眼相加，焉能不一心向台阁大用而去？"卢焕一口气将场面话说到此，转问李白："本朝文章，至高宗皇帝时为之一变，汝可知否？"

李白摇了摇头，道："某多习前代诗赋，于国朝文笔委实无多浸润。"

"不当不当。"卢焕皱起眉眼噘着嘴，道，"文与时俱化，这是千古不易的道理。欲有用于彼时，便直须作彼时之文；欲有用于此时，便须会作此时之文。老夫年耄矣！可以杖于乡国了。当年老夫任官时，可谓躬逢其盛，士人文章，万流归宗，汇聚江海，伟业也。那是楚国公上官相公所倡，真可以说是天下风从、天下风从啊！"

李白之于上官仪，只能说多闻其名而略知其人，在赵蕤处求学读书，也向来不曾关心过这位大前辈的诗文。一旦听卢焕如此推重，也就了无置喙的余地了。

上官仪，陕州人。其父为隋代江都宫副监，死于乱。上官仪当时只有九岁，乃私度为僧，隐埋十年，为扬州大都督府长史杨仁恭举荐赴科考，以《对求贤策》、《对用刑宽猛策》中了进士。诏授为弘文馆学士，累迁秘书郎，从此展开了他长达三十七年的仕宦生涯。

后世多所言及者，是上官仪的下场——他曾经以武则天"专恣，海内失望，宜废之以顺人心"的先见，草诏废后。因而得罪了皇后，缘事被诛，家遭籍没。直到中宗即位之后，他的孙女上官婉儿在宫中封"昭容"，始追赠上官仪为中书令、秦州都督、楚国公，以礼改葬。史称贞固干济，尤其是文章博学，可为一代翘楚。而卢焕所称道的，不但是他在诗赋创作上的表现，更是由于上官仪，才算是开启了一代诗律的定格。

上官仪在扬州寺院里苦读，或以为"颇受南朝宫体影响，文并绮艳"，这并不确实。也有人认为：他的诗辞采华丽，称"上官体"，是由于官爵显要，也不完全入理。究其根源，寺院幼学所带来的长远影响，其实是长期转读佛经的训练所致；而"上官体"之所以能够风行景从，亦非个人声誉昭著而已，实是声律划入制度使然。

中原音读，本无四声，直到南朝转读佛经，借取古天竺声明论之平上去三声，合中土特有之入声，都为四声。此事大备于南齐永明七年二月二十日，竟陵王萧子良大集天下"善声沙门"于王都金陵，制造经呗新声，所做的，就是考文审音，确认声字音读，这也就为同时代的周颙、沈约等诗论家提供了"四声八病"等音律之学的讲究基础。而上官仪，则是在将近一百五十年后的大唐时代，将这种讲究施之于考试去取准则的推手。

"汝且听老夫吟来，"卢焕本自精神矍铄，说到了诗，眸子更炯炯生辉，他清了清嗓子，道："一首《入朝洛堤步月》有句如此：'鹊飞山月曙，蝉噪野风秋。'这般因景造意，是何等手笔？还有，另一首《故北平公挽歌》有句如此：'远气犹标剑，浮云尚写冠。'这般随形赋采，又是何等格调？人说楚国公缠绵绮丽，以老夫视之，此论简直有眼无珠！"

李白回味了两遍，隐隐然觉得这老人家所言，恰恰与赵蕤对反——赵蕤再三期勉于李白的，就是打破这种琢磨声字、安顿韵律，不厌其烦追求熟巧，再于无地步处咀嚼旨意，雕凿奇警的技法。可是，卢焕却恰好逆其理而行，而且看来对于赵蕤所不屑为之的这种"时调"，竟然有着难以自拔的欣羡和赏慕。

"子曰：'小子何莫学夫诗？'"卢焕的兴致来了，似乎无意就此罢休，也不让主客就饮食，语气则更显老横，道，"后生！汝可学诗否？"

"偶作。"

"诗赋，乃是士道之根器，不能偶作！须日日作、时时作，食亦作、眠亦作；造次颠沛必于是而已。"教训及此，老人家忽然扬了声："可有佳句否？"

李白略微思索了片刻，忽然间觉得自己确实久久不曾在合律的文句上下工夫了，遂道："有写月之句'万里舒霜合，一条江练横'，曾蒙业师称许。"

卢焕闻言沉吟，微微一点头，道："老夫年耄，可以杖于乡国了；此生阅人多矣——后生么，才，是有的；然所作不应只此二句？"

"当下可作，请公命旨。"

"此间有前朝蜀王杨秀所建园林，摩诃池、散花楼，址观犹在，其金阁玉阑，极其壮丽。"卢焕道，"后生得一瞻仰否？"

"尚未。然，前事亦不鲜，《世说》引《天台赋》、《晋书》作《天台山赋》，或谓孙兴公亦未尝至天台山，而有赋焉；昭明太子不察，必以为有斯游而后有斯文，始题《游天台山赋》。"李白道，"此作有'赤城霞起而建标，瀑布飞流以界道'之句，岂非上官相公'远气犹标剑，浮云尚写冠'所胎息？"

"后生书史甚熟，"卢焕被李白顶撞得不觉笑了，"且赋散花楼来——"

李白毫不迟疑，琅琅接吟道："日照锦城头，朝光散花楼。金窗夹绣户，珠箔悬银钩。飞梯绿云中，极目散我忧。暮雨向三峡，春江绕双流。今来一登望，如上九天游。"


# 五一　雕虫丧天真


在这里，李白刻意出入于律与不律之间，也就是将卢焕极为重视的诗文规矩玩弄于指掌之间。这要从声调和对偶两方面看——

这两方面，也都与卢焕所说的"本朝文章，至高宗皇帝时为之一变"有关。

从声调言之。在锦城，李白、卢焕初见之前整整二百三十年，南齐永明七年底，举朝善声沙门造"经呗新声"，对于同时代沈约撰写《四声谱》的影响是相当明显的——尽管沈约很得意地宣称自己发明了诗的宪章："以为在昔词人，累千载而不悟，而独得胸衿（襟），穷其妙旨，自谓入神之作。"

沈约明了：诗文修辞必须有种种抑扬变化，但是这一套"独得胸衿"的"入神之作"，只能运用现成的、陈旧的名词引发联想，做成譬喻——如："玄黄律吕"、"宫羽相变"等等；这也就是以扭曲、扩充"玄黄"、"宫羽"之类的字眼，转递出平仄四声参差高下的意思，可是表述起来，却更为玄远，不容易理解。

由于沈约没有更精确而令天下人醒目会心的语词，以为解释，此后一二百年间，只能听任诗人瓌词自铸，摸索喉舌。其间一旦有大家名流之奇思妙句广为传诵，那作品的声调便备受重视，引为模板，也因此而逐渐形成了较能依托，也较为稳定的格式。之后，唐代科考以诗赋为根本，更将沈约那"前有浮声，后须切响"、"一简（简，即五言一句）之内，音韵尽殊"、"十字之文，轻重殊异"的讲究，开立为声调的律法。

先是，六朝之时，七言别是一种体裁，尚未普遍被视为歌诗。当时所谓的诗，专指五言。五言一句，两句一段；十字之文，颠倒相配；这是句型的构造。在诗句里，每个字声调布置的关键，就在于将听来"飞浮"以及听来"沉切"的字隔别而用，以见变化。另一方面，也由于常语惯例多用两字为一词，所以声调浮沉，也以两字为一节，并且以每节的第二字为准据。

由于佛经转读定音，四声考审殆无疑义，便将发音明显比较"飞浮"的平声字归为一类；复将发音明显比较"沉切"的上去入声字归为另一类，于是才有了"平"、"仄"的名目。由此而依据"前有浮声，后须切响"的要求，在诗中，一节读来是"平平"的语词之下，接着的就该是"仄仄"；再往下的单字便又是"平"了。相对而言：一节读来是"仄仄"的语词之下，接以"平平"；再往下的单字便又是"仄"了。

此外，基于古来用韵的习惯，韵字以平声居多，所以唐人科考也以押平声韵为主流、为大宗。于是五言诗和渐渐也越来越多人试作的七言诗，都有了固定声调的依归——不但每句之中"浮切相参"，前句后句之间，更有了"黏"和"对"的讲究——也就是把一句"前有浮声，后须切响"的变化，扩充到通篇四句、八句、十句甚至长达数十百句的篇幅。

以后世用语解看：这种"合式"的诗篇，仍旧依循两句一段，每段一韵，通篇不换韵部的法式。不用韵的前一句谓之"出句"，用韵的第二句谓之"落句"。落句的第二字，要与本段出句的第二字平仄相反，这叫"对"；落句的第二字，还要与下一段出句的第二字平仄相同，这叫"黏"。第二字如此，则五言诗的第四字也如此，七言诗的第四、第六字亦复如此。

到了卢焕所声称的"至高宗皇帝时为之一变"时，知名的诗人卢照邻、王勃、杜审言、沈佺期、宋之问……尽管生死穷达、先后有别，大约都在那一个时代写出了大部分吻合声调法度的当代之诗，人称"近体"。

除了声调之对，还有字义之对，一般咸称"对偶"。卢焕开口闭口所推崇的"上官相公"，大约就是最早将各种对偶方式胪列立论的诗家。或谓上官仪著有《笔花九梁》，其中就有诗之"八对"。九梁，指朝冠横脊，其梁数多少，可见官品之高下。《笔花九梁》原书早佚，后世莫睹，唯残存八对之说，大约如此：

> 一曰的名对，"送酒东南去，迎琴西北来"是也；二曰异类对，"风织池间树，虫穿草上文"是也；三曰双声对，"秋露香佳菊，春风馥丽兰"是也；四曰叠韵对，"放荡千般意，迁延一介心"是也；五曰联绵对，"残河若带，初月如眉"是也；六曰双拟对，"议月眉欺月，论花颊胜花"是也；七曰回文对，"情新因意得，意得逐情新"是也；八曰隔句对，"相思复相忆，夜夜泪沾衣。空叹复空泣，朝朝君未归"是也。

这是进一步将声调里的"对"延伸到字义之中，让诗文意象经由看似重复而实际对反、侧异、互为张弛的冲撞之感，形成协调、匀称有如建筑一般工稳的结构。早在上官仪之前千年，古人修辞即有此，只是不成文法而已。《易经》有"水流湿，火就燥；云从龙，风从虎"之语，《书经》有"满招损，谦受益"之语，甚至《老子》有"有无相生，难易相成。长短相形，高下相倾。音声相和，前后相随"之语，都可以说是自然天成的对偶，不必待唐人始称发明。

只是，上官仪——还有比他略微年轻的元兢、崔融以至于较李白年岁更晚的诗僧皎然——都曾经再三翻注推论，试欲总括对偶之说。其中，应属日僧遍照金刚在《文镜秘府论》中所揭橥的二十九种对最为详瞻。

不过，对偶之论越经发扬，就越显现了诗人对于格律的掌握，不只是遵从而已，还有抗拒。也就是说，在讲究声字对仗的实践上，立论者日益发现：在某些已知的对仗规矩之外，还有别种看似不能对偶的语句，也刻意囊括之。高宗总章年间曾经在太常寺担任过协律郎的元兢，即是其一。

元兢，字思敬，鲜卑族拓跋氏之后，曾经以任官职司所见，撰有一本后来也亡佚了的《诗髓脑》，论及六种对，其中的"声对"，所举的例子是："形骓初惊路，白简未含霜。""路"和"霜"本来不能作对，可是"路"的同声字有"露"，便因之而对上了。再如"侧对"："侧对者，若冯翊、龙首，此为冯字半边有马，与龙为对；翊字半边有羽，与首为对，此为侧对。"也就是一字之中，只要能在出落句相应的字位找到意旨相近的偏旁或字根，也算是"合式"的对仗。

元思敬之后，还有崔融。进一步发展出"双声侧对"，举例有："花明金谷数，叶暎（映）首山薇"，"金谷"和"首山"虽然字面上完全不对，但是"金"与"谷"、"首"与"山"分别同纽双声，也就"合式"了。同理，也就冒出了连词性都不拘的"叠韵侧对"："自得优游趣，宁知圣政隆"，"优游"两字叠韵，"圣政"两字亦叠韵，也视同有出落句"有对"。

其后再到了皎然笔下，"萧萧马鸣"可以对"悠悠旌旆"，"出入三代"竟可以对"五百余载"；"亭皋木叶下"可以对"陇首秋云飞"，而"日月光太清"竟可以对"列宿耀紫薇"。更极端的例子则在《文镜秘府论》，遍照金刚举了一首前代诗人、也是四声诗说的创立者——沈约——的作品《别范安成诗》：

生平少年日，分手易前期；及尔同衰暮，非复别离时。勿言一樽酒，明日难共持。梦中不识路，何以慰相思？

举此例诗之余，遍照金刚还说："此总不对之诗，如此作者，最为佳妙。夫属对法，非真风花竹木，用事而已。"

此事诚然兜了一个大圈子。倘若连"总不对"都算得上是一种对偶，则卢焕之流所斤斤自守的典范、规矩，也就是"本朝文章，至高宗皇帝时为之一变"所标榜的格律美学，便不只是一迳步入严密的藩篱，同时也一迳以无限之风情意味，开往宽泛的道路了。

对于李白即席之咏，卢焕是讶异的。尤其是第二联"金窗夹绣户，珠箔悬银钩"一经吟出，不觉为之长吁击节；因为李白的用语，恰恰使用了南朝宫体之开创人物——梁简文帝——极其惯用的手法和语汇。这个作法，是有意透露：借由想象中的隋代藩王宫室之建筑细节，推拓于整个南朝诗歌所镕铸的阆丽格局。

梁简文帝萧纲，字世缵，是梁武帝萧衍的第三个儿子，也是昭明太子萧统的弟弟。昭明太子早卒，萧纲立为皇太子，尔后嗣位。据传：萧纲七岁那年就有"诗癖"，也就在这一年，受封为云麾将军，领石头（即金陵）、戍军事。而储君所谓"开王府，选幕僚"之事，究其实，也就是在一群"文学侍从之臣"的包围之下，完成其童年以迄于少年的诗文教养。

这一群文人，前有徐摛、张率，继有庾肩吾、王规，益之以刘孝仪、刘孝威，多至数十百人。显然是由于皇家贵胄的环境之故，于雕声琢律的创作之余，这一批君臣还相当严正地提出了他们对写作的主张，以为："立身先须谨重，文章且须放荡。"

东宫养德十八年，并没有能够成全萧纲一世的帝业，他不幸遭逢侯景之乱，仅年余，先为俘虏，后为傀儡，终成冤魂。从尺幅广大的历史角度看去，他和他的文学集团所倡导的"宫体"，便被归诸于浮词艳句、缘情绮靡，正是儒家所鄙斥的"郑卫之声，亡国之音"。

然而，也就是在这一个时期，皇室所提携的文学侍从集团，使传统的诗赋创作有了非"王化圣教"的目的，也不再顾及"观风俗、知得失、自考正"的高论。那些个在君臣之间的往来游戏，出之以应制、联吟、共赋、唱酬，赫然显现了一种博弈的、娱乐的趣味。也基于游戏的逞才、炫学、竞捷、争胜等等形式，对于声律的讲究、典事的钻研，不但远非前代可以追攀，诸作者也因此而无甚着意于更广泛的题材、更直质的表现。

他们甚至有意忽略那些不能以"翫吟弄咏"来处理的沉重情感——比方说，他们几乎不碰触人生或家国巨大而共有的丧乱。他们为诗歌开启了通往冶游园林的门径，也让诗歌关闭了通往烽烟市井的城关。

从梁简文帝最负盛名的一首诗《咏内人昼眠》，可见其概：

> 北窗聊就枕，南檐日未斜。攀钩落绮帐，插捩举琵琶。梦笑开娇靥，眠鬟压落花。簟文生玉腕，香汗浸红纱。夫婿恒相伴，莫误是倡家。

若是让李白这个时代任何一位甄别士子的考官来判评此作，他应该会指出，这首诗的第三与第四联"失黏"。也就是说："眠鬟"之"鬟"，是去声，属"仄"，在一个原本应该是平声的字位却出现了仄声字，也就不能与下一联出句的"簟文"之"文"（平声）相同而相承。然而，这说明了在梁简文帝时代，声调的"黏对"只是"讲究"而尚未及于"法度"。或者也只能说：早于李白整整两百年的梁简文帝所树立的规模矩范，恰为后来那些法度的模糊张本。

至于卢焕所叹，则另有原委。

那是他从李白的句子里亵味出梁简文帝用字铸句的意趣。如《咏内人昼眠》中的"攀钩"即是，他如：《和湘东王名士悦倾城诗》中的句子"衫轻见跳脱，珠概杂青蚕"、《娈童》中的句子"羽帐晨香满，珠帘夕漏赊"、《和徐录事见内人作卧具》中的句子"熨斗金涂色，簪管白牙缠"亦可见；更不消说那一首《东飞伯劳歌》"网户珠缀曲琼钩，芳茵翠被香气流"——李白的这一联，分明是将杨秀的散花楼当成萧纲的显阳殿来写了。

可是一旦登临，细节尽去，视野朗然辽阔起来。也由于这恢弘的眼界，声律亦随之遽变，下一联非但不作对偶，也出之以与先前极不同趣的古调："飞梯绿云中，极目散我忧"，这已经是魏、晋风度了。再下一联益发传神。于字义方面，李白的确用了相当工稳的对偶，把楼观之境带向更为宽广的江河天地："暮雨向三峡，春江绕双流"；而在声调上，却尽其挥洒，全不顾"双"字应仄而为平的"不合时调"。末联"今来一登望，如上九天游"语句倏而归于平淡，却毫不费力地将登楼换喻为升仙，这更非寻常依景造意的俗手所能办。

卢焕此时收敛起先前的一脸倨傲，欠了欠身，道："李郎之才，出入今古，敏捷奇奥，老夫堪说：受教了。不过——"

李白等他说下去，卢焕支吾了半天，仍旧迟迟不言。只是举杯邀酒，开启了李白此行前所未曾经历的饮啖。他们吃得很慢，话题果真从散花楼而显阳殿，由宫廷旧事而坊巷新闻。乃至于历数数千里外，南朝金粉敷陈之下的诸般种种风物尘迹。

陈过等人不娴书史，除了提到前朝、当代之间米谷籴粜之价，如数家珍，颇见精神；要不就是说起了天下各州溪泉河川之水，有何特异之时，颇能应对，之外唯唯而已。

但是，李白有兴味的却直是天下谷水风味，那是来自一个又一个他向未涉足、也无从揣想的地方。原本，他只能从古籍故纸之中识其文、辨其名，对于哪怕只是饮食中至为平常的二物，也无从踏实地分别、感受。其情果如《中庸》所言："人莫不饮食也，鲜能知味也。"

实则李白也很难逆料：酒坊主人陈过在未来两日的短暂交谈之中，为他所启迪的知见，却牵连广远，使他真正明白了谷水和酒、明白了酝酿、明白了磨砺与割舍，也将于回味中明白了人之有情与无情。

倒是在散席之际，卢焕还是忍不住，将先前咽回肚子里的几句牢骚借着酒气喷出了口："今日幸会李郎，然老夫语有未尽，请恕直白。"

"敬领卢少府教诲。"

卢焕自斟自饮了一杯，慢条斯理地问道："既然饱读前代之文，李郎可有抗手倾心、诵之不置者？"


# 五二　无心济天下


李白有些意外，他从来不曾想过这事。

那些在过往不知多少岁月以来，浮生随波、一去而不返的人，留下的便是文字；用赵蕤经常用的譬喻来说，"历历如星辰"，其字句璀璨者，吟之咏之，亲即如在眼前，若可一触，每有相仿佛的处境时，便觉得某文某意特别生动佻达，像是专为千百年后的自己而作；遭遇了另一人事，便又会想起某诗某赋之中，合乎当前情态的形容，类此怀抱不一而足，又怎么能够专拈出某一人来概括议论呢？

他想说说屈原，可是他不喜欢这个人忧心悄悄；也因为屈宋齐名而想起了宋玉，可是，依照赵蕤纵横者流的论理和思路，他总觉得宋玉的名气多半是建立在其人对屈氏的抱屈和赞叹之上，引起了同情屈原者爱屋及乌的尊敬；至于文笔才思，远不能及《离骚》、《远游》诸作，恐怕还真沾了屈子的光。

从际遇而文采，李白当然也想起了贾谊和司马相如。贾谊，看来尽是英才招忌，时命多舛，满身涕泗嗟叹，似无足以撑持起一个文章家伟丽而丰富的面貌。

司马相如的赋，曾经十足感动过他——当时他还年幼，不明白一个人怎么可以识得那么多的字，还能将这些字一一构筑布置，打造成精致辉煌的宫室殿宇、池沼园林，并随手指认飞禽走兽、奇岩怪石、珍花异草、鸣虫游鱼。那些读之非但令人神往、更使人气结的大赋之作，居然都卷藏于一个人的方寸之间，多么奇妙？

不过，这一份孺慕之情，并未撑持太久。当李白自己也开始仿袭前人手笔，作赋之后，便赫然发现：司马相如的赋，徒见形貌瑰美，肤廓阔丽，却失之繁缛，尽于夸饰，名物璀璨而情味寡少，往往不耐三读。

倒是由于爱慕蔺相如的为人而改名，李白觉得司马相如还真有眼光——李白这时忽然神驰万里，想起赵蕤在夜课时借《兔园策》"相如题柱"的故事，问过他两句："蔺相如非文章家，司马相如慕之而何？"

那是从题柱故事而来。据说司马相如初入长安，题市门曰："不乘赤车驷马，不过汝下也。"这是汉代以降，蜀中人人熟知且称颂的一个情节，推崇司马相如为乡先贤的人们一向以此勉励少年子弟：蜀地虽僻处偏远，然而志量恢弘，包举宇内，司马相如探功名如取囊中物，一赋千金，何其容易？然而赵蕤所问，李白竟答不出。司马相如位高金多，茂陵女儿罗列以进，愿事箕帚，这不都是文章使然吗？奇怪的是：他怎么会因为"慕蔺相如之为人"而改名呢？

赵蕤的答复令他惊奇而印象深刻。他认为：太史公著《史记》行文次第十分要紧，往往是命旨所在。《列传》中说到司马相如"慕蔺相如之为人"而改名之后，随即插叙梁孝王入京朝觐，"从游说之士，齐人邹阳、淮阴枚乘、吴庄忌夫子之徒"，而相如随即称病、放弃了原先以金钱买得的"武骑常侍"之官，这一紧密承接的文法，有对比之意，说的是战国时的谈辩之徒，即同于汉时的语言侍从之臣。

汉代辞章，人称高古，启迪了尔后八百年诗赋传习，可是回头推看，其文笔义法之严密，旨趣之警策，音韵之铿锵，声调之迭宕——赵蕤道："难道不是从战国纵横口舌而来者乎？"

的确。太史公暗笔深藏的，正是作为一个文章家的司马相如，其所濡染、瞻望、仿习者，未必是另一位前行的文章家；而后世诗赋的渊源也未必就是前代的诗赋。

此际，卢焕又为自己斟上一杯，环手向各席作势敬了敬。看来此问相当慎重，他耐心地等着李白的答复。

李白踟蹰了半晌，勉强道："齐、梁以下，谢宣城深获我心，晋、宋之间，则唯谢东山、陶靖节、谢康乐，读之令人闲愉不倦。"

卢焕闻言，一语不发，双瞳凝滞，像是随着李白的言辞而一一怀想起谢安、陶潜、谢灵运和谢朓这些熠耀的名字。然而他的响应也让李白一时为之语塞：

"自其显而易见者观之，这几宗手笔，都是托身于山水之间，寄情于天地之外，不过——"卢焕微微一笑，道，"李郎所爱，竟然俱是世家显宦，而长怀放浪之心，乃以诗为'余事'者。"

这是个不大寻常的说法，就连奇辩层出、机锋四射的赵蕤都从未如此立论。李白欠了欠身，道："请公明示。"

推本于故事，卢焕所言，不算强词夺理。

谢安出身陈郡阳夏士族，四岁时即有"风神秀彻"的美誉，十三岁已名满天下，连远在辽东的慕容垂都曾致赠厚礼表达敬意。原本谢安屡违朝旨，不肯任官，时人乃有"安石不肯出，将如苍生何？"的慨叹。之后由于士族家业所系，王命在焉，不得不出仕。谢安历任吴兴太守、侍中兼吏部尚书、扬州刺史，都督十五州军事兼卫将军等职。对外，在前后五载之间，以淮南、淝水两役，大败前秦苻坚，维系了东晋的一线生机。对内，则以宽和辞让的风度与布局，与桓温、桓冲兄弟相周旋，维持长江上下游间军事与政治势力的均衡和稳定，其一生成就，堪称国柱宗风。

就文章而言，比对《晋书·列女传》和更晚出的《诗经偶笺》所载，谢安曾经问过他的侄女谢道蕴和侄子谢玄："毛诗何句最佳？"谢玄所钟情的句子是《小雅·采薇》中的"昔我往矣，杨柳依依；今我来思，雨雪霏霏"。谢道蕴所赏爱的句子是《大雅·烝民》里的"吉甫作颂，穆如清风。仲山甫永怀，以慰其心"，谢安因此而称赏谢道蕴"有雅人深致"。

至于谢安，他心目中最佳的诗句，系意不在辞章之趣，也不在情志之雅，却显现了心怀之远大。那是《大雅·抑》里的"訏谟定命，远猷辰告"——堪称一个大政治家念兹在兹、无时或忘的理想：要将足以悬之十方、垂诸后世的谟命，在适当的时机，宣示于所有的人民。毫无疑义，谢安即使不以功业震铄天下，也不会以诗人自命。

历来称"东山再起"，即是指谢安三十五岁时再度出仕之事。东山再起后五年，陶渊明出生。他在十二岁上遭到父丧，家境由此而日益艰困。

然而，陶渊明的三世祖陶侃，原为东晋一代名将，平定过杜弢、张昌、陈敏、苏峻之乱，为太尉，封长沙郡公，都督荆、江、雍、梁、交、广、益、宁八州军事。他的祖父陶茂做过武昌太守，父亲陶逸相传也在安城主持过政事。他的母氏也十分显赫，外祖孟嘉曾经担任过当时征西大将军桓温的长史。在这样的背景下，躬耕田亩，不慕荣利，虽然是个人情性志节所向，也树立了千古以来极为独特的风标。然而，出身世家，殆无疑义。

李白出生前整整三百年，也是晋安帝隆安五年，陶渊明在桓玄幕府，七月返江陵官署。经过涂口的时候，写了一首《辛丑岁七月赴假还江陵夜行涂口》，其中有这样的几句：

> 商歌非吾事，依依在耦耕。投冠旋旧墟，不为好爵萦。养真衡茅下，庶以善自名。

"商歌"典出于《淮南子·道应训》："宁越欲干齐桓公，因穷无以自达，于是为商旅，将任车，以商于齐，暮宿于郭门之外。桓公郊迎客，夜开门，辟任车，爝火甚盛，从者甚众，宁越饭牛车下，望见桓公而悲。击牛角而疾商歌。桓公闻之，抚其仆之手曰：'异哉！歌者非常人也。'命后车载之。"

原文三用"商"字，可是就像诗中提及的"冠"和"爵"，这里的"商"字也绝非泛泛之言，不该只作"买卖"注解。宁越敲击着牛角所唱的"商歌"，虽然与"生意"、"贩卖"之商同字，但是一语双关地表明了自己是"商人之后"，这就是"商代人"的涵义了；而能够在齐桓公面前重视并显扬"商代人"的出身，无怪乎齐桓公会立刻讶异地察觉：这个歌者不是寻常之人，而是一个贵族。

陶渊明用"商歌非吾事"明志，也清清楚楚地表达了双关之意。一方面，他的确出身高门，二方面，他已经不再唱高门的高调了。这样才能"投冠"（摘除并扔弃象征身份地位的官帽或儒巾），回到废墟也似的故里，不受爵禄的羁绊。这已经透露出陶渊明丝毫不眷恋的身份实则有如烙印一般难以洗除——他确乎有着不同于他献身于"耦耕"的身份。

谢灵运出生于东晋孝武帝太元十年，也是淝水之战的第二年，曾祖父是谢安的长兄谢奕，祖父则是谢玄。谢灵运为后世所称的别名"康乐"，便是从谢玄受封为"康乐公"的爵衔而来，当然也是一个世家子。李白对谢灵运之所以倾心，除了诗篇神韵流丽、情采深挚之外，还有两个原因。

其一，是谢玄以下，三代单传，族亲不免担忧此子能否顺利长成。偏巧就在他出生之前没有多久，传闻钱塘一带道士杜明师者，梦见东南方有人来投宿于他的馆邸。就在当晚，谢灵运呱呱坠地，而其出生地宁墅，恰在钱塘东南。于是谢、杜两造协议，由杜明师抚养谢灵运，以道家净室神明之庇荫，或能使此子平安长大。谢灵运以是而直到十五岁才回故家定居，由此而有"阿客"、"客儿"之呼，他自呼"越客"，而后人也叫他"谢客"。而"客"，正是李白的父亲自命之名。

其次，是刘裕篡晋之后的宋文帝元嘉八年——也是李白出生前整整二百七十年——谢灵运受命为临川内史，他一意游山玩水，荒废政务，司徒刘义恭遣使收之，而根植于对前朝追怀以及对时事的愤慨，他却兴兵拒捕，这就是公然谋反了。幸而文帝爱才，减死一等，流放于广州。其间情志起伏，具现于一首不太合乎他平日诗风的作品之中，诗题《临川被收》：

　　韩亡子房奋，秦帝鲁连耻。本自江海人，忠义感君子。

　　由晋而宋，易帜改朝已经十二年，谢灵运之所以忽然以不自量力之身，敢当显戮灭门之祸，必须从其高门大族、苟延残喘而受尽冷遇、诬陷的背景去看。于忍无可忍之际，猛然间慷慨为誓，要以谢安、谢玄之子孙自励自高；明明是拒捕，却偶存"恢复"的幻念。终于埋下了日后惨遭弃市的伏笔，他被祸身亡时，得年仅四十八。

　　毕竟，当谢灵运临川拒捕的一刻，心中那一丝全然不切实际的、试图侥幸而光大门第的妄想，却深深打动了李白；他，也有相似的妄想。只不过，李白尚不能印证自己的门第是不是正如父亲李客那"天枝之一指"而已。

　　另一方面，李白也一直崇仰、倾慕谢灵运这首诗中第二句所提及的鲁仲连。

　　长平之役，秦将白起坑杀赵卒号称四十万，战后还围了赵都邯郸，时在赵孝王九年。当是时，邻国至亲的魏安釐王既派出不认真打仗的将军晋鄙在赵、魏两国的边境上"观兵"，又派遣了一个名叫新垣衍的说客由小路潜入邯郸城中，企图说服赵王"尊秦昭王为帝"。纵横家鲁仲连则力图说服平原君对秦抗战。

《史记·鲁仲连列传》叙述鲁仲连雄辩滔滔，和新垣衍在平原君的面前足足五个回合的口舌交锋，使新垣衍"起，再拜，谢曰：'始以先生为庸人；吾乃今日知先生为天下之士也。吾请出，不敢复言帝秦'"。

这不是鲁仲连第一次以口舌之辩止战息争。前此二十七年，燕将乐毅以五国之师犯齐，六个月之间，除即墨、莒城外，齐国已无完城。五年之后，即墨守将田单以火牛阵大败燕军，一路打到聊城。聊城燕将也硬颈不屈，双方相持不下了一年多。

身为齐人的鲁仲连在这个时候出现，援笔给那燕将修书一封，导之以义、胁之以势、诱之以"终身之名，累世之功"，历数墨翟、孙膑、管仲、曹沫等远近史事，劝他不要再顽抗。鲁仲连将书信以一箭射入聊城城中。那燕将读了信，一连哭泣了三天，犹豫不能自决——他想回燕国，却害怕国人疑其已叛；想降齐，又担心鏖战过久而仇衅难排，说不定还要受折辱。燕将为书信中之"义劫势夺"，而又深知不可能"全名立功"，遂道："与人刃我，宁自刃。"这燕将居然自杀，而解了聊城之围。

按诸平生作诗惯常可知，终李白一生所吟，用鲁仲连为典实的句子，不下数十处："齐有倜傥生，鲁连特高妙"、"鲁连及夷齐，可以蹑清芬"、"岧峣广成子，倜傥鲁仲连"、"鲁连善谈笑，季布折公卿"、"仍留一枝箭，未射鲁连书"、"恨无左车略，多愧鲁连生"、"君草陈琳檄，我书鲁连箭"、"鲁连卖谈笑，岂是顾千金"、"所冀旄头灭，功成追鲁连"……可谓不胜枚举。

最令李白叹服的是，鲁仲连总是飘然去来，从容谈笑，于看似无所为之际建不世之奇勋，事了拂衣而去。而在李白所过目的前代诗家诸作之中，恰只有谢灵运提到过鲁仲连。这就使得王谢子弟的历史面貌，又让李白多了一份亲即之感。回顾卢焕的话，与李白所深引相契的谢灵运，也着实凿枘相合——谢灵运，仍是一个"世家显宦，而长怀放浪之心，乃以诗为'余事'者"。

此外，还有谢朓——

流放到广州的谢灵运不意再度遭到谗谤，被控谋反。一个远在江淮秦郡的盗匪赵钦，攀诬谢灵运出资购买弓箭刀盾，图谋劫囚起事，此说纯属子虚，而当道则宁可信其有；背后是否出于彭城王刘义康的教唆，则大有可疑之处。谢灵运死后三十一年，谢朓出生。

谢朓的高祖谢据，为谢安之兄，祖父谢述是吴兴太守，祖母是《后汉书》撰者范晔之姐，母亲是宋文帝之女长城公主。物换星移几度秋，当谢朓活跃于朝廷的时候，已经是南朝萧齐的时代。他除了担任过豫章王萧嶷的太尉行参军，还是竟陵王萧子良幕下的功曹，与沈约、王融、萧琛、范云、任昉、陆倕、萧衍合为"竟陵八友"。其中，萧衍日后以军功受禅于宋和帝，成立南朝的第二个政权，国号为梁。

谢朓则是在南齐建武二年出任宣城太守，世称"谢宣城"。也是在这个职守上，他为了避祸，而举发岳父王敬则谋反。虽然当即受了升赏，出任尚书吏部郎，一时腾誉于朝，而极为齐明帝所倚眷。然而，他的妻子却从此利刃随身，欲杀谢朓，为父报仇，夫妻以此而决裂，他甚至也因之而成了笑柄——范缜便常搬弄《诗经》上的句子"刑于寡妻"来嘲弄他。之后，也不过三四载光景，谢朓虽然拒绝了始安王萧遥光与贵戚江祏、江祀兄弟合谋的篡立，却仍由于首鼠两端、两面应付的为人，还是不免遭到诬陷，死于狱中。

竟陵八友中的萧衍曾经说过："三日不读谢诗，便觉口臭。"

足见其倾倒。萧衍之子——日后的梁简文帝——也在《与湘东王书》中盛称："至如近世谢朓、沈约之诗，任昉、陆倕之笔，斯实文章之冠冕，述作之楷模。"对于谢朓，堪说推崇备至了。而八友的领袖沈约，则在谢朓死后写了一首《伤谢朓》，其诗云："吏部（指谢朓之官尚书吏部郎）信才杰，文锋振奇响。调与金石谐，思逐风云上。岂言陵霜质，忽随人事往。尺璧尔何冤，一旦同丘壤。"

这首诗结语自是为谢朓之冤鸣不平，次联出句的"调与金石谐"则一笔勾魂，尽道其篇什的特色所在，就是借由声调音律的铿锵谐畅，形成可与天籁媲美的结构。这也呼应了谢朓自己对于诗境的追求，他曾经如是说："好诗圆美，流转如弹丸。"之所以能臻于此，而令六朝其他诗人退一头地，正因为谢朓的作品平仄协调，对偶工整，开启两百年后唐代号称"近体"律绝的先河。

李白日后以落笔不能自已之句书写谢朓者极多，有时是称许和怀想，像是："解道澄江净如练，令人长忆谢玄晖"（《金陵城西楼月下吟》）、"三山怀谢朓，绿水望长安"（《三山望金陵寄殷淑》）；有时是借镜而自况，像是："我家敬亭下，辄继谢公作"（《游敬亭寄崔侍御》）、"我吟谢朓诗上语，朔风飒飒吹飞雨"（《酬殷明佐见赠五云裘歌》）；有时是感叹斯人斯文竟无后继者，像是："独酌板桥浦，古人谁可征？玄晖难再得，洒洒气填膺"（《秋夜板桥浦泛月独酌怀谢朓》）；有时又艳赞某家某作颇得谢朓之精神，像是："诺谓楚人重，诗传谢朓清"（《送储邕之武昌》）；有时不为了什么，或许就是忽然间一兴突发，天外飞来，所触仍是谢朓："明发新林浦，空吟谢朓诗"（《新林浦阻风寄友人》）。

这几个李白脱口而出的名字，俱是前代大家。作为士人，他们留在世间的功业的确有霄壤之别；作为诗人，个别的情性、风调也绝不相同。然而，就连李白自己也纳闷：为什么不假思索，转念便是他们？

这时，众人皆已停杯止箸，唯独那卢焕老者，酒兴尚酣，索性捧起酒壶，就唇边再豪饮了几口，拍着胸膛道：

"李郎，彼等身在贵盛之中，原本无心济天下。有如谢东山者，以望重而入仕；有如陶元亮者，以心远而地偏；有如谢康乐者，不免怀忧而玩世，一死却博得了殉旧之名，而竟能与孔北海、嵇中散齐肩；至于谢玄晖者，不过是畏祸及身，反复无常的一个人物——李郎若是真心倾慕此数公之作，则正应了老夫先前所欲唐突之事。"

"不敢，卢少府是前辈，尽管教训。"

"李郎心仪前代贵盛之人，口吟近古质野之调，似有不屑为时下声律所约束的意思。"卢焕越说，声辞越发激动高亢而急促，"殊不知，汝若生于四百年前、与谢东山同时，三百年前、而犹及一睹陶靖节与谢康乐，抑或二百数十年前、尚能闻见谢玄晖一吟'余霞散成绮，澄江净如练'……"

一口气说到这里，卢焕竟然捉着胸前衣襟，浑身颤抖，另只手连忙撑住几案，陈过等人见状有异，也纷纷离席，近前支应。卢焕性倔，非把喉头言语说完不可：

"若在彼时，以汝一介白身，能作半句诗否？"说完，又仰头满饮了壶中余浆，"在彼时，在彼时——"

李白一惊。卢焕的醉言醉语仿佛揭开了他从来不忍探看的一个角落——原来是这"一介白身"四字；纵令如何致力于文章书史，满心想要追随那些圣贤、英雄、高士、才人；他犹原一介白身耳。说什么太白金星下凡，只消不在贵盛之家，偏能空怀铅刀一割的假想，他其实什么都不能做。

# 五三　传得凤凰声

如果生在南朝，李白根本作不了诗。

"'大江流日夜，客心悲未央'、'虽无玄豹姿，终隐南山雾'——"老卢焕醉倒了，一几狼藉，淋漓呕沥，可是谈兴酒趣却不稍减，也毫不在意横陈于榻上的狼狈模样。吟罢了这几句谢朓的诗，喘着气，道："这等诗句，非但吾辈琅琅上口，或恐也将于千载之下，与屈、宋及曹氏父子争名。李郎，汝可知其中缘故？"

"谢玄晖其人，虽然畏怯反复，不过一旦论及诗心，则大不同。就好比——"李白悄悄探过手去，将三指搭在卢焕的腕脉上，细细数量，一面应付着答道，"就好比卢少府今夕喝了不止一斗，体貌亦不见宽肥，人云'酒在别肠'是也。诗心，也不同于常心。"

"汝未答我问，"卢焕仰着脸，一肚子酒食早已化作糊泥，不时从嘴角漫溢而出，但是，他显然还神智自明，字字朗落地抢道，"后生莫道我醉了！老夫问的是：谢玄晖诗句如何能与屈、宋及曹氏父子争名？汝若不知，便道不知。"

"某不知。"李白正不欲同卢焕争辩，但觉他的脉象洪大有力，起伏如波涛，可是来时汹涌去时衰，大起大落，看来内热不歇，有一种邪灼之感。他担心老者会就此发热不止。

而卢焕却仍一意纠缠着，他忽然坐起身，低声道："汝须得觑味声字，乃能知其中窾窍——'大江流日夜，客心悲未央'、'虽无玄豹姿，终隐南山雾'，每句二字、四字，声调皆是对反，这便是我朝以声律考较士子的枢纽。知否？后生！"

"然'余霞散成绮，澄江净如练'则两句二、四字皆平，又何说？"

卢焕没有料到李白会以子之矛、攻子之盾，只好悻悻然道："偶不合例而已。汝看：'天际识归舟'即合。"

"'云中辨江树'便不合。"李白随口敷衍了一句。

卢焕简直有些生气了，抽开手腕，不让切脉了，道："'鱼戏新荷动，鸟散余花落'还是合。"

"'去矣方滞淫，怀哉罢欢宴'两句的二字、四字都无对，却又不合例了。"

"汝再读：'徒念关山近，终知返路长'、'逶迤带绿水，迢递起朱楼'，便无不合。可知我朝诗法，正是依从了这'好诗圆美，流转如弹丸'之论而来。"

李白日夜随赵蕤谈辩，岂肯轻易弃甲？于是也提起了精神，道："依某看来，也无常例可言——卢少府，试问：'常恐鹰隼击，时菊委严霜'、'嚣尘自兹隔，赏心于此遇'出句不合，落句合；可是，'辟馆临秋风，敞窗望寒旭'、'长夜缝罗衣，思君此何极'出句合，落句却不合。由此可知，句中声调，但凭天成，实在不能以一律绳之。"

卢焕越听越上火气，吐息疾剧，脸色通红，连话也说不出来了。只含糊地吟念着谢朓的诗句，谁也听不明白。他依稀听见李白嘱咐陈过：要赶紧为老人家煮一铛白粥，杂以葱白数两，速解其内热为上。

李白交代完医事，匆忙作别，直奔逆旅。这一场辩难下来，他不比卢焕好受，虽然卧处宽敞，席榻爽适，难得还有主人细心安顿的茶水灯烛，都是他料想不到的奢遇。不过，他却一夜辗转，怎么也避不开卢焕的那张醉醒中的老脸。

显然，郁结所在，非关谢朓的诗句究竟能合于"圆美"声律者多少，甚至也非关乎"圆美"声律之应该遵守与否。李白何尝不明白，尽管在口舌上，卢焕看似不能与他争锋；可是，这老人家留意谢朓的诗，居然不问情志、不究襟怀，只追步于声律的高下参差、迭宕变化。这种执念，反倒指出了一个令李白几乎不可解的困惑——

那些看来稳切工整、矩矱分明的格律，难道不是为了让诗臻于"圆美"而设，却是为了让更多像他这样"一介白身"之人能够有所依循、有所持守而设？天下寒门，触目即是，卢焕当然也是此中之一，终其一生，游荡于下僚，已经让他感到荣幸而满足；他不能不追随和掌握这诗的法度，奉之、行之以为"不刊之弘教"。因为只有如此，他——以及千千万万一代又一代的白身之人——才能够很快地捕捉到诗篇抑扬顿挫、宫商流转之美，其情犹似堕于江海之流而不能泅泳者，终于攫着了浮木，只要能依傍声调、讲求对偶，吟来不失平仄，就差可以厕身于六朝诸大家之间了。诗，从而也就凭借着格律，打开了王谢家的大门，成为一种福缘广被的布施，救拔能文之士，脱离白身。

那么，一条拔人出于泥淖的绳索，又怎能偏视之、鄙夷之为束缚之物呢？

然而这使李白感到一种说不出来的不安，犹如乱蹄踩踏在砾石地上，时近时远，不辨东西。他躺在榻上，反复拨弄着忽长忽短的烛焰，低吟起宴席上口占的那一首诗："日照锦城头，朝光散花楼。金窗夹绣户，珠箔悬银钩。飞梯绿云中，极目散我忧。暮雨向三峡，春江绕双流。今来一登望，如上九天游。"

除了首联次句的"光"字本是楼观的名称，实在不能更动之外，以下诸句：如果将"梯"字改为"级"字，将"目"字改为"观"字，"绕双"改为"回对"，"一登"改为"登一"，声调便合乎卢焕所讲究的变化，可是，若这样的诗句放到赵蕤的眼前，不又换来一通"拘牵琐碎，此即时风所染！"的训斥，或者是"学舌鹦鹉，不知其为学舌，何以言诗？"的嘲笑了吗？

他分明记得，初从赵蕤受业之时，他还曾经豪迈地说过："神仙！我写诗恰是随意！有时意到，有时无意；有时因意而生句，有时凭句而得意；有时无端造意，字句便来，有时字句相逐，不受节度，也任由之、顺从之，落得个乱以它意——"

也不过就是大半年前，他还毫不犹豫地吐出这么一番痛快之语，如今只身在这陌生的城市，忽一夕而眼界大开；从卢焕身上，他有如看见了百辈侪流、千万士子。这些略识之无、手把经书，日夕吟讽读写的人，同他李白没有什么太大的差别，人人必欲争先得志，而汲汲营营，近体格律则让他们得心应手，操纵自如，猎取功名。那么，李白不能不自问：我还能像先前那样纵意所如地写诗吗？

偏在此际，片刻之前那一阵走过砟石地的杂沓声，竟然自虚无缥缈悬念深处走了出来——果真是一队硬蹄牲口，从逆旅的石墙外行过，间歇传来颈系的木铃囊橐，杂以驱羊之鞭，全无节拍地起落，也像是在伴奏着他愈益沉坠的心绪。接着，让这些不中节度的蹄声、鞭声完整统一起来的，却是一句一句的吟唱：

　　代有文豪忽一发，偏如野草争奇突。铺张咫尺掬清英，肯向风尘申讨伐。吾辈非今兼妒古，疑他王谢笑屈父。惊闻举世不观书，却对灯灰吹寂苦。宁不知樽前几度竟成欢，且乐鲸吸化羽翰。一饮三吟羞梦呓，百年九死悔儒餐。狼毫飒飒攀银壁，龙墨殷殷伏玉盘。再约明朝看笔迹，犹知波碟愧蹒跚。悄赋留仙曲，忍听录鬼簿。临老见真章，平生欣然托。

此歌不拘一体，乍听之下，有一种"律而不律、散而不散"的趣味。它的每一联和上下两联之间，看似极为松散，却总能凭借着非常纤细、薄弱的意象相勾连。起笔，先是讪笑世人狂妄不学，而学子拘牵于腐儒之业，不外谋生而已；进一步，又赞赏和欣羡那种纯粹饮酒、书字、赋诗，而无经世致用之念的写作。然而，随着时光流逝，哪怕只经历了昨夜、来到今朝，却又对先前引为得意的作品与生活不能惬意，一辈子，也就这样蹉跎着过去了。

此歌吟到末了，倏然一变，刻意用了与通篇字句不一致的四个五言短句作收，前两句还作成相当工稳的对偶，后两句则又一翻扬，从齐梁结体，挟扶摇而入于晋人风调，一听就明白：是从陶靖节诗"众鸟欣有托，吾亦爱吾庐"化来。

除了自己，李白从来没有听过任何一个人用这样的语法、句式来吟诗。那人在墙外低唱，歌声在墙里回荡，李白听着，翻身肃立，又听了几句，决意要见一见这位歌者。

虽只一墙之隔，逆旅有管束出入的顾虑，客居之地，只得从正门出入。李白等不及再换持那一盏夜行时能避罡风的短檠灯，迳直扑门而去。就在歌声之中，摸索着一片阒黑天地，他隔着墙、也扶着墙，跌跌撞撞绕过院落中重重的回廊，到听见那一句"平生欣然托"的时候，余音已在数丈之外。他依稀看见了，蹄声所自、鞭声所着，是一群羊；也正因为羊群走得迟缓，所以歌声回荡得如此悠远漫长。

而那唱歌的人，竟然骑在羊背上。

是个仙？李白转念便想到刘向《列仙传》里所记载的葛由。

葛由，是羌族人。相传生于商末周初，在周成王时已经成立，是个靠手艺维生的木雕匠人，好刻木羊，在市集上兜售。有这么一天，人见葛由居然骑在他手雕的木羊背上，直向西南方蜀中之地扬长而去。

蜀地也有达官显贵，道途风闻此人奇迹，不免好事，一路紧紧跟随。然而，无论追赶的人脚程如何之快，总是差了几丈远。大多不能毕其功，中道而废，徒呼负负。也有一意坚持，愈行愈远的，便那么亦步亦趋地跟着葛由上了绥山。绥山在峨眉山西南，其高无极，后人并不能探其究竟如何，只传言：骑羊、逐羊而去，且一去不回的人，都成了仙。

羌人源流甚早，自夏以迄于商，一向散居于后世所称青、甘与川西、滇北之地。葛由之后，蜀中始有羌人为这样一个既没有功业、又没有嘉言、好似也没有什么德行的异人立了一座庙，居然香火鼎盛。

里谚流传："得绥山一桃，虽不得仙，亦足以豪。"这谚语将谐音"逃"的"桃"字和仙作为一事联系，确有深意——像是宣称：吾人所景仰、企羡、而追之不及的仙，不过是率先逃离俗世生涯的人。也是经过葛由故事的传述，后世才会以"骑羊"来譬拟得道成仙之人。

李白毫不迟疑，飞步追赶，可是无论他如何竭尽浑身气力，就如同葛由故事里那些跟着上了绥山的人一样，相望不能相及。追逐着时，还分明听见羊背上的人又换了首曲子唱：

木可为羊，羊亦可灵。灵在葛由，一致无经。爰陟崇绥，舒翼扬声。知术者仙，得桃者荣。

的确是《列仙传》中所记载的那首葛由之歌。李白先前未曾措意，直到骑羊者这一唱，他才了然。羊之驯良，唯牧奴深知，不是因为羊的性情柔好，而是因为其物迟钝愚蠢；用木头雕牛刻马，乃至驴、骡，都不足以状述那牲畜的冥顽，也就是无灵之极了，却能役使之、驱赶之，使之驰走如风，而人不能及，可见道术毕竟还是在骑乘者的身上。

故事里铺陈木、羊，都是借资反衬那"一致无经"——也就是学不来的——"灵"。凡人逐仙，其枉然亦复如此，追着追着，只能消失于人世，当然不能像仙人那样。这也就是歌词最后两句至为悲凉的深意：故事所象征的世界从来也永远不会改变，得道者早就得道了，追随者只是袭取了成仙的名声而已。故云："知术者仙，得桃者荣。"

李白在这里停下脚步，喘着气，发现晨雾如纱，已经于不知何时笼身而来；他逐渐看不见那骑羊者，也看不见羊，甚至看不见两旁原本历历在目的街道与房宅。他伸出手，不见手；转身更不见来处。这一霎，果然是无边无涯的茫然。

正因为看不见他物，李白感觉自己也在一寸一寸、一分一分地消失。他想起葛由故事里那些放弃了家园、抛掷了生计，一心一意只想赶上前去，紧紧追步于神仙的人，终于耗心竭血，筋疲力尽，迷失在绥山嶙峋的岩石之间。是世人无知自欺，才会说他们也成了仙。或者，更残忍地看：世人刻意隐瞒了这些灰心失望而不知死地的冤魂，以痴以妄，赋予成仙的虚名。

迷雾中，歌声渐远，李白知道：骑羊者不会让他追上，但是总还会来他身边周旋。倒是他没有忘记：行箧之中，还有一封赵蕤交代的书简在等着他，当初吩咐得明白："日后你若见人骑羊，不免要追随而去之际，还须慎念吾言，到时取出一读便是。"

他停下了追随的脚步，哑然失笑，的确，不能再那么浮尘也似的飘荡下去了。


# 五四　了万法于真空


浓雾忽来乍散，雾中黑幢幢出现了一条身影，且一迳发出悲不自胜、幽咽难禁的啜泣之声。李白闪开路央，要让那伤心人过了，几至于错身之际，才发现来人是慈元。他上前拽了拽襟袖，见那一袭出门时看来犹是簇新的僧袍，竟然处处都是绽了破口。

和尚若有意、似无意地眄了他一眼，仍就是哭，哭得眸光涣散，了无魂魄。问缘故、问来处、问车骡下落，皆不答。李白牵衣回头向逆旅行去，慈元也就跟随着，悲声不减，仿佛那哭，就是呼吸的意思了。

慈元不言不语、不说不道、不茶不饭，哭哑了嗓子便出纳气息，泪水倒真是源源不绝，将破僧袍沁透了一大片。经这么一耥乱，李白直便忘了赵蕤交代的书简。他也想不出别的主意，唯有反其道而察之，央请陈过打听：左近寺庙是不是有人见过慈元。

陈过是个本分人，放下生意，亲自奔走，隔了一整日，才由各方片段风闻中约莫拼凑出一个轮廓。

本地大通寺有一和尚，法名道海，是该寺的纲领职事，也就是维那僧，职司所在，就是"纲维众僧，曲尽调摄"。凡寺中往来仪仗设施布置，都由维那做主。外来游僧与本寺堂僧出入许可，发给凭牒，也都由他操持。一般说来，寺僧诸法皆空，例无争执；若有所争，多在法义，这是要敦请方丈辨析调停的；然而偶有法度、秩序或是资用、分工或是尊卑次第方面的庶务，便由维那僧裁夺。事由，或可能即是出在这裁夺上。

原来大通寺新死一老僧，法号依筏。故例：僧众的遗产原本可以自行支配，但须先立遗书；若无遗书，则依僧团律定处分。依筏原是立有遗书的，可是遗书上却只字不及他与大明寺之间还有一份债务。慈元手持债契而来，债契上也明明白白写了：大明寺转让了一宗为数六十斤、价值不止万钱的逐春纸，供大通寺写经供佛之用，居间周转此事的，便是慈元和依筏本人。

道海身为大通寺三座主之一，当然要竭力维护当院常住的信誉，为了表示处分平正得宜，还让寺僧将依筏的遗书誊录了一份：

开元八年二月一日大通寺僧依筏忽罹疾病，日日渐加，恐身相无常，遂立此告，非是昏沉之语，并为醒熟之言。依筏于庄上有牛一头，折钱回入常住。道场有幡一盖一，帧像二，一切舍入当院普贤阁下道场，永为供奉。金十一两二钱，银四十六两，并舍入峨眉山清凉寺修功德。家具、什物、用器，舍与当院。锦城溪新置稻地、菜园，与斋街刘员外共有，僧领其半，亦舍入当院普贤阁下道场。溪滨柴庄，书契俱在，并舍入常住。另，僧于本家父母离世后领有家生奴子务本，向在当院洗钵服事，并留与常住发落。

从这一份遗书看来，依筏的私产虽然不多，可是品类繁复，好在无论是折钱还是原物，既然全都捐舍，无论是回入大通寺常住，还是附近州县的上寺，除了一块稻田和一处菜畦是与人共有之外，别无纷争。从文字上看，这僧念兹在兹的，也还就是事佛。

倒是道海，据云他初见慈元便显得相当冷淡，闻知来意，只说：本寺向未莅买逐春纸写经。随即扣留了那一份委买逐春纸的文书，说是要核对依筏生前笔墨，随即将慈元请出。慈元不依，两造吵了起来，大通寺僧手段也忒刚烈，上来几个精壮的，直呼慈元野和尚，竟这么搊出了山门，骡车却还在寺里。

陈过老于世故，闻言略一思忖，道："大通寺是知名兰若，不会劫人辎重。维那僧如此处置，明明是不怕见官的。"

"若付官司了结，何不逐去？"李白疑道，"却将人这么赶了出来，想他恐怕也是走闯了一夜山路，榛莽难行，狼狈如此——这，也不该是出家人的慈悲。"

"不不，这还是维那僧一念之仁，深思熟虑。"陈过摇着手，看一眼呆若木鸡的慈元，道："贵友在寺哄闹，不能自休，一旦大通寺当下报官，无论文书真伪如何，他这一身袈裟，就保不住了。维那僧或在将信将疑之间，才把人赶出山门的。"

"这我就不明白了。"

"设若贵友诈作书契，招摇于途，则赶出寺来，也不为过。"陈过抽丝剥茧道，"设若他言行在理，义所当为，非诉之于官不可，那么，以常人常情推之，他也不会在公堂之上自责其哄闹道场——如此，也就不至于节外生枝了，只消当堂核对笔墨，公论昭昭，自然曲直分明。"

"陈公此言，是出于君子之心，那道海果是君子僧乎？"

"维那僧若非君子，岂肯多费手脚，为我辈抄录一份依筏的遗书呢？"

李白恍然大悟，摇晃着手中那份遗书的抄本，道："然则，某这便去县厅诉官？"

陈过笑了，道："见官评说曲直，但求一个信字。信诺相成，何须他求？汝若信得过维那僧，也就不必诉于官了。"

"噫！陈公真是明达人，我便去大通寺走一趟。"

"只今天色已晚，山路也确实不便夜行，明日早去不妨。"陈过道，"某，却另有罣怀之事，不得不先交代。"

说时，陈过当下招手示意家奴上前，那奴早就在一旁伺候着，立时捧上来一只黄花梨木的提盒，掀开盒盖，分上下两层，上层平铺一纸，正是先前李白携来的契券；下层一屉，略一抽看，是白澄澄的满屉雪花银。

接着，也不理会李白究竟是不是在意，陈过便逐字逐句解说起契券来。

那是当年李客转卖楚地大宗粮米的载记。契券上密密麻麻地言明：谷粮交割之后，取卖方"便易之期"清偿，也就是趁李客行脚来往的方便收取，并以清偿当时谷价论计。过期滚利三分——较诸寻常市肆，这已经算是相当微薄的取息了。

不过，几年来谷价升沉不定，斗米有时二十钱，有时十钱，差额近倍。尤其是开元五年以来，比岁天下丰收，谷价益贱，笼统勾稽，这些年来滋生的利息，都被日益滑落的粮价冲销了。然而斗米十钱，一硕百钱，累积籴入的近千硕酒米，约当十万文，折银一百多两，粗略合算，差不多是升斗小民养活五口之家近十年的收入。

"李郎行走道途，携钱数万，也颇是累赘。是以换成银两，沿路需使钱时，再与殷实商家兑换。"说罢，陈过将原契取了，搁在一旁，又从袖中取出另一咫尺见方的硬黄纸，上头工工整整录列了某县某街某商坊的人名地址，不消说，正是那些可以兑钱之地。他正要将梨花木盒扣上，一只手却让李白给按住了。

"陈公方才说：信诺相成，何须他求？"李白拉开木盒下方的屉子，摸取了其中两锭白银，道，"此物沉重，携负拖沓。我便取此数完契足矣。"

陈过还来不及应对，李白回身将两锭银子放置在一旁盘膝痴坐的慈元手中，就他耳边说道："以此银商补那逐春纸钱，敷敷有余了，明日一早，汝且随某取行李去。"

陈过却显得有些意外而慌张了，连忙道："如此不合宜，某得便宜过甚了！不合宜的……"

"夜来妙闻卢少府一席教言，胜某观书百卷；又得知天下美酒曲酿之法，胜某千里之行——这都是主人成全。"李白笑道，"今日扰累陈公奔走、启发，更无可报，已觉惭愧了。至于一纸陈年契券，换来好酒一席，高谊满座，还填补了这僧的纸钱，更有什么不合宜的？倒是陈公若不嫌弃，明日同赴山寺游赏若何？"

对于走访大通寺，李白则憧憬不置，他直觉那道海一定不是个寻常的僧侣。不过，一旦入寺，所见所闻却简直难以置信，与他寄身洗钵数月的大明寺，简直不可同日而语。

锦官城自是通都大邑，物流繁昌，仕女云集，大通寺也便与俗世略无隔阂。寺中唱导师经常出入民居，少不了募化交际，也经常以贩卖经忏而招引游人。至于沙门贵族，时时不免要与地方官长周旋接纳。一般僧侣，有如亡僧依筏那样，和地方上的仕绅通交合资做生意的，也不计其数；有的经营庄园，收积稻谷；有的从事碾硙，榨油取利。更多的则是直接输布银钱放贷，这也增加了寺院热闹。由于和俗家往来亲近，岁月渐久，连寺院的庭园也讲究起来，不时开辟花树园圃，营造亭台楼榭之观，引得游人如织，终年都有人潮。

这一日，偏逢着极不寻常之事，为之"俵唱"——也算是依筏的后事之一。

由于此时百丈怀海禅师尚未托生，寺院里诸般仪式、法制并无一定矩范，凡事多取决于因明果断之僧，这一类的僧人便常居维那之职；除了辨理清晰、言事条畅之外，维那僧还有一个讲究，就是嗓门开阔，纮音洪亮。因为其职分之所在，经常是维持秩序，所以言谈号令，都必须嘹亮清楚，作"狮子吼"。

"俵唱"之"俵"，有公开分发之义。一般发付给游僧赴斋的凭据，便称"俵子"。而俵唱，则是将亡僧遗物订价为底标，在寺院道场中公开估唱，由愿意出钱购买的僧众当场喊价，出价最高的，可以当场交钱取物。与后世所谓"拍卖"者极似。

此日俵唱，正是在普贤阁下道场，但见殿中高处供奉一佛，须髯朱紫，双目枣圆。佛前一坛，似是临时以坚土或泥水版筑夯实而成，坛坫高可近丈，中立一僧，手擎一黄盖，上有红绿线绣八宝四象，并金箔玉珠悬饰，既庄重、又玲珑。那僧擎着黄盖绕坛漫走了一圈，但听得半空之中传来一串宏钟之声："轩盖一顶，乃亡僧依筏遗物，与故侣结物缘，不可贱唱。"

这时在场围观、不下数百有余的僧人们窸窸窣窣地议论起来。他们一开始尚有所畏忌，不敢高声朗语，不过片刻，便蜂鸣无歇，蝉噪如沸，却始终没有出价的。这时，半空中又传来了霹雳之声："直须出价，休得妄语！"

有人出了五十钱，惹来一阵哄笑。接着有人出了八十钱，不免还是招笑。李白听了觉着有趣，几乎忘了身在寺院；而身边这些僧人也的确与市集上讨价还价的商贩买家并无二致。

便在这一瞬间，西北角上忽有一僧冒出来一声："三百文！"这一喊，先引来了群僧惊叹，继而人丛中不知是谁低低咕哝了一句，又勾得众人噱笑不已。这出价的见无人竞喊，随即又得意地喊了声："三百文！"

岂料这一下逗来了好事的，登时东北角上也有人喊："四百文！"西北角上那僧迟疑了，东北角上的这个正待要喊第二回，西南角上却又喊出了第三家："六百文！"这更骚动得僧众一片哗然，人人探头摆脑，东张西顾，显然人人都想知道：是谁这么阔绰？偏在这时，空中又悠悠传来几句："出价不改，更须仔细，后悔难追！"

许是这俵唱之物，并不常见，坛上的僧人也显得十分起劲，不时绕走，甚至还勉力摇曳着轩盖，颇有几分兜售的排场。这厢出价的三方也像是受到了鼓舞，随即唱价添逐，取次渐高，很快地便添成了一贯多钱。空中狮子吼随即为之一发：

"买取亡僧之物，是为息贪而化情，了法于真空，勿啰噪呀！"

最后这一吼，居然声震栋宇，绕柱回梁。接着，殿中高处那尊大佛猛可站了起来。当下群僧只是静默无语，李白却着实吓了一跳——原来那朱紫须髯者，并不是什么佛像，他就是大通寺的维那僧，道海。

# 五五　秋浦猿夜愁

俵唱事毕，时过正午，道海早就在高处望见李白一行三人，自然明白他们的来意。但见这僧打从坛后高座上一跃而下，宽袍大袖，施施然上前宣了声佛号，迳直招了个服事的净奴上前，一同带路，从道场西侧的月门趱出，迤逦而行，曲曲折折穿过了两处厅堂，来到一静室，引他三人登榻分席坐定，低声吩咐了净奴几句，那奴顿首离去，道海方才开口，独向慈元道："法子，今日清凉了？"

慈元满脸羞红，把头垂得更低了。他心里不是没有疑惑，可昨日一场喧闹，毕竟由于自己失检无度，此时也只能诺诺相应几声。还是陈过老于世故，居间圆场，据先前与李白两日交接所知，相当简练而稳熟地将来客重新介绍了一番——李白，是"绵州昌明出游士子"，而慈元则是大明寺差遣赴峨眉山问道的游僧；夜来嗔诟扞格，实出无心云云。尽一番客套言语，便迂绕了半晌。

道海倒是个敞亮人，一句冗词赘话也无，随即转向李白、陈过，道："书契已然核实，确乎是依筏手笔，敝寺理应承当了。"

这一来，的确大出李白和陈过意料之外。他们原本只盼能取回骡车行李，至于亡僧依筏究竟在生前营治了什么勾当，大约谁也不愿细究了。然而道海却不这么想，他将了将颔下那一部须髯，仍旧中气十足地道：

"既然事出有据，例依本寺常住议决而行。昨日也已就所商讨，请示了上座，上座开示：唯以书契所载是从。目下尚有一端不能明白，须向法子请教——六十斤逐春纸一向未入本寺山门，敝寺亦无人识得此物，若需原物璧还，着实力有未逮。倘若折钱回入贵寺常住，又不知时价若干，唯恐访查纸价，徒然延宕抬举之期，究竟该如何处分，尚请法子示意？"

债务裁处得明快，话也说得坦荡，只这慈元担不了事，像是深恐再给人打出山门去似的，浑身哆嗦着直摇头，简直六神无主；显见他也当真不知纸价。

而那道海既不催促，也别无闲话，从容等待之余，先是随手拨弄着席前一琴，十指略一轻触，登时便好似打从千山万壑之间，流泄出淙淙的溪涧之水；然而也便是那么惊鸿一瞥，道海只随手一抚，任听者宫山商水，聆之而动摇魂魄，他却了不在心，全没有弹奏那琴的意趣；一阵流泉跳珠，乍与松风相合，不过转瞬，即付诸杳然——道海顺手将琴推开，自顾闭目养神，看似无所事事，淡淡说了句："此事犹关乎依筏声誉，容徐图之。"

过了片刻，先前告退的净奴回来了，手上捧着一方茶案，身后跟随着另一奴，那奴的手里，则牵着一骡一车，伫立于小院之中。直到这一刻，慈元脸上才稍微浮露出平静的神色。李白看着慈元的那张脸，忽而若有所悟了——他想起早几日在金堆驿路边滤水生火，当他提起临行前赵蕤交代了见羊读信之事，当时慈元不住地叹服赵蕤能前知，有如神。而就在前一日，如此漫天大雾之中，居然让他不费吹灰之力地撞上了迷路的慈元，也还是因为骑羊人的缘故。可是那封书简，毕竟还在行箧之中。

转念及此，他也不及招呼主宾人等，猛可纵身而起，一个箭步跃入院中，扯下车旁笼仗，取了书简，拆开一看，里面的确是张折叠得严严实实的方笺，一展、两展、三展……展了个八开大敞，不过就是平日里任他写作诗稿的纸，也是赵蕤抄他那部长短书的纸；说什么"书简在囊中，到时取出一读"，一张两尺长、一尺宽的大幅纸面，一片空无，仅仅在边角上小草书写四字，每字方圆不及半寸："声闻而已。"

李白从来没有听赵蕤提起过这四个字的来历，而这刻意写得极其微小的文句，又看似与骑羊化仙的故事了无瓜葛。他持纸兀立，一心茫然。却是慈元远远望来，眸光一亮，若有所见，不觉移身下榻，一步步走向院中。当他靠近李白之时，也跟着低头细看，忽然发出一声惊叫："是了！"叫罢，浑身又不自主地打着哆嗦，扭头冲道海喊了声："是——是、是逐春纸。"

李白前后一寻思，有如摸黑行路，迢遥望见些许灯明，笑了："神仙不负神仙名！难怪把字写得这么小——消息尽在纸上。"说时捧着纸，回身入室就席，将之平铺在几上，继续说下去："我那师傅，或恐即是差遣我来，还依筏僧一个清白的。那一宗纸，应须是在业师手中，的确未曾奉入贵寺。"

慈元终于缓过了神气，点着头接道："不数年前，义净三藏法师圆寂，天下寺院争抄其书，据依筏说，他也发愿要在有生之年，抄写一部《毗奈耶破僧事》，书契的确是依筏立与贫道的，那纸，未料那纸……"慈元说到这里，不得不想起和他长年唇齿相依的"钵底"——李客——当下似有顾忌，看了一眼李白。

李白倒是坦率自在，丝毫没有为尊亲者讳的意思，道："家父行商，出入银货，周旋已惯，应须是顺手人情，将纸送给了敝业师，以为某束脩之资，个中原由，大凡如此。只可惜这抄经的功德，却耽误了。"

"檀越一念在这功德之上，便不枉。"

"不然，"李白道，"想那依筏僧迁化之前，志愿未完，不免怅惘。前后因果缠绵，数来还是我所亏负。这样罢——请容某借取维那僧

305

方才的话：'此事犹关乎李白声誉，容徐图之。'但不知，依筏僧为什么偏要抄那一部《毗奈耶破僧事》？"

"凡我僧侣,必有各自彻底之惑。"道海道,"这《毗奈耶破僧事》二十卷,多言世尊在时,屡为提婆达多所困之事——或恐,依筏于提婆达多一生的行事为人、胸期意绪,也别有怀抱,而必欲觅一个究竟罢？"

接着，道海说了一个俱载于《毗奈耶破僧事》上的本生故事，姑且名之为"猕猴捉月"。

在远古不知何年何月之时，有一闲静林野，猕猴常成群出没，遍处游衍。忽一夕，诸猴来到一井前，俯观井底，看见了月影，群猴遂连忙奔告猴王，道："大王，月堕井中，我等今应速往拔出，依旧天上安置。"

这时，猕猴也都赞同此议，可是要救拔入井之月，必须入井，入井之后，就算救得了月，猴又怎么脱身呢？其中有那机灵的便道："我等连肱为索，一一攀串，次第衔接即可。"

于是令一猴在井边树上抱枝而住，其余援手相接。猕猴既然为数不少，树枝弯折而低垂，势应可为。群猴却没有料到：那攀垂在最下方的猕猴一旦伸手捞月，月影即碎，而井水则当下变得混浊，不能再见圆月。稍过片时，水面恢复清平，一轮明月看是又堕在井中，于是群猴纷纷鼓噪，再欲捞取，情同先前。

一连数过之后，树枝终于折断，群猴纷纷沓沓，堕落井中，莫说是月，连猴也一个不得救出了。其间，竟然没有一只猕猴抬头望月。

经上乃有这样的记载："时有诸天而说颂曰：此诸痴猕猴，为彼愚导师。悉堕于井中，救月而溺死。"而在这一诵过后，佛陀开示："往昔猕猴王者，即提婆达多是。昔时由自愚痴故，以愚痴而为眷属，今时亦为愚痴眷属。"这个添加于原出故事的告诫，不徒为指陈"愚痴相邻相结而增益其愚痴"，更将"相邻相结"落实在提婆达多之为异端朋党。

然而，异端真的那么愚痴么？

"伤心，伤心。"李白喃喃道，"毕竟群猴不能抬头望月，恰是不忍见月溺于水的悲心所致，岂能再责之以愚、斥之以痴呢？"

本生故事源出民间，万千情节常只是异闻谈助，了无教训之意。一旦为佛说渗入，不免附会穿凿，尤其是将"率领五百眷属"的种种愚妄，安置成提婆达多及其追随者抗佛自雄，而终于招致覆灭恶果的教训。可是李白却不这么想，反而对那借着故事讽刺提婆达多的释迦牟尼起了反念。

"檀越这么说，乃是别具慈怀，倒让贫道想到另一起往事——"道海的一双圆眼凝视着李白，复道："《毗奈耶破僧事》言事无数，然其中四十四则，皆讽提婆达多。贫道昔年曾赴绵竹山拾普寺，取本生故事说法，未料却为人一语攻破，从此自誓不作俗讲，算算，至今也有十二三年了。"

那是另一个猕猴故事。

说是往昔之时、异方之地，有二猕猴王，各有五百眷属。其中一猕猴王率其眷属游行人间，来到一处聚落，见一金波伽树，果实茂盛。当时群猴见了树头好果，即禀告猴王："此树果子累累垂垂，枝将欲折，可见果瓤丰美。我等远来疲乏，就取此解饥止渴罢？"

尔时猴王，上下端详了这树一番，登时说唱一颂："此树近聚落，童子不食果。汝等应可知，此果不堪食。"说完此颂，便率领诸猕猴远远遁去。

之后未几，其第二猕猴王也与五百眷属，渐至此村。一样看见了果树，群猴争告："我等跋涉疲劳，想吃这果子安稳一阵，再向前行。"猕猴王答应了，于是群猴攀登抢食，枝头金波伽果一时俱尽，但是过不多时，吃了果子的猕猴都死了。

接着，释迦牟尼佛的教训指向诸"绊刍"——也就是受过具足戒的比丘僧众——"汝等勿作异念。其不食果猕猴王者，我身是；其第二猕猴王者，提婆达多是。随顺我意者，平安得达远离苦难。随提婆达多意者，悉遭苦难。"其主旨，就是告诫所有僧众：不听信佛说而追随提婆达多者，必然会因失智而遭恶谴。

"《世说》亦有此事。"李白说的是《世说新语·雅量》所载："王戎七岁，尝与诸小儿游。看道边李树多子折枝，诸儿竞走取之，唯戎不动。人问之，答曰：'树在道边而多子，此必苦李。'取之，信然。"

王戎小儿，默观世事，能够推见出隐藏在表象之下的真相，所以在《名士传》里，就说"戎由是幼有'神理'之称"，这个只有几句话的故事非但显现了王戎从孩提时代就具备的聪慧，也直指"雅量"的本质，必须有超脱饥渴的从容。

李白宁可相信这是在启示：非凡之人不为一时物欲所蔽而失去神智。然而佛经所述，却在近似的情境之下毒杀了五百猕猴；甚至还以之为不信佛者的惩罚。李白摇着头，又不忍地说道："更是伤心，更是伤心。"

可是十多年前在绵竹山拾普寺作俗讲的那一天，才说完这个故事，正当众人尚不及反应、间不容发的一瞬，忽然传来朗朗一声，道："如此鄙道，何足究辨？"

仅仅丈许之外、相邻一棚，棚中端坐了一位丽人，正是拾普寺旁名曰"环天观"的女道士，说时手中铜槌迳往一磬击了，鸣音脆亮，回环绵长；那丽人款洽一笑，道："一猴号曰觉，一猴号曰迷；觉不救迷，而竟嗤笑之，此谓佛耶？"

听者知道这是两个道场之间较劲，丽人显系成心挑衅，不免大噱，拊掌欢笑，人群遂有如江潮，居然汹涌而去，都转向邻棚听那丽人论道去了。

"檀越的谈理思路，与那丽人倒是不谋而合。"道海说着，移躯向前，俯首审视几上那张逐春纸，小指尖在"声闻而已"四字旁轻轻划了两痕，道："这话说得好！偏就是此理。"

"某于此大惑不解，还请高僧指点。"

道海双目一瞑，又养起神来，并低声问道："令师发付此信之时，有何言语？"

"只说：日后若见人骑羊，不免要追随而去之际，还须取出一读。"

"'骑羊'想来必是一喻，只不知所喻者为何，"道海想了半晌，圆睛忽启，不由得"噫"的一声惊呼："令师是——"

《妙法莲华经·譬喻品第三》上曾经用一词形容不得正信、未入佛道者的处境，名曰"火宅"，一栋着了火的房子。如何脱离这火宅，就有种种因人而异的法门。最浅白而常见的说法是"三车"之喻："长者告诸子言：羊车、鹿车、牛车，今在门外，可以游戏。汝等于此火宅，宜速出来。"

最简明直接的，是以佛为师，遵其言传身教，持戒修行，证沙门果。若再仔细论究，则是指那具备智性者，一旦跟随佛祖，"闻法信受，殷勤精进，欲速出三界，自求涅槃"。这样的修行，便归入于"声闻乘"的一种；"乘"，依旧是古语之"车"字。而《妙法莲华经》复进一步将"声闻乘"比喻为驾取"羊车"，出于火宅——之所以用"羊"来做譬喻，乃是因为羊神智闭塞，不顾后群的缘故。

众生之中，也有的追随佛祖，闻法信受，其目的并非解脱轮回，而是进一步求得智慧，自了疑惑；也就是说，能够悟识诸法因缘，这就入了中乘，也有旧名为辟支佛乘，也叫"缘觉乘"；缘觉，俗语觉缘亦可解，即是彻底了悟诸般因缘的意思。进一步的比喻就是驾取"鹿车"，出于火宅——之所以用"鹿"来做譬喻，乃是因为鹿性不依人，从他闻之法少，而自推义多的缘故。

不过，在众生之中，还有一种人，虽然一样殷勤精进，却还能够"求一切智、佛智、自然智、无师智、如来知见、力无所畏，愍念（按：即慈悲怜悯之心）安乐无量众生，利益天人，度脱一切，是名大乘，菩萨求此乘故，名为摩诃萨"。

这样的人除了让自己身心安定，因缘融通，知见具足，更能承担他人广众之业，如此便入了大乘，也叫"菩萨乘"。进一步的比喻就是驾取"牛车"，出于火宅——之所以用"牛"来做譬喻，乃是因为菩萨慈悲化物，就像牛性安忍运载。

无论是为了救月而堕井的猕猴，或是追随猴王食果而中毒的猕猴，看来都是因执迷而殒身。俗讲借着这样的本生故事，唤起恐惧，发动教训，而令人追求正信，就仿佛是让人借由羊车而脱离火宅。如此说法，所面对者，端的是"声闻乘"众生。

"啊！"道海一连叹了三声，击掌而起，笑道："以贫道生平阅历，当世知机之深，言事之切，而能为此偈者，非潼江赵处士东岩何？"

"东岩子正是业师。"李白也亢奋起来，道，"高僧果然知人。"

"不！贫道仅在下乘，倒是汝状貌邱墟，风神磊落——看来，赵处士于汝颇有玉山乔松之期，才会出以'声闻而已'四字之目。"

"正要请教。"

听李白这样请教，道海的神情凝重起来，俯首低眉想了许久，才道："取譬不烦话远，贫道便以先前所敷衍的俗讲故事来说罢，"道海道："这'声闻而已'当有三层用意。其一，欲汝万勿效法那救月之猴，轻随所见而妄发慈悲。其二，欲汝万勿效法那食果之猴，轻随所欲而妄断因果。这其三么——"

道海说着，仍忍不住摇头喟叹，似是对赵蕤的前知之术，有着难以抑遏的赞赏，他绕室踱了两圈，回席落座，将先前推放到一旁的琴捧了起来，双手举前，呈向李白，道："此琴名'绿绮'，汝且携去峨眉山清凉寺，见一僧，呼他'濬和尚'，他若应汝：'来洗钵。'汝便从之，不必作他语。其后若何，贫道亦不能知。"

李白小心翼翼将琴捧纳在怀，左看右看，但见那桐木琴身漆光蕴蔼，古意斑斓，忙不迭接口问道："莫非即是当年司马相如那一把'绿绮'？"

"可不？"道海转向陈过，意有所谑地大笑，道，"自司马长卿来此卖酒之后八百年，家家有琴皆号'绿绮'。"

"'濬和尚'乃是僧法号？"

"彼僧在家名'濬'，初出家时，法号'缘觉'，日后别号百数十余，贫道亦不能都记。不过，"道海指着那张逐春纸上的小字，道，"令师别有所嘱，尽在此中。"

"'声闻而已'，则'声闻'以后，乃是'缘觉'！"李白点点头。

"贫道偶从善居士处得此琴，能应弹者之心。某年，这濬和尚云游来敝寺挂单，听贫道抚《风入松》一曲，渠意以为格调不惬，曾说:'和尚弹来便是松入了风,而非风入了松。'贫道便将琴付他弹来,听来但觉他风自风、松自松,根本两不相干。"

说到这里,众人皆开怀大噱,连堂下的净奴都跟着笑了。道海看见,招手向那奴道:"务本!汝且来。"接着,他转向李白:"此奴即是依筏僧生前交代,归入本寺常住者。只今发付他持贫道书信,携琴随汝而去,一路之上,听凭差遣。"

李白闻言大是意外,直觉身随一人,还须旁加照应,颇添累赘,正待婉辞,转念又一想:或恐道海是舍不得将琴托付了并不熟识的人远路持护,那么,这奴的来去,也就不容他置喙了。

"堪笑潏和尚终是不能服论,痴心忽起,一连弹了十九遍,"道海又接续着先前的话,说了下去,"越弹越明白贫道那'风自风、松自松'之说,绝非谵妄;当即罢手而去。或恐是他日后自以为心境改常,情怀别样,想起了此琴此曲,写过几封信来,央我抱琴过峨眉一晤。可惜,贫道寺中琐事杂沓,岂能分身以事游观?看来,檀越却是潏和尚与此琴的缘法了。"


# 五六 归时还弄峨眉月


《通志·乐略》有三十六杂曲之目,较为知名的,包括了:蔡氏五弄、幽兰、白雪、清调、胡笳、广陵散、楚妃叹、风入松、乌夜啼、石上流泉、阳春弄等。这些名目,或表初造的来历,或注乐器的名称,或借由某种事物的形象来隐喻此曲情境之所近。

《风入松》并无本事,算是一种练习指法的曲子,故以为曲有名而必欲归之于古代的名家，就有人说这是晋代嵇康所作，然而这也只是附会而已。

到了宋人作词，属双调，七十四字，有平仄两格。平韵格增减字有七十二字、七十三字、七十六字等好几种体例。发展到南宋以后，又以晏几道、吴文英之作为正体，仄韵格便不流行了。不过，这还都是唐代以后景况——声词之事，已为文章所夺，琴曲本务，自为乐师所专；写作者也就逐渐脱离了音乐。

在盛唐潘和尚而言，文字只是曲式的附庸，充其量就是曲谱的提示，即使有以古曲谱配词的尝试，也仅仅是呼应原曲所展现的种种技法或情感而已。

《风入松》这样的练习曲是把抚琴的两手喻为二物，其一为风，其一为松。风与松原本都是无声之物，一旦风入松间，松带风行，便形成了交响。针针叶叶，密密疏疏，瞬逾千万的变化，其声正如庄子所形容的"大木百围之窍穴"，激昂的，像是海涛澎湃，尖锐的，像是箭簇呼啸。仔细追摹，仿佛听见人斥骂欢笑，或是喟叹呼吸，也可以听出嗷嗷嘶喊，也可以听出喁喁呢喃。

这数之不能尽、计之不能全的声音，究竟是来自于风，来自于松，还是时而由风主之，时而由松主之，是因为松阻风而成，还是因为风破松而成，几乎是不能分辨的。抚琴者十指连心，情动入微，尽管声谱俱在，抑扬缓急皆不得不随之；可是就在抚琴的当下，每一刹那的思虑、感触也有纤细的牵连，弹奏得越熟练，这牵连也就越清晰。

偏偏峨眉山清凉寺，便有林相邃密、气韵深沉的十万好松，来迎送这一阕琴曲。

当那潘和尚迫不及待地将《风入松》抚过一遍之后，又抚了一遍,拆开道海的书信读毕,才抬起头,看了李白、慈元和务本一眼,道:"来洗钵?"

"诺。"

"奴子与僧作何安顿?"

"僧来礼佛,奴为琴介。"

"汝来何事?"

"欲识清凉。"李白这么说,纯是应付,而潽和尚似乎并不以为忤,颔首一笑,复问:

"道海谓汝从赵东岩而学,所学何事?"

"农医自理,亦读史作诗。"

潽和尚又突如其来地问了一句:"作诗喜用何字?"

李白毫不迟疑地笑道:"吟时不能自禁者,常是一'弄'字。"

"'弄'字也是琴曲。"潽和尚道,"语云:'弦不调、弄不明',又云:'改韵易调,奇弄乃发',皆指此——汝亦抚琴否?"

"否。"

"作诗常咏何物?"

李白仍旧不假思索地答了:"月。"

"何以是月?"

"我从天上来。"

李白如此作答,神情如常,并无轻薄之态,潽和尚似乎也不以为这答复有何异样,只点点头。再问道:"作诗惯用何语?"

"某前读《汉书》至《贾谊传》有云:'妇姑不相说(悦),则反唇而相稽。'不免失笑。"李白仿佛早就知道他不免有此一问,而应声答了,且答时一点都不像是在说笑,"某一念而来,似有一意要说,却必有一意对反而生;不免由信入疑,欲解而惑,也因此疑、此惑而别出意思——看来也是一腔妇姑不相悦，反唇相稽罢了。"

"如此大辛苦。贫道不能诗，然领悟佛说时，亦常如此。"潸和尚说着，又摇了摇头，道："道海同汝言《风入松》许事也无？"

李白道："说潸和尚抚此曲时'风自风、松自松'。"

"渠不晓事。"潸和尚看似也不作恼，面无表情地道，"汝自山巅树下听去，便知妇姑究竟相悦、相稽与否。"

李白在清凉寺镇日无事，就是读书、看松、赏月、听潸和尚弹琴。他并没有料到：如此弄玩，一盘桓竟然待了一年多。慈元是在佛诞大典之后不久便回大明寺去的，行前潸和尚嘱咐了他四个字："勿近水火。"倒是道海发遣的大通寺净奴务本却留了下来——"维那吩咐：琴去、奴去；琴回，奴回。"务本说，"琴在，奴在。"

初来听风入松，一片混沌，只道它如潮似浪，滚滚滔滔。听时也不甚凝神，总想着心事。心事也总是忽然而来——对于拂衣出门、千里行游之后的李白而言，最奇妙的体会莫过于此。

由于天地万物皆好似全新打造，迎目而来，掠耳而去，无论是山川人物，草木鸟兽，都带着无比新鲜和突兀的兴味。这兴味，尤其是在他独处的时刻特别激昂，犹似随时都有惊奇，来自天地，也来自心头。不多时日，他就发现，如果潸和尚再问起："作诗喜用何字？"他的答复就不一样了，他会说："吟时不能自禁者，常是一'忽'字。"

忽然间，他也开始堕入充满了闻见细节的回忆。

与前一年寄身戴天山的那一段时间是多么的不同？在子云宅，他几乎没有想起过昌明，没有想起过父母兄弟，甚至忘了他还有一个名叫月圆的妹妹，也很少忆及曾经朝夕相与的吴指南。

而在清凉寺，一个全然陌生之地，李白却一点一滴地想念起前此的一切。他想着和他一同在昌明市上仗剑奔逐、持酒嬉闹的结客少年，他们应须过着和从前一样的日子；他想着父亲策马驱车的背影，走在阡陌如织的无尽原野之上，之后不知经历了多少晨昏寒暑，这条黑影复策马驱车，从阡陌如织的无尽原野回来；他还难得地会想起母亲——那个肤色白皙、高鼻深目、安静到堪说是哑了的女人；不过，就在想起母亲之时，李白似也失去了语言。

他也想着赵蕤。

或许是由于松木气息之故，记忆中最鲜明而挥之不去的，是赵蕤从岷山之西、黑白河口掘回来夔牛角、犀牛角和一束四五尺长的象牙那一次，他驱李白挑了水，将七尊铜鼎注满、烹沸。

赵蕤则亲手一一调理柴薪，一律给换上发火较轻的松炭，还为各鼎添注了五颜六色的粉尘。有些一撮、半撮即止，有些则倾囊而下，瞬间让沸汤滚成稠浆。李白仍旧不敢追问这些物事的来历与用处，倒是赵蕤忽然探指到鼎下拨了拨蓝焰苗中的炭枝，问道："尽目所及，可有何物不见？"

李白环视了一圈，远近高低，仔细打量，翠岭佳晴，并无异样，遂答道："无不见。"话才脱口，他从赵蕤的肩头往后仰看，猛可发现了门楣处一空，忍不住"噫！"了声，双眉乍皱，再觑了觑鼎下篝木，叹道："'子云宅'付之一炬了？"

赵蕤提手指着另一鼎下，笑笑："'相如台'亦然！"

就为了一副不知究竟炼成何物的丹么？李白啼笑不得，即此一刻，他突然间觉得赵蕤的清静高远竟然极不真实。他闭上双眼，勉力追忆着原先那两块匾额上暗淡而苍劲的墨迹，然而一旦刻意揣摹，却觉得所欲追攀之相，益发昏暗模棱，随时渺然。

"可惜了。"李白道，"神仙说过：此乃东晋王大令遗墨。"

赵蕤却蓦地笑了："非也。"

李白一懔，又不禁叹了声："神仙好顽笑。"

"不是顽笑。"赵蕤矍然一瞪双眼，"原本就是假的。"

清凉山与戴天山相去五百里，如此迢递，音容笑貌却无比清晰。在这一片乔松环绕之下，李白猜想赵蕤打从一开始告诉他那两方题额出自王子敬之手的时候，就已经盘算周全：将会有那么一天、将会有那么一刻，忽然、忽然、忽然——趁李白猝不及防之际，他便要在烈焰之中让李白为之惊异、为之愧叹甚至为之怜惜而哀伤，尔后再转觉先前所见之肤浅、之愚昧、之虚妄无明。

在时而温柔、时而狂暴的松声之中，李白最常想起的是月娘。

那是他刚到清凉寺落下脚来的一天傍晚，山行或出外踏青之人都已经迎面取道而回，他却偏向山深林密之处走去。这任意而行，也还是追摹赵蕤的行径，就连随身所携之物亦然。

李白身上那布囊就是赵蕤之物，里头总装着少许的糇粮，和一壶酒。这一行，囊中放的是陈醍醐相赠的酒，酒盛在一只双身龙耳白釉瓶中，一步一琳琅，有如敲奏着李白轻快愉悦的心情。他和路上每一个错身而过、并不相识的人打招呼，看些女郎罗扇掩面行来，粉蝶逐香而聚，也毫不矜持地上前称道："此香恰是天香，无怪乎天使齐聚拜舞。"还有那些扎裹着行装、风尘跋涉的路客，李白也坦易上前，相与攀谈，好奇地探询道途见闻——哪怕是几句时节天气，说起今岁榆树晚发，花叶同放；或是杨花暴盛，铺山如雪，明明只是寻常景致，也充满了兴味。

直到往来行人皆不见，暮色乍地昏暝下来，鸟栖虫眠，月上星出，天地间只有去零零低陇高丘的脚步和晃荡荡前伏后仰的酒浆声。也竟是一瞬之间，酒香四溢，李白回手触着那柔软的布囊，原来是酒水从白釉瓶中渗出了些许，把那囊也濡湿了。他捧起囊，闻了闻，酒香之中竟然还混糅着片刻前曾经嗅及的那种"天香"，女人香。

在这一晚的月光抚照之下，他不得不想到了月娘。

自当夜而后，此念不时油然而生。每在他打开笼仗，取出布囊的时候，总不能免。

这是太陌生的一种想念，他从未经历过——每当念来，总是初见月娘那一刻，从门开处绽现的笑容，忽而迫近眼前，胸臆间则一阵掏掘，继之以一阵壅塞；一阵灼疼，继之以一阵酸楚；空处满、满处空，像是春日里眼见它新涨的江水入溪、溪水入塘，而晴波历历，微漪汤汤——似无可喜可愕之事，亦无可惊可哀之状。但是再一转念，月娘又出现在田畦之间，出现在织机之前，出现在戴天山上每一处曾经留下影迹的地方。初看当时，只道遥不可及，亦未暇细想；回思良久，则挥之不去，更倾倒难忘。

有时月娘的容颜也会湮远而蒙昧，越要以心象刻画，却越转迷茫。有时，她的样貌会与他人兼容融，以至于彼此不可复辨；偶或是露寒驿上露齿而笑的胡姬，偶或是青山道旁散发着天香的姑娘——偶尔也有些时候，是他忘怀已久的母亲和妹妹。

这一夜，他作了两首诗。第一首用唐人时调，相当谨慎地持守着黏对的规范，这是此夕尚未沾酒之时，即景而吟成的，题目就叫《春感》：

> 茫茫南与北，春色忽空怀。榆荚钱生树，杨花玉糁街。尘蒙游子面，蝶弄美人钗。却忆青山上，云门掩竹斋。

第二首《箜篌谣·寄月》，则是在松林间满饮一瓶之后所作：

> 登临似还乡，欲亲不能语。月下卧醒花影零，乱满人襟作轻舞。冰壶倾两处，濯魄看相同。此身宁可易，犹如风入松。两者俱寂寞，声闻安所从？往来幽咽生，恻恻任西东。穿林一呼啸，直上清凉峰。托之寄嘈切，路远信无踪。达者坐忘久，月移花已空。

这一首《春感》，日后由王琦收录在《李太白全集》之中，内容稍有更动。王琦并在诗后引宋人杨天惠所著《彰明逸事》（按：彰明即昌明）解其本事如此：

> （李白）隐居戴天大匡山，往来旁郡，依潼江赵征君蕤。蕤亦节士，任侠有气，善为纵横学，著书号《长短经》。太白从学岁余，去，游成都，赋此诗。益州刺史苏颋见而异之。

杨天惠的记载对于这诗所涉情境十分简略，尤其是明明提及了李白干谒苏颋时曾经奉呈此诗以表才具，却没有提到《春感》内容的改变。

稍加比对可知，原来此诗的第二句——也就是点出《春感》二字、使情景交织的"春色忽空怀"——竟然改成了"道直事难谐"，这一句改得匆促，也改得生硬，与前后文圆凿方枘，不能相容，既不自然、又不切题。李白这样改作，只有一个目的，要让一这纯粹写景的诗作，看来还有些许比兴寄托的深意。

写诗不能惬意，而情意又不能倾吐，甚至不敢积蓄。李白日复一日在寺随斋，竟然停下了原要壮游蜀中崇山大川的脚步。日常素蔬无味，而不觉其淡寡。读书，则肆意默识文句而不求会心。看松、赏月，谁知松月何在；听琴，更只觉高山流水，吹万各异，岂能复计它什么宫商角羽？直到有一天过午，他从宿醉中醒来，发觉身旁一纸，写着这么几行字：

楼虚月白，秋宇物化，于斯凭阑，身势飞动。非把酒自忘，此兴何极？

他手持此纸，从和衣而卧的榻上翻身而起，一步一步向室外走去，一步一步回溯着前一夜的记忆。他知道，最后终将回到昨夜醉醒的起点：月娘。

就在这一刻，李白所寓身的小小客寮忽然微微震动起来，有如天地广宇之外，另有巨力，正轻轻摇撼着这寺庙，以及寺庙所在的山峦。李白顿了顿才想起：是寺中那一口三丈高的大钟正在"霜鸣"。

据寺僧言：彼钟自古已有，斜倚于一山石前，倾启之处，略可容人俯身而入。置身其间，如在寒冰之室，浑身沁凉透骨。相传钟内原有一锤，不知何朝何代，为人所盗去，发尽烈火镕之，欲以铸钱。可是，盗者遍伐山南山北上千年的古生楠木为柴，钟锤仍自钟锤，偏不肯镕。一怒之下，盗者将那钟锤扔到溪水之中。不料手起锤落，一声巨响，硬生生将山石切断；钟锤滚过之处，削壁如镜，寔成瀑布。剩下的这口空钟，未经多少岁月，便教荒草蛮烟、土石朽木给覆盖成一大冢。直到南朝一僧避难经过，时在春末夏初，《佛子十方行记》上说：

320

值此丘，闻异响，僧遂告人曰：《山海经》谓'丰山有九钟焉，是知霜鸣'，其此之谓耶？

可是《山海经》上所形容的九钟都会自鸣，是由于秋天霜降，钟体忽然受寒，应该是在大面的钟身上结成霜冰，累积挤压，所造成的震动。此际既非其时，复不见钟，如何附会呢？然而彼僧坚信：声从大冢之中传来，非发工掘看一个明白不可。一发之下，果然见这哑钟，众人皆啧啧称奇，僧以为此间宜有寺庙香火，以应佛心，这钟、这鸣，都是佛意显象。乃有远近善男信女倾囊捐输，逐舍逐院，一一建成。更由于钟体庞大，人力很难移动，便置之原处不移，然而故事是以春夏而得霜鸣，的确有一种清凉之意，遂以此二字名寺。

这哑钟，也绝不辜负信受恩施之理，每年于春夏之交、秋冬之会，似有信誓之期可以恒守，届时总是震震而动，动时非但钟身瓮瓮作响，随着清凉寺址迹逐渐增扩，到了大唐立国以后，方圆数里之内，纵使只是林木草石，也会跟着微动，如颤如震，如泣如齅，在这大约历经一刻左右的过程之中，万物轻微地荡之、撼之，像是要将天地间一切其他可闻之声，并收于钟内，随即渐歇渐杳，一切归于平静——当这"霜鸣"接近尾声的时候，如临清夜，霄壤无声，别是一番幻异的境界。

由于情境特出，旁处无有，清凉寺每逢这两日，一如新正期间，都会举行"普茶"，以飨随喜父老。为了慰劳常住僧众以及诸方檀越，住持和尚会出面设席，在寺中平旷荫凉之处，设施茶点，招呼饮食。也可以说将就着这么一阵短暂的"霜鸣"震动，以及片刻间的寂静，举行一场别开生面的寺景游观。

当李白趑趄超趄，一路沿着昨夜行迹逆数而去的时候，霜鸣刚刚开始发动，这一刻，正逢清凉寺的维那僧上殿招呼"悦众师"们检点几榻茶果、香花灯炭，一声喊："外寮诸师、十方檀越，俟霜鸣寂静，请至禅堂吃普茶。"

此时，李白在客寮东侧一株老松之下的读书台，远远望见清凉寺南园绿萝崖边的潘和尚，正盘膝而坐——潘和尚并没有随着众僧往禅堂去，他就像是一尊亘古以来便安置在巨钟之下的石雕一般，抚着那张绿绮琴。原本李白还能从初发的南风之中依稀听见琴曲，他不能自已地在琴音之中喊了声："潘和尚！"然而可怪的是：这一句话才喊完，底下的一句以及随风相迎而来的琴曲，忽然都喑哑了——就在这晴空朗日之下，万籁倏忽而俱寂。

消失的那一句话，正是李白肺腑间梗塞的呼求："某不平静。"

因为他想起那张纸上的字句是怎么来的："楼虚月白，秋宇物化，于斯凭阑，身势飞动。非把酒自忘，此兴何极？"——昨夜他又喝了酒，酒后攀上寺塔乘凉，当时檐前之月正满，似在咫尺近前，他伸手去捉，月白居然在握，一握而碎。碎了的月，却又脱手飞出，稍向西移，而远去了几寸。他再伸手一攫，掬之入掌，从而复碎。三捉、四捉，竟然只差分寸，一条身躯便要跌下塔去。

他来到潘和尚面前，徐徐展开纸，夜间的酒劲尚未全退，偶一失稳，纸张竟随风势飘出，转瞬之间，一路远扬，翕然有声；潘和尚指尖的琴声也在这时恢复了——依然是那首《风入松》，末句右手半轮，名中二指次第弹出，左手荡吟，遂成飘曳之态，风息松止。

"汝不平静。"潘和尚说。

"和尚听见我说了？"李白回眸望一眼那钟，又望望方才置身所在的读书台。

"也未。"濬和尚说。

"和尚怎知？"

"一心不静，万物皆知，岂赖言语？"

"心不静当如何？"

"更不说。"

"不说，心即静耶？"

这是一个相当清楚的疑难：李白所求，并非如何一遂所愿，而是如何能让这一不能遂愿之心平静下来。倘若"一心不静，万物皆知"，则纵使不"赖言语"，岂不一样会扰动世界么？濬和尚的答复，似乎给了李白更加深重的一击：平静不能自求而得。

濬和尚道："风过松知。"

李白闻言端的是一愣，脱口而出："我便不回戴天山了。"

"'回'字无稽，汝去处本不是来处。"

日后多年，在一个看似寻常无事的秋天，李白不意间得知濬和尚圆寂，他在那一日傍晚醉伏入梦，得见此僧携琴出蜀，曲终人去而一寤，李白才写下了这样的一首《听蜀僧濬弹琴》：

蜀僧抱绿绮，西下峨眉峰。为我一挥手，如听万壑松。客心洗流水，余响入霜钟。不觉碧山暮，秋云暗几重。

其中颈联的"客心洗流水，余响入霜钟"固非实景，而是寓情于物的一段感悟。这一联，分明就是濬和尚对李白的启迪：作为一个在尘世间有如过客般的人物，一身如寄，一心亦如寄，这样一颗不能长留久伫之心，复加之以流水般岁月的涤洗和消磨，更不至于沾惹于情，或者是黏着以情。一个不能承情之人，还能够对天地、

323

对万物、对众生说些什么呢？这样一个人所想要说的话，大概也都该像是琴曲的泛音余响而已，何不就锁入了霜鸣之钟，再也毋须发出声动，再也毋须令人知晓。

客心无住，故余响不发，去去不必回顾。这竟是李白一生的写照。

# 五七　归来看取明镜前

再回绵州之前，李白并不知道他已经成了汉州、益州以至于眉州这三百里道途上小有名气的医者。

最初，他只是在清凉寺为几个长年体虚的僧人切脉看诊，发现他们少气懒言、疲倦乏力，升座说法时声调低沉，动辄气短发汗，心悸头晕，而且一律面色萎黄，不欲进食；更兼之以虚热盗汗，一把上脉，脉象也多见大弱。李白便给他们开了用以补气的人参、黄芪、党参，服后居然当即见了效验。

这些僧人自然也会引来、或是携来当地和邻乡的施主，初来者亦知他不是什么大夫，然而气血中虚者，泰半皆由于滋养不够，无地无之——与之前金堆驿上的党四娘和马五娘并没有什么两样——说穿了就是长期捱饿之故；至少是不能足食所致。

他一见症状相似，便想起赵蕤所授的辟谷之术，杂以大豆、扁豆、大枣、桂圆、干荔枝、黑枣、莲子、枸杞和十余款体貌不同的蘑菇，让病家交替食用。问诊时说之以神仙服食的故事，总道："天地养人，非徒畎亩，蕨菌在林，任尔滋补。"话中还不免鼓励那些病家，要经常到山林间行走，偶或有奇缘佳会，撞上了神仙，提携一把，也还得。此说博人一粲，也令乡人印象深刻，益发争传其名。

尤其是替僧人配药调膳，须忌荤腥；而替俗家病患处方，则略无避讳。遇到了家道丰实的人，或也呈现了虚症，他就常在药材中和以葱韭鸡鱼之属，烹调起来，俨然别有风味。这样的膳食，初非病家或李白所料，竟然能成为"理病之资"。

李白有时逞其谈兴，随口滋藩，人们默志手抄，事后循按，竟然还能冥合如实，引以为佳肴美馔。有时则未必了治病，只道这是"不食常食"的一种趣味，也常予人以惊异的发明主张。人称他为医者，他则谑号自己是庖丁，依旧在诸般宴聚之间，纵谈高论些神仙饮食之术，而赵蕤行前的提醒，他显然已经半句不能挂心了。

神仙饮食是极其新颖而有趣的招徕，也成为李白的一个意外的机会。

这一年冬天来得早，不过"京使"来得更早。开元八年七月，蜀中各州已经盛传：中书侍郎苏颋，由于先前穷治盗铸的事，引发江淮民怨，不但受到了皇帝的斥责，也从待了整整十四年的中书省去职，被任命为看似位重、实而权轻的礼部尚书。

这还不算，"京使"之到访，更意味着朝命恐怕要有不寻常的举措——传言之一，是苏颋已经罢去"知政事"——也就是开去宰相的权力和职务——奉天子之命入蜀，专任益州大都督府长史事。这些年来一向与他同进退的另一名资深宰相——门下侍中宋璟——则早就在本年正月就已经只是"开府仪同三司"，徒具相位虚名而已。

苏颋避过斋月才起程，也就因此而没有机会赶赴清凉寺亲睹大钟霜鸣、万物暗哑的盛况。他是在开元九年春末夏初入蜀的，一到成都，便写了《初至益州上讫陈情表》。其中："臣禀识愚妄，受恩忝越。十有四年中书省，三命承明庐……陛下深慈矜愚，至德念旧，以臣颇习儒训，更超宗伯，臣益用惭负，匪遑底宁。岂悟西南重镇，巴蜀奥壤，爰杂县道，且联军戎，付臣兼之。"

这一篇文字所陈之情，不外是再一次提醒皇帝以及皇帝身边其他当权秉政的新贵：他来到蜀中，既非投闲置散，更非放逐贬斥，而是更为深重的信任与倚赖。的确，苏颋诚挚地相信：皇帝所付与他的责任，还包括了"按察节度剑南诸州"，以及"总理西南兵务"。而这一趟远谪，也就沾带了几许人人知而不言的诡谲之气，比方说：苏颋所过之处，总要题写大量的诗句，称颂皇恩之余，更多自我惕励与期勉，遣词用语，更常透露出一种带些矫揉之气的积极和欢悦。

像是排律《晓发兴州入陈平路》就是在此行路途中所写的，很能看出为自己鼓吹勇气的用意：

> 旌节指巴岷，年年行且巡。暮来青嶂宿，朝去绿江春。鱼贯梁缘马，猿奔树息人。邑祠犹是汉，溪道即名陈。旧史饶迁谪，恒情厌苦辛。宁知报恩者，天子一忠臣。

《经三泉路作》也是如此：

> 三月松作花，春行日渐赊。竹障山鸟路，藤蔓野人家。透石飞梁下，寻云绝磴斜。此中谁与乐，挥涕语年华。

若以他自己的句子解注，其心境，大约就是"京国自携手，同途欣解颐。情言正的的，春物宛迟迟"所表现的浮笑强欢罢了。

早了八九个月来的"京使"原本就是长年追随苏颋的家臣，前行入蜀另有差遣，这就跟皇帝的钦命有关了。

罢政之后，皇帝亲自召见了几次，真正的动机就是查察苏颋语言体貌是否于微处稍泄不满，这不只是君臣间的礼节讲究，也是为国之大臣者应该持抱、不可或缺的风度。应对了几次，苏颋果然辞气昂昂，一点都不像是遭到了重贬而即将发放出京的样子。这令李隆基很放心，几乎不肯让苏颋走了。他当场执手叮咛：益州非等闲之郡，代有人才不世出，宜多加留意，细为访查。京史所伺查者，也是这一方面。

除了充分信任苏颋的公道无私。他也相信苏颋的节操，特许剑南道全区"盐铁自赡"——也就是充分授权苏颋在民生最称大宗而首要的盐、铁物资上，能够自主自足，不必报输中央。一般州郡，仅设刺史主之，设大都督府，即有委以专征伐的用兵之权，其地位堪比古之诸侯；而益州大都督府的长史，显然获得天子青眼，更非同寻常。

据史：苏颋到任之后，并没有锐意求功，反而崇尚简静，以招募戍军的方式重兴力役，不以徭役科扰丁男，如此一来，家户渐渐得以自馈，若此而能以酬值的方式，挤压出更多的劳动力，使丁男应募而"开井置炉，量入计出，分所赢市谷，以广见粮"，则地方之利，便能与民均同了。日后还有一桩小事，可以见出苏颋的风骨。

那是益州大都督府的前任司马（次于长史）皇甫恂，忽然奉皇命重使蜀地，人还没到，公文书就来了。由于皇甫恂素知蜀中工匠艺能，函示要用库藏公帑，买取当地纺织、木器、玉雕精品呈贡，连品项都列举得明明白白："锦半臂、琵琶捍拨、玲珑鞭。"苏颋拒绝了，并为此而上奏："遣使衔命，先取不急，非陛下以山泽赡军费意。"有人劝他："公在偏远之地，不能近事至尊，奏言违隔，也就不该如此轻易地忤犯上意。"苏颋答道："不然。明主不以私爱夺至公之理；我又怎么能以远近废忠臣之节呢？"

李白则出现在这样一个真正的大臣的面前，不可谓不得自机缘。

和前一年差不多，开元八年冬大雪，即使不雪之地也酷寒逾常，阴雨连朝，道途泞陷，在如此湿冷的天气中，竟有专信递来清凉寺，收信人是李白。拆看之下，竟是陈过的亲笔。歪歪斜斜的字迹，寥寥交代了自己秋下染病的情形。他认为自己撑不过这个冬天，也无意"徒扰清修，以抗不瘳"，报之以信的目的，是希望李白在来年春日，道路畅通之后，或者作返乡之计的时候，能够取道锦城，再赴陈醍醐酒坊，他有"微物奉呈"。

李白原以为那就是酒了——下清凉山重返成都，自不是为酒。他其实忧心不已。

直到此时，除了那丁零奴之外，他生命中尚未出现过任何亲近的死亡。丁零奴交付了他那一柄长剑之后，从病榻上翻身坐起，略事喘息，便向李白的家人一一跪别，接着，他仔细地拍拂衣裳上的尘埃垢屑，越拍越起劲，一时扑打得满天灰雨，李客一家人呛咳不及，夺门而出，又过了好半晌，这奴方从室中佝偻步出，只影憔悴，迳向西行，不复回头。那情景，在年少的李白看来，犹如家人的远别。

然而这一回，他连陈过的面也没有见着，棺停于家，守待吉日回龙州江油县故居安葬。陈过的家人迟迟未能扶榇归里，还另有缘故。

因为近些年来，朝廷对于民间厚葬成风，颇有不惬。每隔一段时间，就会有大臣提出此议：天下丰足，士庶繁盛，很多没有官职爵禄的百姓，往往因为商贾或匠艺而发家，多购田宅，大兴土木不说，常在养生送死的事上竞奢逐靡，邀羡骄赏，其情其势，看来不免有与公侯士族一较高低之心。

至今还经常为人提及的，就是五十多年前，右相李义府改葬其祖父，三原县令李孝节私发民夫车牛，日夜运土，建筑坟茔。一时之间，高陵、云阳、华原、泾阳等七县也都征派丁夫赴役，其中，还居然把高陵县令累死在坟上。当时随葬之物，豪奢绝伦，送殡车马奠祭，从灞桥一路行列牵连，直至三原，前后七十里，相继不绝。这场面，竟然让世人艳羡哄传几十年。于是时时就会传闻：某地商民某家，为死者发丧的时候，场面何等盛大，队伍何等绵长，棺坟何等壮丽——末了还会补上一句："堪比当年李右相了！"事实上，说者也没见过李右相家送葬的场面。

直到当今皇帝即位，最常痛切斥责此风的宰相，就是宋璟。在他看来，民俗崇尚厚葬，乃是由于天子之家率先趋鹜高坟大陵的影响。他的《谏筑坟逾制疏》天下流传，其中看似批驳民风的字句，都暗暗指向了皇室："比来蕃夷等辈，及城市间人，递以奢靡相高，不将礼仪为意。今以后父之宠，开府之荣，金穴玉衣之资，不忧少物；高坟大寝之役，不畏无人。百事皆出于官，一朝亦可以就。"

然而众所周知的是：新任大都督府长史苏颋一向都与宋璟沆瀣一气，对于陈过家人试图厚葬的愿心，恐怕很难纵容成全。先是，京中来使也风闻酒坊人家此请，遂告知前来打探及说项者，婉转透露长史的意思，转嘱陈过家人：丧事还是从简从朴的好。就在这来来往往的疏通、请托之间，身为老官绅的卢焕得知李白到了，他忽然想到：或许应该引这后生见一见苏长史。

对于苏颋来说，此意倒是一拍即合，毕竟皇帝临行之际执手相托的，就是寻觅人才。只可惜存心玉成此荐的卢焕一个不留神，多说了几句："此子天才英丽，兼通药理，据闻此去眉州之间，多有医人侠行。"

孰料苏颋登时一皱眉，叹了口气，道："才大难为一用，也须慎重得之。"

卢焕闻言，脊骨一凉，暗道一声："不妙！"随即深悔自己受李白一诊之恩、急欲相报而不免忘形，失言大矣。

说来也很无奈，益州是京畿拱卫，关陇屏障，高祖至高宗时期，从设置总管府、而道行台、而大都督府，愈见其形胜。大都督本职，例由王子遥领，也常悬之不授，而以长史总持方面事务。苏颋赋性忠直、秉怀恢阔，凡所属意者，总在如何能使帝国长治久安的荦荦大端，更由于从相位左迁，他并不认为这只是一般的贬谪，反倒是一次专责外任的机会——尤其是身系帝王谆谆之命，留意人才的那几句话"益州非等闲之郡，代有人才不世出"，更使他加意慎重了。

从派遣使者于前一年先行访视就可以看出，苏颋不希望自己在乡间父老、官绅耆旧的包围之下，偶失于偏听偏见，而不能够对这样一个昔年诸葛亮《隆中对》称为"沃野千里"的"天府之国"有一番了然如照的洞察。尤其是荐举，他几乎是用一种"查察过嫌"的眼光来面对如潮浪般涌至的关托。

对于卢焕——这位在成都夙负众望的老者——苏颋向闻其诗名，甚至还能诵其佳句，如"倩谁商略知诗寂，顾我忧纤数鬓斑""肯别沧浪缨不洗，却停嵇啸舌多闲"这两联，出自卢焕的一首诗，该诗题目相当长，几乎可以说是一篇短短的文章了：《昔闻山涛举嵇绍，别栖逸之思，固不入时听，是以非常之论持赠非常之士；乃造"天地四时，犹有消息"之语，为百世热中人留一晋身说。耽诗者透见及之，不忍道破，为赋叹思，兼寄知者》。

也由于欣赏此诗此题，苏颋通篇都能背得。虽然卢焕已经致仕归林，且与大都督府长史官禄相去悬殊，但是苏颋仍然坚持以士礼接见，把晤如同僚。还当着卢焕吟诵了一通那首诗以及题目，令卢焕大为激奋，也就不检分寸，顺着嵇康、嵇绍父子出处仕隐之不同，将话题引入节行、操守乃至于魏晋风度及死生礼法。随即话锋一带，贸然将陈过丧仪之事提了，以为"人物消息，一生一死，或可不禁厚礼，以奖孝行"就此辗转请示长史裁量；这是一顶大帽子，苏颋淡然回了两句："嵇、阮风标，毕竟和王、谢不同；黎庶楷模，应须与门第稍异。"

当卢焕再举李白以为"才人可用"之时，似乎也暴露了相似的尴尬。李白是商贾之子，无论科目如何，连应考的资格都没有。如果堪为朝廷所用，则就常例而言，自然非仰赖官荐不可。

一旦卢焕称道不置，苏颋漫声应答的话里却含藏了无限玄机："才大难为一用，也须慎重得之。"这显示出他对李白之"才"究竟如何可"用"，是有疑虑的。先遣的使者显然已经对此间江山人物之情实，打听得十分详密，而李白，并不是一个寂寂无闻之人。关于这个大步趔趄冲州撞府，而所过之处辄挥金如土的白身少年，大凡可以归纳为三事：

昌明李白，曾经绵州刺史李颙之荐，不就；此其一。通医术，能以时蔬入药为膳，术颇精，僧俗皆传；此其二。性豪荡，常焚契券，博有侠名，诗作遍题寺宇酒肆。正因为"诗作遍题寺宇酒肆"，引起了苏颋的兴趣，在与卢焕晤谈将罢之际，他对这容色栖遑的老者道："且嘱彼昌明李生：先自呈诗文到府，并投刺来见，某将以庶人之礼待之。"

这是李白平生第一次干谒，入大都督府之前，苏颋已经读过了他所投递的数十首诗篇，以及拟《文选》旧题而写的赋作。说是以庶人之礼迎纳，然而在接见当时，阵仗却不小。府中司马二人，录事参军一人，录事二人，以及功曹、仓曹、户曹、田曹、兵曹、法曹、士曹等七参军都在列。除此之外，当职的文学官，以及医学博士各一，也都侍立于旁；都督府的重要僚属，堪称全员齐集。

苏颋肃容临几而踞，先让诸僚员以次就席而坐，他一眼也不看那匍匐于丈室门前的李白，倒像是在对僚属们交代寻常的公务：

"某此行来郡，亲承殿旨，诏曰：'益州非等闲之郡，代有人才不世出，宜多加留意，细为访查。'今有昌明李生来谒，某与诸君，更当体察圣意，存心野处，务必要让岩穴之士，皆能仰承雨露，均沾恩泽，且夕体会于此，也就能普施膏沐之化了。"

众人在这时同声一"诺"，有人顺手拍了拍袖子上的灰尘。

接着，苏颋仍不同李白说话，转向末席那八品的文学道："李生天才英丽，声名秀发，汝亦读过他的诗了？"

那文学垂首昂声道："回长史，读过了。"

"何如？"

"游思旷远，造语清奇，质古而词新，常有天外飞来之意，横决怒下，时所罕见。"

"说得好！说得好！"苏颋拊掌而笑，简直满意极了，不住地点头，接着依旧不理会李白，转向身旁两侧的司马，道："某亦以为——略与陈伯玉神似？"

陈子昂与李白偶有神似之处，像是年少时仗剑伤人，之后息交绝游，折节读书。于十八岁出三峡，入长安，考科举，一度落第，之后仍发愤不辍，终于进士及第，官至右拾遗。据说他初初博名，手段不俗，曾经以百万钱买一胡琴，而当众碎之，并慨叹："蜀人陈子昂,有文百轴,驰走京毂,碌碌尘土,不为人知。此乐贱工之役,岂宜留心?”乃以此举声动京师,而他当场散发的诗文也一时震动帝都——而其作质朴刚健,一洗齐、梁间的轻艳绮靡,也是初唐以迄于盛唐间独立风骨的健者。其《与东方左史虬修竹篇序》中,对于前代文章的九字批评,尔后竟成为千古不易之论:“采丽竞繁,而兴寄都绝。”

“陈伯玉也是蜀中人物。”一司马连忙附和道。

另一司马赶紧拱手朝天,接道:“无怪乎圣人云:‘益州非等闲之郡,代有人才不世出。’”

苏颋似乎也很得意自己从李白的诗文中寻得了陈子昂的况味,然而他目中竟无此子,并没有就之询问李白之于陈氏究竟有无触发、有无浸润,反而一抬手指向录事参军,道:“陈伯玉物故也多年了罢?”

录事参军更不理会李白,迳自掐指数算了片刻,才道:“于兹算来,也快二十年了。”

李白没有想到,所谓长史接见,竟是传唤他来瞻仰、来聆听大都督府群官对他所作诗文的品评与赏识,这倒也还新鲜有趣。至于拿他的诗比陈子昂,看来也奖勉有加。只是长史紧接着的一段话,让他听得心神恍惚,居然不能应对——

终于苏颋像是忽然想起了李白,转过脸来,凝眸直视,恢复了先前肃穆而威严的表情道:“李生!汝下笔不能自休,可见专车之骨了。”

“专车之骨”是个不常见的典故,语出《国语·鲁语下》“吴伐越,堕会稽,获骨焉,节专车”的一节,大意说的是:

春秋时代,吴伐越,摧毁勾践在会稽山上的营垒,还拾获了一节很长大的骨骼；由于骨大无伦，须用一辆车专载，而着实不能考其来历。吴王于是派使者去鲁国访视，并向孔子征询大骨之事，还特别吩咐："不要透露这是寡人求教于彼大夫。"

吴使到访，向诸鲁大夫分送礼币，来到孔子面前，孔子回敬了一杯酒。随即撤去礼器，开始宴饮，吴使便看似无意间想到的一般，拿起桌上吃剩的骨头，问孔子道："请问什么骨头最大？"

孔子答道："我听说大禹召集群神到会稽山，防风氏违令迟到，大禹便杀了他，陈尸于野。传闻中防风的骨骼是极大的，一节须以一车盛之——这大概是巨骨之尤者了。"

吴使复问："请问职掌若何，方能称神？"

孔子似微察其意，故道："山川之灵，兴云雨以利天下，是以掌山川者可以称神；至于掌管社稷者，仅可以称公侯；公侯从属于王而已。"

吴使再问："那么，敢问防风所掌者何？"

孔子答道："防风乃古汪芒氏之首，掌封山、嵎山，姓漆氏。至于虞舜、夏、商之时，便叫汪芒氏，洎乎周代，复改称长狄，其所属之民十分长大。"

吴使者还不死心，又问："至高之人，其高几何？"

孔子最后答道："僬侥氏之人，身高不过三尺。身形至高者，大约僬侥氏之十倍，也就堪为极致了。"

李白不察此典，登时被苏颋一眼识破，遂将《国语》所载、孔子与吴使之相与交谈，一一说过，说完还补了一句："才道汝诗文详瞻，足见专车之骨，便从防风一缩而至于僬侥了！"群僚霎时间都陪着大笑起来。

李白也跟着笑了，他真心觉得有趣：一个传说中身形三丈的巨人，倏忽之间缩成三尺，的确可笑。他觉得那笑，与自己毫无瓜葛。

"专车之骨"是苏颋与李白交谈的第一句话。其次，则是："汝所作《春感》次句有圣贤之义，大是佳好。"

至于这《春感》的次句，李白当然不会忘记，这是他在接到卢焕的急信告知"长史命召在即，待以布衣之礼，速备近作文章"之后，于重新抄写时改动的；他把原作的第二句"春色忽空怀"改成了"道直事难谐"，不意在那么些诗文之中，苏颋所中意者，看来也只此一句。

"谢长史。"李白挺起匍匐的腰杆，不料苏颋已经起身，再度向他的僚属——而非李白——道：

"此子风力虽然未成，然若广之以学，可以与相如比肩矣。"说完，便转身从侧廊而出，不知尊驾竟往何宅何室去也。

就在这一瞬间，李白但闻耳边爆起一阵交相庆贺之声，似乎每个人都在夸赞、都在称颂、都在嘉许和惊叹。有人说的是他，有人说的是长史，有人居然说的是巴蜀天府，也有人不住地崇扬圣人——也就是当今皇帝了。李白默无一语，他心念所系，只是如何赶赴陈醸醐酒坊，他得陪伴着陈过的棺椁返回故乡。

殡葬的队伍直到秋后近十月才出发。因为要到那时，苏颋才匆匆忙忙奉皇命返回京师，厚葬之禁忽弛，殡仗也终于算是昂昂扬扬地启程了。苏颋临行之时已经彻底忘了，几个月之前，他曾经接见过一个名叫李白的布衣少年。也就在出蜀途中，苏颋写下了《九月九日望蜀台》这首诗：

蜀王望蜀旧台前，九日分明见一川。北料乡关方自此，南辞城郭复依然。青松系马攒岩畔，黄菊留人籍道边。自昔登临湮灭尽，独闻忠孝两能传。

这诗时经传抄转录，京畿、剑南等地流布极广，当世士大夫之论，咸以为"燕许大手笔"盛名不愧，俗议皆称：此作非徒属对工稳，运调铿锵，尤其是在末联结句之处，拈出人伦的伟大襟抱，真雅颂之致也。

然而苏颋自己怎么也不满意，改之又改，才改出了"攒"、"籍"这两个生硬的字眼；以他当前所拥具的地位和声望，已经没有人会批评他的诗有任何声字调律方面的缺陷了；他不甘心，也不相信，却无处求证。

两年多后的开元十一年，黄梅熟落，盛夏炎兴，苏颋再度入蜀。当长史仪卫来到龙州江油县小憩的时候，他结识了当地一名即将满历一任的县尉。据云：斯人也而在斯职也，已然多历年所。苏颋初以为圣朝人才，或恐有曲直不能达于天子者，枉滞于下僚，应予昭雪申张；一俟见了面，才发现这县尉根本无意于进取，是个一心只在礼佛修仙、吟诗作文的人物。既然耽于诗，苏颋便将出现成的疑难，一则以考较、一则以请教，恰是那两句："青松系马攒岩畔，黄菊留人籍道边。"应该如何修改，才能得奇警之趣呢？

那县尉显然早已风闻长史这首名作，几乎不假思索地朗声吟来："'青松系马鸣风处，黄菊留人籍道边'可也。"

这一改，风范果然不同。原句就是作了一联写景落实的对子，用意合掌而已。可是经这县尉当下一改，精神便出落得新颖起来；因为出句和落句不再只是字字相嵌而为偶，还有一种上下相承的情态，让两句之间出现了时间的流动感；更细腻的地方是，系马之松一旦得此风鸣，意味着秋意急促，下句黄菊之狼藉，也就有了根据。

"汝如此捷才，岂能以一县尉而足？"这时苏颋忽地意兴高张，问道，"汝姓字里籍若何？老夫竟不能记。"

"禀长史，"县尉道，"某安陆姚远；情实不敢隐瞒，此非出于某之手笔。"

"那是——"

"昌明李白。"

"什么人？"苏颋讶异，真想立刻就结识此人。

姚远笑道："彼自云：'天上人。'"

李白这时已经回到了戴天山，想起两年前写过的半首诗，尚未完成，前半篇字句如新，历历在目：

> 未洗染尘缨，归来芳草平。一条藤径绿，万点雪峰晴。地冷叶先尽，谷寒云不行。嫩篁侵舍密，古树倒江横。白犬离村吠，苍苔壁上生。穿厨孤雉过，临屋旧猿鸣。木落禽巢在，篱疏兽路成……

此际，寒意一丝一丝地渗染开来，他将双手伸进衣袖之中，衣袖里还搋着陈过遗留的"微物"——那是一张酿制美酒的单方；他不知何时才能积聚够数的谷粮酿酒，也许尚能一试；也许聊寄一醉。

在远方的层峦淡雾之间，是若隐若现、而早已失去牌匾的子云宅和相如台。他仍旧不知道看见月娘该说些什么话，也许他只能怨怪离别；正因为离别，才让他对月娘油然而起了不堪负荷的思念。如今他回来了，来处经时，想它已不是去处，因为他又开始思念着路上曾经遇到过的每一个人。

也就在这一刻，他抽出了那一柄总会在他寂寞时泷泷作响的匕首，听着单调的、古老的平仄节奏，李白完成了之后的句子：

拂床苍鼠走，倒箧素鱼惊。洗砚修良策，敲松拟素贞。此时重一去，去合到三清。

（第一卷完）

# 小说家不穿制服

——张大春对谈吴明益

**吴明益**　有一年我看到你写的一篇文章批评小说奖，后来你也讲说不再担任文学奖评审，但那篇文章里面提到在当文学奖评审的生涯里，还好有读到这几个人的作品，让当评审这件事变得有意义。他们是王小波、黄国峻、袁哲生和贺景滨；其中王小波因为文学奖才开始被看见，他当时在两岸都是一个被埋没的小说家。我在读王小波的作品时他提到一件事，他想要从翻译的文学作品里面重整汉语的节奏，这会不会刚好跟你现在写的小说是相反的？

**张大春**　如果从他原先的立论说起的话，我倒觉得不能叫相反而是"殊途"，但能不能同归我不知道。在我们一般写作的语言里面，不论我们是不是根据罗曼史，或伟大西方经典，中国古代说部，不管你的来历是哪些，它都不是我们常用的语言。所以有的时候，透过不同的界面去进入到那个原先受的教养里面所没有的叙述世界，它就会显得生猛有力。也就是说，在一个一天到晚读五四白话文的这个时代，把这些作品拿来当做我们教养的世界里面，如果你不小心读到了很生硬的日文现代派小说的翻译，比如说"我心灵得到无上的慰安"；它把安慰故意倒过来，就会形成一个刺激，有新的作者可能就会从里头找到新的语言、新的叙述方式的灵感。

**吴明益** 我自己在观察老师的写作：九三年的时候出了一本书叫《雍正的第一滴血》，我一直觉得大概从这本书开始，意图寻找历史里面的小片段；特别在那本书的序里面，你写了对历史的看法，说这本书里面有稗的、野的、不可信的历史。当然后来真的出了《小说稗类》，我发现你把历史与小说的特质说得是一样的：不可信的，反而是最迷人的。我个人觉得从《雍正的第一滴血》之后，好像建立起老师在做一些现代小说的试验跟展示。这好像是一般读者没有注意到的，特别是我这辈的文艺青年，我们都是读老师的《公寓导游》、《四喜忧国》这些东西去寻找小说养分；可似乎这条线被忽略了，是吗？

**张大春** 《雍正的第一滴血》出书比较晚，事实上它的写作应该是在一九八三到一九八五年之间，大概是我在当兵的时候。那个时候我就有个主动的企图，其实是三个企图合起来的一个企图：第一个是把看似不可信的传说、故事，有的可能是谣言，或者掺杂在正史里面被史官认为不可靠的某些叙事，把它放进去；第二个是，特别要从比较众说纷纭的，莫衷一是、没有唯一定论的历史评价里面去找到对立面或者侧面关于历史的陈述；第三个企图就有意思了，应该对小说或者一般讲的虚构、fiction，要能够更充实它的范围、拓广它的定义，从这个角度去从事散文书写。因为大家都把

《雍正的第一滴血》内容当做散文或杂文，好，不小心你就在读这个散文、杂文过程里得到了一个小说的趣味，可它不是很像小说。但是这里面至少有一半以上材料是经过作者去填补的，这填补的东西一般说来不会是真正历史上发生的事情，所以你也无从规范它是不是历史散文。所以它打开了文类的范围。

**吴明益**　这其实是我在老师身上学到的一个小说手法，但有时我获取养分的地方可能不是从历史上，是从各种特别的新闻上面。比如说有次我看到一则新闻：国际心理学会每次会收集许多心理医生汇报回来的资料，有时候医生会问病人说困扰你的梦境是什么？而全球不同城市有四千个困扰他们梦境的人是同一个男人。我觉得这则新闻就是有小说感的，因为我可能有四千个故事可以讲，最后还被收束到一件事情上面。不知道这个例子是不是建立在同一种小说构思的逻辑上？

**张大春**　你讲这个让我很惊奇，如果是如此，它可能意味着某一些非常扎实而严肃的科学研究，本身是有一种虚妄性，这是一个角度；第二个就是说，我们不必外求于小说家的想象和编织，而扎扎实实面对人生的时候，那里面的虚妄性就足够丰富而且让人惊讶了。

**吴明益**　回到历史的线上，老师写过一篇文章叫《平生师友，乱世之学》，谈了大学时候上课的一些琐事，其中提了一件有趣的事，你被一个教中国通史的黄清连老师骂了。被骂的原因就是，黄老师问了"历史是什么？"所有同学答的当然都是一板一眼的，历史就是记载人的事、过去的事，那你回答的就比较挑衅一点，说只要你相信这个文字记载，那它就是历史，对吗？

**张大春**　我记得有个话，没记错的话应该是托尔斯泰说的，The history is an agreeable legend。你只要同意了，a legend 都是 history。它毕现在中国历史的所有书写上。而且这话一方面也显示了托尔斯泰是把小说当做一个承载历史的工具，另外恐怕也显示了我们原先所以为的历史并不是那么的、应该被所有人 agree，它只是在一个时代被 agree，看起来就被成立了。正地看反地看都可以明显察觉，我们似乎在追求历史真相的时候，会有种种的门道、方式。我对历史是有一个特别的感触：假如你给我足够多的生活细节证据，我就可以拼凑出这个历史的某一个现场，并且还原它。

　　我写过一本书《欢喜贼》，日后又加了几篇合出成《富贵窑》。它事实上还有第三本叫《断魂香》，我知道故事内容，所有的发展结构我都知道但就是没办法写出来。《欢喜贼》是一个小孩的主观，天真叙述者的回忆。《富贵窑》则是全知的叙述观点。第三部要用什么观点我一直找不到，也找不到写的方法。终于，我在前两年的某个大陆行程上，别人在演讲的时候我突然想起来了。那个方法是，我决定用一百多年以后、一个考古队去找龙骨，结果没想到找到一堆烂枪、烂刀、衣服血迹，用这个单一的第三人称的叙述观点（考古队长），去拼凑出前面两部的整个发展。我用这个例子来回答你关于历史的问题；也就是说，给我足够丰富的工具性细节，我就拿来回头去找寻到历史叙事的整个脉络跟骨干。

**吴明益**　这个就是我在读《大唐李白》很兴奋的地方。有些地方场景确实是重建，有些地方就很像我们过去在看金庸的小说，它在一些地方摆出一般人都知道的一些事情，这些一般人都知道的事情，有时候在我这种既是读者又是文学研究者的人眼中看来，又有点怀疑。举例来说，《新唐书·李白传》里面那六个字"州举有道，不应"在您的《大唐李白》里边很重要，原因重要是涉及赵蕤怎么规划李白的生涯，他是故意不应的。当中有两个字我怎样想不到它还有另外一个解释，就是"有道"。如果我们只是纯粹来看《新唐书》，会想说"有道"就是因为赵蕤、李白有才华因而被荐举；但是在小说里面，说明了这也是唐代举才一个科目。我作为一个读者，到底有没有能力去追问唐代有这个科目吗？（张：科目有。）一般读者他大概就先相信了，这个就是实的部分，相对小说里借由这个实的部分所带进的虚的部分，读者会顺道也相信了。

**张大春**　你刚讲的例子，我现反过来跟你举个例子。我看到有两条材料，目前都不在《大唐李白》的《少年游》里面，而在第二本《凤凰台》。

第一条材料是王皇后，也就是唐玄宗还是太子时娶的太子妃，后来李隆基即位她就成为皇后。她一直没生孩子，李隆基宠幸的是武惠妃。后来终于有次吵架皇后得罪皇帝，李隆基想要废后，这本来是《资治通鉴》上非常简单的描述。可是到了要废后的心意决定过了好几月后，这中间还有一些国家大事在叙述，《资治通鉴》突然来了这么一段话，说到皇后的哥哥王守一，要帮助皇后求神，找来和尚作厌胜之法，作法要找一块被雷劈过的木头，为什么要雷劈，表示有天意在里面，而且是天的震怒。

第二条材料要说，其实王皇后在李白一出四川以后就死了，可是为什么我坚持要用王皇后当故事的头？因为李白的《古风》五十九首的第二首《蟾蜍薄太清》，就是在影射王皇后被废这件事情。她被废没几月后就死了。小说里面不会写到，可是我得知道王皇后是谁，因此我一路查到了南史，也就她四代以前的一个爷爷，我现在还不能确定是她的曾祖还是高祖辈，但是无论如何是在她死的那一年的整整二百年前，这个老头七十五岁了，叫王神念，那一年他死了。王神念会武功，他可以在南朝皇帝萧衍面前表演一手拿刀一手拿盾，比划一阵打完以后双手已刀盾交换，这是在正史描述这个人最有趣的细节。另外，他对于邪神，古代叫做淫祠丝毫不假情面，听说哪里有邪神他就去把人家庙给毁了。到他临死之前也还在干这种事。我就这样一想，有了！所以我的《凤凰台》开始就写作法，我完全不提李白的那首诗，也不提唐玄宗和王皇后，我直接写二百年前的这个王神念。写他的一生，死前最后一年去破了一个庙而洋洋得意，可在回程的时候天下大雨雷电交加，底下士兵们惴惴不安觉得因为刚刚破了那间庙的关系，他说哪有这种事，就抓起旁边小兵身上的斧头，对着雷劈的地方就骂：我王神念在，没有神。然后把斧头刷地往天上一丢，没有掉下来。不久之后他生病了，快要死的那一天，突然坐起来看着窗外就说：金鈇莫回，回则有祸，家人须记。说完就死了。

接着过了好几代，不意家里出了一个皇后，就让这故事给接上了。日后，和尚要去找一块雷劈的木头，发现上面有斧头，这斧头已经没有了柄——烂柯表示信而有征。用这个木头刻了李隆基和皇后的名字求神，结果皇后一下就被废了。绕了一个大弯来叙事。

**吴明益**　这条伏线跑得非常远，这就是小说叙事很奇妙的地

344

方。我个人觉得这其实是上所有的人文学，包括历史、国文——当然我们更希望它被叫文学这样的科目，叙事者所必须具有的能力：一件看起来很简单的东西，却能把背后的历史背景、社会文化都网织来。我也有一次看到老师你在演讲事后写的一篇文章，提到你对着一群校长演讲，用了韩翃的《寒食诗》来做一个讲课的示范：这诗既可谈韩翃和妻子柳氏的聚散离合，也谈诗如何粉饰唐德宗的形象，再谈及安史之乱的时代背景。到最后把寒食节的典故，一般被认为错误的部分都说了明白。这篇文章后面写了一个校长的质疑："有老师真的能在第一线的教育现场这样说故事吗？"回过头来我要问，这个部分你认为是小说家的技艺呢，还是讲授文学就要有这样技艺？

**张大春**　我倒觉得小说家如果把自己当成小说家，无论在稿纸或是电脑前面，埋头苦思抛出一大堆千奇百怪的故事，一方面吸引人们的注意，一方面唤起人们的情感或者得到某些教训。但是你刚提到的，我们说另外一个现场，教学现场，那老师难道不是吗？

　　大陆的袁腾飞在讲明、清朝那些事，他是个小说家啊，可是你不会把他当做是小说家；甚至严格地说起来，在某些过去我们习惯所接受的社会惯例，有诺贝尔奖以后，大家认为这些东西是小说，这些被视为伟大的作者，恐怕他们是最不会开拓小说定义的人，他们必须在一个穿着制服才能被辨认的市场、社群里面。其实在很多不同的现场，比如榕树底下那个讲他小时候经历的，他也是小说家啊。如果我们把认知性惯例打开来以后，我刚讲的袁腾飞他就是一个在高中现场表现不凡的小说家。

　　回过头来说，我们承认他是小说家也没有意义，因为他也不是。

那对那些穿了制服的小说家，袁腾飞在教学现场所做的示范，能启发多少？我们无法改变只有某一些人才会被视为小说家的这个客观事实，因为它太大了、太巩固，我跟你也都是穿了"制服"的，那我们有什么机会找到不一样的方式，或者学习到人们听故事不一样的趣味。几十年来我也一直在说的，把小说的定义，在那个知识疆域的边界上，踏出去一步。事实上《大唐李白》就是这个尝试，你怎么读都觉得好像是非常通俗的学术论文，或者是想通俗却不够通俗的，但如果有这个印象，那他就是《大唐李白》第一个理想读者。

**吴明益**　这是我在读《大唐李白》的想法没有错，可对于现在一般读者的程度来说，会不会是个太严格的考验？我举个例子好了，早在《春灯公子》、《战夏阳》、《一叶秋》这三本书里面，某种情致上很像是个新的、虚构的现代笔记小说，但有些是有来源的。有次我跟同事谢明阳教授讨论起这来源到底是来自哪里，显然有些看得出来，但有些非常难以看出。他后来找到一本北宋彭乘写的《墨客挥犀》，发现《一叶秋》里有一篇就从这里面的《杜麻胡》衍化出来。换句话说，这是两个大学教授在聊天，而且其中一个人较了真，才找得到这故事的"根"，这会不会门槛太高呢？

**张大春**　如果《墨客挥犀》对一般读者来说是毫无意义的，那么他会注意到《墨客挥犀》的前后有两个双箭号——《》表示它是一本书——他只要对此符号有惯性的知觉，他就知道这是有来路的，所以他会把它当做是一个国人共有的经典内容，不会再去问了。那就表示他 confirm 了对这件事真实性的价值，所以他就不怀疑。不怀疑是读小说的一个太有意思的东西，因为当你不怀疑，而纰漏在里面了。我总是让人在应该怀疑的地方看起来不需要怀疑，当你不怀疑的时候，下一个东西出来时就会震惊你，或者就会欺骗你，让你忧怀难忘。

**吴明益**　这个我举《大唐李白》里的例子，其中写到赵蕤施展仙术的部分，还有一个我们通常会认为比较实际的医术的部分。医术的部分提到"霸药"，其中有一条我有兴趣了就去查：小说写到有一种红皮蜘蛛，临死前会把丝吐在茶树上面，这个丝可以拿来作药，治消渴症。我知道老师你讲的这个是来自中国的医药体系，可是我有兴趣的是西方的自然科学知识的体系，所以除了查资料，我也问了对蜘蛛有研究的朋友，到底有没有可能有一种蜘蛛会在临死前把丝都吐尽？这看起来在生物学上是没有必要的事情，蜘蛛吐丝的目的都是为了要活下来、要捕虫，而不是为了死去，它也不像其他昆虫需要化蛹。我发现当我动念想查这个条目时，我就成了这本小说的另类读者，因为老师在里面提供了另类的知识。

**张大春**　有趣的是这样一个意义，那个蜘蛛最后是变成了药。你只要在《大唐李白》看到这种没有用的知识，或者说，不管有没有用，当它的细节被放大，而且是赋予意义的，那么就回头想想，它会不会是李白呢？或者会不会是李白身边的那个人呢？或者会不会是参与其事的那个人？接着它的意义就浮现了。这个蜘蛛对我来说，李白最大的问题正好顺便说一下，李白正好是跟他的时代错身而过的一个人，而且是面对面的错身，像会车一样，就是这样过了，当他那个时代，所有士子都必须透过迎合考官制定的格律标准，去写诗的时候，他倒过来，他解放了格律，你说他伟大吗？事实上他不是，第一点，他根本没有资格考科考，人家说李白那么大的才能为什么不能考？因为他是商人的儿子，商人之子不能参与科考，所以他只能靠投赋投献，献诗给有能力推荐他的人，或者献诗献赋给皇帝，他只能透过这种方式来谋取一个出身，他所作的所有努力，看起来都像是结成网来让他去掠夺这个世界，但他结不成网，是这环境不让他结这个网，所以他只能吐这个丝把自己包裹起来。

**吴明益**　这样一说那个意义就出来了，它在小说里就不是一个零碎没用的东西，不是一个累赘的叙事。我很高兴能够让作者愿意讲出这部分，哈。

**张大春**　一般我是不会讲，可因为你是同行，如果我去跟读者讲这个东西就太怪了。

**吴明益**　话题回到李白身上，你刚刚说李白跟他的时代是错身而过的，回过头讲他在诗坛上的地位，不管是李白还是杜甫，这两位在中国诗坛最伟大的诗人，在盛唐论诗的人眼中并不特别伟大，《河岳英灵集》、《中兴间气集》这些书里面（张：他们认为杜甫有点笨，而李白太轻佻），我跟另外一个研究李杜诗评价的朋友廖启宏聊到，后世对李杜的评价有四种态度，李优杜劣、杜优李劣、两者各擅其长或者两者皆劣，他发现对杜甫的推崇是从元稹以后，对李白的推崇是从欧阳修以后，因为老师选了李白来做小说的主人公，不知道老师对两人诗艺的看法是？

**张大春**　首先，李白有趣的地方是，在他那一代，为什么他会闻名天下，如果按照《河岳英灵集》的标准，唐人，从盛唐中唐到晚唐的标准，李白不是个什么东西，可是他为什么在当时那么有名？当时那么有名是有证据的，唐玄宗见到他，他说你名闻天下而朕不知，我居然没有把你拿到我身边来，若非素负道义岂能如此？素负道义不是指朋友间的道义，是讲我们上辈子一定是在山上一起修道的，这有点像比如说我是和尚他也是和尚，我们俩一起结伴到山上去参拜，我们两个变成道侣，这个道义也是一样，若非素负道义岂能如此？意思就是在冥冥中我们两个在道这件事情上一定是有牵连的，为什么唐玄宗会这么说？因为介绍李白给他认识的正是贺知章，证据在哪里？贺知章在天宝三年离职退休，他说要去当道士，那一年李白也出宫了，他的靠山没有了，而且他跟贺知章之间就是靠着道术道法跟道的意义有关联，贺知章在宫廷里面跟唐玄宗之间，也常常是为了道而做讨论。

　　回头再说，李白为什么那么知名？因为他的诗里面有太多一般人的语言语素，大家都懂，即便他使用典故，也都被包裹在前后那些直白的语言中给稀释掉了（吴：所以有人误解李白典故用得很少）。他用了很多典故，他用了道教典故，他用了很多前代诗人的典故，我发现他对南朝的诗是非常熟的。他最熟的大概就是《史记》、《汉书》、《文选》，我相信，因为他曾经说过他三拟《文选》，就是《文选》的每一篇，你什么题目我就写什么题目，当然这些东西没有留下来，也许他吹牛，三可能是一个虚数，可是《文选》每一篇都拟一遍也不得了了。所以他大量地使用直白的语言，而这直白的语言对他而言也有一种自然天成的节奏，我举个例子，在七言诗里面，多半押韵的那一句，最后不会出现三个平声字，他顶多只有一个或两个平声字，那个叫"三平落脚"，是一个很大的缺点，可是李白经常使用"三平落脚"，哪怕是在律体里面也是一样，古风里面更多，比如说"芳洲之树何青青"，太多了，不胜枚举。这种刻意去改变当时仄仄平或者是仄平平，他就是平平平，这种声调上恐怕不见得只是说他反对或者不能参与考试就故意去搞，他是找到了特定的美学，这种美学丰富了由士大夫阶级考试出身、规规矩矩所玩出来的。这些李杜的比较牵涉到一个问题，合乎格律比较难，还是超越格律比较难？我认为是两种不同的难，无分轩轾。不懂格律就不要说了，懂得格律又要完全切合格律，杜甫就是这样，可是杜甫也有十九首"吴体"，是标准的七律可是就是不合，我模仿了好几次，每一次都像打谱一样，他平我就平、他上我就上、他去我就去、他入我就入，我仍然不能体会那个美感在哪里，可能真的需要方言，可是我不懂当时的方言，现在的方言也无法去贯串。可是回头来说，不符合原先格律的那种超越，我认为是李白大量游历的关系。他到东南、到太原、到山东都待非常长的一段时间，他在不同地方开酒楼谋生，在庐山也待了一段时间，从五岁到二十五岁也在四川待了二十年，他各地都有经历，所以他的语言是非常混杂的。更不用说，我认为他在西域的经历大概有五年，从零岁到五岁，之后再回到中土，我不相信他是什么吉尔吉斯人，他血统上可能有混血，应该是母系那边，毕竟他父亲不可能在那么遥远的地方娶一个汉人。这里拉回来说，当李白这样一个游历经验非常丰富，语言刺激非常广泛的人，他不守那个规矩绝对不是因为他不能考试或者是他对考试有反感，而是对他而言那个语言是太丰富的。还有一个我们从李白的个性来讲，李白这一生没有骂过人的，我记得大概就骂过应该是曾抛弃他的一个鲁妇人，他就骂过她一句，除此之外这世界上他没骂过人。

奇怪他为什么不骂人？他脑子里没有这个，因为他脑子里没有现实，我直觉他是没有现实感的，因为他自己也是一个 outsider，他是太白金星下凡啊，所以他是天上人。

**吴明益** 是啊，李白是天上人。我记得大概是从老师的脸书或是哪一篇的访问里看到，老师认为说大学四年，如果能好好把这本小说看完，也就成了。大概是这样的意思没错吧？换句话说，这本小说对读者是有要求的，他如果能够确实地把小说里面每一首诗的来历好好阅读，说不定就像上了一系列的小说、诗、历史课。甚至如果读者够用功的话，去读更多材料来挑衅小说里面对诗的解读，会不会更有意思？

**张大春** 我欢迎，不但如此，我还期待这一点。因为对于诗的解读如果没有异样，这小说不可能成立，我在破解了前人的解读之后，我至少找到了一两百首，我觉得前人几乎没有一个讲对的。所谓一两百首是说有时候一首里面只有两句，我就把它整个节出来，我如果这样对前人，那后人也应该这样对我。（吴：比如那个《鞠歌行》）有一些原先是他写的，但是我觉得中间有一部分，可能不是同时写的，或者是他为了应付某一个人，所以他把旧作拿来临场再加几句，他的拼贴巧妙得一塌糊涂。

**吴明益** 我在想学术界对学术界正面挑战是很合理的事情，我想到一个经典的例子就是颜元叔解诗，徐复观后来写了一篇文章把颜元叔修理了一顿。在我们年轻的时候颜元叔老师算是把西方的新批评带进台湾的重要学者。但是在徐复观老师这一类学者的眼里，他对中国诗的解读是荒谬的、是不扎实的。这些来自学术界的质疑都很合理，但是读者有必要去对小说里面诗的诠释作质疑吗？

**张大春**　如果你觉得一般读者，或者说冲着要读一个故事、读李白的人生，哪怕是传记读者、小说读者，有没有必要对诗去穷极无聊地去追究？坦白说我也建议他应该如此，为什么呢？我们不能把诗，特别是中国的古典诗交给不论是徐复观类或者是颜元叔类的学者，他们没有专利，我们有我们的义务，尽管我们可能资格不够，譬如我也是一般读者，甚至他可能没上过大学，但他认得字。"群山万壑赴荆门"，可颜元叔把"荆"写成"金"，或者他写了一篇文章，里面讲了"自君之出矣，金炉香不燃。思君如明烛，中宵空自煎"，说这个"烛"是男人老二的象征。最好玩的是他说"早知潮有信，嫁与弄潮儿"里面的"信"是这个"性"，这根本是两个不同的音，这专利怎么能够交给他呢？每个人的确都有自己解释的权力，可是当你看到很多人对颜元叔的质疑之后，你就更有把握说第一，我得找到原先是怎么回事。第二，我还是有我理解的权力，因为颜元叔的解释已经不成立了。所以我对李白的诗，他是在哪一年写的，那一年是一个怎么样的大环境，他是在跟谁对话，创作者在跟那个环境里面的谁或者是哪一件事做对话，这个环境如果不明白不明确，我就从我刚刚讲的很多小物件，去兜那个时候他可能有什么事。像李白在二十岁那年，离开大匡山去游历，接着又回到大匡山，回来以后他又待了大概三年，这中间他已经快二十五岁了，他待在那边的那段时间，没有任何诗没有任何记载。我总觉得在那段时间里面，他一定面临到某些事，使到后来他绝口不提赵蕤，只写过一首诗怀念他。这里又必须用我刚才那种方法，把小物件、小道具、小传说拼起来，简单地说就是，他成长了以后，离开家、回到原来的家，经过这段离去，他开始觉得他有情感了，尤其是对他的师娘，这师娘是存在的，但他又不能怎样。可是这个东西另外一个雄性动物是可以感觉到的，那个有敌意的捍卫者，这中间就发生了一些事，但我不太想发展这点，我只想把这点到了就好。

**吴明益**　听到这边我肯定这是一篇小说了。我自己觉得一个小说创作者有一件很重要的事，你写一个性工作者你可能要进入那个角色灵魂的一个形状，这就像老师写李白，去推测这首诗在当时是怎样去形成的一个人生的形状，其实是一样的意义。这会不会是一个好的小说作者跟一个不好的小说作者很大的一个差别？

**张大春**　这我脑子里头出现很多不好的小说作者的形象，可是现在不能提。可是我倒可以这样说，要拿李白来当小说人物来涮，就必须先明白李白是怎样在过日子的。先不要说他的灵魂跟肉体，他怎么活下去？他得有钱，而且他也曾经在他的文章里面，说他一年花了三十万钱去接济那些落魄士人。三十万钱是多少钱啊？一缗是一千钱，三十万钱就是三百缗约等于三百两，我们再看当时的物价，大约十个钱是一斗米，他花三十万钱表示他有三万斗米的收入，分给这些人，这些落魄士人肯定一天到晚嫖窑子，吃喝嫖赌。也许他吹牛，再怎么吹牛能说出这个数字来，表示也不差太多。当时一个我们今天讲省长的刺史，年收入大概是八万钱，三十万钱你可以算是几年的薪俸。

**吴明益**　刚刚这段让我想到民国初年的学者在解读《海上花

列传》的时候，也是从里面的长三书寓，一个货币的单位，来推算当时歌妓的消费。

**张大春** 对，我们现在去看，那些只是消费而已，可是李白哪来的钱？我推测，家里的钱，他出门以后没有提过家也没有回过家，不提家、不回家的原因很简单，因为如果他回家或提家就表示他是商人之子，在他日后要当清要官的这条路上，是走不下去的。成为清要官是有非常严格的标准，从正字、校书郎到协律都卫，包括掌正印的县官、州的刺史都有影响。所以我的估计是，他父亲资助的方式并不需要他带钱在路上的。因为这个钱很大数量，他几麻袋装不完，怎么数呢？我认为他是有债券，契券，譬如说我是做生意的，我借了你钱，我到那里你给我几张债券，就是你欠我的钱，借条。他就靠这个通行无阻，有的时候他也会学孟尝君，不要了，不要的意思是，这笔债务，我向你要拿到的是钱，不向你要拿到的是感情，或者是一时意气兴，意气风发。

**吴明益** 我觉得在几年前，我读春、夏、秋系列的时候，都让我想到或许这个实验，比如说像林语堂写了《苏东坡传》、《中国传奇小说》，他引用、改造了一些中国笔记小说，我今天听老师谈《大唐李白》，却不尽然是个实验，我记得以前老师提过不管是《水浒传》或者是《海上花列传》，谈到的一个中国传统的小说技法，叫"穿插藏闪"之法的一个大规模实验，我每读到一段又被一个遥远的议题拉走了，是这样吗？这与西方小说极不同。

**张大春** 西方小说是万流归宗的写法，就是到最后要解决我最初发展出来的问题。这个不太一样，而且中国小说还特别强调它的松散，它的随兴，以及它的随遇而安，可是我觉得这也不特别构成对我的吸引力。你完全 follow 中国小说，那你在这一代也略无贡献。在我们这一代，我觉得既然我们同时兼受了中西方的教养，就应该从一个比较大处着眼的要求之下，找到某一些我觉得能贯通的隧道。那中间有一个非常重要的东西，结构感。你还记不记得胡适之曾经大骂中国小说散漫，没有结构，说唯一可看的好像是《儒林外史》，总而言之他对中国小说评价是极低的，他是从西方小说最后总会完成一个 quest，完成一个使命，英雄也有 quest，杰森找金羊毛，或者是《麦田捕手》里面的 Holden Caulfield 霍顿·考尔菲德回去找他的妹妹都有个 quest（吴：英雄之路）。但中国人不是这样的，它是给你散开来的，梁元帝有一首诗叫《荡妇秋思赋》，里面写到"登楼一望，唯见远树含烟，平原如此，不知道路几千"。很美的境界，中国小说是这样一个风景，它阡陌纵横，但它一定条条大路都互相贯通。我们这一代必须把西方的某一些结构观拿回来，当做一个指路的拐杖也好，指南针也好，去看看中国小说有哪一些可能性。那我认为必须都是大的东西，必须要是绵长，有如《格萨尔王传》，它无边无际才能掌握，如果你还有结构的话，那你就成了吧（笑）。（吴：听起来是太难的挑战。）那我们不能把自己放在一个次要的位置，我们要把我们曾经接受过的教养，当作我们鼻子前面的胡萝卜。

**吴明益**　所以几年前你跟莫言对谈的时候，他谈到一点说也许写小说只要三五百字就够了（张：他认为我用的字太多，那个字不是篇幅）。对，你不同意？

**张大春** 大陆早期作家赵树理就提过，他一辈子用的字大概不超过八百吧。应该说那是一种标准，但不应该是唯一标准，可是我也不愿意去推翻那种标准，对我来说，不同的字非常迷人，比如说，英文里面 shiver 是颤抖，tremble 是颤抖，quiver 也是颤抖，那 shiver、tremble、quiver 差别在哪？你有时候会用 shiver，有时候会用 tremble，有时会用 quiver，有些人会说我只用 tremble。用不同的字有不同的字的意思，有时候是为了准确，有时候可能是为了更不准确，那你为什么不多一点选择呢？

**吴明益** 而且随着知识的发展，我过去也曾对古典诗非常的着迷，有意思的是我研究所时听了一场演讲，我开始思考我另外喜欢的自然科学与古典诗之间的关系，我听的是潘富俊的演讲，就是写《诗经植物图鉴》的那位，他的用功让我吓了一跳，其实他用的全部都是西方的文学研究方法，他把中国古典小说都放到电脑里面，让它跑程式，看桃花出现几次、茶树出现几次，他是这么做的。我还记得他演讲里提到一点让我觉得不可思议，他说昭君青冢，到底种了哪些植物会是青的（张：王昭君的"独留青冢向黄昏"）。对，可是现在王昭君的墓可能已经被移动过，不是原初那个，他还是跑去，虽然他看到的是现代的昭君墓，可是他不管（张：但整个挖掘过程是重要的）。

**张大春** 你看到最后"青"是什么颜色？青既是蓝色，也是绿色，它也是黑色。你如果说是青冢，对我来讲，"独留青冢向黄昏"那个青根本没有颜色，那是黑的，为什么呢？青衣，青衣是黑衣，为什么是黑衣，以前家里面的下人穿的都是青衣，现在国剧里面有个青衣，就是黑衣。再说，为什么"独留青冢向黄昏"是黑的？表示他逆着光看那个坟啊，那个青冢是黑冢，是黑的坟。向黄昏就是面对着夕阳，你逆光看就什么都是黑的了。它是很深的颜色，你可以这么说，把所有的绿跟蓝都消化在很深的黑里面。

**吴明益**　我记得有一次我去老师的节目访问，我们也是聊到颜色，我提到一种蝴蝶叫乌鸦凤蝶，黑的，但是中国叫碧凤蝶（张：碧是黑的啊，碧是血干掉的颜色）。对，后来老师就举了庄子里的苌弘，血化为碧（张：其实也不是黑，就是深红到黑）。这就很有趣的一点，碧也可以当绿，也可以当蓝，我认为它可当蓝可当绿刚好拿来形容这种蝴蝶是最准确的，因为这蝴蝶它是黑色的底，上面有紫色跟绿色的鳞粉，一点一点的，但要在某种光线下才看得见。我在想我们的话题可以在这个例子里当做一个结束，这个就很像阅读小说的歧异性，重要在我们讨论的过程，用彼此的知识，或者是生活历练去讨论同一件事。我想到前阵子我跟我朋友讨论到他书里面写到唐伯虎的一首诗，这首诗我之前没注意过，也不是写得特别好的一首诗，就是《和沈石田落花诗》，里面有两句"小桥流水闲村落，不见啼莺有吠蛙"。那里面吠蛙到底是哪一种蛙？台湾有三十几种蛙，这当然是在大陆，但叫声如吠的蛙台湾有一种叫贡得氏赤蛙，它的叫声就是跟狗一样是"汪！汪！"，在中国古典诗里有很多形容蛙的地方，但确实有一些诗会去讲蛙吠或是吠蛙。对我来说就会浮现这种蛙的名字，但对一般读者来说他不会这样想象这个蛙的形象。

**张大春**　他就把它当做叫而已，把吠当做叫。但对于每一个

357

字的追求跟讲究恐怕也是必须要经过一个漫长的体会或者是说教养才能够发生的，整体地来说，到最后来谈谈《大唐李白》这件事情，我不大愿意话说得很大，可是看起来不说大话也不对，因为不说大话看起来就不诚实了。对我来说接着提到的仔细分辨蛙吠与否，一方面看起来不实用，另外一方面看起来也没有趣味，就是对于我们一般生活而言，可是实际上它却是既重要又有趣，原因在于，如果我们对于鸣叫起来像"呱呱呱……"还是"喔喔喔……"跟"汪汪汪……"的区别，都没有兴趣的话，那我们对我们自己都不见得会有兴趣，对世界没有兴趣只是一个极不重要的结果，对自己失去兴趣，或者倒过来说只对自己身体某一个器官或长相有兴趣，那恐怕更是人生的损失了。那李白有趣在这里，我最后要提到，我刚刚不是说李白没有仇人吗？他恐怕也不认为他周边的世界有多么重要，他是一个只知道自己是天上掉下来的星，而且他也相信这点，这个星他走到哪里他都要照一照，他对任何事情，你看他经历里面就可以发现，他对任何事情都有一种没有目的的好奇，这造就了他的诗意也造就了他的文章，也造就了他性格的一面，当一个人的自我这么大，觉得自己是天上掉下来的星，他后来发现原来他自我这么小，他只是不断地吸收他所接触到的各种人生，他的自我那么大又那么小，恐怕也正是他能写出有别于其他诗人的诗篇的原因。

不要忘记，小说家和制服在本质上是矛盾语。

**吴明益** 现任台湾东华大学华文文学系教授。有时候写作、画图、摄影、旅行、谈论文学，副业是文学研究。著有散文集《迷蝶志》《蝶道》《家离水边那么近》，短篇小说集《天桥上的魔术师》《本日公休》《虎爷》，长篇小说《复眼人》《睡眠的航线》，论文"以书写解放自然"三书：《台湾现代自然书写的探索 1980—2002》《台湾自然书写的作家论 1980—2002》《自然之心——从自然书写到生态批评》。作品曾三度获《中国时报·开卷》年度好书、金石堂年度最有影响力的书、诚品年度推荐书、亚洲周刊年度十大中文小说、联合报小说大奖等。

（本文由台湾《印刻文学生活志》供稿，蔡俊杰记录整理，特此感谢）